인형놀이

욕망이 꿈틀거리는 화류계 리얼 스토리

소설 '인형놀이'는 업소 아가씨 사무실을 운영하던 시절
작가의 직간접 경험을 토대로 했다

민영기 지음

민영기

민영기 작가는 1960년 안성 출신으로, 가난과 역경을 극복하며 자신만의 문학 세계를 구축한 인물이다. 서울로 상경한 후 다양한 직업을 경험했다. 개인적 시련에도 불구하고 글쓰기에 대한 열정을 유지했다. 이혼, 사업 실패, 건강 문제에도 불구하고 계속해서 글을 쓴 그는 서울시인협회에 가입하고 등단하는 성과를 이루었다. 그의 작품은 개인의 아픔과 희망, 인생을 긍정하는 힘을 보여주며, 독자들에게 깊은 공감과 위로를 전달한다. 소설 '인형놀이'는 업소 아가씨 사무실을 실제 운영하던 때에 작가가 들었던 직간접 경험을 토대로 한 장편 소설이다.

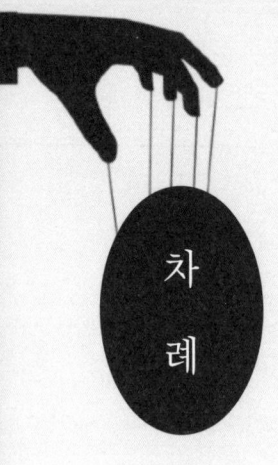

저자소개..2

1화 복불복..6

2화 화류계..16

3화 악몽..31

4화 유혹의 소나타..39

5화 흑기사..60

6화 부적응자들..74

7화 생각하는 로댕..85

8화 이상한 날..102

9화 천상천하 유아독존..123

10화 무뇌충들..133

11화 악바리..145

12화 큐피트의 불화살 168

13화 혁명가 188

14화 벽창호와 허세남 203

15화 그런 날 224

16화 꼬인 날 238

17화 나는 누구인가? 252

18화 아가씨와 늑대들의 가면 놀이 263

19화 윤리와 도덕 281

20화 꿈꾸는 자들 289

21화 메타버스 여행기 305

22화 장미의 계절 314

23화 치유 329

작가 인터뷰 342

1화 북북북

우리 인생에는 '운명'이라는 게 있다.
주어진 사주팔자나 아니면, 살면서 누구를 만나느냐에 따라 운명이 달라지기도 한다. '나는 대체 왜 이런 운명을 타고났지?' 하고 생각하며, 그냥 주어진 대로 사는 사람들도 있고, '운명아, 비켜라. 내가 간다! 나랑 피 터지게 한번 싸워보자'라며, 주어진 운명을 이겨 내려고 하는 사람들도 있다.

하지만, 애석하게도 대부분의 사람들은 '운명은 정해져 있는 거야'라며, 그저 숙명인 듯 살아가는 사람들이 대부분이다.

오늘의 주인공 최연희는 돈을 벌어서 좋은 일을 많이 하는 게 꿈이다. 그래서 그녀는 얼마 안 되는 돈이라도 꾸준히 국제아동권리 NGO와 국제구호기금 NGO 등에 기부하는 게 꿈이다.

연희는 인형 놀이를 하듯 세상을 살아 보기로 했다. 인형 놀이 속에서는 무엇이든 할 수도, 또 무엇이든 될 수 있으니까. 좋은 일이든, 착한 일이든, 의로운 일이든, 마음대로 역할을 할 수가 있으니까. 그렇게 그녀는 인형 놀이를 시작하게 되었다.

이 작품의 화자, 김나영은 불우한 환경 속에서도 온갖 고생을 하며 자력으로 명문대를 졸업한 아가씨이다. 나영은 연희의 친구이며 소설가가 꿈이다. 나영은 연희와 함께 어쩌다가 인형 놀이를 하게 되었다.

흔히들 인생을 '게임'이라고 부른다.
사람은 태어나면서부터 대개는 복불복으로 금수저, 은수저, 흙수저로 분류되어 태어나지만, 자신의 인생을 성공시키거나, 실패시키는 건 늘 자신의 몫이다.
누구는 성공을 목표로 하고, 누구는 도전을 목적으로 한다. 이렇듯 인생은 지속적으로 앞으로 나가야만 하는 롱런 게임이다. 그래서 중간에 지치거나 넘어지면 낙오되는 게 인생이다.

행복이란 기준은 사람에 따라 다 다르다.
직장생활을 하면서, 어릴 때 하던 인형 놀이처럼 여우 같은 마누라와 토끼 같은 아들딸 낳고 사는 게 꿈인 사람들도 있고, 아니면 한방만을 노리는 한탕주의자들도 있고, 어떻게든 쉽게 돈을 벌기 위해 화류계에 발을 들여놓거나, 돈 많은 놈 팽이 하나 만나서 신분 상승을 꿈꾸는 자들에 이르기까지 세상은 요지경이다.

오늘의 주인공 연희는 아기 때부터 소위 말하는 '삑사리'가 생겼다. 어릴 때부터 화류계를 떠돌던 연희의 엄마는, 아버지가 누군지도 모르는 핏덩이 연희를 낳아서는, 가난한 친정에 맡기고는 사라졌다. 그래서 연희는 외할머니 손에서 불우하게 자라야 했다.

누구나 부모나 가정을 선택할 자유가 있다면, 누구나 외모나 성별을 선택할 자유가 있다면,
울며 겨자 먹기식으로 인생을 살지는 않으련만.

삼신할머니가 점지해 주시는 복불복 게임에서, 무작위로 뽑힌 팔자가 누구는 좋은 팔자 되고 누구는 나쁜 팔자 되고, 누구는 태어나보니 금수저, 누구는 태어나보니 흙수저, 그렇게 태어난다는 게 연희는 생각하면 생각할수록 화가 불쑥불쑥 치밀었다.

오후 7시, 휘황찬란한 강남 하늘엔 갑자기 탐스러운 흰 눈이 바람에 나부끼고 있었다.
새하얀 눈송이들은 펄펄 펄 새의 깃털처럼 날리며, 온 세상을 하얗게 뒤덮었다.

그때 연희의 수서동 아파트 집 앞에 새빨간 고급 스포츠카가 멈춰 섰다.
이윽고 초인종 소리가 나며 연희가 문을 열었다.

연희는 솜씨 좋은 장인이 빚어놓은 듯, 치렁치렁한 풍성한 웨이브 있는 머리칼에 작은 얼굴과 가지런한 짙지 않은 눈썹을 가졌고, 커다란 두 눈은 마치 호수처럼 깊었으며, 반달 모양 이었다. 게다가 오똑한 코와 꽃잎처럼 빨간 예쁜 입술까지, 그야말로 빛나는 여신의 얼굴이었다. 여기에다 우아함과 지적인 이미지마저 풍기는, 25세 나이에 163센티 보통 키와 날씬한 몸매의 그녀는 지성미가 있어 보였다.

연희가 열어준 문으로 검정색 밍크털이 달린 긴 코트를 입은 30대 후반쯤 돼 보이는 남자가 들어왔다. 연희는 남자에게 언짢은 얼굴로 말했다.

"오빠? 바빠서 올 시간 없다면서? 어떻게 왔어? 눈도 많이 오는데? 무슨 할 말이 있는 거야? 그리고 보고 싶을 땐 오고, 오기 싫으면 안 오고, 뭐 하자는 거야?"
"미안해 연희야, 나 그동안 바빴어. 내가 너 보고 싶어서 얼마나 애가 단 줄 알아?"
"오빠? 장난해, 끼 부리지마."
"아니야, 나 너 때문에 미치겠어, 연희야 사랑해. 이렇게 예쁘고 사랑스러운 널 어떻게 한시라도 잊을 수 있겠니? 난 너밖에 없어."

남자는 이렇게 말하고는 코트를 휙 벗어 던진 후, 연희를 번쩍 안아서 침대 위로 던졌다. 그리고는 연희를 덮쳤다.
연희는 살짝 반항하려 했지만, 녀석은 성욕에 발정 난 짐승처럼 더 색정적으로 연희를 범했다. 녀석은 혀로 연희의 입술 안을 탐해댔고, 가슴 쪽으로 내려와서는 연희의 희고, 커다란 가슴을 양손으로 움켜쥔 채, 입과 혀로 엄마 젖을 먹는 아이처럼 맛있게 빨아 먹었다.

그러자 연희의 몸은 마음과는 다르게, 음탕하고 야한 소리를 내었다. "아훔 아훔... 음음음 아훔아훔... 음음 음...."하고 음탕하고 야한 소리를 내었다.
그러자 녀석은 다시 연희의 몸 더 밑으로 내려가서, 그녀의 은밀한 곳을 혀로 부벼 대며 탐해댔다. 그러자 그녀는 부들부들 몸을 떨면서, 크고 흰 엉덩이를 연신 들어 올려 녀석의 얼굴 쪽으로 밀어 올려댔다.

 녀석은 그런 그녀의 계곡에 입술을 대고, 그녀의 계곡물을 쩝쩝쩝 쪽쪽쪽 마셔댔다.
 그 소리는 온 방안을 울려댔고, 그녀는 참을 수 없다는 듯, 녀석의 머리채를 콱 붙잡아 쥐어뜯으면서, 황홀한 표정으로 온몸을 비틀며 다리를 배배 꼬아댔다.

 잠시 후 녀석은 다시 그녀의 뒤쪽에서 그녀의 엉덩이와 엉덩이 사이를, 그녀의 은밀한 곳을 혀로 입술로 혀로 유린해댔다. 그러자 그녀는 더는 참지 못하고, "아흑아흑 아흑.... 그만, 그 만 아흑....아흑아흑, 아흑..."하며 신음 소리를 냈다.

 그리고는 녀석은 다시 연희를 후배위 자세를 취하게 해놓고는, 자신의 남성을 그녀의 깊은 곳에 부드럽게 밀어 넣은 후, 끊임없이 허리와 엉덩이를 움직였다. 그런 뒤 그녀의 크고 새하얀 엉덩이를 양손으로 움켜쥔 채 말했다.

 "연희야 어때? 좋지? 나 없으면 못 살겠지? 아무리 생각해도 연희랑 나랑은 천생연분인가봐. 속궁합이 상당히 잘 맞는 것 같아, 그치? 안 그래?" 하고 말하면서, 녀석은 다시 쌍스런 욕설을 뱉어댔다.

 "아, 씨발. 난, 연희가 왜 이렇게 좋지? 아, 씨발 존나좋아, 씨발 존나좋아, 미칠 것 같아. 너도 아주 내 물건에 환장한 년 같고. 나도 아주 너한테 환장한 놈 같고. 그러니까 우린 천생연분이라니까." 라고 말하면서 녀석은 연희의 커다란 엉덩이에 철썩철썩, 철썩철썩 소리가 나도록 몸부림을 쳐댔다.
 그리고는 갑자기 자신의 남성을 손에 움켜쥐고는 연희의 얼굴에 화산을 분출했다. 연희의 새하얀 얼굴은 녀석의 용암으로 범벅이 됐다. 녀석의 용암이 주르륵 적셔지자, 연희는 상기된 얼굴로 눈은 감은 채, 녀석의 용암을 고스란히 맞고는 색정적으로 음미했다. 그리고는 음탕하게 혀로 핥아먹었다.

녀석은 강남의 최고급 호텔을 소유한, 정태수 회장의 외동아들, 정진호였다.
188센치의 큰 키에 이목구비가 서구적인, 잘생긴 훈남이었다. 큼직큼직한 눈과 코, 남자답게 두툼한, 꽉 다문 입술에 단단한 턱까지. 웬지 귀공자 티가 좔좔 흐르는 사내였다.

3개월 후, 강남 청담동 정태수 회장의 집.
정진호의 아버지 정태수 회장은 크고 넓은 화려한 거실 정 가운데 있는 소파에 앉아있었다.
진호가 정태수 회장에게 말했다.
"아버지 저 왔어요, 연희야? 인사드려 우리 아버지야."
그러자 연 베이지색의 우아한 블라우스에 검정색 스커트와 검정색의 긴 팔 자켓을 걸친, 여신 같은 자태의 연희가 말했다.
"안녕하세요, 아버님. 처음 뵙겠습니다." 연희는 두 손을 공손하게 모으고는 허리 숙여 공손하게 인사를 했다. 그리고는 얌전한 목소리로 말했다.
"최연희라고 합니다."
그러자 정태수 회장이 입을 열었다. "오냐, 반갑다. 자리에 앉거라. 그래, 부모님은 뭐하시냐? 집은 어디고?"

그러자 진호가 끼어들며, "아부지, 연희 부모님은" 하고 말을 꺼내자, "이놈아, 쟤는 입 뒀다 뭐하냐? 왜 니가 말해?"하고 아들 진호의 말을 가로막았다. 그러자 연희가 말했다. "네, 아버님. 부모님 두 분은 안 계시구요, 외할머니가 절 키우셨어요."
그 말에 정태수의 얼굴이 갑자기 어두워지더니, "그래? 외할머니는 뭐하시는 분이셨냐?" 하고 물었다. 연희가 대답했다.

"네, 아버님. 시장에서 순대 국밥집 하셨어요."

연희의 말에 정태수는 피도 눈물도 없는 인간처럼 단호하게 말했다.

"오 그러냐? 그렇다면 너하고 우리 집안은 안 맞는 거 같다. 미안하구나 얼른 가봐라."

정태수의 말에 정진호가 끼어들었다.

"아부지, 얘 임신했어요. 그리고 난 얘 없으면 못살아요."라고 대답하며 두 팔로 연희의 어깨를 감싸 안았다.

그러자 정태수는, "이런 못난 놈. 얘하고 너하곤 DNA가 달라 이놈아. DNA가 다르다고. 알기나 알아? 얜 흙수저 출신이야. 밭에 가서 호미 들고 풀이나 뽑아야 될 흙수저라고. 반면, 너는 금수저 출신이고, 이놈아." 하고 말했다.

정태수의 말에 연희는 속으로 생각했다.

'이런 미친 인간들 같으니라고. 그나마 괜찮은 집안이라서 사람들이 좀 교양 있나 싶었는데. 입에 아주 쓰레기통을 물고들 사네. 뭐? 밭에 가서 호미 들고, 풀이나 뽑고 살아? 이거이거 아주 양아치네, 이 인간이. 당신 아들이나 임신시켰으면 책임을 지게 해야지?'

정태수 회장은 연희의 표정에서 무얼 읽었는지, 연희를 보면서 다시 입을 열었다.

"니가 흙수저로 태어난 걸 누구 탓을 해? 니가 삼신할머니 만났을 때, 너? 어느 패 뽑을래? 했을 때? 그, 복불복 게임 할 때? 니가 흙수저 패 뽑은 거 잖아? 그걸 누구 탓을 해? 흙수저 패를 뽑은 사람은 너야." 하고 말하며 정 회장은 연희의 속을 뒤집어 놓았다.

그리고는 다시 말을 이어갔다. "이게 내 인생인가보다 하고, 넌 그냥 땅에 발목 잡혀서 살아. 땅이나 파면서, 풀 뽑으면서. 눈물 머금고 입술 깨물고, 피눈물 흘리면서 그렇게 살아, 알겠냐? 그리고 앞으로 어떻게 살 건지, 인생 궁리나 잘해. 뱃속에 애는 뗄 건지, 말건지 알아서 하고, 니가 임신을 빌미로 제대로 하나 물었다 싶이겠지?" 하고 연희를 아예 깔아뭉개며 말했다.

정태수의 말에서는 연희에 대한 일말의 미안함이나, 애잔한 마음 따위는 아예 없었다. 연희는 정태수의 말에 비참함을 온몸으로 느꼈다. 애초에 정태수에게는 윤리적 성찰 따위는 없었다.

연희는 소크라테스가 했던 말을 떠올렸다. '자각을 성찰하지 않는 자의 삶은 의미가 없다.' 그리고는 다시 독일의 철학자 칸트가 말했던 것을 생각했다. '윤리학적 법칙을…'

이어서 연희는 윤리학적 법칙을 재해석했다. '힘을 악용하지 말라. 네가 가진, 그 힘을 이용해 약자들을 찍어 누르는데 사용하지 말라.'는 칸트의 윤리학적 법칙을 생각했다. 정태수가 딱 그 짝이었다.

정회장은 고개를 돌려 다시 아들에게 말했다. "그리고 이놈아. 넌 앞으로 떡칠 때도 내 허락 받고 떡쳐 이놈아. 떡쳐도 될지 말지? 여기저기 아무데나 씨 뿌리고 다니지 말고? 에이, 못난 놈, 내가 저걸 돈 들여서 키워 놨더니 사고나 치고 다니고. 너 앞으로 DNA 간수 잘하고 살아? 알았어?" 하고 정진호에게 큰 소리를 쳤다.

정진호는 정태수에게 무릎을 꿇고 매달렸지만, "시끄러 이놈아, 열흘 삶은 호박에 말뚝도 안 들어갈 소리 하지도 말아." 하고는 방으로 들어가 버렸다.

힘없이 돌아서려는 연희를, 정진호가 붙잡으며 말했다. "연희야? 걱정마, 내가 다 알아서 할게. 조만간에 아버지를 설득시킬게, 알았지?"라며 연희를 붙잡고 매달렸지만, 연희는 정진호의 손을 뿌리치고, 정태수의 집을 나왔다.

연희는 하려던 말을 입 밖으로 한마디도 하지 못하고 나왔다. 연희는 사실 그들 앞에 이렇게 내뱉어 주고 싶었다. "뭐? 흙수저는 밭에 가서 호미 들고 풀이나 뽑으라고? 야 니들은 머리로 생각 안하고 배설구로 생각하냐? 역겹다 역겨워 더러운 놈들. 양아치 축에도 못 끼는 놈들."

연희는 독하게 마음을 먹고 생각했다. '내 기어이 당신 같은 졸부들을 언젠간 혼내주고, 골탕을 먹이겠다. 기어이.'
연희는 사지가 후들 거리고 등골이 뻣뻣해졌다. 연희는 들고 있던 백을 길게 떨어뜨린 채, 간신히 걸어와 아파트의 승강기를 타고 집으로 돌아왔다. 빙글빙글 세상이 돌고 있었다.

집에 돌아온 연희는 외할머니가 사주셨던 어릴 때 가지고 놀던 인형들을 꺼내 혼자서 인형 놀이를 했다.

"이건 엄마 인형, 이건 아빠 인형, 이건 애기 인형, 이건 할머니 인형. 엄마 나 선물 사줘? 아빠 우리도 가족끼리 놀이공원 가자 응? 손도 잡고 사진도 찍고, 맛있는 것도 사 먹고, 응? 다른 애들은 다 그렇게 한단 말이야."

"안 돼? 너 자꾸 조르면? 아빠한테 맴매 맞는다? 맴매, 맴매, 아야, 아야, 아야…"
"싫어 싫어. 아빠? 왜 맨 날, 나만 외톨이야? 보고 싶어. 엄마 보고 싶어. 아빠, 엄마 언제 와? 며칠 있으면 내 생일인데, 그때? 돈 많이 벌어서 선물 사 올 거지 엄마? 약속해, 엄마 꼭?" 그렇게 연희는 혼자 인형 놀이를 하다가, 일기를 쓰다 다시 울다 지쳐 잠이 들었다.

천형   최연희

입 다물고 진저리를 치면 잊혀질까?
떨어지는 눈물을 뿌려 지우고 지우면 지워질까?
천형처럼 가슴에 박힌 슬픔들아
알량한 자존심에 나를 떠나지 못하는
지독하게도 나를 따라다니는 슬픔들아
차라리 저 하늘로 훨훨 날아올라
자유를 갈망하거라
굴뚝에서 나오는 하얀 연기를 따라
제발 나를 떠나거라
머리를 풀어 헤치고 나를 떠나거라, 슬픔들아.

다음날 연희는 산부인과를 찾았다.

눈을 돌리는 곳마다 모두가 정원처럼 보이는 5월의 어느 푸르른 날, 장미 꽃 울타리를 지나자 향긋한 꽃 내음이 배어 나왔다. 연희는 슬픈 표정을 감추려고 입꼬리를 올려서 큰소리로 외쳤다. "연희야, 연희야, 최연희야 힘내자!"

하지만, 역사는 반복된다 했던가. 정진호와 헤어진 후, 연희는 텐 카페에서 일을 하게 됐다.
화류계는 늘 임신 공포증에, 성병 공포증에, 늘 스트레스에 시달리며 산다. 그걸 모르고 연희는 화류계에 뛰어들었다. "에라, 그래 모르겠다. 피 터지게 일해서 돈이나 벌자."하는 자포자기 심정으로 텐 카페에 들어갔다.

강남의 어느 텐 카페, 비너스.

이곳은 전국 상위 10% 이내에 든다는, 연예인보다 더 뛰어난 외모와 유려한 화술을 갖춘 여성들이 손님들을 기다리고 있는 곳이다.

연희는 이곳 텐 카페에서 가장 돋보이는 군계일학이었다. 태어날 때부터 요정족이었던 듯, 아님, 여신족이었던 듯, 고귀한 혈통을 이어받은 듯, 연희는 외모는 기본이고 좋은 대학에서 공부까지 해서 5개 국어까지 능통했다.

밤 열 시쯤 조명 빛이 은은한 텐 카페의 테이블 위엔 비싼 양주 한 병과 20만 원짜리 안주를 앞에 놓고 야시시한 얇은 슬립 같은 빨간색 슬립 원피스만을 입은 채, 연희가 40대 초반의 한 남자 옆에 앉아있었다.
남자답게 잘생긴 짧은 머리의 남자가 먼저 말했다. "연희씨, 궁금한데? 어떻게? 여기까지 흘러들어 왔어요? 여기서 일하실 분처럼 안 생기셨는데요? 이런 데서 일하려면 독해야 하는데요?"하고 남자가 물었다.
그러자 연희가 웃으며 답했다. "오빠 비밀이에요. 말하면 사연이 길어요, 그냥 오빠, 술이나 한잔해요."
그 말에 남자가 양주를 한 모금 마시고는 웃으며 말했다. "아가씨가 무슨 비밀 요원이야? 아가씨 혹시? 국정원에서 잠복근무 나왔나? 나 감시하려고?"
 그러자 연희는 웃으면서 포크로 과일 한 개를 찍어 남자에게 먹여 주면서 말했다. "에이 오빠, 무슨 국정원. 오빠 난 처음부터 화류계에 발을 들여놓고 싶진 않았어요. 그런데 대학 다닐 때 빚진, 학자금 융자도 그렇고 남자 때문에 받은 상처도 있고 해서, 돈이나 벌어 보려고 이렇게 됐어요. 그런데 돈이란 게, 너무 쉽게 돈을 버니까...이러면 안 되는 줄은 알지만." 하고 연희는 말끝을 흐렸다.

 남자는 꼬았던 다리를 풀고는 자리를 고쳐 앉으며 양주잔을 들며 말했다. "연희씨, 연희씨가 처음부터 화류계에 발을 들이지 않았으면 좋았겠지만, 도박보다 마약보다 끊기 힘든 게 쉽게 돈 버는 거야." 하며 남자는 연희에게 충고의 말을 해줬다.
 그러자 연희가 말했다. "그건 알아요, 오빠. 저도 그것 때문에 고민도 많이 해봤지만, 알고도 못 빠져 나가게 됐어요. 오빠, 우리 그냥 술이나 한잔해요, 우울한 얘기 하지 말고."라며 말을 돌렸다.

 그 말에 남자는 술을 한잔 마시고는 말했다. "하긴 그렇지, 사연 없는 사람이 어디 있겠어?" 남자의 말에 연희는 눈을 동그랗게 뜨며 바라보며 말했다. "근데 오빠는 뭐하는 사람이에요? 엄청 멋있고 점잖아서요."
 연희가 다시 묻자, 남자는 뒷주머니에서 지갑을 꺼내 명함 한 장을 연희에게 건네주며 말했다. "자, 여기 내 명함요. 뭔 일 있으면 연락해요."
〈장태양 탐정사무소 대표 / 이름: 장태양 / 연락처: 000-0000-0000〉
 남자는 연희에게 명함 한 장을 건네고는 떠났다.

 장태양이 가고 난 후 텐 카페 대기실.

 160센치의 키에 작은 얼굴, 작은 얼굴에 비해 코와 눈은 크고 뚜렷하고, 작고 얇은 입술이 매력적인, F컵은 될 듯한 엄청나게 큰 가슴에, 날씬한 허리와 섹시한 엉덩이와 골반. 거기다가 외모에서 풍기는, 지적 이미지의 묘한 색기까지 있어 보이는 지나가 연희에게 한마디 했다.

 "야 연희야, 너 혹시? 방에서 하드코어 뭐? 그런 거 보여주는 거 아니냐? 혹시? 너, 똥꼬 쇼 그런 거까지 하는 거 아니야? 왜 손님들이 너만 찾아?" 하고 비꼬듯 말했다.
 그러자 연희가 "뭐?"하고는, 지나를 똑바로 바라보며 코웃음을 치듯이 말했다.
 "그게 뭔 헛소문에, 개소리에, 띵 소리야? 너, 아주 환상의 언론 플레이한다? 너, 너무 드라마틱한 소설 쓰는 거 아니냐? 내가 아무리 인생 말아먹었어도? 막다른 길에 몰렸어도? 나, 그렇게까지 바닥인 년은 아니야." 하고 화를 버럭 냈다. 그리고는 분이 안 풀렸는지 다시 말했다.

 "야? 조지나? 너 그러다가 인터넷에 누구누구 아무개 년, 더러운 짓 하는 년, 이렇게 글 올려서 댓글 조작까지 하는 거 아니냐?"하고 말했다.

 그러자 거의 A급 연예인은 될 듯, 162센치의 키에, 작은 얼굴, 수려한 눈썹과 눈매에 오똑 한 코, 그리고 반듯한 이마에 약간은 도발적으로 보이지만, 누구라도 한번 보면 "와 진짜 예쁘다" 하고 말할 듯한, 어떻게 보면 살짝 싸가지 없게도 보이는, 깡 좀 있어 보이는, 악바리 있어 보이는 나영이 입을 열었다.

 "야? 너 미쳤냐? 조지나? 너, 말 가려가면서 해라? 너? 세상을 뭘로 배운 거야? 니 이름이 조지나라서 그러냐? 이름처럼 막 나가게? 너 찾는 손님 없는 게 왜 연희 탓이야, 니가 망친 팔자 니가 책임져야지? 누구 탓을 해? 연희가 뭘 어쨌다고? 너, 그만 좀 기어오르고 저쪽 구석에 좀 쳐박혀 있어 주면 안되겠냐? 에휴 저걸 그냥 확." 하는 나영의 말에 지나가 말했다.
 "시끄러워, 너는 또 왜 끼어들어? 넌 아닥하고 있어라? 남의 일에 끼어들지 말고? 알았냐? 김나영."하고 말하며 지나가 핏대를 올리자 나영이 다시 말했다.

인형놀이

"야, 됐고, 니가 남 잘되는 꼴을 못 보니까? 그따위로 사는 거야. 니가 그러니까 어디서 걸리는 놈들마다 기둥서방이나 해볼까? 하는 놈들뿐이지. 넌 평생 그 꼴로 살아야 될 팔자야,인생 그 만큼 말아 먹었으면 그만 좀 나대, 거지 양아치 같은 등신아. 더 개털 되기 전에, 알았냐?" 하고 나영이 지나를 까댔다.

그러자 지나도 지지 않고 말했다. "야, 나영아? 넌 왜 맨 날, 저년 편만 드냐? 니가 보기엔 내가 얼마나 답답하고 짜증나는지는 알겠는데, 난 이미 개털인데? 내가 더 빠질 개털이라도 있겠냐?" 하고 말했다.

잠시 후 옆방에서는 지나가 손님을 받았다.
"야? 조지나 너 존나 이쁘다? 너 2차 되냐? 존나 색기있게 생겼네? 너? 오빠랑 오늘 나갈 수 있냐?" 하며, 좀 허세 있어 보이는 남자가 묻자, 지나는 애교가 가득한 미소를 띠며 남자의 팔짱을 끼며 말했다.
"에이, 오빠 나 비싼 여자야. 나랑 나가려면 오빠 오늘 돈 좀 수억 발라야 되는데?" 하고 말했다.
그러자 허세남이 말했다. "얼마면 되는데, 이거면 되냐?" 하고 말하며 500만 원의 현금다발을 테이블 위에 쫙 깔아 놓았다. 그러자 한껏 기분이 좋아진 지나는 얼굴에 화색을 띠며 말했다.
"그럼, 오빠 되구말구, 오빠? 돈 많아? 오빠 진짜 돈 많다, 부자구나." 하고 애교 섞인 너스레를 떨어댔다.
그 말에 허세남은 어깨를 한번 으쓱하고는 거드름을 피우며 말했다. "야, 난 가진 게 돈뿐이야. 너 오늘 내가 샀다? 아침까지." 하고 말하며 지나를 꽉 끌어안았다.
그러자 돈독이 오른 듯 지나는 남자의 품에 폭 안기며, "아잉 아파 오빠." 하며 여시처럼 애교를 떨어댔다. 그리고는 지나는 슬그머니 허세남의 바지 겉으로, 허세남의 물건을 손으로 부드럽게 움켜쥐었다.
곧이어 허세남은 가슴이 훤히 드러나는 속옷 같은 얇은 연분홍 원피스만을 걸친, 지나의 옷 속에 손을 넣고는 지나의 풍만한 가슴과, 커다란 엉덩이를 주무르며, 헉헉헉 혼자서 달아올랐다. 급기야 허세남이 지나의 옷을 벗기려 하자, 지나는 허세남의 손을 부드럽게 제지하며 "이따가 오빠. 성질 급하기는."하고 낮은 저음 목소리로 웃으며 말했다.

그러자 허세남은 오만 원짜리로만 묶여져 있는 500만 원짜리 지폐 한 묶음을 더 꺼내, 테이블 위에 던져주며, "야, 조지나? 이거면 됐냐?" 하고 거만을 떨었다.

그 모습에 지나는 허세남의 목을 끌어안고는 허세남의 입술에 키스를 한번 쪽 해주고는 신나는 목소리로 말했다. "와, 오빠? 진짜 화끈하다. 오빠, 돈 좀 쓸 줄 아네? 난 오빠 같은 남자들이 좋더라. 오빠 운동해? 이 근육들 좀 봐?" 하고 말하며 허세남의 팔에 매달리다가는, 귓속말로 속삭였다. "오빠 사랑해."

잠시 후, 논현동 몸부림 장 5층.

지나는 "오빠, 홍콩 보내줄까? 유럽 보내줄까! 마카오 보내줄까? 뉴욕 보내줄까? 말 만해." 라고 말하며 침대 위에 누워있는 허세남의 배 위에 올라타서, 허세남의 옷을 거칠게 벗겼다. 그리고는 더 밑으로 내려가서 자신의 입 안에 허세남의 물건을 집어넣고는 지그시 입술로 깨물었다.

그러자 남자의 입에선 "으으.."하는 신음 소리가 새어 나왔고, 허세남의 몸은 화롯불처럼 뜨거워졌다.

곧이어 남자는 실오라기 하나 걸치지 않은 발가벗겨진 지나의 몸을 뒤로 돌려 엎어 놓고는 크고 새하얀 그녀의 엉덩이 계곡 사이의 그 오묘하고 수줍은 계곡 속을 혀로 유린해댔다. 그러자 지나의 뜨겁게 타오르는 본능이 욕정을 주체 못해, 한줄기 오묘한 메아리를 지르게 했다. "아흑아흑, 아흐흑 아흐흑 아흐흑..."하고, 메아리를 지르게 했다. 메아리 소리는 그녀의 계곡 속 맑은 물을 흘려보냈다. 허세남은 다시 그녀의 국화꽃 무늬가 있는 항문에 혀를 부비며, 입술을 부비며 공격했다.

그러자 지나는 온몸의 쾌감 신경들이 모조리 항문에 모이는 기분에 까무

라칠 뻔했다. 계속해서 남자의 입술과 혀가, 지나의 그곳들을 애무하자 지나는 죽을 것만 같은 흥분들이 치솟았다. 지나는 그 지독한 자극에 자신도 모르게 엉덩이를 들었다 올렸다 들었다 올렸다 반복하면서, 끊임없이 온몸을 꿈틀거려 댔다.

"아흑아흑 아흑 아흑 아흑 아흑.." 소리를 내며, "아아 아 아아아. 오빠.." 하고 소리를 질러댔다. 지나의 그런 모습에 허세남은 자신의 남성을 지나의 깊숙한 그곳에 밀어 넣어서 움직였다. 그리고는 거친 숨결을 헉헉 헉 토해냈다.

이에 지나는 신음인지 뭔지 모를 소리들을 중얼중얼거리며 질러댔다. "미쳤어. 미쳤어, 헉헉 헉 오빠 거 존나 크다...어머나, 어머나, 오빠 미쳤어....어머 어머 오빠 미쳤어, 미쳤어...헉헉 헉 헉헉 헉 오빠 조금만 더 조금만 더.....숨 막혀 죽겠어...어떡해, 어떡해 으으 으으으..."지나는 엉덩이를 연신 위로 올려댔다. 그러다가는 온몸을 부르르 떨다가, 엉덩이를 미친 듯이 더위로 더 높이 들어 올려 흔들다가 이내 늘어졌다.

과천의 한 허름한 건물 지하, 여기저기 사람들이 분주하게 움직인다. 박스를 옮기는 사람, 포장을 뜯는 사람, 박스 갈이를 하는 사람 등 여기저기 사람들이 분주하게 움직인다. 상자곁엔 선풍기라고 적혀 있었지만 모두 다 밀수품들이었다.

수입 대행업자 45세 박만수는 중국에서 짝퉁 명품 백을 밀수입하는 밀수업자다. 단속이나 혹시 모를 만약을 대비해 박스에는 선풍기라고 쓰여 있었지만, 박만수는 한 달에 시가 약30억 원 상당의 짝퉁 명품 백들을 박스갈이 수법으로 몰래 들여와 판매했다.

그는 땅집고 헤엄치기로 떼돈을 벌자, 돈지랄을 하러 강남의 텐 카페에 왔다가, 연희를 본 후로 수도 없이 연희를 찾아다니며 치분덕거렸다.

박만수는 연희가 2차를 나가지 않자, 늘 억지로 몸을 만지려고 들었고, 가슴이며 치마 속까지 응큼한 손길을 멈추지 않았다. 그리고는 그것도 성에 안찼는지 화를 냈다.

"야? 최연희 너? 내 인생도 빡 치는데? 너까지 나 빡 치게 할래? 너 2차도 안 할 거면 일 나오지 말아야지?"하며 박만수가 주먹을 들어 보였다. 그러자 연희는 두 손으로 온몸을 웅크리며 방어를 했다. 그러자 박만수는 더 지랄을 해댔다.

"야? 이게 진짜 어디서? 이따위가 다 있어? 니가 화통하지 못하고 성격이 이따위니까 돈도 못 벌고 이것밖에 안 되는 거야, 너 평생 여기서 썩을래? 너 얼마면 되냐? 5억? 10억? 돈 달라는 대로 줄게. 너 아직까지 여기서 살아남은 게 용하다. 그냥 눈 꼭 감고 한번 줘. 몇 억 줄게. 제발 좀 가만히좀 있어봐. 나 핵폭탄 터지기 전에."하고 말하며 박만수는 속이 타는지 양주를 한 클라스나 따라 마셨다.

그러사 언희노 우아한 날부로 지지 않고 말했다. "오빠야? 박만수 오빠야. 뭔 개소리야? 돈이면 다 되는 줄 알아? 맘에 드는 여자가 있으면 부드럽게 로맨틱하게 꼬셔야지 억지로 강제로 하면 그게 무슨 의미야. 여자가 무슨 상품이야 물건이야 돈으로 사려고 하게? 박만수 오빠야 자꾸 이럴 거면, 가라 가. 오빠 없어도 나 잘 살아, 무뇌충 같은 오빠야."

이 말에 박만수는 제대로 개 빡 쳤는지, 소리쳤다.
"야? 최연희 나 오늘 성격, 기분, 싹 다 안 좋은데, 너 한대도 안 맞고 넘어가는 게 신기하다. 너 오늘 재수 좋은 줄 알아라. 나 오늘 일기예보 저기압이야. 그리고 내 삶의 원동력이 뭔 줄 아냐? 난, 여자하고 떡치는 거 그거하고, 요, 알콜이야. 그 두 가지가 내 삶의 원동력이야. 나 어디 가서 이렇게 홀대 받아본 적 없었다. 넌 뭐? 금테 둘렀냐? 보석 둘렀냐? 너 진짜 내가 한대 쳐버리고 싶었는데, 오늘은 참아라 하는, 하늘의 계시때매 참는다."라더니 양주를 컵에 따라 벌컥벌컥 단숨에 마시고는 다시 말했다.
"에이, 박만수 사람 됐네, 사람 됐어. 옛날 같았으면 저걸 그냥 확, 줘 팼을 텐데." 하며 성질을 부리다가 다시 말했다.

인형놀이 23

"야, 최연희 술 한 병 더 가져와." 하고, 양주를 한 병을 더 시켰다.

그러자 연희가 착한 말투로 말했다. "오빠야, 오늘은 그냥, 여기까지만 해, 술도 취했는데 그만해." 하고 달래듯 말했다. 그러자 박만수가 말했다.

"야, 최연희, 너 주둥이 닥쳐라, 주둥이 아닥하라고, 너 뇌에 스위치 꺼졌냐? 이년을 그냥 확, 야, 마담 오라고 해? 나 오늘 술값 못 줘."하고 말했다.

연희가 나가고 마담이 들어오자 박만수가 말했다. "야? 씨팔. 너, 마담? 너 오늘 술값 이년한테 받아, 알았어? 어디서 아가씨 하나 제대로 교육도 못 시켜?" 하고 말하며 박만수는 문을 쾅 닫고 나갔다. 그러자 마담은 술값을 연희에게 대신 물어내게 했다.

연희는 점점 더 텐 카페 일에서 회의와 환멸을 느껴가고 있었다. 그리고 점점 힘이 빠지고 있었다. 패기와 용기는 사라지고 그 자리를 분노와 회의감들이 차지하고 있었다. 그리고는 가끔 자신의 자아에게 소리를 쳤다.

분노 최연희

나는 왜 분노하는가?
나는 왜 아파하는가?
꿈으로 가득해야 될 내가?
희망으로 가득해야 할 내가, 왜? 분노하는가?
이대로 내 꿈은 도태되는가?
이대로 내 희망은 도태되는가?
아, 분노 뒤에 숨겨진 진실로 말하노라.
수많은 사악한 자들에게 짓밟혀야만 하는 나의 무능함이 나를 분노케 하는 도다.
숨이 턱까지 걸리도록 미친 듯이 달려도
몰락해 가는 나의 꿈들이 나를 분노케 하는 도다.
아, 이 세상에 살고 있는 수많은 타인들이여,

이성이 결핍된 언어로 열망하며 말하노라.
허점만 많고 뭐하나 내세울 것 없는 인간으로 태어난걸
나는 분노하는 도다.
눈물로 분노하는 도다.

다음날, 60대쯤 돼 보이는 쩐 좀 있어 보이는 남자와 연희가 최고급 위스키를 마시면서 앉아있었다.

남자가 거칠게 말했다. "야, 이년아 너 쫌 존나 이쁘다. 너 오늘 줄 수 있냐? 얼마면 되냐?
쌍년이 아주 존나 이쁘네?" 하고 말하며 말끝마다 쌍욕을 달아서 말했다.
그러자 연희가 말했다. "오빠 나? 2차 안 하는 거 알잖아? 미안해 오빠."
이 말에 남자는 양주를 한 모금 마시고는 연희에게는 원샷을 하게 했다.
그리고는 "어쭈구리? 요것 봐라. 앙탈 부리니까 존나 더 하고 싶어지네, 요년을 그냥 확 엎어놓고 원피스부터 빤스까지 싹둑싹둑 가위로 다 찢어가지고는 그냥 면도기로 밑에 털을 싹 밀어서는, 빽을 만들어 가지고는 그냥 고기다가 생크림을 착 발라서 찹찹찹 핥으면 그냥 죽어도 소원 없겠네" 하고 말했다.
입에다 아주 걸레를 물었는지, 남자는 나오는 대로 지껄여 댔다. 얼굴엔 아주 기름기가 반질반질 흐르는 게, 기름통에 빠졌다가 나온 놈만 같았다.
그러자 연희가 부드럽게 타이르는 듯이 말했다. "아 오빠? 왜 그래? 이쁘게 좀 말하지? 오빠는 잘생겨 가지고 왜 입에서 나오는 말들마다 꼭 저렴한 싸구려 말들만 해?"
연희의 말에 남자가 말했다. "됐어, 쌍년아. 그래, 나 저렴하다. 그럼, 쌍년아 너는 고급지냐? 어디서 훈계질이야?" 하고 말하며 연희를 쩌려봤다.

그러자 연희는 훅 달아오르는 마음을 가라앉히려고 찬물을 한 모금 마시고는 말했다.

"오빠 뭐? 오빠는 욕할 때마다 희열 느껴? 오빠가 뭐 세상천지 모르는 일진이야?"

그러자 남자는 연희의 훈계조 말이 듣기 싫었는지, "야? 뭐? 이런 쌍년이? 너? 어디서 훈계 질이야? 뭐 이런 개 같은 경우가 다 있냐?" 하더니 남자는 갑자기 강제로 연희의 팬티 속에 손을 확 집어넣고는 많지도 않은 연희의 부드러운 음모를 한 웅큼 확 뽑았다. 그러자 연희가 눈물이 찔끔 나게 아파서 소리쳤다.

"악, 씨팔 뭐야?"

그러자 진상남은 한 웅큼 뽑은, 연희의 음모를 킁킁거리며 씩 한번 웃더니, 연희의 엉덩이를 콱 한 번 더 움켜쥐었다가 놓고는 연희의 음모를 무슨 보물인 양, 곱게 휴지에 싸서 윗 주머니에 넣고는 가지고 나갔다.

연희는 음모가 뽑힌 곳이 너무 아파서 한참을 음모가 뽑힌 곳을 움켜쥐고 앉아 있다가 나왔지만 진상남은 이미 계산을 마치고 가게를 나갔다.

연희는 울화통이 터져서 소리쳤다. "야? 이, 더러운 인간아? 너 같은 사람들 때문에, 세상이 더 더러워지는 거야, 이 아메바 무뇌충아." 하고 놈이 나간 문 쪽을 향해서 소리를 질렀다. 하지만, 버스는 이미 떠나간 뒤였다. 연희는 다음 날부터 자신의 음모를 깨끗하게 면도를 하고 다녔다. 연희는 이 일이 평생의 트라우마가 되었다.

세상은 그랬다.

돈의 명령에 따라 움직이는 세상은, 연희가 생각했던 것보다 더 만만치 않았다. 돈은 부패의 썩은 냄새로 가득했지만, 그래도 돈은 언제나 세상을 호령했다. 돈은 늘 명분보다 앞섰다. 그 돈은 세상을 가끔씩 정화시키기도 했지만, 세상을 악으로 물들게도 했다.

텐 카페는 조곤조곤하고 매운맛도 없는, 아무리 눈 똑바로 뜨고 기죽지 않으려고 해도, 연희가 버티기에는 힘든 곳이었다. 연희는 늘 술집 여자라고 얕잡아 보며, 깔보며, 막 대하는 남자들을 보며 속으론 한 방 먹여 주고 싶었지만, 속으로 피눈물을 흘리면서 소리칠 수밖에 없었다. "야, 이 더러운 군상들아"하고 속으로 소리만 지를 수밖에 없었다.

악취 최연희

더럽고 악취 나는 곳에서는
아무리 몸부림을 쳐도, 아무리 악 부림을 쳐도,
아름다운 향기가 날 수 없도다.
어둡고 칙칙한 곳에서는
향기로운 꽃도 피워낼 수가 없도다.

텐 카페엔 이뿐만이 아니었다. 게임을 하러 오는 젊은 손님들도 즐비했다. 주로 젊은 손님들은 게임을 하러 많이 왔나. 산 넘어 산 게임, 왕 게임, 뱀사 안사 게임, 보지 게임 등을 하러 많이 왔다.

"산 넘어 산 게임"
산 넘어 산 게임은 주로, 남자 둘 여자 둘이 주로 했으며, 남녀남녀 이렇게 중간중간에 혼성으로 앉아서 하는, 찐한 스킨십 게임이었다. 왼쪽이든 오른쪽이든 돌아가면서 하는 스킨십 게임이었다. 처음에는 손잡기부터 시작해도, 이전 사람이 한 스킨십보다 더 높게 더 강하게 스킨십 강도를 더 높여가면서 하는, 점점 더 세게 공격해야 하는 스킨십 게임이었다.

처음에는 손잡기부터 시작을 해도 키스 1분은 기본이고, 그다음은 가슴 스킨십, 가슴 키스, 그다음엔 남자든 여자든 거시기 스킨십, 그다음엔 거시기 키스까지 가는 스킨십 게임이었다. 그리고 남녀 둘이서 육구 자세를 하고서, 육구를 하는 흉내를 내야 하는 일들도 많았다. 그렇게 찐한 스킨십이 싫으면, 소맥 폭탄주나 양맥 폭탄주를, 원샷으로 마셔야 했다.
그러면서도 추임새를 넣어가면서 해야 했다. "안 돼~ 누나 무서워, 왜이래요~ 오빠 나 책임 질 거죠? 오빠나 육구 처음이에요, 오빠 제발 거기까지만" 하며 추임새를 넣어 가면서 하는 게임이었다.

"뱀사, 안사 게임"
　뱀사, 안사 게임도 스킨십 게임이었으며, 자리 배치가 남녀남녀 순서여야 했다. 일단 게임이 시작되면 옆 사람에게 뱀사? 안사? 하고 물어본다. 안 산다고 하면, 벌주로 폭탄주를 원샷으로 마셔야 했고, 산다고 대답하면, 물어본 사람이 산다고 한 사람한테 스킨십을 찐하게 해야 했다.

　뱀사, 안사 게임은 이렇게 계속 돌아가면서 하는, 찐한 스킨십 게임이었고 이전 사람보다 계속 점점 더 강도를 더 세게 해야 하는 게임이었다. 그리고 앞에서 한 스킨십보다 더, 약한 스킨십을 하면 폭탄주를 원샷으로 벌주를 마셔야 했다.

"왕 게임"
　왕 게임은 제비뽑기를 하거나 가위바위보 게임을 해서, 이긴 사람을 왕으로 정한 뒤에 그 왕이 남녀 두 명에게 마음대로 무엇이든 시킬 수 있는 게임이었다.
　장난을 좋아하는 짓궂은 사람이 왕이 되면, 두 남녀에게 찐한 스킨십을 시키는 게임이었다.
　찐한 키스부터 섹스를 하는 시늉을 하게도 했고, 섹스를 하는 모양 그 자세에서, 신음 소리를 점점 더 세게 내도록 하기도 했다. 이 게임도 지목당한 사람이 하기 싫으면, 폭탄주를 원샷으로 마셔야 했다.

"보지게임"
　보지게임은 휴지든 손수건이든 뭐든 가지고, 옆 사람에게 한 명씩 넘겨 가면서 앞에다가 글자 두 자를 넣어서 ~보지 하고 말하는 게임이었다.
　입대보지, 빨아보지, 찢어보지, 적셔보지, 핥아보지, 맛좀보지, 때려보지, 조져보지, 훔쳐보지, 벌려보지, 꽂아보지, 쥐어보지, 쪼여보지, 꾸겨보지, 쑤셔보지, 벗어보지, 입어보지, 신어보지, 먹어보지, 마셔보지, 끊어보지,

이어보지, 깎아보지, 뉴스보지, 짤라보지, 베어보지, 먹어보지, 씹어보지, 넘겨보지, 담아보지 등등 끝에 '보지' 자를 넣어서 하는 게임이었다. 그러다가 더 이상 할 게 없는 사람이나, 전에 나온 단어를 반복 한 사람은 무조건 폭탄주를 원샷으로 마셔야 했다.

텐 카페엔 이렇게 짓궂은 젊은 손님들이, 일부러 게임을 하러 오는 손님들도 많았다. 그게 싫다고, 게임 하자는 손님들이 싫다고 손님들을 거부할 수도 없었다. 또 업주가 아니라서 이런 손님들을 다 쫓아내 버릴 수도 없었다.

이렇다 보니 아가씨들은 취하지 않을래야, 취하지 않는 날이 없었다. 세상엔 이렇게 쉽게 돈을 버는 그런 일은 없었다. 그렇게 늘 인생은 늘 괴리였다. 뭐좀 하려고 하면 인생은 늘 도와주질 않았다.

/ 괴리 김나영

아 인생의 괴리여
마음은 늘 앞서가고
현실은 그 꿈을 따라가질 못해 한숨만 짓는구나
그대는 누구인가?
그대는 누구인가?

무엇이 되고 싶은가? 무엇이 하고 싶은가?
인생엔 되고 싶은 것도 하고 싶은 것도
갖고 싶은 것도 너무나 많은데
멍하니 앉아서 망상 같은 뜬구름만을 바라보는
그대는 정녕 누구인가?

나의 꿈은 영영토록 지지 않을 꽃으로 피어나
천년만년 우아하게 살려고 했건만,
이른 아침의 새벽이슬처럼 왔다가
석양의 붉은 노을처럼 떠나가야만 하는,
모진 인생을 살다 가야만 하는,
그대는 누구인가?
그대는 누구인가?
아 인생의 괴리여
아 인생의 괴리여.

   연희와 나영은 꿈과 희망대로 되지 않는 세상의 수많은 괴리들 앞에서 이렇게 늘 좌절과 제재를 당해야만 했다.

새벽 3시, 논현동 근처의 클럽.

쿵쿵쿵 울려대는 비트들과 휘황찬란하게 돌아가는 조명 빛들의 리듬을 맞춰 몸을 흔드는 젊은 남녀들로 스테이지가 발붙일 곳이 없을 정도로 북적였다.

클럽 안은 그야말로 젊은 남녀들의 탈출구이자 해방구였다. 한 마디로 원초적인 즐거움을 위한 열광의 도가니였다. 그리고는 이삼십 대의 젊고 싱싱한 여자들이 엉덩이 살이 다 보이게 짧은 치마를 입고서 노출을 하고서 섹시하게 춤을 추고 있었다.

남자들은 그런 여자들의 뒤에 바짝 붙어서, 한 손은 여자의 어깨 위에 올려놓고, 한 손은 허리를 감싸 잡고 백허그를 한 채 여자들의 엉덩이에 사타구니를 문질러대며 끈적끈적하게 춤을 추고 있었다. 죄책감이라고는 없는 듯이 쾌락에 젖어서 클럽 안은 온통 젊은이들의 열기와 흥분으로 가득했다.

그리고 문란하게 즐기는 커플들에게서는 밤꽃 냄새들이 진동을 했다. 쿵쾅쿵쾅 대며 쿵쿵쿵 쿵 대며 세상이 떠나갈 듯이 울려대는, 엄청나게 화끈하게 울려대는 스피커의 비트들에 클럽 안은 춤과 음악과 흥분들이 가득했다. 그렇게 수많은 미남미녀들이 부비부비 춤을 추어댔다. 뜨거운 열광의 도가니였다. 주말이라서 그런지 사람들이 너무 많아서 서로들의 몸이 맞닿아들 있었다.

마주 보고 서서 춤을 추며 그곳을 서로 부벼 대는 커플, 여자의 뒤에서 여자의 가슴을 주무르며, 엉덩이에 남성을 문지르며 춤을 추는 커플, 여자의 맨살 엉덩이를 주무르며 춤을 추는 커플, 모두들 하룻밤의 광란의 파티를 위한, 생물들만 같았다.

그리고는 혼자서 춤을 추고 있는 여자가 얼굴이 좀 괜찮다 싶으면 남자들이 수도 없이 접근을 했다. 그리고는 그 여자의 엉덩이 뒤에 슬쩍 붙어서는 육체적인 접촉을 했다.

그들은 하룻밤만 생각하며 미친 듯이 놀다가, 아니면 또 맘에 드는 일면식도 없는 남녀들과 밤새도록 놀다가, 눈이 맞아서는 모텔에 들려서는 알몸으로, 동물들처럼 광란의 육체적인 파티를 벌인 후 번호 교환도 없이 헤어질 것이었다. 성적 욕정만을 충족하고는.

이 수많은 남녀들 중 이곳 클럽에서 청바지와 흰 티로 가볍게 차려입은 연희와, 30대 후반 쯤의 키가 크고 훤칠한 돈 좀 있는 집 자식 같아 보이는, 이마가 반듯하고 서글서글한 인상에 웬지 눈썹과 눈매가 청량감을 주는 콧날이 오똑한 남자가 몸을 흔들며 춤을 추고 있었다. 연희와 부비부비 춤을 추고 있었다.

연희와 춤을 추는 남자는 젠틀한 매너와 예의 있는 말투를 쓰는, 김선수라는 이름의 텐 카페의 단골손님이었다. 연희는 김 선수의 간청에 못 이겨서 잠시 바람이라도 쐬볼까 하고 클럽에 온 것이었다. 김 선수는 그야말로 선수였다. 그는 여자들에게 젠틀하게 접근을 해서 여자들을 안심시킨 후, 여자들을 후리고 그 여자들의 알몸을 사진과 동영상으로 찍어서 보관했다. 그리고는 이를 스스로의 예술작품이라 생각하는 그런 자였다.

두 사람이 한창 춤을 추고 있을 그때, 김 선수의 몸동작이 격해지더니, 한 손으로 연희의 어깨를 붙잡고, 한 손으로는 허리를 감싸 안아 주무르며, 자신의 물건을 위아래로 연희의 엉덩이에 비벼댔다. 그리고는 그는 그의 물건이 커지자 다시 연희의 허벅지에 비벼댔다. 연희를 뒤에서 끌어안은 상태로.

연희와 김 선수가 스테이지에서 한창 춤을 추고 있을 무렵, 이 남자의 작전이 시작됐다. 김 선수에게는 여성들의 몸은 후리고 보자는 게 전부였다.

광란의 색정의 파티를 위한 도구에 불과했다. 그 이상도 이하도 아니었다. 여자들은 백이면 백 젠틀한 매너와 예의 있는 그의 행동에 모두 다 넘어가, 알몸 동영상을 찍혔다. 정신을 잃은 채로.

연희와 김 선수가 스테이지에서 한창 춤을 추고 있을 무렵, 누군가가 김 선수와 연희의 테이블에 다가와서는 연희의 술잔에 무언가를 풍당 넣고는 어디로 사라져 버렸다. 잠시 후 자리로 돌아온 연희와 김 선수는 타는 갈증에 따라져 있는 언더락스 잔의 양주를 단숨에 비웠다.

잠시 후 연희는 정신이 혼미해지는 것을 느끼자, 술을 너무 많이 마셔서 그런가? 생각했다. 연희는 거의 정신을 차리지 못했다. 기분이 묘해지며, 욕정이 달아오르며, 자리에서 일어나려는 순간, 몸의 균형이 무너지며 가슴은 타는 갈증을 느꼈고, 온몸은 찌릿찌릿 해왔다. 그리고는 사람들이 마치 무슨 물감을 섞어놓은 것처럼 뭉개져 보였다. 이윽고 연희는 기억이 끊어졌다.

잠시 후, "강남 막떨림 장"
김 선수는 모텔에 들어올 때 5만 원권 지폐 세 장을 몸도 못 가누는 연희의 손에 쥐어 놓고는 그 돈으로 모텔비를 계산했다. 그래야만 나중에 문제가 되지 않는 걸 알기에.
김 선수는 자신의 옷을 모두 다 벗은 채 알몸으로, 커다랗게 발기가 된 채, 연희의 청바지를 반쯤 벗기면서 연희의 팬티를 무릎 아래로 벗겨 내리려 했다. 그 순간, 연희가 간신히 눈을 떴다. 연희가 깜짝 놀라 청바지와 팬티를 치켜올리면서, 일어나려고 하자 김 선수는 힘으로 연희의 옷을 강제로 벗기려고 거칠게 다뤘다.

그리고는 연희의 분홍색 실크 팬티를 확 찢어서 바닥에 휙 하고 냅다 집어 던져 버렸다.
그래도 연희가 소리를 지르며 반항을 하자, 김선수는 연희의 머리채를 두 손으로 꽉 움켜쥐고는 연희의 머리를 침대 머리 쪽으로 밀어붙이며 쾅쾅쾅 짓이겨 가며 힘으로 제압했다.

김선수가 말했다. "뭐? 이게 사랑이냐고? 그래, 이게 내 사랑 방식이다. 니가 찬란한 슬픔을 알아? 내가 읊어 볼 테니 한번 들어볼래?"

찬란한 슬픔 김 선수

오, 찬란한 슬픔이여
오, 찬란한 슬픔이여
남자들의 사랑은 성욕이고 섹스다
이렇게도 해볼까?
저렇게도 해볼까?
뒤치기도 잘할까?
육구도 잘할까?
하고 상상을 먼저 하는 게, 상상의 나래를 먼저 펴는 게
남자들의 유전적, DNA적 사랑 방식인거다.
여자들이여, 그대들이야 자기에게 잘해주는 멋진 반려자를 만나서,
사랑받고 예쁨받고 서로에게 잘해주고 아름다운 가정을 꾸리는
언제나 웃음소리 가득한, 행복한 가정을 꾸리는
로맨틱한 상상들을 먼저 하겠지만
남자들의 사랑은 성욕이 먼저이고, 섹스가 먼저이다.
짐승의 본능 같은, 성욕과, 정복욕이, 먼저이다.
이런 게 남자들의 사랑 방식인 동시에 상상이고 판타지인 것이다.
남자들은 다 왜 그러냐고?
남자들은 이러고 싶어서 이러겠어?
유전적, 종족 번식의 본능 때문에, 짐승의 본능 때문에
이런 더러운 본능, 정복욕의 본능이, 내면에 내재되어 있는걸,

인형놀이   35

설계가 되어 있는걸, 대체 어쩌란 말이냐?
오, 찬란한 슬픔이여
오, 찬란한 슬픔이여
여자들이여 그대들은 남자들의 찬란한 슬픔을 아는가
남자들의 안에 내재되어 있는, 짐승 같은 사랑의 DNA, 욕정의 DNA
이런 찬란한 슬픔을 아는가?
이렇게 슬픈, 남자들의 찬란한 슬픔을 아는가?
하고 싶지 않아도 DNA 역학적으로 설계가 되어 있는,
찬란한 슬픔을 아는가?
그리고 그 DNA가 시켜서 그렇게 할 수밖에 없는, 더러운 운명을 타고난
남자들의 찬란한 슬픔을 아는가?
그러므로 사랑은 아무리 미화되어도,
성욕이 먼저인 것이다.

"야, 오죽하면 쇼펜하우어도 사랑은 성욕이다라고 지껄였겠어?" 하며 김선수는 되도 않는 궤변들을 지껄이며 연희를 계속 제압해 왔다. 그렇게 계속 침대 머리에 머리가 짓이겨지며두 팔은 뒤로 꺾였고 목까지 뒤로 꺾여져서 짓이겨지자, 연희는 이대로 있다간 죽을 것만 같은 느낌이 들었다. 연희는 살아야겠다는 생각 밖에는 들지가 않았다. 그래서 연희는 다시 죽을 힘을 다해 반항하며 소리를 질러댔다.

"오빠 살려줘, 제발 오빠 제발, 살려줘, 제발, 오빠 나 제발, 그냥 보내줘 제발, 오빠 나 집에 좀 보내줘 제발, 오빠? 이런 사람 아니잖아?" 하고 소리치면서, 연희는 계속 울면서 매달렸다. 그래도 김선수는 멈추지를 않았다.

잠시 후, 연희는 김선수가 방심하는 틈을 타서, 김선수를 확 밀쳐서 바닥에 넘어트린 후 얼른 도망을 쳐서, 방문을 열었다. 하지만, 그 순간 김선수의 손이, 연희의 머리채를 꽉 낚아채 모텔 방안 바닥에 내동댕이를 쳐 버렸

다. 그리고는 연희의 몸 위에 올라타서는 연희의 머리채를 잡고서 방바닥에 짓이기다가, 거칠게 다루며 옷을 벗기려 했다.

연희는 다시 사력을 다해 몸부림을 치다가, 힘으로는 도저히 어찌할 수가 없자, 옷을 벗은 채로 발기해 있는 김 선수의 고환을 있는 힘껏 두 손으로 잡고 소리쳤다. "야, 이 나쁜 새끼야, 이 나쁜 새끼야 너도 죽어봐라, 이 새끼야." 소리를 치며, 어디서 이런 힘이 났는지 모르게 놈의 고환이 터져라, 떨어져라 하는 심정으로 꽉 움켜쥐고는 확 비틀어 버렸다. 연희는 대체 어디서 이런 힘이 이런 용기가 났는지, 자신도 알 수가 없었다.

그러자 놈은 "악" 소리를 지르며, 데굴데굴 굴러댔다. 놈은 고환을 두 손으로 움켜쥐고서는 계속해서 데굴데굴 굴러댔다. "야, 이 미친년아, 이 미친년아. 아이쿠 내 부랄, 아이쿠 내 부랄, 이 미친년아, 내 부랄 어떡해." 하고 악을 써대며, "넌 뒤졌어 씨발년아." 하고 소리치더니 다시, "아이쿠 내 부랄 아이쿠 내 부랄"하고 소리를 질러댔다.

그사이에 연희는 신발도 제대로 신지 못한 채 신발을 손에 들고는, 맨발로 네발로 기다시피
기어 나와 도망을 쳤다. 연희의 온몸은 상처투성이였다. 손목, 무릎, 머리 등 곳곳이 타박상 이었다. 그자는 이미 뇌가 망가져서, 미안함도 모르는 짐승처럼 보였다. 초점을 잃은 눈에선 이상한 광기가 흘렀다. 성 착취만을 위해서 만들어진 짐승처럼 보였다.

연희는 악몽으로부터, 지옥으로부터 빠져나와 눈물로 뿌옇게 흐려진 세상을 바라보았다. 사람들을 모두가 평범하게들 살아가는 것만 같았다. 연희는 혼자서만, 격리된 세상에 와있는 것만 같았다. 악한 짐승들만 가득한 세상에 고립된 채 살아가는 사람처럼, 스스로 생각되었다.

연희는 길가에 주저앉아 잠시 숨을 몰아쉬었다. 사나운 짐승에게 쫓기다,

간신히 도망쳐 나온 꽃사슴처럼. 연희는 마음속에 일기를 썼다.

원죄 최 연희

아, 원죄로 가득한 나의 인생이여
아, 슬픔으로 가득한 나의 운명이여
누가 나의 슬픔의 뿌리들을, 뽑아내어 줄 수가 있단 말인가?
이 슬픈 나의 삶을, 이 슬픈 나의 운명을, 대체 누가?
평범한 삶을 살 수 있도록, 바꾸어 줄 수가 있단 말인가?
누가 나의 슬픈 자궁의 질구를 절개해,
나의 온갖, 핏줄들을 물어뜯는? 잔인한 원죄를?
저주를 꺼내어 줄 수가 있단 말인가.
아, 슬픔으로 가득한 나의 운명이여
나는 나를 슬퍼하노라.
나의 원죄를 슬퍼하노라.

연희는 집으로 돌아와 일기를 쓰고는 생각했다.
'뭐 유전? 뭐 DNA? 어디서, 이런 되도 않는 괴변들만 주르르 대가리 안에 꿰차 가지고는 짐승 같은 놈, 악마 같은 놈' 하며 치를 떨었다. 그리고는 그 후로 화류계를 떠났다. 나영을 데리고 화류계를 떠났다. 더럽고 치사해서 떠났다. 그렇게 연희는 트라우마가 또 하나 생겼다. 남자들에 대한 트라우마가 생겼다.

텐 카페에서 나온 연희는 밤일수록 항상 더 밝게 빛나는 품격 있는 여자, 강하고 아름답고 현명한 여자, 세상을 남자들을 휘어잡을 수 있는 마술, 독심술을 호신용으로 갖고, "유혹의 소나타" 라는 이름의 바를 차렸다.

텐 카페에서 환멸을 느껴서, 나영은 언제나 마음이 너무 여린, 너무 착한 연희가 걱정이 되어서 동업으로 투자를 하였다. 연희와 나영은 그렇게 화류계에서 몸과 마음을 다친 후, 그곳을 떠나 성매매를 하지 않고도, 돈을 버는 바를 선택해 논현동 2층에 가게를 차렸다. 그리고는 싼 가격대와 비싼 가격대의 각종 위스키들과 와인들까지 고루고루 갖춰 놨다.

"인간은 애정을 먹고 사는 동물이다." 나를 휘어잡으려 하는 남자들은 와라, 잘난 척하는 졸부들에게 휘둘리지 않고 말 못할 사연으로 끙끙 끙 앓아대는, 소심한 남자들의 홧병들은 다독여 주리라. 인형 놀이를 하듯이 다독여 주리라 라는 생각으로 가게를 차렸다. 하지만, 세상은 소녀들의 인형 놀이와는 소꿉장난과는 달랐다. 사뭇 달랐다.

세상의 그늘진 곳에서 살아가던 외로움들이 발길을 향하는 곳.
강남 논현동 2층 유혹의 소나타에 연희와 한 중년 남자가, 테이블을 마주 보고 앉아 고급 와인을 마시고 있다.

이곳은 주로 점잖은 손님들이 대화를 나누는 클래식 토킹 바이다. 어둑어둑한 조명 빛과 조용하게 흐르는 음악 소리와 살짝 프라이버시를 보장해 주는 듯, 높지 않은 칸막이가 있는 이곳에서 벌써 여러 테이블에서 손님들이 대화를 나누고 있었다.

연희는 커다랗고 풍만한 바스트 라인이 볼륨감 있게 살아나는 몸에 딱 맞는 짧은 블랙 원피스를 입고 있었다. 허벅지가 훤히 드러나는 연희가 입은 짧은 블랙 원피스는 실크 소재로 되어 있어서 연희가 걸을 때마다, 원피스의 아랫단이 찰랑거리며 연희의 매끄러운 다리라인과 허벅지와 골반과 엉덩이 라인의 실루엣이 그야말로 남자들의 눈을 떼지 못하게 하는 환상의 실루엣이었다.

 연희와 고급 와인을 마시고 있는 이 남자는, 부잣집인 처가의 도움으로 큰 돈을 번 노다지라는 덩치가 큰 50대 중년이다. 돈의 지분은 처가와 아내가 대부분 소유하고 있지만, 그도 남아도는 돈을, 돈지랄 하러 천사처럼 예쁜 연희에게 흑심을 품고 오는 그런 사람 중에 한 명이었다. 그는 자신감이 넘치다 못해 하늘을 찌르고, 남의 감정 따위는 고려하지 않았으며, 생각보다 행동이 앞섰다.

 "야 연희야? 내가 말이야? 요즘 열불 나는 일이 있는데, 너 한번 들어볼래?"
 "응 뭔데? 오빠"
 "응 다른 게 아니고? 우리 마누라 얘기야. 진짜 스트레스 받는다니까. 맨날 이렇게 퇴근이 늦냐? 어떤 년 만나고 왔냐? 또 오늘은 왜 일찍 들어왔냐? 밥 차리기도 귀찮은데 다음부턴 밥 먹고 들어와라 이건 나가라는 건지? 들어오라는 건지? 오늘은 이랬다가 내일은 저랬다가 내가 언제 이렇게 하라고 했어? 저렇게 하라고 했지? 늘 호통을 치듯이 말을 하니, 내가 열불이 안 받겠냐? 대체 어느 장단에 맞춰, 춤을 춰야 될지 알 수가 없다니까?"
 하며, 노다지는 정말 부인에게 질린 듯 심정을 털어놓았다.

 노다지의 신세 한탄이 끝나자 연희가 말했다. "응 그렇구나, 오빠도 힘들겠다. 어쩜 정말 이렇게 잘생긴 오빠한테?"
 연희가 동정의 말을 건네자 노다지는 연희의 얼굴을 한번 힐끗 바라보고 말했다.
 "그렇지 연희야? 내가? 인물 하난 좀 먹어주지? 마누라하고 대화하고 있으면, 숨이 턱턱 막히는데 희한하게 너랑은 대화가 잘된다. 야? 기분이다, 연희야. 가서, 사똔지 샤똔지 그거 몇 병 더 가져와. 돈도 남아도는데." 노다지는 호기를 부렸다.
 그러자 연희가 생글생글 웃으며 "네, 오빠" 하고는, 금방 사또를 두 병 더 가져왔다. 노다지는 계속해서 말을 이어 나갔다.

"난 마누라한테 전화만 오면, 진짜 떨린다니까"
그러자 연희가 놀라는 표정으로 물었다. "오빠는 사모님이 그렇게 무서워?"
생글생글 웃는 연희를 바라보며 노다지가 말했다.
"야? 마누라가 얼마나 무서우면, 전화기까지 다 덜덜 떨겠냐? 마누라한테 전화만 오면? 전화기까지 다 깜짝 놀래서 덜덜덜 떤다니까."
그러자 연희가, "그건 오빠가, 진동으로 해놓으니까 그렇지" 하고 말하자 노다지가 연희의 어깨를 탁치며 말했다. "오, 요것이 아주 센스쟁이네."
그 말에 연희가 "와, 오빠 진짜 재미없다, 그거 가지고 나 꼬시겠어?" 하고 웃으며 말하자,
노다지는 호인처럼 하하하 하고 크게 너털웃음을 지으며, 박수까지 쳐대며 말했다.
"그렇지? 내가 그렇다니까, 내가 여기나 와야 크게 웃는다니까."
그러면서 연희 곁으로 슬쩍 다가가 앉더니, 다시 허리를 감싸 안으며 말했다.
"연희야 재미있는 거 하나 더해줄까? 제비하고 꽃뱀 부부가 살았대, 하도 돈벌이가 안돼서 가게를 차리기로 했대. 남편인 제비는 고추가게를 차렸대. 너, 부인인 꽃뱀은 무슨 가게를 차렸게?"
그러자 연희가 말했다. "뱀탕집? 아닌가? 건강원? 아니면 꽃집?"
노다지가 대답했다. "구멍가게 차렸대."
그러자 연희가, "와, 이건 좀 재미있다."고 대답하자, 신난 노다지가 "연희야? 너 내 세컨 할래? 금은보석으로 아주 쫙 세팅해 줄게. 오빠가 가진 건 돈밖에 없어." 하며 허세를 떨어댔다.
연희는 자신을 꽉 끌어안고 있는 노다지를 살짝 떼어 놓으며 말했다.
"오빠, 잠깐만 나 숨 막혀 죽겠어, 그런데 오빠 진짜 능력 있는 남자구나. 그럼 오빠는? 어떤 여자 원해? 밤에, 덮쳐주는 여자 원해? 위에서 리드해주는 여자 원해?"
연희가 살짝 장단을 맞춰주자, 노다지는 눈을 동그랗게 뜨고는 연희를 더

꽉 끌어안으며 말했다.

"연희야 너 혹시 분수 되냐? 오빠는 분수 되는 여자가 좋은데. 야동에 나오는 분수 쏘는 여자. 너 그거 돼? 그 여자들 죽이지 않냐? 거기 나오는 여자들? 이렇게도 해주고 저렇게도 해주고."

노다지가 눈을 희번득 거려댔다. 그 말에 연희는 노다지의 손을 허리에서 떼어내며 말했다.

"오빠 그건 다운받아서 봐. 집에서 조용히. 이 오빠 아주 응큼하네?"

그러자 노다지는 연희를 다시 더 세게 끌어안으며, "아이구 요걸 그냥 확, 마요네즈 찍어서 그냥 확, 찹찹찹 해버리면, 그냥 딱인데?" 하며 입맛을 다셨다.

그러자 연희가 말했다. "아 오빠 왜 그래? 마요네즈는 오이한테 양보해. 오이나 찍어 먹어."

이 말에 노다지는 다시 입맛을 다시며, "어휴 조걸, 조걸 그냥 확 엎어놓고, 팬티를 확 찢어서 그냥 쪽쪽 빨아 먹고 그냥 뒤치기를 그냥 콱 하면 그냥 딱인데 오리 궁뎅이라서."하고 말했다.

노다지는 "야, 됐고, 내가 재미있는 얘기 하나 더 해줄까?" 하고는 말을 다시 이어 나갔다.

"옛날에 쌍팔년도에 잠자리 경험이 없는 도배쟁이 숫총각과 경험 많은 신부가 결혼을 했는데 첫날밤에 신랑이 새색시 옷을 벗기자, 신부는 두근두근 은근히 쾌락의 밤을 기대했대. 그런데 신랑은 여자하고 잠자리가 처음이라서 그런지, 조루라서 그런지, 벽에 도배 해주는 도배쟁이라서 그런지 신부의 그곳 문은 들어가 보지도 못하고, 문지방에 물풀 같은 풀칠만 잔뜩 칠해 놓고는 자더래. 어때? 재밌지?" 하고 말했다.

그러자 연희가 말했다. "엥? 오빠 썰렁하다, 좀, 뒷얘기가 더 있어야 되는 거 아니야? 그래서 신부가 이랬다, 저랬다 뭐 그렇게, 뭔가 더 있어야 되는 거 아니야? 그런데 오빠? 오빠는 어떻게 이렇게? 야한 걸 알고 다녀?" 웃으며 물었다.

　노다지가, "야? 연희야? 너도 오빠가 물풀로 니 문지방에 풀칠 한번 해줄까? 오빠도 도배장이 출신이야. 니 문지방에 찐득찐득하게 풀칠 좀 해줄까?" 하고 말하고는 킥킥 웃어댔다.

　연희가 보기에는 이 오빠는 양기가 입으로 오른 듯했다. 하지만, 특별히 나쁜 사람 같지는 않았다.

　노다지가 연희와 눈을 맞추며 다시 말했다. "연희야, 오빠가 재미있는 얘기 하나 더 해줄까?

　인터넷에서 본 건데? 어느 날 농사꾼 아빠가 조를 까고 있었어. 너 조 알지? 오곡밥에 놔먹는 거? 아빠가 그렇게 한참 조를 까고 있을 때, 학교를 다녀온 중학생 딸이 아빠한테 말했어. '아빠 조까고 있어?' 하고 물었대. 그랬더니 아빠가 '이런 싸가지 없는 년이' 하고 말하면서 딸래미 머리통을 한 대 때렸더니, 딸래미가 화가 나서 말했대. '아니, 아빠? 조까다 말고 딸쳐?' 하고 말했대. 어때 재미있지?"

　그 말에 연희가 "오빠 이건 진짜 재미있다." 하고 박수를 치면서 크게 웃어주자 노다지는 신이 났는지, 연희에게 30만 원의 팁까지 주고는 집으로 돌아갔다.

　노다지가 돌아가자 연희는 너절한 미사여구들은 집어치우고 일기를 써내려갔다.

영토 최연희

　상처들과 아픔들과 슬픔들에게 쫓겨났던 나의 행복한 일상들이,
　나의 영토로 다시 돌아왔다.
　그러자 내 마음이 편안해졌다.
　그러자 이리 뒤척 저리 뒤척 잠, 못 들고 무엇엔가 쫓기듯 살며

길을 잃고 낯선 거리를 헤매던 조급함들이
내 안의 포근 영토로 되돌아왔다.
행복한 꿈들과 평온함까지 데리고서 돌아왔다.
하여, 나는 깨달았다.
아무리 큰 재물을 가지고 있어도 내면의 욕심이 크다면
재물 따위는 명예 따위는 황금 따위는
내면의 평온함에 비교되지 못하리라.
하여, 나는 나의 내면의 영토에
나쁜 욕심들이 침범하지 못하도록 최선을 다하리라.

 잠시 후 옆 테이블엔 한 외로워 보이는 남자와 레드 인견 민소매의 짧은 원피스에 검정색 하이힐을 신은 나영이 한 남자와 고급 와인을 마시면서 대화를 하고 있었다.

 나영이 입은 레드 인견 민소매의 원피스의 밑단에는 살짝 스모크 주름이 디테일한, 허리 라인을 꽉 잡아주는 원피스였으며, 그 밑단은 나영이 살랑살랑 걸을 때마다 마치 실바람에 치마가 날리듯 살랑살랑거려 남자들의 눈길을 사로잡았다.

 그 모습은 엄청나게 예쁜 나영의 작은 얼굴과 풍성한 머리칼과 크고 풍만한 가슴과 잘록한 허리와 큰 엉덩이와 매력적인 골반과 허벅지와 길 죽 한 다리와 잘 어울려서, 나영을 마치 신이 빗어놓은 예술품처럼 보이게 했다. 그리고는 남자들의 입을 자동으로 헤 벌리게 만드는 여신의 모습이었다. 이렇게 아름답고 예쁜 나영과 함께 와인을 마시는 이 남자의 이름은 한소심 이라 했다.

 나영이 먼저 특유의 시원시원한 목소리로 말했다.
 "오빠? 그런데 오빠 이름은 한 소심인데 왜 이렇게 비싼 걸 마셔?" 하고 나영이 물었다.

  그러자 한 소심은 나영의 손을 꼭 잡으며 말했다.

  "아, 내가 왜 그랬겠어? 거금까지 들여가면서? 그게 다 우리 여신 같은, 나영이 꼬셔 볼려고 그런 거지."

  그러자 나영이 하하하 커다랗게 웃으며 말했다.

  "에이구, 남자는 다 늑대라더니 오빠도 엉큼한 남자구나? 이쁜 건 알아 가지구."

  이 말에 한소심은 나영의 옆에 더 바짝 붙어 앉아서는, 허리를 끌어안고는 나영의 머리칼 냄새며 몸에서 나는 냄새를 킁킁거리며 수도 없이 맡아댔다.

  그러자 나영이 한소심의 머리를 살짝 밀치면서 말했다. "오빠 그만 좀 킁킁대, 오빠가 개야 하이에나야? 이래가지고 여자들이 붙어 있겠어? 여자들 다, 도망가지." 하고 말했다. 그러자 한소심은 상처를 받은 듯이 금방 풀이 죽었다.

  그리고는 잠시 후, "나영아, 너 왜? 내 아픈 곳만 찌르냐? 송곳으로 찔러야, 피나는 건줄 아냐? 말로 찌르는 게 더 아프고, 더, 흉터도 더 오래가. 그래, 나 만나는 여자마다 다 도망갔다, 어쩔래? 성적 취향이 독특한 게 죄야? 나도 이러는 내가 싫어. 그런데 타고난 걸 어떻게 해? 잠자리 할 때는 흥분이 안 되고, 이래야만 스릴 있고 흥분이 되는데? 이렇게라도 못하면, 날더러 어쩌라는 거냐? 이것도 하늘의 벌이라면? 여자들은 왜 다 그래? 내가 물구나무서서 하자는 것도 아니고, 후장에다 하자는 것도 아니고. 겨우 냄새 맡는 거 이거하나 이해 못 해줘? 그리고 왜 다들 도망을 쳐? 이런데 와서라도 이렇게라도 해야 밖에 나가서 지나가는 여자들한테 충동적으로 나쁜짓 안 하지, 안 그래?" 하며 눈물을 글썽이며 한풀이를 했다.

  나영은 생각했다. '그래 뭐, 그깟 냄새만 맡는다는 건데 뭐.'

  잠시 후, 나영이 말했다. "오빠 미안해, 우리 한잔하면서 풀자, 응?"하고 달래주며, 한소심의 손을 꼭 잡아주자 그제서야 한소심은 기가 다시 살아났다.

한소심이 환하게 웃으며 나영에게 말했다. "야, 기분이다. 나영아, 한 병 더 가져와."

그러자 나영이, 그 예쁜 여신 같은 외모로 백치미가 풍기는 미소를 만들어서는 웃으며 일어났다.

그리고는 나사 하나가 살짝 풀린 듯, 그 엄청나게 예쁜 작고 예쁜 얼굴로 풍성한 머리칼을 찰랑이며 크고 풍만한 가슴과 잘록한 허리와 큰 엉덩이와 매력적인 골반과 허벅지와 길쭉한 다리로 신이 빗어놓은 예술품만 같은 그 자태로, 하이힐을 신은 다리를 일부러 삐거덕 삐거덕 뒤뚱뒤뚱 걸으며 넘어질듯 연기를 하자, 한소심은 뭔가 살짝 부족해 보이는 듯한, 나영을 바라보며, 어, 어, 어 하며 보호 본능을 일으켰다.

나영은 자신이 싸가지가 없어 보여 그렇잖아도 소심한 한소심이 소심하게 앉아있자 일부러 부족해 보이는 듯 연기를 한 것이다. 술이 몇 잔 더 들어가자 한소심은 용기가 났는지, 아까보다 더 바짝 나영에게 들러붙어 앉아서는 미친 듯이 나영의 머리칼을 손으로 가져다가 자신의 얼굴에 부벼대며 킁킁 대다가, 기어코는 나영의 발밑에 엎드려서 나영의 하이힐을 벗겨서는 나영의 신발 냄새를 미친 듯이 맡더니, 또 다시 나영이 신은 검정 스타킹의 발바닥과 발가락을 미친 듯이 핥아 댔다.

나영은 한소심의 행동에 소름이 돋았지만, 한소심이 큰 단골이기도 했고 불쌍하기도 했고, 측은하기도 했고, 자신이 상대 안 해주면 누가 해줄까 싶어서 장단을 하듯 맞춰 주었다.

"오빠 좋아? 오빠 내 발 냄새가 그렇게 좋아? 내 신발 냄새는 어때? 미칠 것 같지? 오빠? 쌀 거 같아? 오빠? 어때 오빠? 내가? 오빠 입 안에, 발가락 더 콱, 넣어 줄까? 오빠 어때? 이렇게? 내가 오빠 입에, 발가락 더, 콱 넣어 주니까? 어때? 좋지. 좋지? 진짜 좋지? 역시 오빠는 내 취향이라니까? 나도 발가락 빨리는 거 진짜 좋아 하는데, 오빠 어때? 내 힐에다가 와인도 한

인형놀이　　　　　　　　　　　　　　　　　　　　　　　　　　　　47

잔 따라 마셔봐."

곧이어 나영이 "응응응..... 응응응......으으으응..."하며 야시시한 소리를 내자, 한소심은 "으으으 아아아.....나영씨 나영씨 나영씨......으으으 나 쌀 거 같아.....나영씨, 나 싼다." 하고 말하며 나영의 두 발바닥을 있는 힘껏 끌어안고서는 얼굴에다 대고 비벼 대면서, 핥아 대면서, "으...나영씨..."하고 말하며, 온몸을 부르르 떨어댔다. 그리고는 기운이 다 빠졌는지 축 늘어졌다. 잠시 뒤, 그는 유혹의 소나타를 떠났다.

나영은 생각했다. '대체 마음으로도 통제가 안 되는, 그 이상한 욕정들은? 성적 충동들은 대체? 어디에서 온단 말인가?'
나영은 도무지 이해를 할 수가 없었다. '그게 키스보다, 섹스보다, 더 짜릿하단 말인가?' 하는 의문이 들었다.

/ 방관자 김나영

세상엔 참 수많은 방관자들이 있다.
자신의 치부를 드러내 놓지 못하는 채,
주눅들고 의기소침해 웅크리며 사는 자들,
내적 충동과 분노를 잠재우지 못해 방황하는 자들,
욕망과 욕정으로 가득한 자들,
그리고 늘 외톨이인, 아웃사이더들,
그리고는 수많은 특이한 성적 취향에 매몰된 성 소수자들,
그들은 인생 시작부터 망한 거다.
태어나 보니 진창 속에 핀 슬픔의 꽃들처럼
그들은 인생 시작부터 망한 거다.
하지만 보편적인 사람들에겐

그들은 이상한 자들일 뿐이고
세상은 그들에게 대하여 방관자일 수 밖에 없다.

나영이 생각하기엔 이 모든 슬픔들이 차라리 연희가 하는 인형 놀이라면 좋을 듯 싶었다.
언제든 다시 시작하는 인형 놀이라면 좋을 듯 싶었다.

다음날, 새벽 2시. 유혹의 소나타.

야시시한 짧은 블랙슬립 원피스를 입은 연희와 50대 초반의 덩치가 산만한 남자가 테이블을 앞에 두고 앉아서 고급 위스키를 마시고 있었다. 연희가 입은 블랙슬립 원피스는 슬립 한 핏으로 연출된 하늘하늘한 슬립 원피스였으며, 그 옷을 입은 연희의 모습은 마치 천사만 같았다.

치렁치렁한 풍성한 웨이브 있는 머리칼에, 작은 얼굴과 가지런한 짙지 않은 눈썹에, 커다란 호수처럼 깊은 반달눈에 오똑한 코와 꽃잎처럼 빨간 예쁜 입술은 그야말로 빛나는 여신의 얼굴이었다. 거기에다 우아함과 지적인 이미지를 풍기는 연희는 그냥, 그야말로 빛나는 여신의 모습이었다.

이렇게 아름답고 지적이고 착한 연희와 술을 마시는 이 남자의 이름은 한번만이었다. 그는 강남에서 알아주는 거부였다. 그는 커다란 여러 개의 빌딩을 소유한 남자였다. 한번만이 연희에게 말했다.

"연희야? 너 오빠 집으로 들어와라, 50평 아파트 한 채 사줄게? 아니면 100평짜리 사줄까?"
한번만은 돈 자랑을 연신 해댔다.
그러자 연희가 말했다. "오빠는 돈 진짜 많구나?"
이에 한번만은 더 신이 나서 말했다. "연희야? 너 갑부라고 들어봤냐? 내가 그 갑부야. 너 흥부놀부 갑부 삼형제 얘기 알지?" 하고 물었다.

그러자 연희가 말했다. "엥 오빠? 흥부랑 놀부랑 형제 아니었어요?" 하고 물었다.

한번만이 말했다. "너? 그거 사실은 흥부 놀부 형제가 아니라, 원래는 흥부 놀부 갑부 삼형제야. 내가 흥부 형한테 좋은 역할 양보 한 거지. 야, 아무튼 내가 바로, 그 새 발의 피로 갑부 된 남자야. 피 질질 흘리는 제비 다리 묶어 줬다가 부자 된 남자, 갑부."

연희가 말했다. "엥? 오빠? 이런 건 어디서 배웠어? 오빠 진짜 센스 터진다." 하고 말하며 은근히 칭찬해 주자 한번만은 어깨를 으쓱하고 다리를 척 꼬면서 말했다.

"너처럼 예쁜 여자 꼬시려고, 위트 좀 배웠지, 연희야? 너 한번만 줘라? 그러면 나 죽어도 여한이 없겠다." 하고 말했다. 그리고는 연신 연희의 허벅지를 만져댔다. 침을 질질 흘리며 연희의 허벅지를 만져댔다.

그러자 연희가 엄지 척을 해보이며 말했다. "와, 오빠 진짜 멋지다, 돈 많지, 위트있지 거기다 사람 볼 줄 알지 잘생겼지. 내가 독신주의자만 아니면 오빠 한번 꼬시고 싶다."

그 말에 한번만은 심장이 훅 달아오르며 안달이 났다. "연희야, 한번만 줘라, 연희야 제발 한번만 줘라. 나 여자한테 이렇게 사정해 본 적 없다." 말하며 연희의 어깨를 주물러댔다. 마치 연희에게 잘 보이려는 듯이.

그러자 갑자기 연희가 반짝반짝 빛나는 눈으로 말했다. "오빠? 오빠는 내 배가 좋아? 크루즈 배가 좋아?" 하며 드립을 쳤다. 그러자 한번만은 몸이 더 훅 훅 훅 달아오르는지 연희를 있는 힘껏 꽉 끌어안으며 말했다. "연희야 너? 아주 사람 환장시키는 재주 있다? 당연히 니 배가 좋지? 니배 언제 태워 줄 건데?"라며 진지하게 물어왔다.

연희가 한참 생각을 하더니 말했다. "음, 오빠 한? 2백 년 후에? 혹시 오빠가 그때까지 살아 있으면."하며 웃자, 한번만은 갑자기 목소리를 촥 깔면서 중저음 목소리로 말했다.

"연희야? 이 집에서 제일 비싼 술, 싹 다 가져와. 오빠가 오늘 이 가게 술 다 싹쓰리할 테니까. 알겠지? 오늘 가게 문 닫아. 하루 매상 얼마야? 내가 싹 다 올려줄게." 하고 거만을 떨어댔다.

그러자 연희가 위스키를 한 병 더 가져다가, 술을 따라주며 말했다. "오빠는 사모님 사랑 듬뿍 받겠네? 잘 생기셨지? 돈도 많지? 위트도 많지?" 하고 연희가 말을 마치자, 그렇게 밝았던 한번만의 표정이 갑자기 싹 어두워졌다.

그리고는 잠시 후 이렇게 말했다. "아무리 잘난 사람도 모든 게 완벽할 수는 없는가봐? 난 마누라한테 사랑 못 받아. 마누라를 한 번도 만족시켜 준 적이 없어."

그러자 연희가 말했나. "왜요 오빠? 사모님이 혹시, 옹녀세요?" 하고 물었다.
연희의 물음에 한번만은, 한숨을 푹 쉬더니 말했다. "아니. 내가 문제야, 내가. 너? 토끼 알지? 토끼? 내가 토끼야. 그래서 늘 마누라 문지방만 더럽히니 마누라가 나 좋아하겠어? 그래서 마누라 곁에서 잔지가 오래됐어. 연희야, 이런 말 해도 되나? 병이야 병. 진짜 병이라니까. 토끼에다가, 예쁜 여자들 엉덩이만 보면 미친다니까. 정신병이지 정신병이야."
연희는 이렇게 말하는 한번만에게서 측은함이 느껴졌다. 연희가 다시 안쓰러운 표정으로 말했다. "그랬구나? 오빠. 그래서 오빠가 밖으로 떠도는 거였구나?"
그 말에 한번만이 말했다. "그러니까 말이야, 세상은 언제나 완벽한 사람들 편이야. 성 소수자들을 이해 못해. 왜 왜 왜? 왜 왜 왜? 하면서, 왜? 그게 왜 안 돼? 열심히 하면 되잖아? 노력하면 되잖아? 하고 말한다니까." 하고 한번만은 울분을 토했다.

연희가 술잔을 들어서 한번만의 술잔에 술잔을 부딪치며 말했다. "오빠 그냥, 술이나 마시자? 내가 우리 잘생긴 오빠, 술 상대 해주잖아?" .

그러자 연희의 따뜻한 말에 한번만은 다시 기분이 살아난 듯, 연희의 곁에 더 바짝 붙어 다가앉았다. 그리고는 말했다. "연희야? 너는 어쩜 이렇게 착한데다가 엉덩이도 크고 탱탱하고 끝내 주냐? 허벅지는 이렇게 보들보들하고, 마음씨는 또 야들야들하고, 엉덩이는 또 얼마나 말캉말캉한지."하더니 목이 타는지 위스키를 무슨 냉수를 마시듯 벌컥벌컥 마시고 다시 말했다.

"연희야 나 이러다가 말라 죽거나 미치는 거 아니야? 예쁜 너 때매? 이러다가 혹시 나 죽으면 니 책임이다. 니가 내 제사 지내 줘야 된다. 대체 어디서? 너같이 이렇게 예쁜 것이 나타났냐? 하늘에서 뚝 떨어졌냐? 꽃밭에서 뿅하고 나타났냐?" 하며, 한번만은 미친 듯이 연희의 엉덩이와 허벅지를 주물러댔다.

나이가 먹으면 양기가 모두 다, 손끝으로 모인다더니, 한번만은 짜릿짜릿한 손맛 때문인지 연신 연희의 엉덩이에 손길을 멈추지를 못했다. 그리고는 불량 토끼처럼, "연희야, 연희야, 최연희야, 헉헉 헉......연희야, 연희야, 헉헉헉......"하면서 연희의 맨살 허벅지 위로 퍽 엎어졌다.
그러자 연희가 이맛살을 살짝 찡그리며 말했다. "오빠 뭐야? 오빠 진짜 토끼야? 오빠가 그 유명한 불량 토끼야? 일 분도 못 버틴다는? 강남에서 제일 유명한 플레이보이 불량 토끼? 오빠가 진짜 그 불량 토끼야?" 하고 말하면서 술을 따라주자, 한번만은 목이 타는지 얼굴이 벌개 져서는 연희가 따라주는 술을 벌컥벌컥 마셔댔다.

그러더니 금방 다시 연희에게 달라붙어 앉아서 연희의 맨살 다리와 허벅지를 주물러댔다. 그리고는 금방 다시 연희가 입은 얇은 슬립 원피스의 겉으로 엉덩이와 엉덩이 사이를 손가락으로, 비집어서 밀어 넣어서는 연희의 항문 쪽으로 손가락들이 들어왔다. 연희가 깜짝 놀라 엉덩이와 항문을 꽉 쪼이자, 한번만은 "어어어...어어어... 너너너...너, 진짜 잘 쪼인다? 이것 봐라 진짜 잘 쪼이네." 하더니 잠시 후 다시 귓속말로 말했다. "연희야 나, 니 똥꼬에 손가락 한번만 넣어보면 안될까?"

그러자, 연희는 갑자기 소름이 온몸에 돋아서는 한번만의 손을 탁 쳐내면서 한번만의 손가락이 들어오지 못하게 엉덩이를 더 꽉 쪼여댔다. 한번만은 연희가 손가락을 무는 것처럼 착각이 들었는지 연희의 항문을 더 세게 후벼 팠다. 그러자 연희가 정색을 하며 말했다. "오빠 아파 살살 좀 해, 진짜 존나 아프다니까." 이 말에도 한번만은 멈추지 않았다.

하는 수 없이 연희가 한번만의 귀에다 대고 속삭이듯 말했다. "오빠? 오빠는 내 똥꼬가 뭐가 그렇게 좋아? 아예 내 똥꼬 냄새도 맡고 싶겠지?" 하고 말하자 한번만은 이렇게 지적인 여자가, 이렇게 여신같이 고고하게 생긴 여자가 자신의 귀에다 대고 속삭이듯 은밀히 말하듯 말을 하자 갑자기 연희의 새하얀 맨살 허벅지 위로 또다시 퍽 엎어지면서 몸을 부르르 떨어 대더니 늘어졌다.

그러자 연희가 말했다. "오빠? 오빠 진짜 뭐야? 오빠 정체를 모르겠네? 오빠, 혹시 변태 토끼 아니야? 왜 내 똥꼬만 집착해? 나는 오빠가 불쌍한 오빠인지 알았더니? 그게 아니네? 오빠 혹시 변태야?"

그 말에 한번만은 다시 술을 한잔 벌컥벌컥 마시고는 연희의 말을 귓등으로도 못 들은체 하면서 다시 연희에게 달라붙었다.

그리고는 연희의 허벅지를 주물러 대다가, 또 다시 연희의 엉덩이 사이를 손가락으로 비집고 들어왔다. 그리고는 연희의 똥꼬 쪽을 손가락으로 후벼댔다. 연희가 말했다. "오빠? 손가락 좀 빼. 이러니까 여자들이 도망을 쳐버리지. 좀 작작해. 적당히 해?" 하고 말하며, "이러니 사모님한테 사랑을 못 받지 오빠. 미쳤어? 오빠? 아아아 아파, 오빠, 오빠는 내 똥꼬가 뭐가 그렇게 좋아? 아아아 아파 오빠, 그만 오빠, 떽, 못써, 그만, 얼른 좀 빼."

아무리 말을 해도 한번만은 멈추지를 않았다. 연희가 한번만의 어깨를 살짝 밀쳐내며 말했다. "아아아 아파 오빠, 아파 오빠. 오빠는 내 똥꼬가 뭐가 그렇게 좋아? 나는 오빠가 불쌍한 거 같아서, 가만있었더니 그게 아니네?" 하며 한번만을 밀쳐내자 한번만은 그새 또 달아올랐는지 다시 연희의 새하얀 맨살 허벅지 위로 퍽 엎어지면서 헉헉 숨소리를 내며 늘어졌다.

그리고는 아쉬운지 다시 연희의 엉덩이와 엉덩이 사이를 손가락으로 또 비집고 들어왔다. 연희는 한번만의 행동이 징글징글했다. 한번만의 수도 없이 이어지는 행동들이 징글징글했다. 한번만에게 지쳐버린 연희가 엉덩이를 아까보다 더 세게 쪼였다가 풀어 줬다가 쪼였다가 풀어 줬다가를 반복해 주자, 한번만은 또다시 연희의 맨살 허벅지 위로 폭 하고 쓰러지며, 몸을 부르르 수도 없이 부르르 떨어댔다. 불량 토끼처럼, 불량한 토끼처럼.

연희는 생각했다. '이 오빠가 이러니 사모님이 진저리가 나게 질렸구나. 이러니 여자들이다 도망을 치는구나.'

한번만은 예쁘고 어린 아가씨들의 엉덩이와 똥꼬에 집착하는 평범함을 잃어버린 변태였으며 토끼였고, 성소수자였다.

'이 오빠는 진짜 평범함을 잃어버렸구나. 이 오빠는 이리 차이고 저리 차이고 사느라 이렇게 된 건가? 아니면 타고 난 변태인건가? 이러면 부인한테 멸시와 경멸을 받지 않을까?' 연희는 이 오빠가 걱정이 되었다. 착한 연희는 이렇게 억지 스킨십을 당하고도 마음이 살짝 아렸다. 이런 게 연희였다. 모질지 못한 바보 같은 게 연희였다. 연희는 한번만이 가고나자 일기를 썼다.

/ 분실신고 최연희

우리는 날마다 무엇을 분실하며 살고 있을까요?
평범함을 잃어버렸나요?
보편성을 잃어버렸나요?
꿈을 버스에 놓고 내렸나요?
희망을 전철에 놓고 내렸나요?
몇 번이고 샅샅이 훑어봐도 찾을 수가 없는
낭비해 버린 삶을 찾고 있나요?
한 번도 마주친 적 없는 과거를, 추억을, 찾고 있나요?

분실물 센터에 가보세요.
분실물 센터에 가보세요.

이 모습을 곁에서 지켜보던 나영이 생각하기에, 연희는 그냥 물가에 내놓은 순박한 어린아이만 같았다. 연희는 이 거친 세상에서 과연 천진난만한 인형 놀이를 계속할 수가 있을까? 어떻게 저렇게 착할 수가, 바보 같을 수가 있지? 하고 생각했다.

나영은 연희를 곁에서 지켜줘야만 할 것 같은 의무감마저 드는 것을 느꼈다. 나영은 연희가 써놓은 일기장을 언뜻 읽어보며 생각했다. 나영 자신은 손님들에게 연기를 하는 거라면, 연희는 모든 게 진심이었다.

나영은 연희가 걱정이 되었다. '최연희, 니가 그렇게 약지 못하게, 착해 빠지게만 살다간 언젠간 큰 상처 받지?' 하고 생각했다.

며칠 후, 생긴 게 무슨 도사라도 되는 양, 자기가 무슨 도사라도 되는 양, 긴 장발에 덥수룩한 수염의 50대 후반의 남자가 유혹의소나타 문을 열고 들어왔다.

그의 이름은 "왕자 거사". 왕자 거사는 자기의 이름 풀이가 클 왕자에, 거시기 자에, 클 거에, 사나이 사자라고 했다. 뜻풀이대로 하면, 왕자지 사나이라고 했다. 그는 세상을 두루 다니며, 열대의 뜨거운 사막 모래와 북극의 차가운 빙하에까지 자신의 남성을 담금질하고 오는 길이라고 자랑했다.

그는 이 세상 최고의 카사노바가 되기 위해 담금질하고 오는 길이라고 했다. 나영은 허리 라인을 높게 잡아놓아 엉덩이 살이 다 드러나는 연노랑 색의 반팔 짧은 원피스를 입고 있었다. 섹시가 뭔지 보여 주려는 듯한, 골반과 엉덩이 라인이 훤히 다 드러나 보이는, 허벅지는 더 꿀벅지 처럼 보이게 하고 다리는 더 매끄럽게 보이게 하는, 연노랑 색의 반팔 짧은 원피스를 입고 있었다.

왕자 거사는 나영을 옆에 끼고 설레바리를 풀었다. 24시간을 세워 놓을 자신이 있다면서.

"야 나영아 너 물 주전자 있으면 가져와봐. 물 가득 담아서." 하고 말하자, 나영이 얼른 가서 3리터 스텐 주전자에 물을 가득 담아왔다. 그러자 왕자 거사가 말했다.

"나영아 친구들도 와서 보라고 해."

나영이 "연희야 잠깐만 와봐." 하고 소리쳤다. 그러자 엉덩이가 다 드러나는, 짧은 반팔 블랙 니트 원피스를 입은 연희가 쪼르르 달려오자 왕자 거사가 말했다.

"야, 니들 나 잘 봐라." 하고 말하더니, 눈을 감고는 두 손을 모으고는 가부좌를 틀고 한 5분쯤 앉아있다가 일어섰다. 그러자 거의 크기가 30센치는 넘을 것 같은 굵은 나무토막 같은 그의 거시기가 그의 한복 바지 위로 불끈 솟아올랐다.

그리고 거침없이 물주전자 손잡이를 자신의 거시기에 걸어서 보여줬다. 그리고는 10분을 넘게 그렇게 서 있었다. 왕자 거사가 연희와 나영에게 말했다.

"야, 니들 잘 봤지? 나 이런 남자야. 어때? 죽여주지? 하고 싶지? 자, 자, 기회는 한 번뿐. 날이면 날마다 오는 거 아니야, 장이면 장마다 오는 거 아니야, 한번만 잡숴봐 한번만 잡숴봐. 요강이 깨지고 변기가 깨져."

나영과 연희는 침을 꼴깍꼴깍 넘기며, "오빠랑 했다간 우리 병원 실려가. 자궁 파열되면 어떡해? 오빠 그런데 물어볼 말 있는데 왕자 거사 그거 진짜 오빠 이름이야? 이름 하난 진짜 잘 지었다. 사람은 이름 따라 간다더니?" 하고 나영이 말하자, 왕자 거사는 다시 소파에 앉아서 썰을 이어갔다.

"어때? 오빠 죽여주지? 탐나지?" 하고 아직도 거대하게 서 있는 자신의 거시기를 툭툭 손으로 쳐가며 자랑하듯 말했다. 그러자 나영이, "오빠 끝내 준다, 근데 오빠 탐나기는 하는데, 버텨낼 여자 있을까? 오빠 미국 할리우드나 그런데 가서 포르노 그런 거 찍어야 되는 거 아니야?"

나영의 말에 왕자 거사는, "나는 백마, 흑마 그런데는 관심 없고 토종 중에서 찾아보려고. 그래도 뭐니 뭐니해도 토종이 좋잖아. 몸에도 좋고 보양도 되고." 하고 진지하게 말했다.

그리고는 연희와 나영의 얼굴을 한 번씩 훑어보면서, "야, 니들 나중에 울고불고 후회하지 말고 기회 있을 때 얼른 빤스 벗어라." 하고 말했다.

그러자 나영이 장난으로 말했다. "연희야 니가 먼저 해봐? 너 골반 좀 크잖아?"하고 말하자

"이런 미친년이. 너 사람 죽일 일 있냐? 그렇게 좋으면 니가 하던가? 너 엉덩이 죽여주잖아 이년아?"하며 연희가 말했다. 두 사람이 그렇게 옥신각신 농을 주고받자 왕자 거사는 나영의 얼굴을 넌즈시 바라보며 말했다. "야, 나영아 너 내 무릎 위에 한번 앉아봐라."

그 말에 나영은 손사래를 치면서 "아니에요 오빠. 얘 엉덩이가 더 커요" 하면서 연희를 밀었다. 그러자 연희는 "야 됐고, 너나 앉아봐. 어차피 옷은 입은 채 그냥 무릎에만 앉는 거잖아?" 하고 말하면서 억지로 나영을 왕자 거사의 무릎에 콱 수저 앉혀 버렸다.

그러자 나영은 벌떡 일어나며 소리쳤다. "엄마야, 아이구 아파라. 아 씨팔 존나 아파. 야, 너? 나 진짜 아파, 나 똥꼬 파열되는 줄 알았어. 최연희 너도 해봐?" 하고 말하며 나영도 연희를 끌어다가 왕자 거사의 무릎에 콱 주저앉혀 버렸다. 한참 동안을 일어나지도 못하게.

그러자 연희도 비명을 질러댔다. "아야, 김나영, 나 진짜 죽을 거 같아. 아이쿠 아파라, 아이쿠 아파라, 나 진짜 존나 아파 무슨 말뚝에 그냥 콱 주저앉는 줄 알았다니까?"

하고 말하며 한참을 자신의 엉덩이를 움켜잡고 있다가 말했다. "오빠 우린 안 되고 다른 애 소개시켜 줄게." 하고 말했다.

잠시 후, 강남 몸 떨림 장 5층.

지나와 왕자님이 술이 거나하게 취한 채, 침대 위에 누워있다. 잠시 후 팬티를 벗어 던진 지나가 왕자님의 몸 위로 걸터앉았다. 그리고는 왕자님의 물건을 입에 물고 애무를 하다가,

인형놀이

다시 손에 쥐고는 자신의 계곡 골짜기 안으로 집어넣으려고 애를 썼다.
하지만 지나의 좁은 입구로는 30센치 크기의 나무토막 같은 그 커다란 남성이 쉽게 들어가질 않았다. 살갗이 찢어지는 아픔과 고통이 밀려들었다. 당장 그만두고 싶을 만큼.
지나가 말했다. "오빠? 진짜, 오빠 거시기는 너무 큰 거 아니야? 이게 야구방망이지, 어떻게 사람 거시기야? 말 거시기보다 더 크겠네" 하고 말하며 억지로 밀어 넣으려고 기를 써댔다.

"오빠? 어떻게 좀 해봐? 오빠, 나 찢어질 것 같아." 하고 지나가 말했다. 그러자 왕자님은 거대한 자신의 거시기를 쑤욱 하고 억지로 밀어 넣었다. 그러자 지나는 "아앗, 아파요, 아파요. 아이구 아파라, 아이구 아파라" 하며 비명을 질러댔다. 비명인지 신음인지도 모를 소리를 질러댔다.
그러자 왕자님은 아래에서 자신의 거시기를 더 세게 지나의 그곳에 찔러댔다. 그러자 지나가 더 크게 비명을 질러댔다. "아이구 아파라, 아이구 아파라, 나 죽네, 아이구 나 죽네" 하며 지나는 비명을 질러댔다. 지나는 왕자님의 거시기가 자신의 몸속을 휘젓는 대로, 허리와 엉덩이를 따라서 돌려댈 수밖에 없었다.
잠시 후, 고통과 함께 느껴지는 짜릿한 쾌락과 흥분이 지나의 온 몸을 조금씩 휘감자, 지나는 쾌락에 몸을 떨었다. 그러자 방안 가득 달콤한 살냄새가 진동을 했다.

그리고는 철퍼덕... 철퍼덕... 철퍼덕...살과 살이 부딪치는 소리와 "아우욱 아우 욱, 나죽네..." 하는 소리들이 합쳐져서 방안엔 환상의 멜로디가 만들어졌다.
지나는 말을 타듯이 계속해서, 왕자님의 몸 위에서 허리를 움직이며 회오리가 몰아치듯이 소용돌이가 몰아치듯이, "어머나... 어머나... 어머나..미쳤지... 미쳤어... 미쳤어... 헉헉 헉 헉헉 헉....어디서 이렇게 큰 걸 나한테.. 어디서 어디 서 이런 걸 나한테...어머 어머..."하고 신음 소리를 토해내 댔다.

지나는 그날 밤, 끝도 없는 쾌락의 극치를 달렸다. 비몽사몽간에 쾌락의 극치를 끝도 없이 달렸다. 지나는 마음속으로 외쳤다. 집으로 돌아오면서.

욕망 조지나

어린 날의 내 안에 남아있던 순수성이
안녕이란, 말을 남기고 사라진 날
나는 욕망에 대한 집착이 생겼고
그리고는 사치들과 욕심들과 친해지려고 애를 쓰게 되었다.

파견 근무를 하러오듯
가끔씩 찾아오는 온정들과, 배려들과, 겸손함 들은
허황된 꿈에 사로잡혀 떠났고,
내 욕망과 욕심들은 그 모든 것들에 대하여
무책임해지고 싶어 했다.

며칠 후 유혹의 소나타에, 건장한 사내들 다섯 명이 샤또 라뚜르를 시켜놓고는 나영과 연희를 억지로 붙잡아 앉혔다.

나영은 연노랑색의 어깨가 훤히 다 드러나는 어깨띠가 있는, 가슴골이 다 훤히 드러나는 마치 앞치마만 걸친 듯한, 반팔 짧은 원피스를 입고 있었다. 그리고 연희는 레드 실크 원피스를 입고 있었다. 걸을 때마다 살랑살랑 치마 밑단이 나풀나풀거려 엉덩이 살이 살짝 드러나는, 레드 실크 원피스를 입고 있었다.

그들 중 우두머리인 듯한, 양아치가 말했다. "야? 니들 소문 좋더라. 니들이 이 바닥 큰 손님들 다 빼간다며? 반반한 거 하나 믿고? 이것들이 간이 부었네? 이런, 싸가지 없는 것들을 그냥 확." 하고 말하며 바위만한 큰 주먹을 들어 연희와 나영에게 겁을 주었다.

그러자 나영이 고개를 쳐들며 말했다. "뭐예요? 오빠들 깡패야?"하며 기죽지 않고 대들었다.
그러자 양아치 우두머리가 "오, 요것들 봐라 존나 예쁘고 디테일하게 말하는데? 아주 샤방샤방 해? 말하는 게?"하며 우두머리가 비꼬는 듯이 말했다.
나영도 지지 않고 말했다. "오빠들 우리 존나 치켜세우시네요." 하며 지지 않고 머리를 치켜들었다.

우두머리가 인상을 팍 쓰며 말했다. "어쭈구리, 오, 요년 재밋네? 싸가지 없게 생긴 년이?"
그 순간, 바로 나영의 대꾸가 날아왔다. "난 재미있는지 1도 모르겠는데요?"
그러자 우두머리 놈은 열이 확 받았는지 "이런 씨발년이. 야? 너? 뇌에 스위치 꺼놨냐? 상황 판단이 안 돼? 야 너 싸가지 없게 생긴 년? 너 오빠가 말할 땐 감정개입 시키지 말고, 좋게 말 들어. 이게 어디서 뒤질라고. 그리고, 감정 정리 안되면, 배우들처럼 연기라도 좀 하던가? 네 네 하고 연기라도 좀 하던가?"라며 일장 연설을 늘어놓았다.

이 모습을 옆에서 지켜만 보고 있던 연희가 갑자기 끼어들며 말했다. "오빠들 뭐 무슨 드라마 찍어요? 1편에 2편에 아주 3편까지 찍어요? 오빠들 잘하면 속편 까지도 찍겠네. 오빠가 무슨 삼류영화 감독이에요, 배우에요?" 하고 빈정거렸다.

그러자 옆에서 가만히 보고만 있던 똘마니들이 박장대소를 하며 난리가 났다.
"형님, 형님도 이참에 메가폰 들고, 레디 큐 액션, 그런 거 한번 해보세요." 하고 박장대소들을 해댔다. 그러자 우두머리가 연희에게 인상을 쓰며 말했다.
"야, 반반한 년아. 넌 정제된 분노라는 것도 모르냐? 성질난다고 입에서 나오는 대로 말하면, 그러다 뒤지는 수가 있어. 어디서 나오는 대로 씨부려, 씨발년이. 그리고 너, 오래 살고 싶으면, 나오는 대로 감정표출 해대지 말고? 조심해, 쌍년아." 하고 욕을 해댔다.

그러다가는 말로는 안 되겠다 싶었는지, 우두머리는 다시 똘마니들을 바라보며 말했다. "야 안 되겠다. 얘들아, 다 부셔. 이 년들은 혼 좀 나봐야 돼. 오늘부터 여기 장사 못 하게 싹 다 부셔버려." 하고 말하며 우두머리 놈이 다시 지시를 하자 똘마니들은 우르르 일어나서, 쾅쾅, 우당탕 우당탕, 쾅쾅쾅, 우당탕 우당탕하며 사정없이 가게를 부셔댔다. 와장창 술병까지 다 깨트리며 부셔댔다.
그렇게 양아치들이 유혹의 소나타를 부셔대기 시작한지 딱 5분 후쯤, 검은색 변복에 검은색 복면을 한 건장한 사내 한 명이 들이닥치더니 말했다. "야, 니들 잠깐 스톱. 멈춰. 이런 양아치 새끼들아 니들 누구 허락받고 여기 와서 행패야? 여기가 어딘 줄 알고? 니들 할 일이 그렇게 없냐? 이 싸가지 없는 새끼들아" 하며 소리치자, 양아치 우두머리가 말했다.

"넌 또 뭐야? 니가 이년들 기둥서방이냐? 아니면 뭐 니가 닌자냐? 삼류영화 감독이냐? 배우냐? 어디서 닌자 흉내야? 야, 얘들아 저 새끼 담가버려"

하고 졸개들을 바라보며 말했다.
 그러자 우두머리 놈의 말이 떨어지기가 무섭게 놈들은 회칼, 쇠파이프 등을 들고 덤벼들었다.

 그러자 흑 두건은 등 뒤에서 쌍절곤을 꺼내 들고는, 휙휙 휙 휙, 휙휙 휙 휙, 휘 리릭 쌍절곤을 돌리다가 겨드랑이에 척 끼더니, "이 새끼들이 겁대가리를 상실했나? 지금이 어느땐 데 회칼 들고 쇠파이프 들고 설쳐? 이 새끼들은 혼 좀 나봐야 될 놈들이네? 이런 양아치 인간 말종 새끼들" 하고 말을 마치자마자 붕 날아올랐다가 내려오면서 순식간에, 쇠파이프를 든 앞의 덩치 큰 두 놈의 머리통을 인정사정없이 쌍절곤으로 퍽퍽 하며 내리쳐서 박살을 내 버렸다.

 그리고는 공중으로 다시 붕 떴다가 내려오면서 회칼을 든 두 놈의 손목을 일타 쌍피로 휘리 릭....퍽퍽 퍽....하고 정확하게 가격 해 부러트렸다. 그러자 놈들은 "아이쿠" 하며 손에 잡고 있던 회칼을 떨어트렸다. 그러자 다시 흑 두건은 퍽퍽 퍽, 퍽하고 샌드백을 치듯이 주먹과 옆차기 앞발차기 돌려차기 등을 사정없이 날렸다.
 그리고는 놈들이 켁 켁 켁 소리를 내며 쓰러지자 흑 두건은 사정없이 콱콱 콱 발로 짓밟아서 묵사발을 만들어 버렸다. 다시 공중으로 뛰어올랐다가 내려오며, 우두머리 놈의 머리통을 퍽퍽 퍽 소리가 나게 쌍절곤으로 가격을 하자, 놈도 컥 소리를 내며 피투성이가 된 채, 나뒹굴며 쓰러져 버렸다.

 흑 두건은 쓰러져 있는 우두머리 놈의 몸통 위로 로데오를 타듯이 올라타서는 버둥대는 놈의 멱살을 움켜쥐고는 놈의 죽통에 사정없이 주먹을 날렸다. 그리고는 놈을 아예 묵사발을 만들어 버렸다. 양아치들은 섣불리 건드려 놓으면 언제 또 다시 보복을 하러 올지 모르기 때문에 흑 두건은 아예 놈들을 묵사발로 만들어 놓은 것이다.
 그렇게 덩치만 믿고, 깡만 믿고, 온 몸에 문신을 한 채 사회의 약자들을 괴롭히며, 겁을 주며, 행패를 부리던 자들은 그렇게 천벌을 받았다. 흑 두건은 놈들을 모두 1층 건물 밖으로 끌어낸 후, 승합차에 싣고는 어디론가 사라졌다. 놈들은 아마 최소한 몇 개월은 병원 신세를 질만큼 모두 다 중상을 입었다.

 연희와 나영은 놈들이 가게를 부숴대자 한쪽 구석에서 덜덜 떨면서 지켜보고 있다가 갑자기 나타난 흑기사가 구해주자, "감사합니다, 감사합니다, 누구신지 몰라도 진짜 감사합니다." 하며 연신 인사를 건넸다. 그러자, 흑두건은 "놀라셨죠? 어디 다치신 데는 없으시죠? 큰일 날뻔 하셨네요?" 하며 정체를 밝히지 않고 사라졌다.

 다음날 연희와 나영은 청바지에 운동화를 신고 가벼운 옷차림으로 부서진 가게를 청소하고 있었다. 그러던 중 갑자기 10여 명의 양아치들이 또 다시 가게 문을 발로 쾅 차며 나타났다. 그리고는 두목처럼 생긴 험상궂은 덩치가 산만 한 놈이 말했다.
 "야? 아가들아 니들 어제 내 동생들, 묵사발 만든 놈들 누구냐? 얼른 불어라. 안 그러면 니들 다 뒤진다. 황천길 가기 싫으면 불어라. 니들이 시킨 거잖아 어디다가?" 하며 테이블을 마구마구 사정없이 발로 차댔다.

 그러자 나영이 겁먹은 얼굴로 말했다. "아니에요, 저희는 누군지 몰라요. 갑자기 나타났다가 순식간에 사라졌어요. 검은 흑 두건을 쓴 사람이요." 하고 말했다.
 그러자 우두머리 놈이 인상을 팍 쓰며 말했다. "뭐? 이년들 봐라? 어디서 거짓말을 해? 갑자기 나타나서 구해줘? 그놈이 무슨 만화 영화에서 나오는 짱가냐? 어디선가 나타나서 짱가짱가 짱가 걔가 뭐 그러는 짱가냐고? 이 년들이 하라는 공부는 안 하고 맨날 만화 영화만 봤나? 야, 말로 안 되겠다, 이 년들 줘 패서 불게 해, 좋게 말할려고 했더니 이년들은 좀 맞아봐야, 정신 차릴 년들이네. 야? 니들 내가 마지막으로 묻는다. 어제 그놈 누구야?"
 우두머리 놈이 버럭 소리를 질러댔다.

그러자 나영이 움찔하며 말했다. "진짜 몰라요, 저희는요."
나영이 대답을 하는 동시에, 우두머리 놈이 말했다. "이런 싸가지 없는 년들 보소" 하더니,
"야 이년들 존나 패버려" 하고 말했다. 그러자 똘마니 몇 놈이 연희와 나영에게 발길질들을 해댔다.

그러자 연희와 나영은 잔뜩 겁을 먹어서는 말했다. "살려주세요, 살려주세요, 저희는 진짜 몰라요. 제발 살려주세요." 하고 움츠리며 벌벌벌 떨어댔다.

이렇게 몇 놈이 연희와 나영을 괴롭히는 사이에도 또 다른 놈들은 여기저기서 가게를 부셔댔다. 그렇게 놈들이 유혹의 소나타에 와서 행패를 부리기 시작한지 20분 쯤 후에 유혹의 소나타 문이 스르르 열리더니 또 다시 흑 두건이 나타났다. 그런데 어제와는 다르게 한 명이 아닌 두 명이었다. 그리고는 가게가 쩌렁쩌렁 울리게 크게 말했다. "야 니들 동작 그만."

그러자 양아치 놈들이 소리쳤다. "야, 저놈들이다, 어제 사고 친 놈들, 저 새끼들 인정사정 보지 말고 싹 다 보내버려. 저것들이 간이 배 밖으로 나왔나? 어디서 홍길동 행세야? 우리가 누군 줄 알고?" 하고 두목 놈이 외쳤다.

그러자 흑 두건이 말했다. "야, 돼지 같은 놈. 너 주둥이 닥쳐라. 니들은 싸움을 주둥이로 하냐? 니들 지랄하는 것도 딱 여기까지다." 하고 말을 마치는 순간, 동시에 두 명의 흑 두건은 쌍절곤들을 휘둘러댔다.
휙휙 휙 휙, 휙휙 휙 휙, 휘리 릭, 휘리 릭, 휘리릭 하며 쌍절곤들을 휘둘러댔다. 그러자 여기저기서 비명 소리가 들려왔다. 퍽퍽 퍽, 억억 억, 퍽퍽 퍽, 억억 억, 하는 소리가 난무를 했다. 놈들은 피를 흘리며 여기저기서 쓰러졌다.

그러자 놈들도 지지 않고 덤벼들었다. 회칼 쇠파이프 등을 꺼내들고 마구

마구 휘두르며 달려들었다. "이 새끼들 니들 다 뒤졌어. 니들 오늘이 제삿날이야 이 새끼들아." 하고 말하며 악다구니를 쓰며 달려들었다.

그런데 참 이상했다. 아무리 때려도 아무리 쥐패도, 쓰러뜨려도 놈들은 다시 일어났다. 무슨 좀비들처럼 다시 일어났다. 분명 여기저기가 부러져서 피가 철철 흐르는 데도 놈들은 아픔을 느끼지 못하는지, 다시 일어났다. 놈들의 초점이 없는 눈에서는 끊임없이 광기가 흘렀다. 이상하게 무슨 악마의 눈처럼 광기가 흘렀다. 그리고는 아무리 때려도 다시 일어났다. 이 놈들은 사람이 아니라, 그냥 좀비들이었다. 의식이 없이 무엇인가에 집단으로 조종을 당하는 듯한 좀비들만 같았다.

흑 두건들은 어느새 놈들을 때리다가 지쳐갔다. 숨을 헐떡거리며 땀이 범벅이 돼가며 지쳐갔다. 유혹의 소나타 안엔 아직도 연희가 리플레이로 틀어놓았던 노래가 끊임없이 흐르고 있었다.

/ 깡다구 작사, 작곡 감성 스토리텔러

상처보다 더 아팠던 사랑
한, 방에 날렸던, 모든것들
다, 니탓이야, 니탓 우, 기다가 보니
모두가 다 내 탓이었네.

꽃잎처럼 피었다가~, 꽃잎처럼 지는 인생
(방황 의리) 사랑~, 빼고나니~
깡깡깡깡 깡다구, 깡다구, 깡다구
깡다구 밖에 남는 게 없네.

깡깡깡깡 깡다구, 깡다구, 깡다구

깡다구 밖에 기댈 데가 없네.
깡다구, 깡다구, 깡다구

와라, 시련아 널 이겨 주겠다,
깡으로, 깡으로, 깡으로
악으로, 악으로, 악으로

꽃잎처럼 피었다가~, 꽃잎처럼 지는 인생
(방황 의리) 사랑~, 빼고나니~
깡깡깡깡 깡다구, 깡다구, 깡다구
깡다구 밖에 남는 게 없네.

깡상상상 깡다구, 깡다구, 깡다구
깡다구 밖에 기댈 데가 없네,
깡다구, 깡다구, 깡다구

흑 두건 들은 때리다가 지쳐갔다. 그리고는 몸동작들이 확연히 느려졌다. 여기저기 칼에 찔려서 피가 철철 흘렸고, 쇠파이프 야구방망이 등에 얻어맞아서 다리들을 절룩거렸다. 흑 두건들은 이해가 안 갔다. 이들은 마치 좀비 영화에나 나오는 좀비들 같았다.

놈들이 죽기 살기로 나오자, 흑두건 들은 일부러 놈들의 머리통과 급소들만을 더 집중적으로 공격했다. 놈들의 얼굴에선 피가 낭자했다. 여기저기가 부러져서 나뒹굴었다.

"야 니들의 악행은 오늘부로 끝이다. 어디서 양아치 짓들이야? 덩치 값도 못하는 개 새끼들아? 그래 연약한 여자들한테 떼로 몰려와서 행패를 부려?

부랄 단 게 부끄럽지도 않냐? 니들은? 이 악마 같은 놈들아?" 하고 소리치며 흑 두건들은 있는 힘을 다하고 있었다.

저녁 10시 쯤에 시작된 싸움이 새벽 두 시까지 이어지자 가게는 이미 다 부서져서 쑥대밭이 되었다. 바닥은 전부 피투성이였고 피바다였다. "뭐가? 어떻게 된 거지?" 하고 흑 두건들은 이해를 못할 지경이었다. 분명히 거의 죽다시피 얻어맞았는데도, 어떻게 해서 다시 일어나서 이 새끼들 죽여라, 이 새끼들 죽여라 하며 달려드는지 사람의 상식으로는 이해가 안 갔다.

새벽 4시가 넘어가자 흑 두건들은 더 이상 움직일 힘조차 남아있지 않았다. 놈들은 얼굴과 머리와 온몸이 피투성이고, 분명 팔다리가 전부다 부러졌을 텐데도 다시 일어나서 소리치며 덤벼들었다. 놈들이 지친 기색도 없이 계속해서 달려드니, 흑 두건들은 멘붕이 올 수 밖에 없었다.

이대로 있다간 쇠파이프와 야구방망이에 맞아죽거나 회칼들에 난자당해 죽거나할 그럴 판 이었다. 흑 두건들은 방법이 없었다. 흑 두건들은 바닥에 나뒹구는 위스키 병들을 열어서, 벌컥벌컥 위스키를 한 병씩 들이켰다. 그러자 목을 타고 불처럼 뜨거운 위스키가 벌컥벌컥 뱃속으로 흘러 들어가 뱃속에서 불이 확 일어나면서 조금은 다시 힘이 났다.

흑 두건들은 마지막 힘을 쥐어짜내 붕붕 붕 날아다니며 다시 쌍절곤들을 휘둘러댔다. 퍽퍽 퍽, 억억억, 퍽퍽 퍽, 억억억, 퍽퍽 퍽, 억억억, 휙휙 휙, 휘리 릭, 휘리릭 하며 휘둘러댔다. 그러자 바람을 가르는 소리들이 끝도 없이 이어졌다. 산 사람들을 때리는 게 아니라, 마치 푸줏간이나 도살장의 냉장창고에 여기저기 매달아 놓은 돼지고기나 소고기 들을 때리는 것만 같았다. 아무리 때려도 반응이 없으니.

이러길 또다시 30분이 지나도, 놈들은 피를 흘리면 서도 끊임없이 달려들었다. 쇠파이프 야구방망이 회칼들을 들고서 아무리 때려서 자빠트려도 또 다시 일어났다.

이러길 또 30분이 지나자, 그제서야 놈들은 하나 둘씩 집단으로 쓰러져서 일어나질 못했다. 여섯 시간이 넘는 대혈투 끝에 간신히 놈들을 제압할 수 있었다. 그것도 술기운을 빌려서. 흑두건들은 생각했다. "이건 뭐지? 얼마나 세게 마약들을 투약했길래 아픔도 모르는 좀비들처럼, 의식도 없는 좀비들처럼 피투성이가 돼도 다시 일어나서 끝임없이 몇 시간을 달려들다니 그리고 이제 서야 약 기운이 떨어질 시간에 좀비들처럼 한꺼번에 집단으로 이제 서야 멈춘 걸까? 대체 무슨 약을 투약 했길래?"

흑 두건들은 피투성이가 된 채, 간신히 놈들을 1층으로 끌어다가 승합차에 싣고는, 어디론가 사라졌다. 연희와 나영이 "감사합니다, 감사합니다, 고맙습니다, 어떡해요 다치셔서요. 어떡해요 치료하셔야죠." 하며 발을 동동 굴러도, 이들은 아무 말 없이 대꾸도 없이 떠났다.

연희와 나영은 대체 알 수가 없었다. 희한하게 위기가 닥칠 때마다 나타나서 구해주는 흑 두건들이 진짜 궁금했다. 다음엔 바짓가랑이를 붙잡아서라도 누군지 꼭 알아내리라 생각했다.

아무리 좋은 마음을 착한 마음을 가지고 산다 해도, 인형 놀이처럼 산다 해도, 연희에게는 사는 건 전쟁이었다. 인형 놀이가 아닌 전쟁이었다. 그런 게 인생인 것만 같았다. 연희와 나영은 유혹의 소나타를 하면 누구의 간섭도 없을 줄 알았는데, 세상엔 너무나 많은 군상들이, 장벽들이, 고충들이 있음을 또 다시 깨달았다. 절실하게.

그리고는 나영은 세상엔 별별 놈들이 다 있음도 깨달았다. 나영은 다시 연희가 걱정이 되었다. 그 여리디여린 연희가 또다시 상처를 받을까 봐, 마음을 크게 다칠까 봐. 나영은 세상의 수많은 군상들을 더듬더듬 생각해 보았다.
악에 빠져서 악마처럼 사는 못된 놈들, 짐승만도 못한 나쁜 놈들, 질투에 눈먼 놈, 독사 같은 놈들, 가면을 쓴 간사한 놈들, 비열한 놈들, 더러운 놈들, 이기적인 놈들, 사기꾼 놈들, 도둑놈들, 비정한 놈들, 돈이라면 물불을 안 가리는 개 같은 놈들, 돈 못 번다고 울분을 토하는 놈들, 영혼을 팔아서 라도 부자가 되고 싶은 놈들, 거만한 놈들, 난봉꾼 놈들, 양심이 뭔지, 쥐뿔도 모르는 놈들, 배려가 뭔지 조또 모르는 놈들, 서로서로 도와주며 아껴주며 산다는 게 뭔지 조또 모르는 놈들, 이렇게 일일이 열거하기도 쉽지 않은 놈들이, 판을 치는, 세상에서, 놈놈놈 놈놈 놈들의 세상에서 연희의 연약한 심성이 견뎌낼지 나영은 걱정이 되었다.

 이렇게 수많은 놈, 놈, 놈들은 사회적 보편성이나 도덕적 보편성이라는 게 뭔지도 모르는,
 양심이 뭔지도 모르는, 악마 같은 놈, 놈, 놈 놈들이었다. 나영이 생각하기에는.

 나영은 흑 두건들이, 전설의 킬러들만 같았다. 존 웨인이나 악당들을 물리치던 쾌걸 조로나 달타냥, 아토스, 포르토스, 아라미스 등 삼총사 같은 정의의 기사단들 같은 그런 생각이 들었다. 그리고는 흑 두건들이 악당들을 혼내줄 때마다 속이 다 후련 해지는 것을 느꼈다. 연희의 곁에 흑 두건들이 존재 한다는 건 정말 천만다행이었다.

 연희는 그렇게 큰일을 당하고도 희한하게, 노래를 흥얼흥얼거리며 집으로 돌아갔다. 나영 같았으면 꿈도 못 꿀 일이었다. 나영은 진짜 연희의 속에 들어가 보고 싶었다. 대체 연희의 속엔 대체 무엇이 들어 있는지, 알 수가 없었다. 나영 같았으면 별별 쌍욕을 해대면서, 악다구니를 써 가면서, 길가에 있는 깡통이라도 걷어차면서, 집으로 돌아갔을 텐데 연희는 정말 이해 불가였다. 착한 건지 바보인지 천치 멍충이인 건지 알 수가 없었다. 연희는 그렇게 얼마 전 자신이 작사 작곡을 해놓은 마네킹이라는 노래를 흥얼거리며 집으로 돌아갔다.

마네킹 최연희

모두들 나한테 (시선 집중) 반짝반짝
야시시한 옷이 부끄러운지
다리를 꼬(~)고 앉아 있네

마네킹 마네킹 예쁜 마네킹
마네킹 마네킹 섹시한 마네킹
새까만 색안경을 끼고서
예쁘게 화장을 하고서

위선으로 가득한 세상이, 싫어
속고 속이는 세상이, 싫어
쇼윈도 안에서만 산다하네
세상일에 얽히기 싫다하네.

마네킹 마네킹 예쁜 마네킹
마네킹 마네킹 섹시한 마네킹
야시시한 옷이 부끄러운지
다리를 꼬고 앉아있네.

마네킹 마네킹 예쁜 마네킹
새까만 색안경을 끼고서
사람들 속에 섞여 있는
꿈들을 바라보네. 희망들을 바라보네.

일주일 후, 닥터 산부인과 5층 입원실.
 연희와 나영은 유혹의 소나타 수리를 하느라 며칠 쉬는 틈을 타, 지나의 병문안을 왔다.

 "308호 조지나 환자" 라고 써있는 입원실 문을 열고 들어가자 병원 복을 입은 지나가 허리도 못 펴는 채, 꾸부정하게 바라보며 다 죽어가는 표정으로 외쳤다.

 "야? 김나영 최연희? 니들 구경났냐? 어디서 도사인지 카사노바인지 그런 놈을 나한테 소개시켜 줘가지고는 나를 다 죽게 만들어? 니들 안 바쁘냐? 가, 가."하며 지나는 연희와 나영에게 악다구니를 써댔다.
 "자 이거" 하며 나영이 꽃다발 하고 음료수를 건네자, "야, 니들지금 나, 병 주고 약주냐? 나 아주 허벌창 됐대. 아주 팔뚝만한 게 들어와서 다 휘저어 놔서. 니들 나 어떻게 책임질 거야?" 하고 소리를 질러댔다.

 연희와 나영은 쿡쿡 쿡 나오는 웃음을 억지로 참으며, "미안하다 지나야. 우리도 니가 이렇게까지 될 줄 몰랐지. 아이구 우리 지나 당분간은 남자 생각 없겠네? 너 혹시 그 도사랑 사귈 건 아니지? 같이 살 건 아니지?" 하는 나영의 놀림에 "이런 미친년들이 아주 염장을 지르네? 가, 가, 가." 하며 꾸부정한 채 연희와 나영을 병실 밖으로 밀어냈다.

 그러자 연희는 또 "야, 조지나, 이거 병원비다," 하고 웃으며 봉투 하나를 침대 위에 던져놓고는 나왔다. 이런 게 연희였다. 이러고도 과연 연희는 큰 별 탈 없이 세상을 살아 나갈 수 있을까? 나영은 다시 연희가 걱정이 되었다.

 나영은 집으로 돌아와 연희를 생각하며 언젠간 자신이 쓰게 될지 모를 소설 속에 들어갈 시를 썼다.

너그러움 김나영

어둠은 결코 빛을 이길 수 없다.
위기가 닥칠수록 입은 다물고
눈은 크게 뜨고 세상을 바라볼 일이다.
온화한 품성을 가진 사람에게는
사악함을 이길 수 있는
너그러움 이라는 무기가 있으니까.

환하게 커진 가로등들 불빛 사이로, 빗줄기가 주룩주룩 퍼붓는 저녁 무렵. 온통 빗물들이 점령한 슬픈 도시를 투명 우산을 받쳐 든 두 여인이 철퍽철퍽 걸어서 어디론가 걷고 있었다.

연희와 나영은 망가진 가게가 수리를 다 마치자, 다시 인형 놀이를 시작했다. 인생이라는 인형 놀이를. 그리고 나영은 그런 연희의 인생 인형 놀이를 또 다시 곁에서 지켜보게 되었다.

가게 문을 닫은 지, 한 달 후의 유혹의 소나타.

주룩주룩 쏟아지는 빗줄기에, 손님들은 없는데도 은은한 조명 불빛들과 조용한 음악들이 조화를 이뤄서 그런지 가게 안은 그래도 아늑해 보였다.

밤 11시 쯤, 40대 중반쯤 돼 보이는 덩치 크고 어리숙해 보이는 한 남자와 짧은 레드 원피스로 예쁘게 차려입은 연희가 칵테일 한잔씩을 앞에 놓고 앉아있었다. 짧은 레드 원피스로 예쁘게 차려입은 연희는 마치 처녀 여신들만 모여 사는 파르테논 신전에서 방금 막 도착한 듯 눈부시게 아름다웠다.

연희가 먼저 말했다. "안녕하세요? 오빠? 어디 사셔요. 이름이 어떻게 돼세요? 하시는 일은요? 오빠, 아직도 밖에 비 많이 오죠?" 하고 끊임없이 질문 공세를 퍼부었다.
그러자 덩치가 큰 허름한 옷을 입은 남자가 소심하게 칵테일을 한 모금 마시며 말했다.
"저 아가씨, 말 놓아도 되나? 내 이름은 이태평이야. 난, 원래 농사를 짓고 살았었는데 지금은 백수가 됐어."
"아니, 왜요?" 하고 묻는 연희의 물음에, 이태평은 신세 한탄을 시작했다.
"연희씨, 좀 창피한 얘기지만 원래 우리 아버님은 양평에서 알아주는 땅 부자셨어. 그런데 몇 년 전에 아버님이 돌아가시면서 엄청나게 큰 땅을 형

하고 똑같이 물려받았는데, 형은 땅을 전부 팔아다가, 비트코인 사업 한다고 1년 만에 금방 다 말아먹고, 그나마 난 할 줄 아는 게 없어서 농사를 지으면서 땅을 지키고 살았는데 형님이 계속해서 손 벌리는 바람에 나도 개털 형님도 개털." 하고 한숨을 내쉬며 칵테일을 한 모금 마셨다. 그리고는 한동안을 천장만을 바라봤다.

그러자 이태평의 말을 듣고 있던 연희도 한숨을 크게 내쉬며 말했다. "에이 오빠 왜 그러셨어요? 형님한테 주지 말고, 그냥 다 가지고 있지, 착해가지고. 아니, 형님 머리는 뭐, 에러났대? 머리는 폼으로 달고 다니나? 장식으로 달고 다니나? 비트코인 해 가지고 동생 인생까지 말아먹어? 그러니까 오빠, 세상은 착하게만 사는 게 미덕이 아니라니까? 나도 살다 보니까, 배운 게 있더라구. 짜를건 짜르고, 버릴 건 버리고, 그래야 된다니까? 하긴 뭐 나도 잘 안 되긴 하지만." 하고 말했다.

그러자 이태평은 말없이 어깨를 움추린 채 칵테일을 마셨다. 그 모습을 본 연희는 마치 이 태평이 집도 잃고 갈 곳도 잃고 떠도는 한 마리 새처럼 보였다.

연희가 다시 말했다. "오빠 그래서 어쩔 건데? 갈 데는 있어?" 하고 물었다. 연희의 물음에 이 태평이 대답했다. "그냥 마천동에다 고시원 얻어서 일용직 다니면서 살고 있어."

그러자 연희가 "오빠 일용직 말고 하고 싶은 거 있어?" 하고 물었다. 그러자 이태평은 또 힘없이 대답했다. "농사짓고 살고 싶지."

"오빠 그럼 농사 지을래?" 하고 연희가 다시 말하자 "땅이 있어야지?" 하고 이태평은 깊은 한숨을 내쉬었다. 그러자 연희가 말했다. "오빠, 나 노는 땅 있어, 외할머니한테서 물려받은 땅. 가평에. 허름하긴 하지만 집도 있고. 어때? 오빠 내가 주소 알려 줄 테니까 한번 가볼래? 거기 가서 오빠 농사짓고 살래? 여기저기 떠돌지 말고. 어때? 당분간은 나 땅 팔 일 없는데 10년이고 20년이고 농사짓고 살아. 그럴래? 그러다가 결혼도 하고."라며 연희는 명함을 꺼내주었다.

"자, 오빠, 여기 내 명함. 뭔 일 있으면 나한테 꼭 전화해 오빠? 그리고 잠깐 기다려봐?" 하고 말하고는 연희는 쪼르르 어디론가 달려가더니 금고에서 뭔가를 꺼내다가 이태평에게 건네며 말했다.

"이거 2천만 원인데, 거기 가서 농사짓고 살려면 이거라도 있어야 될 거 같아서." 하고 말했다. 그러자 이태평은 어안이 벙벙해서는 어리둥절하며 말했다.

"그, 그래도 돼? 처음 본 나한테 이래도 돼?" 하고 말했다. 그리고는 다시 물었다. "나 같은 처음 본 사람을 어떻게 믿고 돈 까지?" 하더니 구슬 같은 눈물을 뚝뚝 흘렸다.
 그러자 연희가 말했다. "오빠 난 사람 딱 보면 알아, 독심술 있어서. 착실한 사람은 눈빛에서 표가나."

 연희의 말이 끝나자 이태평은, "미안해 연희씨, 고맙고, 어떻게 보답을 해야 할지?" 하고 말하며, 또다시 구슬 같은 눈물을 뚝뚝 흘렸다. 그리고는 옷소매로 눈물을 훔치며 떠났다.

 이태평이 떠나자 나영이 다가와 말했다. "천사 나셨네? 천사 났어 아주 개같이 벌어서 아주, 천사같이 쓰시네? 니가 뭐? 하늘에서 내려온 천사냐?"
 나영이 투덜거리자 연희가 말했다. "야, 이태평씨 불쌍하잖아? 그리고 노는 땅이기도 하고."
 "그럼? 돈은? 처음 본 사람한테 돈은 왜 줘? 조심해 너. 니가 맨 날 그러고 사니까 인생 밑지는 장사만 하고 사는 거야." 라며 나영이 한심스러운 표정을 지었다.

 그러자 연희가 웃으며 말했다.
"너무 걱정마, 나영아. 나는 사람 딱 보면 알아. 인생은 베풀고 사는 게 남는 장사야. 너무 걱정 하지 마. 야, 그리고 나영아 우리 손님도 없는데 술이

나 한 잔 하자. 기분 좋게 즐기고 신나게 한잔하자. 쌓아 놓고 살면 병 돼, 인생 뭐있냐 까짓거? 나영아 이런 말 있잖아. 샘물은 퍼낼수록 맑은 물이 더 솟구친다고 그런 말 있잖아."

연희는 행복한 표정을 지었다. 그리고는 툴툴대며 삐져있는 나영을 폭 끌어안고 신나게 춤추고 놀았다.

세상은 참 신기한 일들도 많다. 왜 받을 때 보다, 베풀 때가 더 기분이 좋을까? 나영은 한껏 더 밝아진 연희를 보며 깨닫는 게 있었다.

/해답 김나영

난 살면서 이 세상에 다 대고,
수많은 물음표 들을 던져 봤었다. '????'하고.
하지만, 돌아오는 건 늘 '????'들 뿐이었다.
그렇게 해답을 얻을 수가 없었다.
하지만 비로소, 오늘에서야 깨달았다.
인생은 베푸는 게, 남는 장사일지도 모른다는,
해답을 비로소 얻었다.
베푼 사람이, 베품을 받은 사람보다,
훨씬 더, 기분이 좋은 걸 보면
행복해 보이는걸 보면
인생은 베푸는 게, 남는 장사일지도 모른다는,
생각이 문득 들었다.

다음날도 비가 퍼부었다.
밤 12시쯤 70대 중반쯤 돼 보이는 노신사가 문을 열고 들어왔다.

"안녕하세요. 어서 오세요" 하며 롱 다리를 더 길어 보이게 하는, 군살이라고는 없으면서도 가슴은 커다랗고, 풍만하게 보이게 하고, 허리는 잘록하게, 골반은 매력 있게, 엉덩이는 크고 탱탱하게 보이게 하는, 무드무드한 연베이지색 바탕에 빨간색과 남색의 체크무늬가 가득 그려진 짧은 원피스를 입은, 허리띠 끝에 커다란 리본이 묶여진 허리끈을 질끈 동여맨 나영이 반갑게 인사를 한 후, 한쪽 구석으로 노신사를 안내했다.

잠시 후 고급 와인을 앞에 놓고 나영과 노신사가 마주앉아 대화를 하고 있었다.
"오빠, 어떻게 비가 이렇게 퍼붓는데 오셨어요?" 하고 나영이 물었다. 그러자 노신사는 연회색의 양복저고리를 벗으며 말했다.

"난 개포동에 있는 맨션에 사는데, 소문 듣고 왔지. 논현동에 예쁘고 착한 아가씨들이 하는 바가 있다고 해서." 하고 말했다. 그러자 나영은 환하게 웃으며 노신사에게 건배를 하며 말했다.
"오빠, 고맙습니다. 좋게 말해 주셔서요."
그리고는 나영은 환하게 웃으며 살갑게 안주를 하나 집어서 노신사의 입에 넣어주었다.

그렇게 고급 와인 한 병이 다 비워질 쯤, 노신사는 용기가 생겼는지 나영의 옆자리로 자리를 옮긴 후 더듬더듬 부끄러운 듯 나영의 눈치를 살피며 말했다. "아가씨 나 부탁이 하나 있는데? 부탁 좀 들어줄 수 있나? 우리 마누라는 늙어서 흥이 안나. 내가 취향이 좀 독특해서 그러는데, 나 젖꼭지 좀 비틀어주면 안 돼? 다른 건 안할게, 만지지도 않고." 하고 말했다.

그러자 나영은 노신사의 말에 기겁을 했지만, '단지 꼬집어서 비틀어만 달라는 건데? 거시기도 아니고. 그것도 젖꼭지만?' 하고 생각했다. 나영은 "잠시만요" 하고는 다시 생각했다.

인형놀이

'이건 뭐지? 이것도 가학 뭐? 그런 거 아냐? 그러면 이 오빠는? 정신적 장애일까? 인격적 장애일까? 로망일까? 욕망일까? 이건 어디다 대놓고 말하긴 쫌 그런, 누가 알면 부끄럽고 수치심을 느끼고, 품위가 떨어진다고 생각을 할 테고 에라 모르겠다.'

그리고는 나영은 연희에게 쪼르르 달려가서 말했다. "연희야? 니가 가서 저 오빠 젖꼭지 좀 비틀어 줘라. 응? 니가 나 보다 그런거 더 좋잖아, 응? 원 없이 좀 비틀어 드려, 응? 너 착하잖아." 하고 말하며 연희에게 졸라댔다.

그러자 연희가 말했다. "야 너도 이참에 느껴봐, 기회잖아, 니가 해, 너하고 취향도 잘 맞잖아?" 하고 말하며, 연희는 나영을 향해 엄지손가락을 치켜세우면서 등을 떠밀어 댔다.

그러자 나영은 할 수 없이 돌아와서 노신사의 옆에 앉아서는, "오빠? 이렇게 하면 되지?" 하고 말하며 다짜고짜 노신사의 옷 속에 손을 넣고는, 젖꼭지를 확 비틀어 버렸다. 노신사의 젖꼭지는 보통 남자들의 젖꼭지보다는 훨씬 더 컸고, 얼마나 비틀어 댔는지 조금 길게 늘어져 있었다. 그러자 노신사가 말했다. 신음인지 말인지 모를 속삭임 같은 말을 했다.
"아, 아, 아, 나영씨, 더 세게 나영씨, 나영씨, 나영씨, 더 세게 확 비틀어줘 두 개 다, 그러지 말고, 더 세게, 떨어져 나갈 만큼 더 세게 으으으...으으으..."

그러자 나영은 으으으하며 징그러운 무언가를 만지듯이 온몸을 떨더니 고개를 돌리고는 있는 힘껏 두 손으로 이를 악물고 "에라 떨어져 나가라" 하는 듯이 비틀며 말했다.

"오빠 좋아? 얼만큼 좋아? 오빠 쌀 거 같지? 그치? 내가 해주니까 좋아? 환장하겠지? 오빠 진짜 변태다." 하고 말했다. 노신사는 나영의 변태라는 말에 흥분했는지 느끼한 목소리로 신음소리 비슷한 말들을 뱉어댔다. "뭐?

벼, 변태? 헉헉 헉...헉헉헉..."

 나영이 다시 "에라이 변태 오빠야, 좋아? 비틀어 주니까 좋아? 이 오빠 진짜 변태네, 어때? 할머니가 해줄 때보다 어때? 할머니 손보다? 내 손이 더 부드럽지? 응? 응? 내가 해주는 게, 그렇게 좋아? 빨리 말해, 누가 더 좋은지? 응? 이 변태야, 이 변태 오빠야." 하고 말하면서, 있는 힘을 다해 비틀어 대는 순간, 노신사는 "어어 업, 어어 업, 어어 억...나영씨, 나영씨, 나영씨 우 우 웁, 우우 웁, 우우 욱..." 하고 신음 소리를 내더니 온몸을 바들바들 떨며 늘어졌다.

 나영은 유혹의 소나타에서 일어나는 일들이 마치 별별 세상에 와 있는 것만 같았다. 참 세상은 가지각색의 군상들이 뒤엉켜 사는구나 하고 생각됐다. 그리고는 이런 것도 "성은 아름다워"라고 할 수 있는 건가? 하고 궁금해 했다.

 노신사가 떠난 잠시 후, 허벅지가 다 드러나는 짧은 핑크빛 원피스를 입은 연희와 말끔하게 생긴 약간은 남자인 듯 여자인 듯, 헷갈리게 생긴 투피스를 입고 립스틱을 바르고 긴 생머리의 가발을 쓰고, 분홍색 메니큐어를 예쁘게 바른, 40대 후반의 손님이 샤또 마고를 시켜놓고는 연희와 마주 앉아 대화를 하고 있었다.

 남자가 먼저 말했다. "연희씨 나 헷갈리지? 남자인지 여자인지? 내 이름은 김현석이야. 나 남자야. 그리고 호모도 아니고 게이도 아니고, 알아주는 큰 회사 이사야. 난 그냥 여자 옷 입고 화장하고 손톱칠하고 예쁜 여자처럼 이렇게 밖으로 나오면 미친 듯이 흥분돼. 여자들하고 잠자리할 때보다 더 흥분돼, 나 이해하지?" 하고 말하며 넌지시 연희의 눈치를 봤다.

 그러자 연희가 말했다. "네, 오빠 이해해요. 사람마다 취향이 다 다르잖아요."

그러자 현석이, "아니, 연희씨 나 오빠라고 하지 말고 언니라고 불러주면 안 돼?" 하고 묻자

현석의 말에 연희는 금방 "네, 언니 한잔해요." 하며 현석의 비위를 맞춰줬다. 술 한 병이 다 비워지자 현석은 "언니, 술 한 병 더 줘." 하며 술 한 병을 더 시켰다.

그리고 술이 푹 취할 때쯤 현석은 말했다. "연희씨, 나 부탁 있는데 난 여자들이 소변봐서 그걸로 나한테 야 이년아 하면서 확, 뿌려주거나 이런 미친년아 하고 욕하면서 침 뱉어 주거나 할 때 쾌감을 느끼고 사정을 해. 연희씨가 좀 해주면 안 될까?"

그러자 연희는 살짝 정색하면서, "언니? 그걸 제가 어떻게 해요?" 하고 말했다. 그리고는 연희는 나영에게 크게 소리쳤다.

"야? 나영아? 너 화장실가서 니 소변 좀 받아와."하고 말했다. 그러자 "그건 왜?" 하며 나영이 말했다. 연희가 나영에게 말했다. "이 오빠 얼굴에 좀 확 뿌려주게, 이 오빠는 그게 취향이래."

그러자 나영이 연희에게 화를 내며 말했다. "야, 이런 미친년 니가 해. 오늘은 비가 와서 그러나 참 독특한 오빠들만 오네? 에이." 하며 연희한테 화를 내더니 곧이어 "연희야 잘해봐라" 하고 말하며 사라졌다.

연희는 어떻게 해야 할지 몰랐다. 욕을 하면서 얼굴에 침을 뱉어야 할지, 소변을 받아다가 확 뿌려줘야 할지 연희가 고민을 하다가 말했다. "오빠 언니? 나 못하겠어."

그러자 연희의 말에 현석은 실망한 듯 말했다. "여기 술 한 병 더, 나 이대론 못 가. 아니, 내가 뭐 잠자리를 해달라는 것도 아니고, 만져 달라고 하는 것도 아니고, 2차 가자는 것도 아니고, 침 뱉어 주면서 욕해 달라는 건데... 그걸 못 해줘?" 하고 말했다.

현석의 말이 떨어지기가 무섭게 연희는, "에라 미친년아! 퉤퉤퉤 별 미친

년을 다 보겠네? 에라이 미친년아 퉤퉤퉤." 하며 갑자기 얼굴에다 침을 뱉어 댔다.

그러자 현석은 연희의 침을 눈을 감은 채 혀로 핥아먹었다. 그 모습을 본 연희는 진짜 더러워서 속이 다 울렁거렸다. 연희는 자기도 모르게 욕이 튀어 나왔다.

"야이, 쌍년아. 더러워서 죽겠네. 진짜? 이것도 쳐 먹어라, 더러운 쌍년아. 퉤퉤퉤" 하고 연희는 침을 한 번 더 뱉고는 술을 한 모금 머금어서 술까지 "확" 현석의 얼굴에다 뱉어 버렸다.

그러자 현석은 "으으으..."하며 신음 소리를 내댔다. 그때 나영이 갑자기 종이컵에다 따라온 뜨뜻미지근한 무언가를 현석의 얼굴에 확 뿌리며 "야, 이것도 쳐먹어라. 이 미친 쌍년아. 이거 내 소변이다 이 년아. 이 쌍 또라이야. 이 개 같은 년. 이 정신병자 년아. 호랑말코, 말미잘, 똥개 같은 년아, 살다 살다 보니까, 나 원 별 거지깽깽이 같은 년이 다 있네? 에라이, 미친년아" 하고 쌍욕을 해댔다.

또다시 연희가 "너 다시는 오지 마라. 미친년아" 하며 욕을 해대자 현석은 나영의 쌍스런 욕지거리에 더 미친 듯이 몸을 바들바들 떨어 대더니 이내 조용해졌고, 잠시 후 떠났다.

연희가 나영에게 말했다. "야 나영아, 세상은 참 이상해? 어떻게 욕하면서 침 뱉어 가면서 돈을 버냐? 우리 꼭 인형 놀이 하는 것 같다. 안 그러냐?"

그러자 연희의 말에 나영도 "그러게" 말하며 미소를 짓자 연희가 다시 말했다.
"와, 간만에 나 그동안 쌓인 거 확 다 풀었네, 욕 날리면서."
그리곤 다시 나영에게 물었다. "그런데 나영아 궁금한 거 있는데, 너 진짜 소변 받아다가, 뿌린 거야?"하고 살짝 놀란 얼굴로 물었다. 그러자 나영은 웃으며 "비밀" 하고 말했다.

　사실 나영은 옥수수 수염차를 소변인 척하며 뿌린 거였다. 나영은 현석이 가고 나서 생각을 해 보았다. '대체 왜들 저러고들 사는 걸까? 대체 왜...'
　그리고는 나영은 이들이 저 먼 성 밖 테두리 밖의 은둔의 굴속에서 사는 가엾은 은둔자들만 같았다.

　나영은 은둔자들의 입장에서 문장들을 한번 써보았다. 소설가가 꿈인 아가씨답게.

/ 테두리 밖의 고독한 은둔자들 김나영

세상의 밝은 양지로 나오지 못하고
테두리 밖의 그늘 속에서
외로움에 떠는 고독한 은둔자들에게 묻는다.
그대들은 슬픔을 먹고 사는가?
부끄러움을 먹고 사는가?
아픔을 먹고 사는가?
상처를 먹고 사는가?
고독을 먹고 사는가?
사회의 눈총을 질타를 먹고 사는가?
테두리 밖의 고독한 은둔자들이여?
그대들은 아직도 배가 고픈가?
타는 갈증에 아직도 목이 타는가?
그렇다면 양지로 나오라.

7화 생각하는 로댕

사람들은 누구나 다 자기만의 세계에 빠질 때가 있다.
밤 10시경, 유혹의 소나타.

나영이 거울을 보면서 "공주야, 공주야? 넌? 왜 이렇게 예쁘니? 넌 왜? 볼 때마다 늘 이렇게? 하나도 질리지가 않니? 공주야? 세상에서 누가 너의 미모를 따라올까?" 하고 말하며, 자기만족에 취해 있을 때 "네네 네, 여신 납셨네요."하며 얼마 전 합세한 지나가 킥킥대며 웃는다.

잠시 후, 가게 안에는 무거운 공기가 흘렀다.
미친 척을 하는 건지 미친 시늉을 하는 건지, 웬지 광기가 있는 눈빛이 선뜻한, 예사롭지 않은, 보통 키의 40대 후반의 남자가 치렁치렁한 갈색 긴 생머리에, 새빨간 메니큐어가 칠해진 긴 손톱, 분홍색 립스틱, 그리고 커다란 가슴골이 훤히 다 드러나 보이는, 일어나면 맨 엉덩이가 다 보일 듯 말 듯 한, 아슬아슬 섹시한 짧은 핑크색의 실크 원피스를 입은 나영과 얼굴과 피부가 유난히 투명하고 깨끗해서 마치 꼭 백합꽃을 연상시키는 색기있는 지나가 칵테일을 시켜놓고 마시면서 옥신각신을 해대고 있었다.

"이 인간은 대체 어떤 인간인가?" 아무리 생각해도 나영은 진단이 안 나왔다. 수수께끼처럼이 남자의 행동이 나영의 의문을 자아냈다.

짙은 밤색의 양복에 흰 셔츠에, 겨우 25센치나 될듯하게 짧게 맨, 폭이 좀 넓은 우스꽝스러운 빨간 넥타이에, 백구두, 그리고 오종종하게 생긴 얼굴 하며...이 남자는 의문투성이였다.

한참의 침묵이 흘러도 말이 없자, 너무 답답한 나영이 먼저 물었다.
"오빠? 뭘 그렇게 오래 골똘히 생각해? 집에 뭐 안 좋은 일 있어?" 하고 묻자, 남자는 한쪽 팔을 턱에 괴고는 한참을 있다가 갑자기 벌떡 일어나서는 두 팔을 걷어서는 높이 들어 올리며 외쳤다.

"나는 생각하는 로댕이다, 내가 생각하는 로댕이다, 나는 생각할 것이 많은 로댕이다."

그리고는 깜짝 놀란 나영과 지나에게 씩 한번 웃어 보였다. 잠시 뒤 갑자기 부드러운 말투로 말했다. "야 한잔씩들 해, 건배." 하며 술을 권했다. 모두들 한잔씩 마시고는 앉아있을 때, 생각하는 로댕이 갑자기 다시 말했다.

"어? 내가 왜 이러고 있지? 아 씨팔 나 존나 머리 뽀개질 것 같네. 누가 내 인생에 족쇄 채우는 거야? 족쇄 채우지 말라고. 야 니들이 혹시 나 새장에 가뒀지? 나 날아가야 되는데 왜 새장에 가둬?" 하면서 로댕은 두 팔로 팔딱팔딱 날갯짓을 해댔다.

그러자 지나가 "아 오빠? 왜 그래 정신 차려?" 하며 로댕의 팔을 붙잡으며 말렸다.
로댕이 말했다. "야 잠깐 스톱, 나 지금....자신과의 싸움중이니까, 방해 하지 마라. 야? 그리고 너 색기있는 애. 너 존나 예쁘다? 갑자기 색욕이 확 터지네?" 하고 말하고는 로댕은 지나를 보며 씩 웃었다.

그러자 지나는 생각했다. '도대체 뭐지 왜 이렇게 횡설수설하지? 와 개 소름, 핵 소름, 좆소름.'

그리고는 빠른 말투로 말했다. "오빠 색욕은 무슨? 술이나 마셔, 얼른 오빠."
지나의 말이 끝나자, 로댕이 다시 말했다. "야? 니들 재벌들이랑, 정치랑, 종교가 결탁을 하면 무슨 일 일어나는 줄 알아?" 하고 물었다.

"무슨 일 일어나는데?" 하며 지나가 묻자, 로댕이 지나와 나영을 번갈아 바라보며 말했다.
"무슨 일은 무슨 일이야, 말세가 오지."

그러자 "뭐? 오빠 뭐 교주야?" 하며 지나가 다시 묻자, 로댕은 지나를 잠깐 바라보더니 말했다. "야, 색기있는 애. 넌 쫌 뭔가 좀 해맑은 부분이 있다. 오빠 날 좀 봐주세요, 제발 좀 봐주세요 그러면서 빨리 좀 한번 하자고 보채면서 나한테 꼭 앙탈부리는 거 같네? 그런데 내가 왜 너 한테 잠자리를 강요당해야 되는데?"

이때 나영이 갑자기 끼어들었다. "이 오빠 진짜 피곤한 스타일이네? 오빠? 오빠, 어디 가서정신세계 탈탈 탈 털리고 온 거 아니야? 이 오빠 진짜 정신세계의 피폐함이 장난이 아니네?

오빠 마약했어? 아니면 쥐약 빨다 왔어? 아니면 혹시 머리 말릴 때 탈수기에 탈탈 탈, 털어서 말렸어? 아니면, 세탁기에 드르륵 드르륵 하고 돌려서 목욕했어? 아니면 진짜 약 빨다 왔어? 왜 이렇게 횡설수설해? 그리고 왜 이렇게 현실과 상상을 오가면서 살아?" 하고 말하는 나영의 거친 말에 로댕은 기분이 나빴는지 찌푸린 얼굴로 나영을 한참 째려보더니 말했다.

"야? 너? 싸가지없게 생긴 개년아 말조심해라. 세상에 생각할게 얼마나 많은데. 내가 로댕이 안 되게 생겼어? 환경오염에, 공해에, 눈만 뜨면 데모에, 지 잘났다고 떠드는 이기주의자들에, 개인주의 자들에, 피터 지게 지랄들 하는 정치꾼들에 맨날 개지랄들하고 싸우는 갈등들에, 노인들 돈 털어가는 보이스피싱 놈들에, 세금 도둑질 해가는 놈들에, 로맨스 범죄자 놈들에, 묻지마 폭행 범죄자 놈들에, 여자 마음 훔쳐가는 카사노바 새끼들에, 끼어들기 잘하는 얌체 운전자 새끼들에 이런 새끼들 때매 내가 로댕이 안 되게 생겼냐고?"라며 끝도 없이 지껄여 댔다.

그러자 나영이 또다시 언성을 높이며 말했다. "아, 오빠 됐고, 자기가 무슨 로댕이라고? 생각이 그렇게 많아? 그러니 머리가 회까닥 돌지?" 하며 손가락으로 머리에 대고, 빙빙빙 돌리면서 말을 막았다.

로댕은 갑자기 진짜 미친놈처럼 돌변을 했다. "야, 싸가지 없게 생긴 년.

니가 시방, 지금, 방금, 존나 나를, 미친놈 취급했냐? 넌 생각의 동선이라는 것도 없는 년이냐. 아니면 모자라는 개념이냐? 너도 대갈빡 좀 돌려 가면서, 살아 개쌍년아. 지구가 언제 망할지도 모르는데?"라며 나영에게 쌍말을 해댔다.

그러자 나영도 지지 않고 말했다. "아 됐고, 오빠 인생이나 생각해. 몇 년 후에 오빠가, 어떻게 될지, 거지꼴이 될지 노숙자가 될지 아니면 어디 정신병원 병동에 갇힐지 모르는데"
하고 말하며 쏘아붙였다.

그러자 로댕은 나영의 그 말에 결국 폭발했다. "야 싸가지 개년, 넌 내가 물로 보이냐? 이쁘다고 내가 이래도 흥 저래도 흥 해주니까, 이런 사탄 년이 어디서 뱀같은 혀를 함부로 놀려?" 하고 분한 표정을 짓더니, 갑자기 벌떡 일어나서는 소리쳤다.

"사탄아 물러가라, 사탄아 물러가라, 사탄아 물러가라, 사탄아 물러가라!"
그러더니 빨간 넥타이를 풀어서는 머리에 동여맨 후, 두 팔을 걷어붙이고 일어나서는 가게안을 빙빙 빙 돌면서 두 팔을 높이 들어 올리며, 데모를 하듯 외쳐댔다.
"사탄아 물러가라, 사탄아 물러가라, 사탄아 물러가라, 사탄아 물러가라!"
끝도 없이 외쳐댔다. 마치 총파업 데모를 해대듯이 외쳐댔다.

나영이 로댕을 잘 못 건드린 것이었다. 나영이 더는 못 참고 "오빠 가! 가, 가. 술값이고 뭐고 다 필요 없으니까 가."하며 가게에서 끌어내려고 하자, 로댕은 나영과 지나를 밀치며 외쳐댔다.

"사탄아 물러가라, 사탄아 물러가라, 사탄아 물러가라, 사탄아 물러가라!"
하며 끝임없이 외쳐댔다. 그러자 가게 안 손님들은 "이게 무슨 일인가?" 하고, 모두들 나와서 구경들을 해댔다. 그리고는 모두들 어리둥절해서는 멍

한 표정들을 지었다.

하는 수없이 나영이 "오빠 미안해, 오빠, 미안해." 하고 쫓아다니며 싹싹 빌자, 그제서야 로댕은 "내가 로댕이다.......내가 생각하는 로댕이다....... 이 사탄 년아....너도 범국가적으로 범지구적으로 범 우주적으로 생각 좀 하고 살아 이년아. 로댕이 괜히 생각하는 사람 동상을 만들었겠어? 로댕도 나처럼 생각할게 많았으니까 생각하는 사람 동상을 만든 거야 이년아."하고 소리를 지르고는 나갔다.

그러자 나영이 지나를 보며 말했다. "그런데 이상하지? 꼭, 로댕 오빠 말이 맞는 거 같기도 하고 틀린 거 같기도 하고? 내가 그새 세뇌당했나?" 하고 말했다.

그리고는 "잘 가라 로댕 오빠." 하고 말하고는, "허" 소리를 내며 웃었다.
연희나 나영은 이런 데모를 하는듯한 과격한 인형 놀이는 해본 적이 없었다. 나영은 생각했다. '화가 많은 우리나라 사람들은, 불같은 성격의 우리나라 사람들은, 모두가 다 사춘기를 겪는 중 아닐까?'
나영이 생각하기에 대체로 우리나라 사람들은 합리적이지 않았다. 로댕의 말대로 타협을 몰랐다. 중간이 없었다. 모두가 다 철없는 사춘기 아이들만 같았다. "너 언제 철들래 이년아?",
"대체 너 언제 철들래 이놈?"하고 아무리 말해도 안하무인 같은 철없는 사춘기 아이들만 같았다.

마치 문명과 비문명 사이의 과도기에 사는, 공격성만 가득한, 분노만 가득한 사람들만 같았다. 타협을 모르는 성격 급한 사람들만 같았다. 자기들의 정치적 당리당략을 위해서는 나라야 국민이야 어떻게 돼도 모르겠다는 듯이 부추기는 정치꾼들과 또 내 편이 아니면 모두가다 씨팔 개좆같은 새끼들이라며 적으로 돌리고 살아가는 미친 광풍에 휩쌓인 자들만 같았다.

대체 누가 이렇게 광풍 같은 민심을 어루만져 살기 좋은 세상의 백년대계로 이끌지, 대체 이 광풍은 언제쯤 멈출지, 대체 이 공격성은 언제쯤 멈출지 나영은 걱정이 되었다. 생각해 보니 로댕의 말이 모두 다 맞는 듯했다.

잠시 후, 나영은 낮에 양재동 꽃시장에 가서 사다 놓았던, 새빨간 꽃이 피어있는, 팝콘 베고니아와 (꽃말/ 당신을 짝사랑합니다) 빨간색 열매와 꽃이 달리는 백량금, 일명 천냥금과 (꽃말/ 부자 되세요), 커다란 노란 꽃이 피는, 알만다와 (꽃말/ 희망을 가지세요) 그리고 꽃대마다 가득가득 핑크빛 꽃들이 피어나는, 히야신스를 (꽃말/ 겸손한 사랑) 화분에 옮겨 심어서 햇빛이 잘 드는 2층 창가에 올려놓았다. 그리고는 마음을 다스렸다.
잠시 후, 새벽 1시쯤 손님이 없자 연희와 나영과 지나는 퇴근을 하려고 퇴근 준비를 하고 있었다.

그런데 그때 40대 초반쯤 보이는 온몸에 문신을 하고 빡빡머리를 한 덩치 큰 사내가 들어왔다.
나영은 그자가 웬지 쎄했다. 그리고는 잠시 후, 연희와 나영과 지나가 빡빡이와 테이블을 마주보고 앉았다. 그리고는 샤또 라뚜르를 시켜놓고 마시면서 대화를 했다.

빡빡이가 먼저 말했다. "야, 나 작두파 깡패인디, 니들? 작두파라고 알아? 알아 몰라?" 하고 말했다. 그러자 빡빡이의 말에 나영이 말했다.

"작두파요? 네 저 알아요, 오빠 작두파, 그거 저거잖아요? 농장에서 소여물 써는 거, 오빠? 어디 농장에서, 소여물 썰다 오셨어요?" 하고 말했다. 그러자 빡빡이는 몹시 심기가 상한 듯 나영을 째려보더니, "뭐? 소여물? 야? 내가 시방 장난, 농담 때리는 거로 보이냐?" 하며 나영에게 눈을 치켜뜨며 부라렸다.

그러자 나영이 말했다. "저는 작두파라고 하시길래 진짜 여물 썰다 오신

줄 알고?"하며 또 다시 대꾸를 했다. 그러자 빡빡이는 "하, 이것 봐라." 하며 실소를 터트리고는 말했다.

"야? 내가 농장에서 여물 썰게 생겼다, 이거지? 내가 소똥이나 치우게 생겼다 이거지?" 하고 말했다. 그러자 나영은 다시 "네, 오빠 그렇게 생겼어요." 하고 대답했다.

그러자 빡빡이는 벌떡 일어나 나영을 내려다보면서, 허리춤에 두 손을 얹고는 말했다. "야, 너 싸가지 년. 너, 주뎅이 좀 그만 나댈래? 니가 깡 좀 있나본데 까불지 마라. 주뎅이 확 찢기 전에. 그리고 내 말 똑똑히 들어라 잉? 너 그들 내가 오늘 기분이 좀 거시기하니께
싹 다 안아 뿌러야 쓰겠다. 알아들었지? 아니면 오늘부로 요일, 싹 다 접고 다른 일 하던가? 아니면 내가 온정을 베풀어서, 수수께끼 하나 낼텡께 요거 맞추면 봐주고, 만약 니들이 이거 못 맞추면 나가 시키는 대로 해라 잉? 알 것냐?" 하고 말하더니, 빡빡이는 나영을 흘깃 바라보며 다시 자리에 앉고는 말했다. "야? 아그야, 큰 종이하고 펜 가져와봐?" 하고 건방을 떨었다.

잠시 후, 나영이 얼른 뛰어가서 흰 종이와 펜을 가져오자 빡빡이는 "야 요기다가 니들 바람, 그려 봐." 하고 말했다.

그러자 나영이 어이없는 표정을 지으며, "엥? 바람요?" 하고 되묻자 빡빡이는 만면에 웃음을 띠며 "그래, 바람" 하고 말했다.

나영이 "바람을 어떻게 그려요?" 하고 눈을 동그랗게 뜨며 말했다. 그러자 빡빡이가 의기양양하게 말했다. "그러니까 수수께끼지 이년아."

그러자 나영이 "그럼 오빠가 그려 보세요?" 하고 말하며 빡빡이를 바라보

았다.

빡빡이는 만면에 웃음을 지으며 말했다. "야? 내가 그걸 알면 니들한테 왜 물어보것냐? 그리고 답을 알면 그게 무슨 수수께끼냐? 자 얼른 그려봐, 못 그리겠지? 니들 수수께끼 못 푼 거다, 맞지? 그러면 니들 셋 다 싹 다 벗어, 개년들아." 하고 쌍욕을 해댔다.

그러자 빡빡이의 말에도 연희와 나영과 지나가 그냥 고개만 푹 숙이고 앉아있자, 빡빡이가 소리쳤다. "못 해? 그러면 요기 소파 앞에 셋 다 얼굴 박고, 치마 들고, 엉덩이 쳐올려서, 빤스 까고 엎드려 봐, 밧데루 자세로 알것냐? 한꺼번에 내가 다 싹 다 뒤치기로 해줄랑께, 일타 쓰리피로 알것냐? 이것들이 말 안 들어?" 하며 빡빡이 놈은 술병을 들어서 확 집어던져서 바닥에 "퍽" 소리가 나게 깨버렸다.

그러자 연희랑 나영과 지나는 "엄마야" 하고 몸을 움츠리며 악 소리를 질렀다. 빡빡이는 다시 연희와 나영과 지나를 번갈아서 바라보고는 말했다.

"야? 니들 못하겠어? 그럼 니들 셋 다 일어나서 차렷하고 서봐." 하며 협박했다.

그래도 연희랑 나영과 지나가 엉거주춤 서 있자, 놈은 연희랑 나영과 지나를 째려보면서 말했다. "이것들 봐라, 말 안 들어?" 하고 말하며 연희와 나영과 지나의 머리를 손가락으로 쿡쿡 찔러댔다.

그러면서 놈은 다시 말했다. "야, 니들 대학물 먹었다며? 대학물 먹은 년들이 먹물 좀 먹은 년들이? 그깟, 바람 하나 못 그려? 이것들이 뒤질라고 환장을 했나?" 하면서 빡빡이 놈이 이렇게 연희와 나영과 지나를 한참을 괴롭히고 있을 그 때, 유혹의 소나타 문이 스르르 열리더니, 흑 두건이 나타나며 말했다.

"야 빡빡이, 너 뭐야? 너 어디서 굴러먹다 온 개뼉다구 새끼야?" 하고 묻자 빡빡이가 흑 두건을 바라보며 말했다.

"나? 작두파 상철이, 너 작두 파 알아? 너 족보 있어? 족보 이름 대봐? 이런 족보도 없는 새끼가." 하며 호기를 떨었다.
　흑 두건이 말했다. "야, 나는 해병대파다 이 새끼야. 너 귀신 잡는 해병대파 알아? 양아치 같은 새끼야? 너 이 착한 아가씨들 왜 괴롭혀? 열심히 사는 아가씨들을 왜 괴롭히냐구?" 하며 소리를 질렀다.

　그러자 빡빡이가 말했다. "야, 그럼 대학물 먹었다는 년들이 바람도 하나 못 그린다는 게 말이 되냐? 말이 되냐구?"

　그러자 흑 두건은 빡빡이에게 어이없는 표정을 지으며 말했다.
　"뭐라고? 바람을 어떻게 그려 이 새끼야? 그럼 넌 산소 그릴 수 있어? 산소, 공기 산소? 숨 쉬는 거 산소? 너 그거 그릴 수 있냐고?" 하고 말했다.

　그러자 빡빡이는 건방을 떨면서 두 팔을 허리에 척 올려 개폼을 잡고는, 짝 다리를 집으면서, 다리 하나를 건들건들 떨면서, 흑 두건에게 소리쳤다.
　"야 해병대파. 숨 쉬는 산소를 어떻게 그려 새꺄?"

　그러자 흑 두건이 말했다. "저런 병신새끼, 니가 그러니까 연약한 여자들이나 이렇게 괴롭히면서 사는 거야 이 새끼야? 넌 쪽팔리지도 않냐 이 새끼야? 흡혈귀 거머리 같은 새끼야? 남자로 태어나서 약자들이나, 여자들 피나 빨아먹고 살게? 너 같은 새끼들은 나중에 천벌 받아서 거렁뱅이 거지새끼로 살 거야 이 새끼야. 야 그리고 산소 공기 그걸 왜 못 그려 이 새끼야. 종이에 여자 그림 그려놓고 산소 같은 여자, 이영애 이렇게 써 놓으면 되잖아? 이 양아치 새끼야?"

　그러자 연희와 나영과 지나는, 순간 헐, 대박 하고 감탄했다. 흑 두건은 말을 마치자마자, 공중으로 붕 뛰어올라 니킥으로 놈의 턱주가리를 가격했다. 그리고는 나가 떨어져서 바닥에 나뒹구는 빡빡이 놈을 발로 밟아서 죽도록 짓이겨 놨다. 흑 두건은 쓰러져서 사경을 헤매고 있는 빡빡이를 멀리

실어다가 팔당대교 다리 밑에 갖다 버렸다. 다시는 나쁜 짓을 못하게 반병신을 만들어서 쓰레기를 버리듯 갖다 버렸다.

　나영은 참 신기했다. 어떻게 그렇게 유혹의 소나타에 사건이 일이 터질 때마다, 흑기사들이 나타나는지 참 신기했다. 아마도 연희의 착한 심성이 하늘에 닿아 하늘이 돕는가도 싶었다.
　나영이 생각하기에 연희의 살아가는 모습이 참 신기했다. 나영 자신은 악바리로 살아도 이렇게 사는 게 힘든데, 시도 때도 없이 태풍 불고 비 오고, 이제 좀 괜찮은가 싶으면 눈보라치고, 이렇게 사는 게 힘든데, 연희는 이런 일 저런 일 다 겪으면서도 어떻게 저렇게 순수함과 착함을 잃지 않고 살아갈 수 있는지 이해가 안 갔다. 자기가 무슨 부처님도 아니고 예수님도 아닐 텐데. 그 어진 심성을 잃지 않고 산다는 게 참으로 신기했다. 그리고 연희는 늘 더 나영 자신보다 행복해 보였다.

　나영은 생각했다. '연희는 진짜 인형 놀이를 하는 소녀처럼 소꿉 장난을 하는 아이처럼 천진난만하게 살고 있는 건 아닐까?'

　다음 날, 밤 11시쯤 유혹의 소나타.

　연희는 짧은 팔의 라운드 블랙 니트 원피스를 입고, 나영은 거의 자색 빛에 가까운, 레드 실크 원피스를 입고, 치렁치렁한 웨이브끼 있는 갈색 머리칼을 늘어트리고는, 지나는 가슴이 좀 깊게 패인 브이넷 라인의 치마 밑단에는 폴립 주름으로 마무리가 된 은은하면서도 캐쥬얼한 신축성 좋은 연한 베이지색의 민소매의 짧은 원피스를 입고 앉아서 수다를 떨고 있었다.

　이렇게 수다를 떨고 있을 때 누군가가 들어왔다. 그러자 연희가 반기며 뛰어나갔다. "어? 안녕하세요? 오빠, 어서 오세요." 하고 말하며 반갑게 인사를 했다. 문을 열고 걸어들어오는 잘생긴 남자에게 그렇게 반갑게 인사를 했다. 그러자 잘생긴 남자도 연희에게 인사를 했다.

"오랜만이네 연희씨." 잘생긴 남자는 장 태양 탐정사무소의 소장, 장태양이었다.

그는 41세의 나이에 188센티의 키, 운동으로 다져진 몸과 격투기, 태권도, 권투, 무에타이 공수도, 검도 등 도합 36단의 무술 달인이었다. 그의 날카로운 눈매와 오똑한 코와 잘생긴 남자다운 외모는 마치 격투기 선수 추성훈을 보는 듯 했다.

장태양이 말했다. "연희씨 인사해, 우리 사무실 부소장 정의야." 하고 말하며 뒤따라 들어오던 청년을 연희에게 소개했다. 연희가 살갑게 웃으며 인사를 건넸다.

"안녕하세요. 잘생긴 오빠", 하고 말하며 살갑게 인사를 건넸다. 그러자 잘생긴 청년도 "안녕하세요, 정의입니다."하며 반갑게 인사를 건넸다.

그는 189센티의 키에 운동으로 다져진, 탄력이 넘치는 몸에, 짙은 눈썹 쌍커풀 진 커다란 눈, 그리고 오똑한 콧날에, 마치 연예인 같은 새하얀 피부의, 계란형의 앳된 얼굴의 소유자였다. 정의가 웃으며 꾸벅꾸벅 연희와 나영과 지나에게 인사를 하자, 나영과 지나가 서로 정의의 팔을 이끌며 소파에 앉히고는 호들갑을 떨어댔다.
"오빠 어쩜 이렇게 잘생겼어요? 여자 친구는 있어요? 어디 살아요? 몇 살이에요?" 하고 말하며 번갈아 가며 쉴 새 없이 질문 공세를 퍼부어 대자 정의가 웃으며 말했다. "나이는 스물 여덟살이구요, 여자 친구는 아직 없어요." 그러자 나영이 먼저 선수를 쳤다.

"어머 진짜요?" 하고 나영은 정의의 팔을 꼭 끌어안고 말했다. "오빠, 오늘부터 우리 1일 해요? 알았죠? 오늘 술값은 내가 쏠게요." 하며 소파로 끌고 가서는 자신의 옆자리에 앉혔다.

그러자 지나가 "나는?" 하며 질투하는 표정으로 말했다. 그러자 나영이 말했다. "야, 내가 먼저 찜했잖아? 너는 저 오빠한테 가봐." 하며 턱으로 장태양을 가리켰다.

그 말에 장태양이 "뭐야? 나는 찬밥이네?" 하고 말하며 호탕하게 웃었다.
 연희가 장태양 말이 끝나자마자 말했다. "오빠, 진짜 오랜만이에요, 오늘 술은 제가 다 쏠게요." 하며 금방 샤또 라뚜르를 두 병 가져다가 테이블에 올려놓고는 다소곳하게 장태양 옆자리에 앉았다.

한데 웬일인지 정의는 옆자리의 나영에게는 관심도 없는 듯 연희를 부끄럽게 바라보며, 더듬더듬 물었다. "연희씨 몇 살이세요?" 하고 물었다.

그러자 연희가 정의를 생글생글 웃으며 바라보며 대답했다. "저, 스물여섯 됐어요." 하고 대답했다. 그 말에 정의는 다시 한번 연희를 자세히 머리부터 발끝까지 훑어보고는 말했다.
 "와, 되게 이쁘시네요 연희씨. 딱 제 이상형이세요. 저 혹시 실례지만, 남자친구 있어요?" 하고 물었다.
 그 말에 연희는 무척 곤란해졌다. 나영은 정의를 몹시 좋아하는 것 같은데, 정의가 눈치 없이 자신에게만 관심을 두는 게 무척 곤란했다.

연희가 나영을 바라보며 말했다. "야? 나영아 뭐해 너 정의 오빠랑 러브샷 해봐? 니가 가만있으니까 오빠가 나한테만 자꾸 묻잖아? 너도 정의 오빠한테 뭐 궁금한 거 있으면 물어봐야지?"

그러자 나영은 그제서야 정의를 보며 말했다. "오빠, 오빠는 왜 나한테는 안 물어봐?" 하며 엎드려 절 받기처럼 물어보자 그제야 정의는 나영을 바라보며 말했다. "나영씨는 몇 살이세요? 햇살, 뱃살, 삼겹살, 살치살, 갈비살, 목살 그런 거 말구요. 실제 나이요?"하고 물었다.

그러자 얼굴이 환해진 나영이 말했다. "와, 이 오빠 진짜 센스 터진다. 저는 방년 26세구요, 남친은 없구요, 162센치에, 바스트 37, 허리 24, 엉덩이 38입니다. 음식도 잘 하구요, 청소도 잘 하구요, 성격도 좋구요, 애도 잘 낳을 자신 있어요."라며 묻지도 않은 말들을 해댔다.

그리고는 "자, 오빠 러브샷"하며, 억지로 자신의 팔에 정의의 팔을 걸어서는 러브샷을 시켰다. 그러자 나영이 러브샷을 하는 게 부러운지 지나도 "나도 러브샷 할래." 하며 정의와 러브샷을 했다. 이 모습을 지켜보고 있던 장태양은 환하게 웃으며, "야, 정의야 너 잘해봐라. 너 오늘 계 탔다 아주. 에이 젊은 게 좋지. 연희씨 우리도 한잔해요." 하고 말하며, 장 태양은 연희에게 건배를 했다.

잠시 후 강남 노래방.

"연희씨? 무슨 노래 좋아하세요? 우리 같이 불러요." 하며 정의가 옆에 있는 나영보다는 연희만을 해바라기하자, 나영은 테이블 위에 있는 캔 맥주들을 전부 다 끌어다가 혼자서 다 들이켜 댔다.

곤란해진 연희는 "저, 노래 못 불러요." 하고는 연신 사양을 하면서 장 태양과 나영의 눈치를 살펴봐 댔다. 연희는 어쩔 줄을 몰라 안절부절이 났다. 그리고는 잠시 후 정의가, "천년의 사랑을 예약한 후 연희의 팔을 끌어내며 "연희씨? 우리 같이 불러요?" 하고 말하자, 연희는 "저 이 노래 진짜 몰라요" 하며 사양을 했다. 그러자 나영이 벌떡 일어나 마이크를 확 뺏어 잡고는, 정의의 팔짱을 억지로 끼고는 노래를 불렀다.

"이대로 날 보낼 수는 없다면, 차라리 나도 데려가...내 마지막 소원은..."

노래가 끝나자 나영은 한쪽 팔을 높이 들어 올리며, "사랑은 쟁취하는 거야"하고 크게 외치자 연희와 지나와 태양은 "우와, 김나영 너 멋지다." 하며 기립 박수를 쳐댔다.

연희가 보기에 나영은 알면 알수록 멋졌다. 구김살이 없었다. 제어 장치가 고장 나 폭주하는 기관차처럼 하고 싶은 말은 하고, 원하는 것에 대해서는 멈추질 못하는 그 성격이, 연희에겐 없었다.

연희는 세상에서 상처받은 나영이, 정의와 만나 운명처럼 역경을 이겨내며 서로를 위로해 가며 살아가기를 바랬다. 그 모습을 상상하는 것만으로도 연희는 눈물겹도록 가슴이 시렸다. 서로에게 슬픔을 어깨를 아픔을 기대며 서로에게 위로를 받으며 살아가기를, 연희는 진심으로 바랬다.

연희가 말했다. "나영아? 너 벌써 사랑에라도 빠진 거야?" 하고 말했다. 그러자 나영이 대답했다. "글쎄, 아직은..."
그러사 연희가 다시 물었다. "그럼, 안 만날 거야?"
나영이 대답했다. "그것도, 글쎄...."
그 말에 연희는 피식하고 웃으며, 생글생글 웃는 나영의 표정을 바라보며 말했다.
"뭐야? 그런데 왜 그렇게 좋아해?" 하고 말했다. 나영은 배시시 웃었다. 연희는 풍성한 갈색 머리칼을 길게 늘어트리고 오랜만에 다시 예전처럼 해맑게 웃고 있었다. 어릴 적 꿈 많은 소녀처럼. 장 태양 옆에서 해맑게 웃고 있었다.

연희는 언제나 누가 말을 걸어도, 늘, 수줍게 웃고 있었다. 연희는 모진 소리를 못하는 그런 아가씨였다. 그리고는 어디서 왔는지 모를, 인생의 무게 같은 것을 늘 어깨에 얹고 사는 것처럼 보였다. 나영은 정말로 오랜만에 연희의 해맑은 모습을 보았다. 연희는 오랜만에 다시 예전처럼 꿈 많은 소녀처럼 한껏 밝아져 있었다. 마치 인형 놀이를 하는 꿈 많은 소녀처럼 한껏 밝아져 있었다.
나영은 그날 새벽 집으로 돌아가, 정의에게 전화를 걸었다. 나영이 전화를 걸자 자다 깬 목소리로 정의가 전화를 받았다.

"여보세요, 누구세요?" 하고 묻자 나영이 말했다. "오빠 잤어? 나, 나영이." 하고 나영이 말했다. 그러자 살짝 긴장한 목소리로 정의가 물었다. "아니, 왜요? 무슨 급한 일 있어요? 나영씨" 하고 물었다.

그러자 나영은 살짝 들뜬 목소리로 말했다. "오빠, 그게 아니고 내가 할 말 있어서." 나영의 말투는 살짝 부자연스러웠고, 숨소리는 살짝 들떠 있었다. "오빠 나, 말해도 돼?" 하며 되물었다. 그러자 정의가 말했다. "네, 나영씨 괜찮아요."

그러자 나영은 숨소리를 죽여 가며 말했다. "오빠 나, 오빠한테 고해성사 하려고. 나, 오빠 벌써 겁탈했거든 맘속으로. 이것도 죄를 지은 거니까 고해성사 해야겠지?" 하고 속삭이듯 말하자 정의가 말했다. "네? 나영씨 왜 그래요? 어디에요, 왜 그래요?" 하고 물었다.

그 말에 나영이 속삭이듯 말했다. "오빠 나, 집이야, 이제 잘게, 오빠도 잘 자."하며 나영은 전화를 끊었다. 그렇게 하고 싶은 말을 못 참는 성격이라 나영은 전화를 걸었던 것이다. 정의에게.

나영은 잠들기 전에 얼른 지금의 자신의 마음을 노트에 적어 내려갔다.

커튼 김나영

내 운명에 어둠의 커튼이 내려진 날,
나는 아무것도 보이질 않았다.
그러던 어느 날 먹구름 속에서
나는 한 줄기 햇살을 보았다.
나는 얼른 그 햇살의 끈을 붙잡았다.
그러자 내 안에 억눌려 있던 어린 날들의 푸르던 꿈들과 희망들이
날개를 달고 다시 하늘을 날았다.
그 햇살의 끈을 붙잡고서 다시 하늘을 날았다.
그리고는 그 꿈과 희망들은 꽃 몽우리들처럼 부풀었다.
그리고는 눈부시게 꽃을 피웠다.
영혼의 정원에 꽃을 피웠다.
그러자 얼음처럼 차갑던 내 안에
따뜻한 온기가 돌기 시작했다.
그리고는 어둠의 커튼들이 걷혀졌다.
그리고는 혜안이 빛났다.

눈송이가 하늘하늘 내려 온 세상을 새하얗게 덮던 날 밤 11시쯤, 유혹의 소나타에 50대의 한 남자와 연희가 칵테일을 나란히 앞에 놓고 심각하게 앉아있었다.

남자는 자신은 특이한 미제 사건들만 수사하는 수사관이라 했다. 겨울에 굶어 죽은 거지 사건, 길에서 얼어 죽은 똥개의 개죽음 사건, 길고양이의 고독사 방치 사건, 북어는 맞아야 말 잘 듣는다고 가르친 불량 선생 사건, 미세먼지에 질식해서 죽은 가로수 나무 사건, 꿀벌들의 집단 자결 사건, 지렁이의 교통사고 사건, 세상에 드러내 놓고 싶지 않다며 은밀히 사건을 맡긴 제비의 꽃뱀 유혹 사건, 배고픈 산 까치의 병아리 습격 사건, 숫모기에게 목의 피를 빨렸다며 수사를 의뢰한 아름답고 예쁜 한 여인을 사랑한 숫모기의 키스 스토킹 사건 등을 수사 한다고 했다.

연희가 들어보니 틀린 말인 것 같기도, 맞는 말인 것 같기도 하고 무척 아리송했다. 자신의 인형 놀이와 별반 다르지 않다는 생각이 들었다.

수사관은 진범들과 하수인들과 연루자 들을 끝까지 추적해서 붙잡아 벌을 받게 할 방침이라고도 했다. 수사관은 범행 동기를 캐내야 되겠다며 다짐을 하는듯한 말도 했다.

"그런데 오빠? 어떻게? 여기까지 이렇게 오셨어요?" 하고 연희가 궁금한 표정을 지으며 말했다. 그러자 수사관은 주머니에서 작은 수첩을 꺼내서 볼펜으로 줄을 그어가며 말했다.
"탐문 수사를 하던 중에 사람들이 농수산부에 가봐라, 보건복지부에 가봐라, 교육부에 가봐라, 환경부에 가봐라, 북어 덕장에 가봐라, 여기 가봐라 저기 가봐라 모두 다 미루기만 해서 피곤해서 잠시 목이라도 축일 겸 머리도 식힐 겸 왔지."
그리고는 칵테일을 한 모금 마시고는 다시 말했다. "대체, 피해자들은 많은데 가해자는 없고? 어디부터 사건을 풀어가야 할지 참 난제네." 하고 끙

장히 심각한 표정을 지었다.

"그럼 왜 이렇게 오빠는 난제 많은 골치 아픈 사건들만 수사를 하세요?" 하고 연희는 수사관의 눈을 똑바로 바라보며 물었다. 그러자 수사관은 답답한지 천장을 한번 바라보고는 말했다. "글쎄? 나도 아직 이유를 찾지 못해서. 내가 대체 왜 이러고 사는 건지?"

그러자 연희가 궁금증을 참지 못하겠다는 듯이 다시 말했다. "그러면 오빠는 이렇게 수사를 하시는 이유가 뭐에요? 책임감 때문인가요, 아니면 도덕성 때문인가요? 결과도 안 나오는 수사에 왜 이렇게 집착하세요?"하고 물었다.
연희의 물음에 수사관은 잠시 생각하더니 말했다. "글쎄 아마도 의무감 때문이겠지. 아무도 관심을 안 두니까 지나가는 깡패 새끼한테 발로 차여서 똥개가 죽었는지, 길고양이가 죽었는지, 가로수가 죽었는지, 관심을 안 두니까?"

그러자 연희가 일목요연하게 말했다. "오빠 그거 편견 아니에요? 깡패 새끼가 왜 똥개를, 길고양이를, 가로수를 발로 차서 죽여요? 혹시 쥐가 고양이를 죽였을 수도 있잖아요. 고양이가 까불다가, 건방 떨다가, 건방지다며 쥐들한테 집단 구타를 당해서." 수사관은 연희의 일목요연한 추리에 할 말이 없는지 한참을 침묵했다.

"그럼 오빠는 이 사건들 중에 한 개라도 해결한 거 있어요?" 하고 연희가 다시 물었다.
그러자 수사관은 집어넣었던 수첩을 품에서 다시 꺼내 적어놓은 사건일지를 천천히 살펴보더니, 연희에게 의미심장한 말들을 해댔다. "하수인들은 여러 놈을 잡았는데, 이 새끼들이 불지를 않아서 그래서 수사가 더는 진행이 안돼."

연희가 말했다. "그럼. 오빠 하수인들 조지면 되잖아요?" 하고 말했다. 그러자 수사관은 한숨을 푹 쉬더니 말했다. "그렇게 해봤지만 다 허사였어. 옛날 수사방식처럼 거꾸로 매달아 놓고 고춧가루 물도 먹이고, 잠도 안 재우고, 먹이지도 않고, 죽빵도 날리고 조인트도 까봤지만 다 허사였어."

연희가 "왜? 왜요, 오빠?" 하고 수사관 앞으로 다가앉으며 물었다. 그러자 수사관은 한숨을 깊게 내쉬고는 말했다. "이 새끼들은 모두가 다 하나같이 철저하게 세뇌가 된 놈들이라 모두다 자결했거든."

"네에?..." 연희는 수사관의 말을 듣고 난 후, 한동안 말을 잊지 못했다. 수사관은 칵테일을 한 모금 마시고는 다시 말을 이어 나갔다. "이상하게 하수인 놈들은 다 하나같이 마네킹 놈들이었거든."하고 말했다.

그 말을 들은 연희는 기가 막혔다. "네? 오빠가 무슨 돈키호테예요? 정신세계를 오락가락 모험을 하게요? 아니면 셜록홈즈세요? 오빠 혹시 안드로메다에서 탈출하셨어요?" 하고 말하는 연희의 팩트 폭격에 수사관은 할 말을 잃었는지, 한동안 술잔만 바라보며 술 멍을 때렸다.

그리고는 다시 말을 이어 나갔다. "아가씨, 세상은 늘 과거와 현재와 미래가 혼재되어 있는 거야. 무슨 일이든 원인 없는 결과는 없는 거야. 세상은 모든 게 양자역학적 이거나, 물리학적 법칙으로 이루어져 있는 거야. 그리고 모든 건 다 선으로 연결이 되어 있는 거라고. 별들이 어떻게 탄생하는 줄 알아? 가스와 먼지 구름들이 합쳐져서 핵융합 과정들이 이루어지고, 그리고는 별빛들이 불을 켜듯이 그렇게 폭발을 하게 되고, 그 폭발이 별이 되고 빛이 되는 거야. 그렇게 모든 사건들엔 다 원인이 있는 거야. 여러 일들이 합쳐져서 무슨 사건이 생기는 거라고. 그럼 그 사건의 원인을 찾으려면 어떻게 해야 돼? 사건 발생 시간의 선을 타고 올라가야 원인을 찾을 수 있을 거 아니야? 그렇게 선과 선을 연결하다 보면 사건의 전모가 밝혀지고 범인이 밝혀지는 거라고." 하고 말하며, 수사관은 연희의 눈을 마주쳐가며 손으로 리액션을 해 가며, 수첩을 바라보며 열변을 토했다.

그러자 연희는 수사관의 전문적이고도 논리적인, 양자역학적이고도, 물리학적인 열변들에 대항할 언어를 찾아내지 못했다. 그렇게 연희가 할 말을 잃고 눈동자를 굴리며 고민만 하고 있자, 수사관은 수사 일지 수첩을 쭉 펼쳐 보고는 바다거북에게 폐비닐들과 미세플라스틱을 먹게 만들어 거북을 죽게 한 사건에 연관이 있다며, 일회용 프라스틱 제품을 만드는 사람들을 수사해 달라는 골치 아픈 사건이 들어 왔다며 이 모든 게 인간들의 탐욕 때문이라며 엉덩이를 실룩실룩 거리면서 쏟아지는 눈발 속으로 사라졌다. 연희는 수사관이 가고난후 생각했다.

좋은 일 하는 분 같기도 하고 이상한 분 같기도 하고. 이 혼란스러운 세상에 꼭 필요한 분 같기도 하다고 생각했다.

잠시 후 새벽 1시쯤, 나영과 30대 중반의 훤칠하고 잘생긴 남자가 샤또 마고를 시켜놓고 마시면서 앉아있었다. 나영이 먼저 물었다.
"오빠는 어떻게 눈도 많이 오는데 오셨어요? 많이 외로우셨나 봐요?"
그러자 나영의 물음에 남자가 말했다.
"오, 어떻게 알았어? 난, 강박증 환자야. 신부감 구하러 다니는 강박증 환자."
나영이 물었다. "네? 왜요? 왜 강박증까지 생겨가면서 신부감을 찾아요?"
이에 강박증 환자가 다시 말했다.
"아, 난 결혼해서 애들 많이 낳는 게 소원이거든. 한 열두 명 쯤 낳아 보려고 생각하는데 어때?"
이 말에 나영이 '저 인간 뭐지?' 하는 심정으로 말했다. "아니, 여자가 무슨 애 낳는 기계예요?"

나영은 오락가락하는 남자의 말에 머리가 아파왔다. 나영은 잠시 생각하다가 다시 물었다.

"그럼 오빠는 능력은 있어요? 애만 많이 낳아 놓으면 애들은 다 어떻게 키워요?"
그러자 강박증 환자가 말했다.
"애는 낳아 놓으면 저절로 다 크게 되어 있어."

나영은 머리가 돌 것 같았다. '얘 뭐지? 멀끔하게 생겨가지고? 얘 어디서 구석기 시대에서 왔나?' 하고 잠시 생각을 하다가, 다시 말을 이어 나갔다.
"오빠 혹시? 이상한 나라의 앨리스, 거기 동화 속에서 오셨어요? 토끼 나오는 동화 거기요? 아니면 오빠가 만든 이상한 세상 거기 살아요?"하고 물었다.

그러자 강박증 환자가 말했다. "쉿, 그거 다 비밀이야. 내가 만든 세상 그거 밖으로 알려지면 안 돼. 그거 알려지면 나 역모죄로 잡혀 갈수도 있어. 내가 만는 세상인 메타버스 세상 에서는 거기선 다들 그렇게들 살아. 거기는 애들 천국이야 피터팬 알지? 걔가 내 조카야. 내가 조카로 만들었지, 아바타를 이용해서. 걔는 아직도 장가 못 들었어, 걔는 영원히 애들이잖아, 피터팬도 참 불쌍해."

남자의 말에 나영은 화가 치밀었다. "그럼 오빠는 이상형이 뭐예요? 이상형은 있어요?"
그러자 강박증 환자가 말했다.
"그럼 당연히 있지. 돈 많고, 젊고, 예쁘고, 착하고, 살림 잘하고, 애 잘 낳고, 음식도 잘하고, 남편 공경도 잘하는 그런 여자. 딱, 나영씨 같은 여자. 예쁘지, 떡도 잘 치게 생겼지, 목소리도 큰 거 보니 사운드도 잘 내게 생겼지, 엉덩이도 큰 거 보니 애도 잘 낳게 생겼지, 가슴 큰 거 보니 모유도 잘 나오게 생겼지." 하고 말하며, 강박증 환자는 무슨 상상을 하는지 행복한 미소를 지었다.

그러자 나영이 말했다. "아, 그만 오빠 스톱. 무슨 상상을 하는 거예요? 걔

짜증나게 씨팔, 나한테. 그럼? 오빠는 돈은 많아요?" 하고 나영이 다시 말을 돌렸다.

그러자 강박증 환자가 나영을 바라보며 "아니, 월세 살아." 하고 당당하게 말했다.
나영이 어이없는 표정으로 말했다. "아니, 가진 것은 쥐뿔도, 개뿔도, 별반 없는 거 같은데 무슨 배짱으로 돈 많고 젊고 예쁘고 착하고, 살림 잘하고 애 잘 낳고, 가슴 크고 엉덩이 큰 여자를 찾아요?" 하고 열 딱지를 냈다.

그러자 다시 강박증 환자가 당당하게 말했다. "야, 내가 돈이 없으니까 돈 많고, 착하고, 살림 잘하고, 애 잘 낳고 음식도 잘하고, 그런 여자 찾는 게 당연한 거 아니야?"
나영은 할 말을 잃었다.
"헐....대박 핵 소름 개 소름 씹소름. 이 오빠가 진짜 술 허기지게 만드네? 이 오빠가 머릿속이 비었나? 절망에 찌들어 살았나? 아니면 뇌에 우동사리가 없나? 오빠? 나 놀려? 대체 왜 그래요? 멀쩡하게 생겨가지고." 하고 말하며 나영이 찌푸린 얼굴로 따라놓은 술잔을 벌컥 비우자, 강박증 환자는 나영을 빤히 바라보며 말했다.
"왜? 내가 미친것 같냐? 난 아가씨가 미친것 같은데?" 하며 옆머리에다 검지손가락을 빙빙 빙 돌려댔다.

"싸이코네, 싸이코야 메타버스도 몰라." 하고 중얼중얼 대면서 손가락을 연신 빙빙 돌려댔다. 그러자 나영의 속사포가 터졌다. "네? 내가 미쳐요? 이 오빠가 진짜, 누구를 미친년 취급을 해. 이 오빠가 진짜 뇌에 나사가 풀렸나? 뇌에 기름칠을 안 해서 녹이 슬었나? 가만 가만히 있으니까 가마니로 보이나? 보자보자 하니까 보자기로 보이나?" 하고 째려보자, 강박증 환자는 나영에게 핵 펀치를 한방 날렸다.

"이상한 나라에 오면 멀쩡한 사람이 미친놈 취급을 받는다니까? 에라이 미친년아, 너 정신 병원에서 탈출했지? 어쩐지 눈빛이 이상 하더라니까? 에라이 싸이코 미친년아, 잘 먹고 잘 살아라." 하고는, 손가락을 옆머리에 뱅뱅뱅 돌려대며 눈발 속으로 사라졌다.

 나영은 얼떨결에 미친년이 되어버렸다. 나영은 강박증 환자를 이해하려고 애를 썼다. '세상엔 별별 사람들이 다 많으니까 별별 거지 깽깽이들도 많으니까' 하고 생각했다. 그리고는 나영은 강박증 환자가 동정이 갔다. 나영은 강박증 환자를 생각하며 일기를 썼다. 자기만의 우주 속에 빠져 사는 인터넷 속에 빠져 사는 강박증 환자를 생각하며 일기를 썼다.

술병안의 우주 김나영

나는 무엇이 옳고 그른지
확실히 정의를 내릴 수가 없는 세상에 살며,
마음이 비어버린 정신이 비어버린 한 남자가 마신 술병 안에서
실재가 아닌 다른 세상을 보았다.
그만의 커다란 우주를 보았다.

술병안의 우주,
대체, 그 안은 얼마나 무한하고 광활하고 넓기에
그 술병 안에선 날마다 사람들의 수많은 이야기들이 따라져 나오는 걸까?
그 술병 안엔 대체 무슨 마법이 있길래.
사람들은 술만 따라 마시면 헤헤 거리고, 실실 거리고 하다가
끝내는 괴로운 표정들을 지으며
그리고는 주저리 주저리 떠들다가
그 무한하고 광활 하고 넓은 자기만의 우주 속을 헤매다가
끝내는, 에라이 개 같은 세상, 에라이 좆같은 세상,

에라이 쌍놈의 세상, 에라이 씨부랄 세상,
에라이 좆같은 돈아, 에라이 개 같은 돈아
에라이 씨부랄 사는 게, 왜 이렇게 좆같아
내 팔자야, 내 팔자야 웬수같은 내 팔자야, 대체 언제 좋아 질 거야?
개같은 놈의 팔자, 하고 악을 써대며
쌍욕의 찌꺼기들만을 빈병에 남겨놓고들 떠나가는가?
처절한 아픔들과 슬픔들과, 상처들을 줄줄이들 남겨놓고 떠나가는가?
난 그들의 사연이 궁금했다.

하여, 나는 빈 술병에 남아있던,
그들이 남겨 놓고 간 한 모금의 독한 슬픔의 찌꺼기들을 짜내어 마셔보았다.
그러자 난 그들의 슬픔에 중독되었다.
그리고 난 슬픔에 취했다.
난해한 표정으로 취했다.
그리고 난 웃픈 표정으로 침묵하며 할 말을 잃었다.
그리고는 그들의 아픔을 이해하게 되었다.

잠시 후, 새벽 2시 반쯤 지나와 70대 초의 한 남자가 테이블을 마주보고 앉아있었다.
칵테일을 시켜놓고 앉아 있었다. 지나가 먼저 말했다. "오빠는 뭐하세요? 직업이 뭐에요?"
그러자 70대 초반의 남자가 말했다. "내 직업? 난 수선공."
지나가 궁금한 표정으로 다시 물었다. "오빠는 뭘 수선해 주는데?"
그 말에 수선공은 "난 뭐든지 다 수선해 주지. 주인 따라다니지 않고 제멋대로 나대는 그림자 고쳐주기, 느려진 지구 자전 공전 돌려주기, 도망가려는 달 꽉 붙잡아 매놓기, 먹고 놀고 노름이나 하는 놈들 뇌에, 나사 조여 주기, 아참 지나야 너 오빠가 하는 일이 얼마나 중요한 일인지는 알지? 만약

지구의 자전 공전이 느려지면 어떻게 되는 건지 알아? 그날로 지구의, 모든 생명체는 혼란에 빠져서 멸종이 되는 거야." 하고 말했다.

그리고는 숨이 찬지 칵테일을 한잔 마시고는 다시 말했다. "지나야 너 메두사 알지? 그 뱀 머리 잔뜩 달린 메두사. 옛날에 그 메두사의 땡강 잘려진 머리들을 일일이 수선해 준적이 있었거든. 그런데 그 메두사 머리 수선해 준 게 잘못됐다며 메두사한테 소송을 당한 적도 있어. 참 더러운 놈. 지나야 너 나사가 풀린 놈들 나사 조여 주기, 아무도 만든 적 없는 물건들 고쳐주기 이런 게 너 얼마나 힘든 건줄 알아? 참, 봤지? 너 ET가 자전거 타고 하늘 나는 거? 그거 자전거 내가 고쳐 줬잖아." 하고 말했다.
이내 칵테일을 한 모금 더 마시고는 수선공은 뭔가 흐뭇한 상상을 하는 듯 다시 말했다. "난 가끔 악에 찌든 영혼을 고쳐주기도 했지. 그 악에 찌든 영혼들이 내 손을 거쳐서 반짝반짝하게 광이 나며, 착한 영혼으로 변한다는 건, 참으로 가슴 벅찬 일들이었지." 하고 말했다.

그러자 지나가 말했다. "아, 오빠? 잠깐, 스톱, 그만 멈춰. 타임, 네버. 나 머리에 쥐날 것 같아." 하며 지나는 자신도 모르게 머리를 쥐어뜯으며 흔들고 있었다.
'뭔 날이지? 오늘은 대체, 뭔 날이야? 꿈인가 생시인가? 내가 이상한 나라에 와있나? 아니 왜 오늘은 횡설수설하는 사람들도 모자라서, 얼토당토않은 사람들만 오지?' 하고 생각했다.

지나는 수선공에게 다시 물었다. "오빠? 그런데 그렇게 해달라는, 그렇게 고쳐 달라는 사람은 있었어요?"
그리고는 지나는 목에 갈증이 타오르자, 앞에 놓인 칵테일을 한잔 마셨다. 지나의 물음에 수선공이 다시 대답했다. "아니, 아직 없지. 그러니까 세상이 지금처럼 돌아가지. 내가 세상을 비틀어 놨어봐 뒤죽박죽 됐겠지." 하고 말했다.
"그럼? 오빠는 마술사예요?" 하고 지나가 묻자, "에이, 나는 수선공이라니

인형놀이

까." 하며 수선공은 남아있던 칵테일을 마저 마셨다.

"그럼 오빠는 환경 파괴된 지구도 고칠 수 있겠네요?" 하는 지나의 물음에 수선공은 말했다. "위기는 피하는 게 아니라 극복하는 거야. 치열하게, 도전적으로, 극복하는 거야."

지나는 알쏭달쏭했다.

"그럼 오빠는 행복도 자라나게 할 수 있겠네요? 숲에 있는 대나무들처럼, 쑥쑥 자라나게 할 수 있겠네요?" 하고 수선공에게 다시 물었다.

그러자 수선공은 지나를 뚫어지게 바라보더니 말했다. "그것 참 좋은 질문이네, 하지만 행복은 매일매일 끝도 없이 자랄 수는 없어. 그건 욕심이야. 그게 바로 불행의 씨앗이야. 그 씨앗이 자라면 불행이 오는 거고, 불행은 슬픔들을 몰고 다니는 거야. 대나무들도 화초들도 잡풀도 한번 생각을 해봐. 아무리 물을 줘도 거름을 줘도 자라는 데는 한계가 있잖아? 어떻게 하늘 끝까지 자라겠어? 행복도 마찬가지야. 끊임없이 욕심을 부리면 탐욕이 되는 거야."

수선공의 말에 지나가 실망한 표정으로 말했다. "에이, 오빠는...그것도 못 하면서 무슨 수선공이예요? 수선공이면 뭐든지 다 고쳐야 되는 거 아니에요? 깨진 병도 붙이고, 깨진 도자기도 붙이고, 태풍 불어서 부러진 나뭇가지도 다시 붙이고, 고장 난 사람 마음도 고치고."

순간, 수선공의 얼굴에 괴로운 표정이 역력히 보였다. 그리고는 말을 이어갔다. "아가씨, 그건 자연의 법칙에 어긋나는 발언이야. 중력의 법칙을 무시하는 발언이기도 하고. 아가씨가 말하는 건 과거로 시간을 되돌리자는 이야기인데 그건 안 될 말이지. 모든 건 미래로는 갈수 있어도 과거로는 되돌아 갈 수는 없는 거야. 그리고 모든 일에는 순리라는 게 있는 거고. 수분이 기체가 되고 기체는 구름이 되고 구름은 비를 뿌리고, 비는 시냇물을 만들고 시냇물들은 돌이나 자갈들에 부딪쳐서, 소용돌이를 만들고 소용돌이의 물살들은 다시 바다로 흘러들고, 그렇게 순환을 하는 게 순리이고 자연의 법칙이야. 그렇게 위에서 아래로 흐르며 빙글빙글 도는 것처럼 그런 게 자연의 법칙인거야. 그 순리를 역행하려고 하면, 탈이 나는 거고. 아가씨 말은 한마디로 시냇물을, 세월을 거꾸로 흐르게 하라는 것과 같은 말인데 그게 가능하다고 생각해? 그리고 내가 쉽게 설명 해 줄게, 들어봐 아가씨. 깨진 유리병이나 깨진 도자기 등 물질을 다시 붙이려고 하는 건 된다, 안 된다는 예측이 가능하기 때문에 그건 고전 역학의 법칙이나, 뉴턴 역학의 법칙에도 맞는 말이지. 하지만 행복이나 슬픔이나 기쁨이나 가치관 같은 건, 예측을 할 수가 없는 거라서 좀 예시가 그렇긴 하지만, 양자 역학과 같아서, 즉 마음이 정하는 거라서 예측을 할 수가 없는 거야. 그런 행복을 어떻게 끊임없이 자라게 할 수 있겠어? 마음이 하는 일을. 그건 욕심이야 욕심. 어때? 일목요연하게 설명을 해주니까 이해가 쉽지?" 하고 말했다.

"???......!!!" 수선공의 설명을 지나는 당최 이해할 수가 없었다. 수선공의 우문우답에 지나는 순간 멘탈이 추방되어 버렸다. 저 멀리 안드로메다로 추방되어 버렸다.

지나는 지나 자신의 질문의 의미를 수선공이 이상한 공식들로 마구 비틀고 깨버렸기에, 양자역학이 어쩌구 고전 역학이 어쩌구 뉴턴 역학이 어쩌구 하는 말들로 비틀어 버렸기에 멘탈이 추방되어 버렸다. 수선공의 배후엔 대체 누가 있길래? 지나는 이해할 수가 없었다.
수선공은 칵테일을 한잔 더 시켜서 마시고는 잠시 후 자리를 떴다.

새벽 4시쯤, 자색빛의 우아한 블라우스와 타이트한 검정색의 짧은 스커트를 입고 치렁치렁한 갈색의, 웨이브끼 있는 머리칼을 늘어 길게 트린 채, 새빨간 립스틱을 바른 연희와 흰색 라운드 티셔츠와 흰색 자켓과 청바지에 빽구두를 신은, 50대 후반쯤 보이는 남자가 칵테일을 시켜놓고 마시면서 앉아있었다.

연희가 여리여리한 웃음끼를 띠며 물었다. "오빠 늦은 시간에 오셨네요? 오빠는 뭐하시는 분이셔요?" 하고 살갑게 물었다. 그러자 멋쟁이 신사가 말했다.
"나? 난 시인."
그러자 연희가 물었다. "오빠는 무슨 시를 주로 쓰는데?"
시인이 대답했다.
"그 뭐랄까, 나는 같은 단어들로만 시를 쓰지."
연희가 궁금해서 다시 물었다. "그런 시도 있어요?"
그러자 시인은 "그럼 있지, 내가 쓴 시 들어볼래?" 하고 말하고는 시를 읊었다.

"장미꽃이 찬란하고 눈부시게 피었다.
움메, 움메, 움메 하고 엄마 찾는 송아지가 울었다.
도둑이 들자 멍멍 멍 멍멍 멍 멍멍 멍, 하고 개가 짖었다.
짝을 찾는 발정 난 암 코양이가 야옹야옹 야옹야옹 하고 울었다.
숲속에서 으르렁 으르렁 호랑이가 포효했다.
짹짹 짹 짹짹 짹 참새들이 즐겁게 노래를 불렀다.
부엉, 부엉부엉, 부엉부엉 부엉새가 밤새 짝을 찾았다.
소쩍소쩍 소쩍소쩍 소쩍새가 밤새 울었다.
따르릉, 따르릉 친구한테 전화가 왔다.
어때? 쉽지 무얼 말하려는지 금방 알겠지? 그리고 또 이런 시도 있어."

/ 제목 인생

인생아, 인생아 너의 답은 무엇인가?
????????????
인생아, 인생아 잘 산다는 건 어떤 의미일까?
????????????

"어때 쉽지? 무슨 뜻인지 금방 알겠지? 시는 이렇게 쉬워야지, 안 그래?"

하고 말하며 시인은 연희에게 표정으로 동의를 구했다.
그러자 연희가 말했다. "그런가? 모르겠네. 그럼 오빠는 시 안 쓸 때 뭐해요?"
시인이 말했다. "그림을 그리지. 일종의 투잡이라고나 할까?"
연희가 다시 물었다. "오빠는 참 다재다능하시네요. 무슨 그림을 주로 그려요?"

그러자 시인은 방언이 터진 듯이 말했다. "응, 그림자 따라다니면서 검정 색칠하기, 외로운 개나리 꽃잎 위에 조잘대는 노랑나비 그려 넣기, 빨간 장미꽃 위에 춤추는 호랑나비 그려 넣기, 진달래꽃잎 속에 잠자는 벌 그려 넣기, 아침에 뜨는 태양엔 햇살 그려 넣기, 어둑어둑 저녁나절엔 황금빛 석양 그려 넣기, 깜깜한 밤하늘엔 별빛 그려 넣기, 푸른 하늘엔 흰 구름, 그려 넣기, 더 말해줄까?"

연희가 말했다. "아니 됐어요, 오빠. 그런데 오빠는 왜 늘 쓸데없는 일로 바쁘세요?"
그러자 시인은 멋쩍은지 머리를 긁적였다. 연희가 다시 말했다.
"그러면 오빠의 시에는 제 무식한 생각으로는 사유가 빠진 것 같은데...제가 무식한 거죠? 모든 시에는, 모든 그림에는 사유라는 게 있잖아요?" 하고 물었다.
그러자 연희의 날카로운 질문에 시인은 잠시 초조한 듯, 절박한 듯, 고뇌의 늪 속에 빠져 버린 듯 생각을 하더니 현기증 나는 답들을 쏟아냈다.

"그건 문단의 글 좀 아네, 시 좀 아네, 뭣 좀 아네, 소설 좀 아네, 그림 좀 아네 하는 것들이 배운 티 냄답시고 문단의 아랫것들한테 끊임없는 설득과 회유들로 어려운 시어들만 골라서 가르쳤기 때문이야. 그러면 아랫것들은 또 위에서 가르쳐 주는 대로 배웠겠지. 그리고는 아랫 것들이 무슨 창조적인 시라도 쓸라치면, 또 난리들을 쳐 댔겠지. 야, 이것들 봐라? 문단의 법칙을 모르네? 위에서 가르쳐 주는 대로 배워 그냥. 위에서 아래로 떨어지는 폭포수 봤어 못 봤어? 그렇게 위에서 가르쳐주면 그냥 배워 아랫것들이란 진짜...하고들 말하며 입에 거품들을 물었겠지. 예를 들어 봐 줄까? 푸쉬

킨 시를 한번 봐봐. 삶이 그대를 속일지라도 슬퍼하거나 노하지 말라. 얼마나 쉬워? 가슴에도 탁 와 닿잖아? 눈물이 날만큼 말야. 그리고 김소월의 시를 한번 봐봐. 가시는 님 걸음걸음마다 진달래꽃 아름 따다 뿌려 드리우리다. 어려운가? 쉽잖아. 김소월이 무슨 말을 하는지 금방 알잖아? 내 시랑 김소월의 시랑 뭐가 달라? 아무리 무식쟁이 들이라도 금방 이해가 가잖아? 시가 그렇게 쉬워야지 무슨 배운 티 좀 낸답시고 무슨 새끼줄 꼬는 것만 가르치고 말야. 무식쟁이들은 당최 뭔 말인지 알 수 없게 만들어 놓고는, 그리고 그게 무슨 개뿔 지상 최대의 글인 양 찬양들을 해대고. 씨부랄, 아니 돌멩이 하고 써놓고는 그 돌멩이가 무슨 세상을 모험하는 중이라나 뭐라나. 돌멩이는 모험 중 하고 돌멩이한테도 찬양들을 해 댄다니까."하더니, 시인은 찬물을 한 모금 마시고는 다시 말했다.

"그리고 화가들도 그래. 그깟, 점하나 떡하니 찍어놓고는 그게 무슨 우주라 나 뭐라나. 그게 빅뱅이 터지기 전의 우주래 글쎄. 이해가 돼? 그리고 낙서를 하듯이 온갖 그림물감들을 들이붓고 퍼붓고는 찍 찍 찍 낙서하듯이 정신 사납게 개발 네발 장난질을 쳐놓고는 그게 혼돈스런 세상을 그린 거라나 뭐라나? 샤갈 그림들 좀 봐봐 쉽잖아. 유치원생들도 초등학교 학생들도 샤갈 그림을 보면 아, 이게 이거구나 하고 금방 이해가 되잖아. 같잖은 것들. 아, 미안 아가씨. 내가 갑자기 열 받아서 방언 터졌네. 미안." 하고 말하며 시인은 남아있던 칵테일을 원샷으로 마셨다.

    그리고는 칵테일을 한잔 더 시켰다. 칵테일을 만들어다가 시인의 앞에 놓아주며, 연희가 자리에 앉자 시인은 다시 말을 이어 나갔다. "허허 참." 하며 너털 헛웃음을 짓더니, 말을 이어 나갔다.
    "에이, 열 받고 화딱지 나고 울화통이 치미네. 배운 티내는 것들이란…이것들을 그냥 모조리…훈민정음에서 탈퇴를 시키거나 도태시켜야 되는 건데. 다시는 한글로는 글을 못 쓰게."하며 시인은 연희의 의식에 카운터를 한방 더 때렸다.

그리고는 잠시 생각을 하더니, "내가 어려운 시를 못 써서 안 쓰는 게 아니야. 그림도 마찬가지고. 나중에 한 번 읽어봐." 하고 시를 하나 써주고는 나갔다.

/ 어느 시인의 고백 감성 스토리텔러

난 태양을 그리지 않는 화가
내가 태양을 그리지 않는 이유는?
내가 만약 태양의 불덩이 같은 그 황금빛을 찍어서 태양을 그린다면
그 뜨거운 태양 빛에 온 세상은 불덩이가 되고 말 것이다.
하여, 나는 태양을 그리지 않는다.

긴 파도를 그리지 않는 화가
내가 파도를 그리지 않는 이유는?
내가 만약 검푸른 바닷물을 찍어서 파도를 그린다면
온 세상에 파도가 휘몰아쳐 휩쓸 것이다.
하여, 나는 파도를 그리지 않는다.

난 슬픔의 시를 쓰지 않는 시인
내가 슬픈 시를 쓰지 않는 이유는?
내가 만약, 슬픔의 눈물을 찍어서 시를 쓴다면
온 세상은 슬픔으로 가득 뒤덮여질 것이다.
하여, 나는 슬픔의 시를 쓰지 않는다.

난 어둠의 시를 쓰지 않는 시인
내가 만약 어둠을 찍어서 어둠의 시를 쓴다면
온 세상은 언제 까지나 어둠으로 뒤덮여질 것이다.

하여, 나는 어둠의 시를 쓰지 않는다.

난 꽃들의 향기를 찍어서 시를 쓰지 않는 시인,
내가 만약 꽃들의 향기를 찍어서 시를 쓴다면
온 세상의 벌과 나비들을 혼란에 빠질 것이다.
세상은 그렇게 교란이 될 것이다.
하여, 나는 잠시 붓을 놓았다.

 다음날 일요일 오후, 나영은 연희에게 물어 장태양 탐정사무소를 찾아갔다.
 나영이 말했다. "정의씨 밥 사주세요." 갑자기 나타난 나영이 인사 대신 정의에게 대뜸 밥을 사달란다.

 머리를 뒤로 질끈 묶고 온 나영은 언뜻 보면 꼭 예쁘장한 여고생처럼도 보였다. 나영의 모습은 마치 아침 이슬을 머금고 활짝 피어난 상기된 천상의 꽃만 같았다. 그리고는 살짝 카리스마 같은 것도 느껴졌지만, 반듯한 이마와 오똑한 코, 시원시원한 성격에, 시원시원한 목소리, 넘치는 에너지의 나영은 청량한 음료만 같았다.

 나영은 흰 티셔츠에 연한색의 구멍이 숭숭 뚫린 청바지를 입고 있었으며 주황색 운동화를 신고 있었다. 그런 나영은 정의와 눈이 마주치자 방긋 웃었다.

 그러자 정의는 거절하기 뭐해 "그러죠. 뭐 먹으러 갈까요?" 하고 물었다.
 나영이 시원하고 거침없는 목소리로 말했다. "낙지 연포탕에, 소주요."
 그러자 정의는 풋 하고 웃음이 터져 나왔다. '기껏, 사달라는 게 겨우 낙지 연포탕에 소주?
 참 사랑스런 아가씨네?' 하고 생각하며 정의는 나영에게 급 정감이 갔다.

저녁을 먹는 내내 나영에게서는 백합꽃 향기 같기도 하고, 장미꽃 향기 같기도 하고, 라일락 꽃향기 같기도 한 체취가 정의의 코끝을 감돌았다. 정의는 정신을 못 차렸다.

잠시 후, 강남의 한 클럽.
나영은 저녁을 먹은 후 정의를 클럽으로 데려갔다. 처음 와 본 클럽이 쑥스러운지 정의가 어쩔 줄 몰라 하자, 나영이 말했다.
"오빠? 그냥 내 옆에 붙어만 있어주면 돼."
잠시 후 현란한 흔들리는 조명 불빛들과, 쿵쿵쿵 심장을 울리는 비트 있는 음악들이 나오자 나영은 정의의 손을 꼭 붙잡고 스테이지로 이끌며 말했다.

"오빠? 같이 나갈래요?' 같이 나가자. 응?" 정의의 귀에 입술을 바짝 대고 나영이 말하자, 나영의 뜨거운 입김이 후욱하고 정의의 귓볼을 타고 정의의 심장으로 전해졌다. 순간, 백만 볼트 천만 볼트의 전기가 짜르르 정의의 온몸을 타고 감전시켰다. 그러자 정의의 심장은 훅하고 달아올라 숨도 못 쉬고 난리가 났다.

심장은 제멋대로 요동을 치더니 미칠 듯이 날뛰며 나댔다. 나영은 어쩔 줄 모르는 정의의 손을 꼭 붙잡고 스테이지로 끌고 나갔다.
"오빠, 이렇게 쿵쿵쿵 뛰어봐 어때? 재밌지? 신나지? 춤이 뭐 별거 있어? 이렇게 뛰면 다 춤이지. 이러다 보면, 스트레스가 다 날아간다니까?" 하고 말하더니, 나영은 정의를 두 손을 꼭 붙잡고 리드를 하며 밤새도록 같이 뛰었다. 온몸에 땀이 배도록 신나게 쿵쿵쿵 뛰었다.

환희 김나영

나의 가슴에도 어느덧 꽃잎처럼, 첫눈처럼, 사랑이 자라나고 있었다.

커다란 파도가 밀려와서 나의 가슴에 부딪치며
물보라의 포말들을 만들었고,
그 포말들은 숨 가쁘게 하늘 높이 튀어 올랐다.
그리고는 외로운 가슴에 환희의 이데아를 키웠다.
두려움을 떨쳐내며 고백의 말들을 쏟아내며
환희의 이데아를 키웠다.
그러자 고독의 변두리에서 방황을 하던
내 안의 상처들은 할 말을 잃어갔다.
그리고는 오랫동안 고갈되었던 웃음끼들이 찾아왔다.
불안과 초조들과 분노들이
나의 눈치를 보며 하나씩, 둘씩
나의 곁을 떠나갔다.

나영은 정의를 만나고 집으로 돌아와서 한 편의 시를 써놓고 잠이 들었다.

다음 날, 유혹의 소나타 밤 12시.

산골짜기에서 올라와서 서울역에서 금방 내렸는지 아주 구식의 촌스러운 양복을 차려입은, 까무잡잡한 40대 후반의 남자가 자신의 이름을 촌놈이라고 소개했고, 자기는 드립맨이라는 새로운 장르를 개척하고 싶다고 했다.

연희가 "어떤 술 드시겠어요?" 하고 묻자, 촌놈은 "니 입술" 그런다.
그리고는 잠시 후 칵테일을 한잔씩 시켜놓고 연희와 함께 앉아서 마시고 있다가 다짜고짜 장미꽃 한 송이를 내밀며, "연희씨? 혹시? 절 사랑하세요?" 하고 물었다.
그러자 연희가 "네?" 하며 '참 이상한 사람도 다 있네' 라고 생각하고 있었는데 남자는 "저는? 교회 사랑하는데요." 하고 말했다.
그러더니 칵테일을 한 모금 마시고는 다시 말했다.

"연희씨, 있잖아 우리 동네 숲속에 못생긴 아내 토끼와 남편 토끼가 살았대. 남편 토끼는 아내 토끼가 늘 창피했대. 하지만 말을 못하고 있었대. 어느 날 둘이 풀을 뜯고 있었는데, 이때 호랑이 사냥꾼이 나타나서 토끼들을 향해서 창을 어흥 하며 던졌대. 이때 이를 먼저 본 남편 토끼가 아내 토끼에게 한 말은?" 하며 퀴즈를 냈다.

그러자 연희는 조금 망설이다가 말했다. "야, 도망쳐 그러지 않았을까요. 아니면...잘 모르겠는데요." 하고 말하자 촌놈이 말했다.
"야, 너 존나 창피해 그랬대."
"................"
"저기요? 연희씨는 엄청나게 예쁜 귀여운, 예쁜 천사."
"엥, 네?"
"나는 그 천으로 커튼하고 식탁보 만들게."
"엥, 네?"
"연희씨 오늘 나한테 죽을 준비해라?"
"엥, 네?"
"나는 반찬하고 오뎅국 준비할게."
"................"
"연희씨 오늘은 제발 영원히 앞으로 이 시간 이후로, 날 생각하지 말아줄래? 그러다가 떨어져서 추락해서 죽을 수도 있어. 연희씨는 날개가 없잖아."
"............"
"나 이제 말 안 할까? 염소할까?"
"오빠는 왜 모든 게 드립이세요?" 하고 연희가 묻자, 촌놈이 다시 말했다.
"연희씨 사랑해 삼행시 하나만 더 내볼게. 운 한번 띄워줘 봐."
"사"
"사실은 너"
"랑"
"랑 존나 떡치고 싶어 진짜"
"해"

인형놀이

"해 줘, 제발 빨리."
"…………오빠? 반성문을 영어로 하면 뭐게?" 하고 연희가 물었다.
그러자 촌놈은 영어는 쫌 아는지 "letter of apology." 하고 대답했다.
그러자 연희는 "글로벌" 하고 대답했다.
"……………"
연희는 속으로 생각했다. '이 오빠는 재미있긴 한데, 뭔가가 이 프로가 부족한 느낌이네. 그래도 잘됐으면 좋겠다.'

그리고는 이 오빠가 한 드립들을 포털 사이트에 검색을 해보았다. '이 오빠가 어디서 이런 걸 배웠나?'
그러자 비슷한 넌센스 드립들이 꽤 많았다. 이걸 비틀어서 만든 넌센스 드립들인 듯했다.

하지만, 이 오빠의 노력들은 배울만 했다. 아무것도 노력도 하지 않는것보다는 나았으니까. 성공으로 가기 위한 일들은 그렇게 한 계단씩 한 계단씩 밟아 올라가는 것이니까. 그러다가 어느 날 문득 눈이 확 뜨여서 자신의 창조물을 발견하기도 하는 것이니까 하고 생각했다. 그리고 연희는 마음속으로 이 오빠가 잘되기를 빌었다.

9화
천상천하
유아독존

1월 말의 서울, 기습적인 추위가 몰아닥쳐 뼛속까지 추운, 살을 에는 듯한 겨울밤.

사이비 교주인지 선무당인지처럼 보이는 남자와 오늘따라 유난히 짧은 레드 원피스가 잘 어울리는, 섹시해 보이는 연희가 머리에 예쁜 꽃핀을 두 개나 꽂고 고급 위스키를 시켜놓고 앉아있었다.

남자는 한참 동안을 연희의 새하얀 커다란 가슴골과 오늘따라 유난히 섹시하게 보이는 탱탱하고 매끈한 허벅지를 힐끔힐끔 보더니, "시주님. 제가 시주님의 관상을 보아하니 조만간에 큰 화가 닥칠 듯합니다. 자칫 목숨까지도 위험하실 수 있습니다만." 하고 말했다.

뜬금없는 남자의 말에 연희가 "네? 무슨 말씀이세요? 그럼 어떻게 해야 될지요?" 하고 묻자

남자는 연희의 허벅지 사이를 힐끔힐끔 바라보며 말했다.

"저는 하늘에서 유배돼 지상에 내려온 신의 대리인입니다. 천상천하 유아독존이라고 아시죠? 제가 바로 그 천상천하 유아독존입니다. 요기, 제 사진하고 영상 한번 봐 주십시오. 요기, 요기 제 머리 위로 성령 이슬이 내리는 거 보이시죠? 또 음향도 한번 잘 들어 봐 주세요." 하고 말했다.

연희가 영상을 자세히 보니 60대, 70대, 80대 노인 분들만 한가득 모아놓고, 강당인지 예배당인지에서 썰을 까는 모습이었다.

영상에서는 이런 음성이 흘러 나왔다.

"어머니, 아버지, 할머니, 할아버지들 돈이나 뜯어가는, 재산이나 뜯어가는 일 년에 서너 번도 안 찾아오는 불효자식들 다 필요 없어. 나만 믿어 나만 믿어. 나를 따르면 영생얻어. 평생 죽지 않고 평생 영생 얻어. 내가 효자고 내가 효부야. 나만 믿어 나만 믿어. 자식들 다 필요 없어. 에무무 무빨부랄 보빨먹버 마수풍 니얼뽕 엘오비지 느그 텐미닛 돈 내 영생 얻어 돈 내 영생 얻어 돈 내 영생 얻어."

남자가 이어 갔다. "이거 들리시죠? 이게 하늘의 신의 언어입니다. 신의 언어는 누가 말로 한 게 아니고, 하늘에서 직접 들려준 음성입니다." 하고 말했다.

그러자 연희가 "우와" 하고 감탄하는 척하며 말했다. "우와 사진보니까 진짜 도사님한테 성령의 이슬도 내리네요?"

연희가 보기엔 그냥 세상에서 도태된 사악한 언어들을 편집하고, 사진과 영상들까지 편집한 조잡한 것들이었다. 성령 이슬은 이 자의 머리 위에다 누군가가 분무기로 물을 뿌리면서 사진을 찍어 이슬이 내리는 것처럼 교묘하게 뒤섞고 반죽시켜 만들어 낸 조작이 틀림없었다.

하지만 60대, 70대, 80대 어르신 분들에게는 이 조잡한 선전 선동 플레이가 먹혀들 수도 있을 것도 같았다. 연희는 더 궁금했다.
"도사님? 그러면 어떻게 해야 제가 불행을 피해갈 수 있죠?"
연희의 겁먹은 듯한 물음에 도사는 심각한 듯한 표정을 지으며 말했다.
"글쎄. 방법이 없는 게 아니긴 하지." 하고 뜸을 들였다.
그러자 연희가 조급한 듯 말했다. "그럼 어떻게 해야 위험한 불행이 지나갈까요? 저, 오래 살고 싶어요."
그러자 도사는 잘 걸려들었다 싶었는지 말을 이어 나갔다.
"우선 부적을 쓰고, 공수도 받고, 북한산에 가서 굿을 해야지. 그리고 하늘 신님께 노여움도 풀어야지."
그러자 연희가 "그럼 돈은 얼마나 들죠?" 하고 묻자, 도사는 칵테일을 한 모금 마시고는 말했다.
"돈? 돈은 쫌 들기는 하지. 그래도 돈이 사람 목숨보다 귀할까?" 하고 말했다.
연희가 매달리는 척하며, "그럼 얼마면 되는데요? 제발 좀 저 좀 살려 주세요. 도사님."
하고 애처로운 눈빛으로 애원했다. 그러자 도사는 배팅을 질렀다.
"부적 쓰는데 1천만 원, 굿하는데 1억, 공수는 5천만 원." 하고 배팅을 질

인형놀이

렸다.

이 말을 듣는 순간, 연희는 실제로 깜짝 놀랐다.
"네? 그렇게나 많이 들어요? 저 그런 돈 없는데요?"
연희의 말에 도사가 말했다.
"카드도 받아. 카드 몇 개 긁으면 돼." 도사는 다시 선심을 쓰는 듯이 말했다.

그러자 연희가 "엥? 도사님이 카드도 긁어요? 저 목 타는데 술 한 잔만 더 마시구요. 저 카드가 한 개 뿐이라서 다 긁어도 그 금액 안 나올 텐데요?" 하고 엄살을 떨자 도사가 다시 말했다. "그러면 다른 방법이 있기는 한데..."
그 말에 연희가 간절한 표정으로 매달렸다.
"네? 그럼 알려주세요. 도사님 시키는 대로 다할게요."
연희의 말에 도사는 한참을 생각하는 척 하더니, 연희의 온몸을 쭉 한번 훑어보고는 침을 꼴깍꼴깍 삼키더니 말했다.

"시주님 일어나서 한 바퀴 돌아보세요. 엉덩이를 뒤로 쭉 뺀 상태로 돌아보세요." 하고 말했다. 그러자 연희가 일어나서 짧은 원피스를 두 손으로 살짝 내리며, 일부러 엉덩이를 뒤로 더 쭉 빼서 도사의 얼굴 코앞까지 쭉 들이밀며 한 바퀴를 돌자, 도사는 연희의 그 크고 탱탱하고 끝내주는 엉덩이와 엉덩이 사이에 일부러 코를 콱 박더니 연희의 엉덩이 냄새를 맡으려고 미친 듯이 코를 벌름벌름 거리며 침을 꼴깍꼴깍 삼켜댔다.

그리고는 연희의 그 새하얀 탱탱한 허벅지를 덜덜 떨리는 손으로 쓱 한번 훑으며 만지더니 온몸을 바들바들 떨어댔다. 그리고는 지렸는지 자신의 사타구니를 두 손으로 꾹꾹 찍어 누르더니 온몸을 부르르 부르르 떨어댔다. 그러더니 살짝 상기된 목소리로 말했다.
"시주님, 몸 공양은 어때요? 몸으로 하는 공양?" 하며 도사는 연희의 속마음을 떠봤다.
그러자 연희가 순진한 척하며 말했다. "네? 도사님...그거 어떻게 하는 건데요?" 하고 물었다.

도사가 말했다. "별거 없어. 그냥 나랑 몇 번만 하면 돼. 뒤치기든 앞치기든 옆치기든 가위치기든 벽치기든 다 상관없어. 육구도 상관 없고. 어때? 그러면 내가 시주님 죄를 한방에 싹 다 없애 줄 테니까. 나 알지? 천상천하 유아독존? 내가 하늘신님의 대리인인거 알지? 어때? 지금 당장 할까?" 하며 도사는 걸려들었다 싶은지 밀어붙였다.

연희가 말했다. "그러면 도사님, 몸 공양은 몇 번이나 받아 보셨어요? 혹시 궁금해서 그러는데요. 할머니들 몸 공양도 받나요? 저 혼자 되신지 오래 되신 아는 할머니 있는데. 그 할머니가 맨 날 외롭다고 하셔서요. 그 할머니가 대신 몸 공양하면 안 될까요?" 하는 연희의 짓 굳은 질문에 도사는 대뜸 얼굴에 노기를 띠며 마치 두목이 부하를 꾸짖듯 말했다.

"이게 무슨 가당찮은 소리야? 아가씨 미쳤어? 어디서 하늘신님을 모독해? 못돼 먹은 깃 같으니라고. 니가 철학을 알아? 니가 하늘신님을 알아? 니가 나를 알아? 어디서 내 너그러움을 가지고 놀아? 건방지게. 내가 할머니들하고 하게 생겼어?" 하며 도사는 얼굴이 붉으락푸르락 하고 난리가 났다.

그리고는 잠시 후 다시 말을 이어갔다. "몸 공양이나 언제 할 건지, 그거나 답해. 그러다가 불행 닥치지 말고." 라며 또 다시 협박을 했다. 도사는 그렇게 순진해 보이는 연희에게 미련을 못 버린 듯했다.

연희는 도사의 말에는 아랑곳하지 않고 생글생글거리며 왼쪽으로 꼬았던 다리를 오른쪽으로 꼬는 척하며 다리를 살짝 벌려봤다. 그러자 도사는 연희의 다리와 다리 사이로 그의 느끼한 시선을 시속 1,000킬로미터로 쌩하고 던졌다. 입을 해벌린 그의 느끼한 시선이 쌩하고 달려왔다.

그리고는 또 지렸는지 두 손으로 자신의 사타구니를 꾹꾹 찍어 눌러댔다. 그러자 연희는 다시 치마를 살짝 걷어 올리며 다리를 확 벌렸다가 오므렸다. 드디어 도사의 코에서 코피가 터졌다. 도사는 난리가 났다. "너, 너, 너? 누굴 죽이려고? 요망한 것. 너 사람 놀리냐? 너 남자 몇 명 후려 봤냐? 이게 어디서" 하더니, 도사는 위스키를 언더락스 잔에 가득 따라 벌컥벌컥 마셔 댔다.

그리고는 안주 대신 연희의 맨살 허벅지를 콱 움켜쥐었다 놓더니 순간적으로 연희의 입안에 손가락을 확 집어넣었다. 그러자 연희가 놀라서 도사의 손가락을 콱 물자, "아얏" 하고 소리를 지르더니 그 손가락을 안주 대신 빨아 먹었다.

그러더니 계산을 하는 카운터에서 도사는 갑자기 연희의 실크 레드 원피스의 겉으로 엉덩이와 엉덩이 사이에 손가락을 콱 비집고 들어 와서는 연희의 똥꼬를 콱 후벼댔다. 똥침을 하듯이, 후비는 듯이 콱 후벼댔다. 그러자 연희가 "어멋, 아얏!" 하며 도사의 손가락을 빼 내자 도사는 그 손가락을 또 코에 대고는 느끼하게 냄새를 맡아댔다.

그리고는 나가면서 연희에게 조롱을 당했다는 생각에 "씨팔, 조도 줄 것도 아니면서 까불어..."하며 욕을 뱉어댔다.

/ 그곳 최연희

종족 번식의 본능 때문일까?
발정 난 욕정의 본능 때문일까?
정복의 본능 때문인가?
남자들은 왜 모두들 자신의 인생을 걸고
자신들의 전부를 걸고
여자들의 그곳으로 달려가는 것일까?
여자들의 그곳에는 대체 무슨 커한 비밀이라도 있단 말인가?

보석보다 금은보화보다 더 귀한 그 무엇이 있단 말인가?
남자들은 왜 여자들의 그곳에 사족을 못 쓰는가?

연희는 이 자가 떠나고 난 뒤 생각했다. '이 자는 앞으로도 수십 년간 신의 가면을 쓰고, 그럴듯한 말들과 선전선동 포장술들로 연약한 약자들의 닫혀진 셔터의 문을 두드리며 기댈 곳 없는 가엾은 세상의 영혼들을 쇠뇌 시켜 광신도를 만들고, 돈 바치게 만들고, 어린 여자들의 몸을 바치게 만들고 사람들의 눈과 귀를 현혹시켜 하늘에서 지상에 내려온 신이라 믿게 할 테고 수천 명의 영혼들을 파괴 시킬 테다. 누가 이들 선무당들과 야바위꾼들과 사이비 교주들의 거짓의 껍질을 벗겨 내 속임수에 걸려들 선량한 약자들을 지킬 수 있을까? 누가 이들의 칼춤을 막을 수 있을까? 빌어먹을 우라질 놈의 세상!'
연희는 선량한 사람들이 걱정이 되었다. 그리고는 한 동안 창밖 멍을 때렸다.

다음날 밤 12시쯤, 유혹의 소나타.

연희와 정진호가 샤또 라뚜르를 하나 놓고 마주 보고 앉아있었다.

"진호씨? 여긴 어떻게 알고 찾아왔어?" 하는 연희의 물음에 "응, 어떻게 아름아름." 하고 진호가 대답을 하자 "진호씨, 근데 왜 온 건데?" 하고 연희가 물었다.
진호가 "나 너 없으면 도저히 안 될 것 같아서. 제발 나랑 결혼해 줘." 라고 애원하는 눈빛으로 간절히 말했다.
그러자 연희는 진호에게 단호히 말했다. "그냥 나 잊고 살아. 나 진호씨랑 결혼할 생각도 없지만, 진호씨 아버님이 반대하시잖아. 그만 가."
연희가 일어서려 하자 진호가 연희의 옷자락을 잡으며 다시 말했다.
"우리, 그냥 혼인신고만 하고 살자. 그리고 따로따로 살면 안 될까? 아버지 눈 피해서. 결혼해서 꼭 같이 살란 법도 없잖아? 유럽이나 외국에선 결혼을 해도 니네 집 따로, 우리 집 따로 그렇게 사는 커플들 많대. 우리 그렇게 애 낳고 살면 안 될까? 아니면 한 번씩 모텔이라도 가던가?" 진호가 뻔뻔하게 말했다.

이 말에 연희가 속사포를 퍼부었다. "에라이, 또라이야. 골 빈 놈아, 황당한 놈아, 천진난만한 소리 좀 그만 작작 해. 넌 골이 비었어? 그걸 말이라고 해? 여자 혼자 산다고 장난해? 내가 진심 장담하는데 너 한 번만 더 찾아오면 가만 안 둘 거야. 이 안하무인아. 니가 그렇게 천상천하 유아독존인 줄 알고 사는 아버지 밑에서 자랐으니까 니가 이런 거야. 난 니 인생, 사생활 얘기만 나오면 혈압 오르고 진짜 짜증나. 왜 맨 날 누구 탓, 아버지 탓이야? 너만 보면 열 받아서 혈압 오르거든? 넌 나보다 나이도 많은데 왜 그러고 살아? 인간이 대체 자기 주체성이 없어. 인생은 선택이야? 공감 안 되니? 아버지 따로, 너 따로, 다른 인격체 라고. 그리고 진호씨 아버님 때문에 숨 죽이며 사는 건 내가 원하는 드라마가 아니야. 넌 니 인생 드라마나 찍어. 난 내 인생 드라마 찍을 테니까. 그리고 너? 니 정체성이 뭔 줄 아니? 넌 니 정체성이 뭔지도 모르는 아버지가 시키는 대로만 사는 삼류 배우라는 거야. 꼭두각시 인형처럼 삼류 배우라는 거야. 대체 엄청나게 돈 들여서 애를 도대체 어떻게 키운 거야? 파파보이로 살게?" 하며 연희가 날카로운 말들을 뱉어내자, 정진호가 다시 말했다.

"연희야, 넌 떡정이라는 것도 없냐? 할 때는 그렇게 아아 앙 아아 앙 아 흐 했으면서, 온몸을 배배 꼬면서 좋아했으면서 어디서 암 고양이 같은 게?"하고 빈정대듯 말하며 정진호는 의미 있는 미소를 지었다. 그러자 갑자기 연희의 분노 게이지가 최대한도로 급상승하더니 폭발했다.

"뭐? 암 고양이? 어디서 음침한 박쥐같이 생긴 게, 그리고 니가 같잖은 그 알량한 재력으로, 인물로, 내 절박함을 어슬렁거리며 내 몸은 몇 번 가졌을지 몰라도 니 인성이 싸이코니까 니 인성이 쓰레기니까 그따위니까 니가 아직도 내 맘까지는 갖지 못한 거야 이 등신아." 하고 연희가 열불이 나서

막 말을 해대자, 정진호는 슬그머니 일어나서 나갔다.

노호 최연희

공허한 비애를 가지고 사는 사람들에게
등짝을 후려치며 머리통을 후려갈기며
팔을 꺾어 부러트리며
약자들에게 모욕을 주는 자들과,
수많은 사람들을 가슴 아프게 하는 자들에게 말하노라.
노호하며 말하노라
나는 노호하며 말하노라,
차라리 내 슬픔에게 돌을 던져라,

그리하면 내, 거대한 분노의 소용돌이가
무자비한 너울을 일으키며
쓰나미처럼 몰려가
너희에게 가혹한 혼쭐을 내주리라.

그리하면, 너희들의 명예는 무너지고
재물은 허물어지고
그 알량한 자존심들은 내 발아래 짓밟히리라.

연희는 진호가 떠나고 난 후, 온몸을 부르르 떨며 화가 치밀어 올랐다. 연희는 분노가 섞여진 감정을 담아서 진호의 기억들과 잔상들까지도 모조리 신경질적으로 모조리 갈기갈기 찢어서 바닥에 내 던져 버렸다. 그러자 진호의 잔상들은 겁먹은 표정으로 흙바람을 일으키며 도망갔다.
　나영은 정진호가 나타나자 마음이 여린 연희가 걱정이 되었다. 나영은 정진호에게 끌려가지 않고 정진호를 내친 것을 연희가 한 일 중에 가장 잘한 일이라고 생각이 되었다. 나영은 진호의 거친 말과 한심한 말들을 생각하며 문장들을 써내려갔다.

"입은 생각은 만복을 부르는 곳이기도 하며 화를 부르는 곳이기도 하다. 입은 생각은 앞날을 측정하는 척도이기도 하다. 그러니 입조심들 하라. 만약 네가 다른 이들에게 악담을 하며, 험한 말들을 해대는 것은 자신의 인생에게, 운에게 스스로 저주를 퍼붓는 것과 같으리니. 그런 생각이 들 때마다 웃어라. 그리하면 그대의 얼굴에도 서광이 비추리니, 그대의 인생에도 운빨이 비추리니. 그대들이여 화가 날 때마다 웃으라." 하고 썼다.

그리고는 나영은 허허하고 헛웃음을 웃고는 생각했다.
'그게 어디 쉬울까? 운과 불운은 같이 다니는 것. 화와 복도 같이 다니는 것. 습관은 반복이 쌓여서 만들어지는 결과. 반복은 의식과 무의식이 만들어 낸 행동. 행복은 습관의 노력으로 만들어지는 결과. 노력은 나약해지려는 마음을 이겨내야 하는 것. 행복과 평온함은 언제나 고통과 잡념이라는 경로를 통과해야만 얻어지는 것. 하여, 그대들이여! 화가 날 때마다 웃으라.'

인간들은 끊임없이 환경을 오염시키더니, 이제는 또 다시 사람들의 마음까지도 악으로 오염을 시키고 있다. 인간은 스스로를 더럽히면서도 추악하게 끊임없이 주변을 오염 시킨다.

"야, 이년들아. 여기 좀 앉아봐라잉. 돈 주면 되잖아, 이년들아. 여기 술 가져와, 젤 비싼 거로." 하며 밤 열두시 쯤에 들어온 덥수룩하고 꾀죄죄한 중년 남자가 들어오자마자 욕지거리를 내뱉어댔다. 그는 말끝마다 쌍욕을 해댔다. 이 꼴을 보고 참을 나영이 아니었다.

나영은 로맨틱한 실루엣을 살려주는 플라워 패턴들이 화사한 연분홍의 짧은 원피스를 입고 있었다. 그 플라워 패턴의 원피스는 매끄러우면서도 차르르한 느낌의 찰랑찰랑거리는 실크 원피스였다. 나영은 생각했다. '엥? 이 오빠 뭐지?'
그리고는 테이블 위에 위스키 한 병을 갖다 놓고는 자리에 다리를 꼬고 앉으며 이 남자와 입씨름을 벌였다.
나영이 "오빠? 여기 술값 선불이야. 그리고 오빠 나중에 안 마셨다고 오리발 내밀 수도 있으니까, 조기 잘 봐봐 카메라 있지? 조게 다 영상 촬영이야. 알지?" 하자 남자는 지갑에서 카드를 한 장 꺼내더니 말했다.

"야? 됐고 카드 긁어. 내가 술값도 없어 보이냐? 너 그리고 싸가지 니가 내 앞 앉아, 알았지?" 하며 나영을 지목했다. 그러자 나영이 웃으며 말했다.
"응, 알았어 오빠. 자 한잔 받아. 그런데 오빠 물어볼 말 있는데, 뭐 열 받는 일 있어? 왜 그렇게 화가 나 있어?"

그러자 남자는 언더락스 잔에 따라져 있는 얼음이든 위스키 한잔을 꿀꺽꿀꺽 단숨에 들이키더니 말했다. "오, 그래. 진작 이렇게 나왔어야지? 아니 씨팔, 정치를 어떻게 하길래 돈 없는 사람들은 살지도 말라는 거냐? 돈 없이 아프면? 다 죽어라 이거야? 야, 너 상대적 박탈감 알지? 왜 세상이 나를, 상대적 박탈감에 빠지게 만들어, 씨팔. 왜 비참하게 만드냐구?" 하며 울분을 토했다.

이 말에 나영이 "왜? 오빠 무슨 일 있어?" 하고 걱정 어린 눈빛으로 물었다.
 남자는 "내 아는 동생이 돈이 없어서 다 죽게 생겼당께, 수술비가 없어서. 그럼? 능력 없는 놈들은? 돈 없으면 다 죽어라 이거냐? 그럼, 사기 치든 강도짓 하든, 뭔 짓을 해서라도 돈 은 챙기고 봐야 되다 이거냐? 이게 다 정치 하는 놈들이 썩어서 그래." 하고 말했다.

"오빠? 여기 정치하는데 아니야. 술이나 한 잔 받아." 나영의 말에 남자는 그제서야 "오, 그래? 아, 그럼 그러지 뭐. 아그야, 너 이름뭐냐? 술이나 먹자 그냥 우리." 하고는 말을 멈추었다.

그러자 곧바로 나영이 말을 이어갔다. "오빠, 여자들끼리 장사 한다고 툭하면 쌍욕하고 시비 걸고 그러면 잡혀가."
 "그랑께 내가 하잖냐, 술 한 병 달라고?" 하며 남자는 얼른 말을 돌렸다. 나영이 다시 말했다. "술 여기 있잖아 오빠. 오빠가 시켜 놓은 거."라며 술을 남자의 앞으로 밀어놓자, 남자는 다시 신세 한탄을 시작했다.

"우라질 놈의 세상이 왜 나를? 돈의 노예로 만들어, 왜? 돈 앞에 장사 없다니께 그래도 뭔가 지푸라기라도 잡을게 있어야 되는 거 아니냐고? 그리고 없는 놈들은? 지들끼리라도 힘을 합쳐야지 왜 지들끼리 맨 날 까발리고 헐뜯고 지랄하고 지들끼리 못 잡아먹어서 안달 떨고 짖어대는 개꼴하며 살아? 왈왈, 왈왈, 왈왈, 멍멍, 멍멍하고 개꼴하고 사냐고? 진짜 정치하는 놈들 머리는 다 장식품이라니까? 무쓸모 무뇌충이라 이거야. 그놈들은 지능이 없어, 개뿔당 놈들, 쥐뿔당, 소뿔당 놈들 다다. 다 싹 다 갈아쳐야 된당께." 하며 열변을 토해댔다.

그러자 나영이 남자의 입을 막으며 말했다. "오빠, 제발 여기 정치하는데 아니야. 오빠 그러다 강퇴당한다?" 나영이 소리를 꽥지르자, 남자는 '얘가 뭔 말하나' 하는 표정으로 물었다.
 "야, 싸가지. 강퇴가 뭐디?"
  나영이 말했다. "쫓겨난다구, 강퇴가 쫓겨난다는 말이야." 나영의 말에 그는 정색하며 "야? 너 나 무시했냐? 누구나 술 마실 권리 있는 거야. 그라고 신세 한탄도 못혀냐?" 하며 꼬리를 내렸다.

  나영이 조근조근한 목소리로 달래듯이 말했다. "알았어, 오빠 알았어. 오빠도 속상하겠지, 그래도 오빠 아무한테나 막 욕하고 그러다가 봉변당해. 정치인들 욕도 자제하고, 요즘 정치꾼들 얼마나 무서운데. 자기 당 욕하면 평생 떼거지로 달려들어 오빠. 집 앞에 와서 확성기 확 틀어놓고 데모도 하고. 그러니까 술이나 마셔." 하며 달래자, 꾀죄죄한 중년 남자가 말했다.

  "에라이, 무뇌충들아....에라이 무뇌충들아..왈왈, 왈왈, 왈왈, 멍멍, 멍멍, 에라이 무뇌충들아..완장질이나 하는 무뇌충들아. 정치하는 놈들은 다 머리가 비었다니께. 왈왈, 왈왈, 왈왈, 멍멍, 멍멍개만도 못하다니께." 하고 말하더니, "야 너 싸가지. 오빠가 웅변 좀 하는데 들어볼래?" 했다. 그러자 나영이 급하게 "아, 스톱 참아 오빠" 하며 말렸지만, 중년 남자는 벌써 웅변을 시작했다.

  "애 애, 친애하는 국민 여러분! 지금 이 시간 깨어있는 자는 누구인가? 잠들어 있는 자는 누구인가? 나는 지금, 우리는 지금, 어디에 와있는 것인가? 이 연사를, 이 위대한 웅변가를, 좌파로 매도하지는 말아 주시라. 여러분들은 거리에서 아우성치는 군중들의 소리가 안 들리십니까? 우리는 역사의 현장에 서 있습니다. 군중들이 외치는 함성이 들리십니까? 그들의 슬픈 신호들이 들리십니까? 이 땅에 희망의 불꽃은 사라지고 비탄의 목소리들만 난무한, 이 찬바람 몰아치는 거리에서 나는 서있습니다. 하늘을 우러러 한 점 부끄럽지 않은 자들은 내게 돌을 던지십시오. 환경오염을 시키는 자들을 향한 군중들의 질타하는 소리가 벅차서, 정치하는 자들의 무능함에 화가 나서 소리치는 군중들의 함성 소리가 내 가슴을 찢어 놓아서나라의 백

년대계보다는 어떻게 해서든 편 가르기를 해서 자기들의 사리사욕만을 채우려는 정치꾼들에게 화가 나서 나는 눈물을 멈출 수가 없습니....." 까지 말하자, 나영이 독한 위스키를 한잔 웅변가의 입에다 확 들이부었다. 그러자 웅변가는 켁켁거리고 꺽꺽거리며 난리가 났다.

웅변가가 다시 말했다. "야 너 싸가지. 대가리 처박아 쌍년아, 너 빨갱이지? 어떤 개자식들이 여기다 빨갱이 년을 풀어놨어? 저년을 그냥 머리채를 콱 잡아서 질질 끌어다가 닭장차에 실어가야 되는 건데."하고 말하자 나영은 "오빠, 여기 정치하는데 아니랬지?" 하며 웅변가의 입을 손으로 콱 틀어막고는 문밖으로 쫓아냈다.

그러자 웅변가는 다시 들어와서 나영에게 필살기를 날려 주고는 떠나갔다. "야 싸가지, 너는 관용도 모르냐? 세상엔 이런 사람 저런 사람들이 다 모여서 사는 거야. 그것이 자유 국가의 사회인 거야. 맨날 피 터지게 싸워대며 비극과 상처들로 가득한 세상이라도 서로를 인정해 주는 관용도 필요한 거라고. 그럼 관용이 뭔지 알아? 관용은 바로 믿음과 배려에서 나오는 거야. 내가 먼저 베풀면, 내가 먼저 손 내밀면, 남도 나한테 품었던 적개심을 풀겠지 하는 믿음. 내가 먼저 배려해 주면 쟤도 나한테 배려해주겠지 하는 믿음. 알겠냐? 이 싸가지야."
그렇게 일장 연설을 늘어놓고는 웅변가는 떠나갔다.

나영은 다시 웅변가를 생각하며, 간략한 시어들을 써내려갔다.

/ 해방구 김나영

한 남자가 평범한 삶과, 비탄의 경계를 넘나들며
치유할 수 없는 파멸적인 해방구로 자신을 몰두하고 있다.
과연 갈 곳이 없는 탈출구가 없는 그의 해방구를

그 누가 비난을 할 것인가?

그 누가 그를 책잡아서 도덕적으로 비난을 할 것인가?

그것이 그의 존재 방식인 것을.

해방구는 어디인가?

해방구는 어디인가?

외치며 그가 살아가는 존재의 방식인 것을.

새벽 11시쯤, 유혹의 소나타.

깍두기 머리를 하고 까만 양복들로 쫙 빼입고, 파리도 미끄러질 듯이 까만 구두를 광을 내 신고 온, 커다란 험상궂게 생긴 덩치들 세 명이 지나를 앞에 앉혀놓고 지나를 윽박지르고 있었다.

"야? 조지나? 너 양이 늑대한테 소송 건 얘기 아냐?"
"네? 양이 늑대한테 소송을 걸어요?"
"그래 양이 늑대한테 1000만원을 빌렸는데? 6개월 만에 빚이 1억 됐다고 소송 건 얘기 아냐고?"
"저, 잘 모르겠는데요?" 하고 지나가 대답하자, 양아치는 다시 지나를 몰아쳤다.
"야, 조지나, 그 소송 어떻게 됐을 거 같냐? 중간에 소송이 없어졌어, 왜 그렇게 됐는지 알아? 양이 사라진 거야, 양 어디 갔게? 소송 걸었던 양은 콩팥 털리고 간 털리고, 심장 털리고, 신장 털리고, 눈까지 털리고, 산속 구덩이에 묻혔대. 이거 누구 얘기인지 알지? 언제 갚을 거야? 너 내 돈 언제 갚을 거야?" 하고 소리치며, 양아치는 테이블을 확 뒤집어 엎어 버렸다.

지나가 말했다. "저, 시간 좀 주시면?"
양아치가 말했다. "그러니까 언제까지 갚겠다고?" 하며 다시 윽박질렀다.
그 말에 지나는 "저도 잘 모르겠어요." 하며 말끝을 흐렸다. 그러자 양아치가 말했다.
"야 이년, 조지나? 넌 내 돈갖다 쓸 땐, 좋았잖아? 그런데 왜 돈 안 갚아?" 하며 인상을 팍 쓰며 지나를 다그쳤다. 지나가 기어 들어가는 목소리로 말했다.
"계속 갚았잖아요, 한 달에 몇백씩 요. 그런데도 왜 빛이 계속 더 늘어요? 제가 갚은 돈만 해도 5천이 넘잖아요?" 하고 억울한 듯 말했다.

그러자 양아치는 말도 안 되는 논리로 지나를 압박했다. "어라? 넌 이자도 모르냐? 복리이자. 야? 안 되겠다 얘들아, 이년 당장 끌어다가 장기 적출 싹 다 하고 구덩이에 묻어버려."하고 말했다.
그러자 졸개인 듯한 두 놈이 다가와서는 지나의 양쪽 팔을 붙잡으며 말했다. "예 형님. 알겠습니다요, 이년 장기 적출 한 거 중국에다 싹 다 보내겠습니다요, 형님. 중국 쪽에서 장기가 모자란다고 오늘도 독촉 여러 번 왔습니다요, 형님." 하며 지나를 강제로 끌어냈다.

지나는 울며불며 놈들의 바짓가랑이를 붙잡고 "살려주세요, 살려주세요." 하고 발악을 해댔다. 나영과 연희도 이들을 붙잡고 매달렸다.

우두머리 양아치가 "야 니들이 갚아 줄거 아니면 니들은 빠져." 하며 나영과 연희를 확 밀쳐낸 후 지나를 끌고 나가려고 했다.
그러자 연희가 말했다. "도대체 지나 빛이 얼만데요?" 우두머리 양아치 놈이 말했다. "20억. 너 그 돈 있냐?"
연희가 말했다. "아니 1,000만원 빌린 게 1년도 안돼서 20억이 돼요?"
그러자 우두머리 양아치 놈은 "왜? 어쩔래 내 맘이야, 오야 맘이라고 이 미친년들아. 세상물정 모르면 가만히 있어." 라고 했다. 그리고는 지나를 끌고 나가 버렸다.

나영과 연희가 뒤따라 나가자, 두목인 듯한 험상궂은 덩치 놈이 나영과 연희를 확 밀어 제껴 버렸다. 그러자 나영과 연희는 퍽하고 나가 떨어져 움직이질 못했다.

잠시 후 1층 계단.

양아치 놈들이 지나를 승합차에 태우려고 지나의 양팔을 붙잡고 나가려는 순간, 놈들 앞에 흑두건 두 명이 나타났다. 그중 흑 두건 한명이 말했다. "야 니들. 동작 그만." 하고 소리쳤다. 그러자 양아치 똘마니가 말했다.
"너 뭐야? 이 새끼야 넌 그냥 가던 길 가, 참견하지 말고?" 하며 흑 두건을 무시했다.
흑 두건이 말했다. "니들 뭐냐? 조폭이냐? 경찰들이냐? 니들 납치잖아 이거?"
말을 마치자마자 흑 두건은 무쇠 같은 주먹을 날려 한 놈의 턱주가리를 박살 냈다.
그러자 그놈은 입에 피를 줄줄 흘리며 나자빠졌다. 그리고는 나머지 한 놈도 흑 두건이 팔꿈치로 놈의 머리통을 가격하자 그놈도 컥 소리를 내면서 나뒹굴었다.

흑 두건 한 명이 두 놈의 양아치들을 해치우는 사이에 나머지 흑 두건은 계단으로 뛰어 올라가서 계단위에 서 있던 두목 놈의 턱주가리를 니킥으로 날렸다. 그런데 이 놈은 쓰러지질 않고 권투를 하는 동작으로 쨉을 왼손 오른손 연속으로 날리더니, 어퍼컷 스트레이트 훅 등을 마구마구 날려댔다.

흑 두건이 말했다. "어쭈구리? 이놈 봐라? 이 새끼가 어디서 본건 있어 가지고 어디한번 해보겠다 이거냐?" 하며 공중으로 붕 날아오르다가 내려오면서 양손을 합쳐서 두 주먹을 한데 모은 뒤에 위에서 아래로 놈의 안면을 강타했다.

그런데도 놈은 쓰러지지 않고 입가에 피를 흘리면서도, 흑 두건을 붙잡으려고 허리를 숙이며 달려들었다. 이놈은 아까 그 두 놈과는 달랐다. 이놈은 아마 레슬링을 배운 듯 했다. 흑 두건은 잘 안다. 이런 놈들한테 붙잡혀 목 조르기를 당하면, 누구도 장담할 수가 없고 그것이 끝인 것을. 이놈은 싸움의 기술을 아는 그런 놈이었다. 확실히 이놈은 달랐다.

　흑 두건은 다시, "에라이, 너 죽어봐라 이 새끼야." 하고 말하며, 계단의 난간을 붙잡고 뛰어 올랐다가 내려오며, 쌍절곤으로 놈의 머리통을 내려치자 놈은 순간적으로 팔뚝을 들어 올리며 흑두건의 일격을 막아냈다. 그리고는 날쌔게 허리를 더 바짝 바닥으로 굽히며 흑 두건을 코너로 몰아가며 격투기에서 사용하는 그라운드 기술로 제압하려고 흑두건의 다리 쪽을 계속해서 파고 들어왔다. 놈은 그라운드 기술을 배운 듯 했다. 그렇게 한 참을 실갱이를 하고난 후에야 밑에서 올라온 한 명의 흑두건과 합세해 겨우 놈을 제압했다.

　흑 두건들은 기절했던 아까 두 놈과 간신히 제압한 양아치 두목 놈까지 승합차에 태워서는 어디론가 사라졌다. 그렇게 지나는 오늘밤 죽다 살아났다. 나영과 지나가 생각하기에는 지나의 화를 부른 건 사치였다. 버는 대로 족족 명품들을 사대고 허영심으로 살다가, 끝내는 사채 무서운 줄 모르고 급전을 썼다가 이 지경이 되었다고 생각했다.

　그날 새벽 3시쯤, 팔당대교 아래 강 주변.

　"야, 야, 야, 일어나 죄를 지었으면 벌을 받아야지?" 하며, 흑 두건들은 사채업자 놈들을 깨워서 일으켰다. 흑 두건들은 놈들을 박스 테이프로 칭칭 손목을 뒤로 꺾어 묶어 버렸다. 이곳은 예전부터 유혹의 소나타에 와서 행패를 부리던 자들을 밧줄로 꽁꽁 묶어서 버렸던 그곳이었다.

　흑 두건이 말했다. "야? 너희들 지은 죄가 무슨 죄인지 알아?"
　그러자 사채업자 우두머리 놈이 말했다. "저희가 무슨 죄를 지었죠? 빌려

준 돈 받으러 갔을 뿐인데요?" 하고 변명을 했다.
 그러자 흑 두건이 말했다. "야 이놈 봐라? 이거 개소리도 정성스럽게 하시네? 야? 조수 너 아는 돼지 백정 있다며? 돼지 잡는 백정 개 오라고 해. 이 새끼들 장기 적출해서 다 강물에 던져 버리게. 니들도 똑같이 당해야지. 니들한테 면죄부는 없다, 이 새끼들아. 죄책감이라곤 1도 없는 놈들. 조수 빨리 전화 안해? 백정 오라고." 하고는, 흑 두건은 발로 분이 풀릴 때까지 놈들을 짓밟아댔다. 그리고는 다시 주먹을 날려댔다. 그제서야 우두머리 놈은 "살려주십시오 형님들."하며 무릎을 꿇었다.

 그리고는 "요즘은 장기 적출 그런거 안합니다." 하고 말했다. 흑 두건이 말했다. "그럼? 아가씨는 왜 납치하려고 했어?" 하자, "창녀촌에 넘기려고 했습니다." 하고 우두머리 놈이 말했다. 흑 두건이 말했다. "뭐? 창녀촌? 더 맞아야 되겠네 이 새끼들은." 말이 떨어지기가 무섭게 또 다시 흑두건의 주먹과 발길질들이 끝도 없이 날아들었다. 놈들은 여기저기 피투성이가 되어서 뒹굴었다.

 흑 두건이 말했다. "야 니들, 사채장부 다 어디있어? 사무실은 어디야?" 하고 흑 두건이 묻자 놈들은 우물쭈물했다. 그러자 흑 두건이 말했다. "이런 놈들은 꼭 맞아야 말을 듣는다니까. 야 조수? 우리 이 새끼들 돌 매달아서 강물에 밀어 넣자!" 하며 두 사람은 놈들을 쓰러트리고는, 팔과 다리를 뒤로 꺾어서 밧줄로 묶었다. 그런 뒤 커다란 돌을 매달았다. 그제서야 놈들은 술술 불어댔다.

"장부 일부는 승합차 트렁크 박스에 있구요. 일부는 사무실에 있습니다."
 흑 두건이 다시 물었다. "사무실이 어디야?" 그러자 우두머리 놈이 말했다.
"일원동에 있습니다."
 그 말에 흑 두건이 다른 흑 두건을 보며 "부소장, 가서 박스 찾아와." 라고 했다.
 그러자 부소장이 "네, 소장님." 하더니 잠시 후 승합차 트렁크에서 장부 박스를 가져왔다.

 흑 두건은 장부를 살펴본 후, 놈들의 주머니에 있는 지갑이며 휴대폰이며 사채 각서까지 모두 꺼내 흐르는 강물 속에 던져 버렸다. 사무실 열쇠와 금고 열쇠만 남겨 놓고는.

 두 시간 후쯤 사채 사무실로 차를 몰고 떠났던 부소장이 사무실 금고에 있던 서류들을 가져오자, 서류들을 살펴본 후 흑 두건은 이 서류들마저도 모두 다 강물 속에 던져 버렸다.

 그리고는 양아치들에게 말했다. "야 이 새끼들아, 죄를 짓고도 죄 없다고 생각하는 니들은 반병신 될 때까지 더 맞아야 해." 하며 놈들에게 다시 주먹과 발길질들을 날려댔다.

 "이건 세상을 기만한 죄, 이건 힘없는 약자들을 괴롭힌 죄, 이건 나라에서 정해준 이자보다, 수백 배는 더 받아 쳐먹은 죄, 이건 약자들을 괴롭히며 즐긴 죄, 죄를 지었으면 이렇게 벌을 받아야지? 안 그러냐? 이 새끼들아." 하며 실컷 두들겨 팬 후 흑 두건들은 사채업자 놈들을 팔다리가 뒤로 꺾은 채로 놈들의 입을 박스 테이프로 돌려 붙여 막은 후 말했다.

 "니들의 운명은 하늘에 맡긴다 이 새끼들아. 니들이 살 운명이면 살 것이고 죽을 운명이면 죽을 것이고" 하고는 흑 두건들은 놈들의 승합차를 강물에 밀어 넣고는 자리를 떠났다. 양아치들이 유혹의 소나타를 한바탕 휩쓸고 지나가자, 지나가 연희와 나영에게 미안한 표정으로 말했다.

 "연희야, 나영아. 미안해. 사실은 나, 업소에 다녔던 거, 돈 밝혔던 거, 학비 대출 벌기 위해서도 그랬지만, 병든 엄마 치료비 벌러 나왔어……엄마 병이 희귀질환 이라…그래서 돈이 끝도 없이 들어가서 그랬던 거야, 미안해. 저년 저거 또 뻔한 스토리 아니야, 명문대 나왔다는거 그것도 구라 아니야 하고 생각하겠지만, 나도 사연이 있었어." 하고 눈물을 끌썽였다.

그러자 연희와 나영은 깜짝 놀랐다. 그렇게 힘든 일이 있었으면서 내색도 없이 버텨온 지나가 대견해 보였고 다르게 보였다. 연희와 나영은 눈물을 글썽이는 지나를 보며 가슴이 미어지게 아파왔다. 연희와 나영은 지나를 안아주며 위로해 줬다. "우리도 미안해 지나야. 너를 오해 했었어. 진작 좀 말하지 오해라도 안하게." 하며 눈물을 흘리는 지나의 등을 토닥여 줬다.

지나가 말했다. "고마워, 이해해 줘서. 자존심 상해서 말 못했어."
다음날, 흑 두건은 유혹의 소나타 문틈에 편지 한 통을 밀어 넣었다.
"이제 걱정 말아요. 다 해결됐습니다."라고 쓰여있는 메모지였다.
이 일을 계기로 연희와 나영과 지나는 깨달은 게 많았다. 세상은 만만치 않다는 것을.
그리고 나영은 악한 자들이 단죄되는 것도 보았다. 나영은 생각했다. '과연 이 땅에서 이런 독버섯들이 언제쯤 사라질까...'
나영은 산다는 건 정말 전쟁임을 또다시 절감했다. 그리고는 노트에 간략한 문장들을 써내려갔다.

방패와 방어책 김나영

사악한 자들은 세상 곳곳에 널려있다.
부비트랩을 설치해 놓고 지뢰들을 깔아 놓고 덫을 놓고
약자들을 수도 없이 괴롭힌다.
그러므로 세상은 조심스레 사는 게 최선의 방어책이다.
그리고는 사치와 허영으로 살지 않는 것 또한 최선의 방패다.
약자들에게 창은 없다.

11화
악바리

/ 악의 본질 김나영

악한 자들은 핑계거리가 없어도
어떻게든 핑계거리를 만들어서 악한 일들을 저지르고
약자들을 끝도 없이 괴롭힌다.
고삐 풀린 욕망을 앞세워서.
마치, 문명 이전의 권력들처럼
신체에 물리적 완력을 가해서
야만적으로, 약자들의 입장은 배제 시킨 채
만민에 대한 약탈들을 감행한다.
그것이 악한 자들의 본질이다.

밤 열시, 유혹의 소나타에 덩치가 산만한 두 남자가 찾아와 비싼 와인 두 병을 시켜 놓고는 연희와 나영을 마주 보며 앉아있다. 먼저 볼에 칼빵이 있는 남자가 나영에게 말했다.

"야 싸가지. 넌 왜 싸가지가 없어 보여? 야 그리고 너, 싸가지 옆에 있는 년. 넌 왜 자꾸 웃어? 반반한 년 너 말이야. 너 나 비웃는 거냐? 너 그렇게 행복하냐?" 며 시비를 걸어댔다.

그러자 연희가 말했다. "오빠, 행복해서 웃는 게 아니라, 행복해지려고 웃는 거잖아요."
칼빵이 말했다. "넌 웃음 종류가 얼마나 많은 줄 아냐? 눈웃음, 비웃음, 거짓 웃음, 너털웃음, 빈정대는 웃음, 억지웃음, 쓴웃음, 냉소, 코웃음, 헛웃음, 함박웃음, 간사한 웃음, 자지러지는 웃음, 선량한 웃음, 교활한 웃음, 가소로운 웃음 이 많은 웃음 중에 니가 웃는 웃음이 뭔 줄 아냐? 비웃음이야." 하고 윽박지르듯이 말했다.

그러자 연희가 한껏 쫄은 목소리로 말했다. "아니에요, 오빠들. 얘는 원래 좀 생긴 게 싸가지 없게 생긴거구요. 저는 비웃는 거 아니에요. 그냥 웃는 인상이에요. 웃는 게 우는 거 보다 낫잖아요."

이에 칼빵이 다시 트집을 잡듯이 말했다. "뭐? 니들 시방 지금 진짜 장난 때리냐? 이것들이 어디서 말장난을 해? 니네 말 농장 하냐? 그럼 울어봐. 싸게 울어 보라구?" 라며 연희에게 윽박을 질러댔다.

연희가 "네? 갑자기 어떻게 울어요?"하고 말하자, "어 이것들 봐라, 이것들이 뒤질라고 환장했나? 그리고 니들 왜 보호비 안내?"라며 보호비를 내라고 강요했다.

나영이 말했다. "네? 보호비요? 오빠들이 저희 언제 보호해 주신 적 있으시요?" 하며 나영이 반문하자, "야 이것늘이 상도덕이 없네? 세금 내라고 세금." 하며 칼빵은 테이블을 들었다가 쾅하고 내려놓았다.

그러자 나영이 말했다. "저희 세금 다 내는데요? 세무서에." 나영도 지지 않고 깡있게 대꾸했다. 칼빵 놈이 말했다. "와, 이년 진짜 꽉 막힌 년이네, 야 잔말 말고 한 달에 이백씩 낼 내 아니면 가게 접을래?"하며 선불을 요구했다.

그 말에 나영이 다시 말했다. "요즘 세상에도 이런 양아치 오빠들이 다 있네? 여보세요? 112죠?" 하며 나영이 전화를 걸자 칼빵놈은 "이런 미친년이!" 하며 얼른 나영의 전화기를 뺏어 바닥에 내동댕이쳐 박살을 내 버렸다. 그리고는 테이블을 확 뒤집어 엎어버렸다.

그는 분이 안풀렸는지 다시 테이블에 발길질을 해대며 테이블을 박살 내 버렸다. 그리고는 "야 이 쌍년들 봐라? 간이 부었네? 물장사하려면 다 세금 내고 하는 거야 이년들아." 하더니, 무슨 관대한 호의라도 베푸는냥 "야, 세금 내면 우리가 지켜줄 텐데 왜 지랄이야." 하고 떠들어 댔다.

니영이 "저희 세무서에 세금 낸다고 했잖아요?" 하며 악다구니를 써댔다. 그러자 칼빵놈이 "뭐? 진짜 이년 꽉 막힌 년이네? 매너도 없고? 야 너 머리에 총 맞았냐? 아니면 뇌에 스위치 꺼놨냐?" 하며 머리에 방아쇠를 당기는 포즈를 취했다.

그러자 나영이 바로 칼빵놈의 시선을 똑 따라가며 말했다. "혹시? 오빠가 머리에 총 맞은 거 아니에요? 아니면 뇌에 정전됐거나? 잘 한번 살펴보세요?" 하고 나영이 더 세게 나갔다.
그러자 칼빵놈은 갑자기 주먹을 들어 보이며 강렬한 시선으로 "야, 싸가지 너 죽고 싶어 환장했냐? 한주먹 거리도 안 되는 년이 진짜 실성을 했나? 보이는 게 없나? 이 미친년이 진짜?" 하고 말했다.
나영도 지지 않고 말했다. "네, 저 보이는 거 없어요. 실성했어요, 어쩔래요? 죽이든 살리든, 맘대로 하세요?" 하고는 일어나서 칼빵의 옷자락을 콱 틀어잡고서는 놈의 가슴팍에 머리를 들이밀고는 "그래, 죽여라 죽여. 죽일 테면 죽여 보라고? 어차피 이판사판이야 씨팔. 나 막가는 인생이라고." 하며 악을 써댔다.

칼빵놈은 진짜 어이가 없는지, 나영을 확 밀어서 자빠트려 놓고는 말했다. "이년, 이거 아주 독종 년에 꼴통년이네. 이년이 어디서 깡다구만 쳐먹고 살았나? 야 싸가지, 너는 깡촌에 살면서 깡만 쳐먹고 살았냐? 고구마깡, 양파깡, 감자깡, 새우깡, 낑깡, 수수깡, 개깡 이런 것만 쳐먹고 살았냐구? 쌍년아?"

그러자 나영이 "오빠, 뭐 좀 아시네요? 고구마깡, 양파깡, 감자깡, 새우깡, 낑깡, 수수깡, 개깡 이런 깡은 뭐 깡패 새끼들만 먹으라는 법 있어요?" 하고 말했다.

그 말에 칼빵놈이 "어쭈구리, 요거 봐라? 이게 미쳤나? 너 깡은 아무데서나 부리는 거 아니야. 니가 학교 다닐 때 깡 좀 부렸나 본데 그러다가 임자 만나면 뒤지는 수가 있어. 그리고 니가 학교 다닐 때 치마 걷고 마대 자루 좀 휘둘렀나 본데, 그거 아무한테나 통하는 거 아니야. 그리고 너 오빠가 궁금해서 그러는데 너 누구 빽밀고 그렇게 까부는 거냐? 혹시 너 대통령 깔치냐? 아니면 너 혹시 강남 경찰서장 세컨이냐?" 하고 말했다.

그러자 갑자기, 엄청나게 음침하고 변태같이 생긴, 엄청 돼지 냄새 날 것 같은 돼지가 끼어들며 말했다. "야 칼빵아. 대통령이, 강남 경찰서장이 눈이 삐었냐? 저런 조또 못 생긴 년을 세컨으로 두게?"
그리고는 다시 나영을 바라보며 말했다. "야 너 나와바리라고 알아?"

나영이 말했다. "모르는데요? 나와바리가 혹시 다금바리 아니예요?"
그러자 돼지 놈은 어이가 없는지, 나영을 한참을 바라보더니 말했다. "이런 무식한 년. 그럼 넌 늑대와 양 얘기는 아냐?" 하고 다시 물었다.
그러자 나영이 "저 그것도 모르는데요?" 하고 응수하자 돼지 놈이 쳇 머리를 흔들더니 말했다. "이년 봐라, 진짜 무식하네? 어떻게 그 유명한 늑대와 양 얘기도 몰라? 야 니들 내 야그 잘 들어봐라잉. 늑대네 나와바리에 양 몇 마리가 몰래 들어와서 풀 뜯어 쳐먹다가 늑대한테 걸려서 뒤진 얘기 아냐고? 존나 쳐 맞고 뒤진 얘기 아냐고? 니들 시방, 저 새끼가 뭔 소릴 지껄이나 하겠지? 쉽게 말해줄까? 이 빠가사리들아? 요기 논현동, 신논현동, 역삼동은 다, 우리 나와바리다 이거여? 쉽게 말하자면, 다 내 농장이다 이거여?"
나영이 말했다. "그래서 그게 어쨌다구요?"
그러자 돼지 놈은, '세상에 뭐 이런 년이 다 있지?' 하는 표정으로 말했다. "손 털고 나가라 이거지, 뭐긴 뭐야 이년아. 이것들이 말귀를 더럽게 못 알아듣네? 야 니들 잠깐 기다려, 나 화장실 좀 다녀와서 말하자."

돼지가 화장실을 가고 난 뒤, 1분 후 화장실에서 퍽퍽 하고 소리가 나더니 와장창 와장창 하며 뭔가가 깨지는 소리가 났다. 조금 뒤 돼지가 화장실에서 나오면서 왼 손바닥에서 피를 뚝뚝 흘렸다. 그리고 이렇게 말했다.

"야 씨팔, 니들 일어서봐. 니들 씨팔, 세면대를 어떻게 달아 놨길래? 세면대가 깨져서 내손을 다치게 해? 니들 어떻게 할 거야? 치료비 물어 줄 거야? 보호비 낼 거야?" 하며 연희와 나영을 다그쳤다.

나영은 생각했다. '아, 이것들이 또 개수작이네. 어떻게 하지? 증인이 있는 것도 아니고? 화장실에 카메라가 있는 것도 아니고?'

돼지가 뚱뚱해서 그런 건지 마치 동굴에서 들리듯 울리는 목소리로 말했다. "야, 싸가지 년? 너 또 무슨 짱구굴려? 니 짱돌 같은 머리로 백날 머리 굴려 봤자야. 어디 병원에 가서 몇 달 드러누워 있어볼까? 안 되겠네 이년들. 야 니들 일어서봐. 그리고 뒤돌아 서봐. 엉덩이 뒤로 쭉 빼고?"
나영과 연희가 돼지가 시키는 대로 엉덩이를 뒤로 쭉 빼고 아무말 못하고 서있자, 돼지 놈은 그 커다랗고 탱탱한 연희와 나영의 엉덩이를 양손으로 콱 움켜쥐었다. 그러자 연희와 나영이 "어맛!" 하며 쭈그리고 앉자, 돼지 놈은 또 다시 확 소리를 질렀다.

"야? 얼른 안 일어나? 니들 뒤질라고 환장했냐?"
그러자 연희와 나영이 다시 일어나 엉덩이를 뒤로 쭉 빼고 서 있자, 돼지 놈은 침을 질질 흘리며 칼빵 놈에게 뭔가 눈짓을 하더니, 검지손가락 두 개를 모아서 연희와 나영의 엉덩이에 있는 힘껏 똥침을 팍팍 찔러댔다.

그러자 연희와 나영은, "어맛, 아이쿠!" 하며 눈물까지 찔끔찔끔 나서는 털썩 쭈그리고 앉아똥꼬를 움켜쥐고는 일어나질 못했다. 돼지 놈은 묘한 쾌감과 흥분과 희열을 느꼈는지 낄낄대며 웃어댔다. 그 사이에 칼빵 놈은 어느새 돼지가 연희와 나영의 엉덩이를 주무르는 장면과 똥침을 하는 장면을 휴대폰으로 모두 촬영을 했다.
칼빵놈은 "야 돼지야, 내가 영상 보내줄게 이따 봐라. 넌 왜 이런 것만 좋아하냐 미친 변태 놈. 야, 완전 딸감이다 야."하고 말했다.
　이놈은 분명 새디스트가 분명했다. 상대 여자들에게 고통을 주며 그것을 즐기는 변태 새디스트가 분명했다. 그리고는 집에 가서 영상을 보면서 혼자서 자기 위로를 할 게 분명했다.
　돼지는 분명 그런 놈 같았다. 연희와 나영은 돼지가 손 다친 것만 생각 하느라 돼지와 칼빵 놈이 동영상을 촬영 한 걸 입도 뻥끗 못했다.

　잠시 후 나영이 찔끔찔끔 나는 눈물을 닦으며 말했다. "아, 진짜 짜증나네, 씨팔. 여름도 아닌데 왜 오늘은 이렇게 똥파리, 날 파리, 쇠파리, 왕파리들이 난리야? 씨팔. 야 연희야 에프킬라 가져와봐. 이 날파리들한테 뿌리게. 그리고 112에 전화 좀 걸어."
　그러자 연희가 훌쩍훌쩍 울면서 나영의 등 뒤로 숨는 듯이 나영의 등을 껴안으며 말했다. "나영아 나 못해, 무서워." 하며 또 훌쩍거렸다.

　그러자 나영은 언제나 근심 걱정 없는 듯, 밝고 명랑하고 쾌활하던 연희가 깊은 두려움에 빠져서 덜덜 떠는 모습을 보자 놈들을 노려보며 두 주먹을 불끈 쥐고 이를 악물었다.

　순간, 회오리바람이 일었다. 그러자 놈들이 통째로 나가 떨어졌다. 놈들은 나영의 잠자고 있던 초능력의 심기를 휘저어 놓은 것이었다.

　나영의 분노가 외쳤다. "이 새끼들이 어디서 허락도 없이 제멋대로 우리 인생에 끼어들어?
　왜 가만있는 사람들 심기를 뒤헝클어 놓고 지랄이야? 그렇잖아도 사는 게 죽을 만큼 괴롭고 힘든데!"

　다시 나영의 눈빛이 삽시간에 돌변했다. 그리고는 의자가 날아가 놈들의 머리통들을 후려팼다. 지금까지 차곡차곡 쌓여있던 나영의 무수한 분노가 두터운 참을성의 껍질을 뚫고 나온 듯 했다. 참을성이 말했다. "안된다고,

아니라고." 도리질을 하며 말렸다.

나영의 분노가 소리쳤다. "늘 나를 웃게 하는 저 착한 여자, 만난 첫 순간부터 손을 내밀어, 우리 함께 하자고 말하고 싶었던 저 여자를 어디서 건드려 이 새끼들아!"

나영이 불끈 쥐었던 주먹을 휘두르자 의자와 소파와 접시들이 날아다니며, 빡빡이와 칼빵 놈에게 달려들었다. 나영 자신도 자신이 뭘 하고 있는지 몰랐다. 다만, 이것은 나영의 안에 잠재되어 있는 분노의 초능력들이 하는 일들이었다. 놈들은 깜짝 놀랐다. 놈들은 아예 짓 뭉개지고 있었다. 날아다니는 물건들에 의해 짓 뭉개지고 있었다. 몸이 시리도록 차가운 공기가 유혹의 소나타 안을 지배했다.

이때, 위이잉 삐뽀 삐뽀하는 요란한 경찰차 소리가 들렸다. 그제서야 나영은 자신의 환상 속에서 정신을 차렸다. 나영의 초능력은 나영 혼자서 상상한 환상이었다.

나영은 정신을 차리고 나서야 주방에 있던 지나가 112에 신고한걸 알게 되었다. 놈들은 위이잉 위이잉 삐뽀삐뽀, 삐뽀삐뽀하는 사이렌 소리가 가까워지자 슬금슬금 가게를 빠져나갔다. 그리고는 나가면서 칼빵놈이 "에이, 어디서 거지같은 년들이 굴러 들어와서는 생긴 것도 좃같이 조또 못 생긴 년들이 골치 아프게 하네." 하더니 옆에 있는 돼지에게 말했다.
"야, 돼지야 가자. 넌 집에 가서 영상 보면서 딸이나 쳐." 칼빵이 먼저 일어서서 나가자 돼지도 따라 나갔다.

놈들이 나가자 연희는 나영의 이런 거침없는 말투들에 간이 다 쫄깃쫄깃 콩알만 해졌다. 강렬한 두려움이 연희의 온 정신을 지배했다. 그리고는 그 두려움이 연희를 백치로 만들었다. 종이 인형처럼 무력하게 백치로 만들었다. 연희는 마음속으로 주문을 걸었다. '무사하자, 무사하자, 무사하길, 무사하길' 속으로 말하며 마음속으로 주문을 걸었다.

 연희는 고조되는 긴장감들에 숨이 막혔고, 그 두려움을 호소라도 하듯 찬비를 흠뻑 맞았을 때처럼 온몸은 덜덜덜 떨렸고 다리까지 후덜덜 떨렸다. 연희는 그 떨림을 감추려고 안간힘을 썼다. 그리고는 놈들이 그런 자신을 꼭 꿰뚫어 보는 것만 같아서 두 팔로 황급히 가슴을 감싸 안으며 입가에 옅은 미소까지 띠어보았다.

 놈들이 나가자 연희는 나영의 눈을 바라보았다. 나영의 눈동자에선 누구에게도 기죽지 않을, 어떤 전투사의 강렬한 불꽃들이 보였다. 연희는 기가 막혔다. 어디서 그런 깡이, 배짱이 나오는지. 연희는 나영이 꼭 잔다르크만 같았다. 연희는 어디서 그런 초자연적인 힘이, 깡이 나영에게서 나오는지 나영이 존경스러웠다.

 나영은 놈들이 일어서서 나가자 그놈들 뒤에 대고 큰소리로 외쳤다. "오빠들 알지? 만약 우리 가게 뭔 일 있으면 다 오빠들 짓이에요?"

 나영은 놈들이 가고 나서 혼자서 상상 속에서 일어났던 초능력을 연습 해 보았다. 하지만 초능력은 발휘되지 않았다. 나영의 초능력은 아마도 나영의 분노가 극에 달해 발휘된 허상 이었던듯, 일종의 망상인지도 모르는 일이었다. 그러다가는 또 '자꾸 연습 하다 보면 되지 않을까?' 하고 생각해 보았다. 그러다가 '진짜 되면 어떡하지' 하는 생각도 해 보았다. 그리고 '초능력을 함부로 쓰다가 사람이 죽으면?' 여기까지 생각하자 나영은 소름이 돋았다. 그러다가 나영은 혼자서 킥킥킥 웃어댔다. 마치 미친년처럼 웃어댔다. 나영은 놈들이 가고 난후 자신의 마음을 노트에 적어 내려갔다.

/ 용수철 김나영

난 언제나 용수철
누를수록 밟을수록 더 꿈틀대지
그리곤 더 확, 튀어오르지
또 억지로 잡아당기면
다시, 제자리로 돌아가려고 발버둥을 치지,
밟지마라, 누르지 마라, 당기지마라 하며 발버둥을 치지.

그러면 내 안의 자아는 나를 꾸짖지
"너 반항하니?
그러니까 니가 꼬여있지?
용수철처럼 꼬여있지?
그러면 내안의 용기들은 항거를 하지
세상을 향해서.

그래, 아무리 누르고 밟아 봐라
난 세상이 누르고, 밟을수록
기를 쓰고 훅, 하고 더 튀어오를 테니까,
알겠냐? 세상아. 넌 외적 반발심?
그래, 나는 고집스런 내적 반발심이다.
나도 고집하면 한 고집 하거든?
내가 얼마나 꼬여 있는데.

나영은 문장들을 다 쓴 후 가게 안에 무명 작곡가의 깡다구라는 노래를 틀어놓고 들었다.
몇 번을 반복하며.

깡다구 작사, 작곡 감성 스토리텔러

상처보다 더⬆더 아팠던 ⬆사랑
한, 방에 날렸던, 모든 것들
다, 니 탓이야, 니 탓 우, 기다가 보니
모두가 다 내 탓, 이었네,

꽃잎처럼 피었다가~, 꽃잎처럼 지는 인생
(방황 의리) 사랑~, 빼고나니~
깡깡깡깡 깡다구, 깡다구, 깡다구
깡다구 밖에 남는 게 없네,

깡깡깡깡 깡다구, 깡다구, 깡다구
깡다구 밖에 기댈 데가 없네,
깡다구, 깡다구, 깡다구

와라, 시련아 널 이겨 주겠다,
깡으로, 깡으로, 깡으로
악으로, 악으로, 악으로

꽃잎처럼 피었다가~ 꽃잎처럼 지는 인생
(방황 의리) 사랑~ 빼고 나니~
깡깡깡깡 깡다구, 깡다구, 깡다구
깡다구 밖에 남는 게 없네,

깡깡깡깡 깡다구, 깡다구, 깡다구
깡다구 밖에 기댈 데가 없네,
깡다구, 깡다구, 깡다구.

　나영은 그랬다. 조곤조곤 여리여리 한, 착하기만 한, 순하기만 한 연희와는 달랐다. 깡 아니면 용수철 이었다. 부딪치거나 튀어 오르는 못된 성격인 것을, 나영은 자신도 안다. 강한 것은 언젠간 부러진다는 것도 안다. 부드러운 것이 강한 것을 이긴다는 것도 안다. 하지만 성격상 나영은 그랬다. 그렇게 세상에 피붙이 하나 없는 연희와 나영은 서로를 의지하며 인형 놀이를 하고 있었다. 거친 세상 속에서 서로를 의지하고 있었다. 그리고는 날마다 일어나는 일들을 기록해 나갔다. 소설의 자료들을 모으기 위해서 나영은 기록을 해 나갔다.

　비가 내려 외롭기 딱 좋은 밤, 외로움들의 발길들이 향하는 곳, 유혹의 소나타.

　새벽 2시, 화려하게 장식된 가게 안의 현란한 듯, 은은한 듯한 조명 불빛들 아래에서 매혹적인 옷차림을 한 연희와 나영과 좀 있어 보이는 50대의 두 신사가 고급 와인을 마시고 있었다. 50대의 두 신사는 자주 오는 단골손님이었다. 나영의 매력적인 눈웃음이 두 사람을 집중시켰다.
　나영이 환하게 웃으며 인사를 했다. "안녕하세요, 김 회장 오빠, 박 회장 오빠?"
　인사를 하는 나영의 목소리엔 자신감이 서려 있었다.
　"안녕? 이쁜이들. 오빠들이 오늘은 좀 투자 좀 해줄까?" 하며, 연희와 나영의 어깨를 토닥토닥 두드렸다.

　60대지만 40대 중반처럼 보이는 잘생긴 김 회장은, 다리를 꼬고 앉아있는 연희와 나영의 탱글탱글한 맨살 꿀 허벅지들을 바라보며 느끼한 눈길을 떼지 못했다. 침까지 꼴깍꼴깍 삼키며 입까지 헤벌리며 게슴츠레하게 뜬 눈빛으로 연희의 짧은 블랙 니트 원피스가 연희의 맨살 허벅지를 더욱 매혹적이게 돋보이게 했다. 그리고는 나영의 짧은 레드 실크 원피스 역시 나영의 늘씬한 맨살 허벅지를 더 섹시하게 보이게 해 김 회장은 다리까지 후덜덜 후덜덜 떨릴지경이었다.

나영이 말했다. "네? 오빠, 무슨 투자요?"
그러자 김 회장은 어깨를 한번 으쓱하며, 살짝 건방진 말투로 말했다.
"연희야 나영아, 너희들 미래에 오빠들이 투자 좀 해주려고. 언제 계단 밟고 힘들게 올라가?
엘리베이터 타고 쑤욱 올라가면 되잖아? 이렇게 개고생하는 니들이 안쓰럽고 짠해서."
나영이 다시 말했다. "아, 잠깐? 김 회장 오빠. 오빠는 참 정이 넘치시네. 오빠 인생이나 잘 챙겨. 남의 인생에 끼어들지 말고. 오빠가 왜 우리 인생에 운전대를 잡고 좌회전 해라 우회전해라 유턴해라 그러려고 해? 이렇게 행복하게 자유롭게 잘 살고 있는데. 돈이면 장땡이야? 돈이면 다냐구?" 하며 반박을 했다.

그러자 김 회장이 나영에게 웃으며 말했다. "나영아. 니가 돈을 알아? 니가 돈을 아냐고? 돈은 권력이고 절대자야. 돈이 세상을 집권한 이래 한번이라도 그 권력을 빼앗긴 적 있었어? 돈은 여유 있게 풍요롭게 살게 해주지. 외면의 아름다움을 꾸밀 수 있게 해주지. 그러니까 돈은 외면의 품격이야. 그까짓 내면의 품격하고는 비교가 안 되는 거야. 돈 많아서 불편하네 그러는 놈 봤어? 세상을 가장 오랫동안 다스리고 가장 오랫동안 권력을 잡은 게 뭔 줄 알아? 그게 바로 돈이야. 돈이라고. 권력은 돈에서 나오는 거야, 그게 진리야. 아니 그렇게 귀한 돈을 그까짓 신념하고, 가치하고 바꿔?"

나영이 코웃음을 치며 말했다. "오빠 참, 가치 없게 싸구려 같이 말하네. 행복해 지고 싶은 건 사람들 대다수의 욕심인건 맞지만, 성공이라고 다 같은 건 줄 알아? 성공도 행복한 성공을 해야 하는 거야. 행복은 돈으로 구하는 게 아니야. 돈으로 구한 행복은 얼마 안 가서 금방 허무해 지게 마련이야. 더 큰 물질적 욕심 때문에. 행복은 마음에서 오는 행복이 오래 가는 거야, 오빠. 행복은 쇼핑몰에서 구하는 게 아니야. 돈을 주고 사는 게 아니라고. 육체적, 쾌락적, 약물적 행복은 자기만족적 행복일 뿐이야. 마음에서 오는 온전한 행복이 진짜 행복인거야." 하고 말하자 김회장은 나영을 엄청 귀여운 듯이 바라보며 말했다.

"어? 요것 봐라? 나영아 너 오늘은 막 나가 볼까? 뭐 그런 컨셉 인거냐? 야 꽃들도 시들 듯이 웃음꽃도, 청춘 꽃도, 인생 꽃도 언젠가는 시드는 거야. 인생 따라, 세월 따라 시드는 거야. 니들 시들기 전에 오빠가 투자 좀 해주려고 했더니 고래 등 같은 집 하나 떡 하니 사주려고 했더니."

김 회장은 어떻게든 나영을 말빨로 이겨보려고 애를 썼다. 그러자 나영은 길고 풍성한 머리칼을 쓸어 올리더니 손바닥을 김 회장의 앞으로 내보이며, 손을 흔들며 손 사례를 쳐가며 말했다. 순간, 나영의 두 귓불에 매달려 있던 금빛의 귀걸이들이 흔들흔들거리면서 반짝였다. 그 금빛 귀걸이들은 각각 가는 금실들을 꼬아서 만든, 세 가닥씩의 금줄로 된 귀걸이였다.

"아니, 아니. 오빠 내 말의 의미는 그런 게 아니잖아 오빠?"하고 말하고는 나영은 자신의 잔에 얼음 몇 조각을 넣고는 위스키를 조금 붓고는 잔을 휘휘 흔들다가 차가운 위스키를 한 모금 마시고는 다시 말을 이어 나갔다.

"아 됐고, 오빠들 뭐 방랑 시인이야? 아 외롭다, 돈 많아도 외롭다, 마누라가 있어도 외롭다 이 지독한 외로움을 어이할까? 발길이 이끄는 대로 방황을 할까? 예쁜 애들하고 살림이라도 한번 차려볼까? 아, 밤의 꽃들이 만발한 밤거리를 서성여 보노라 뭐 이런 거야? 오빠들?" 하며 나영이 비꼬는 듯 말했다. 그렇게 거침없이 말하는 나영의 모습은 마치 물오른 찬란한 동백꽃처럼 예뻤다.

그러자 김 회장은 꽃보다도 더 예쁜 나영의 조잘대는 그 예쁜 입이 귀여운 지, 나영의 입술을 바라보며 말했다. "어? 요것 봐라. 매력 터지네? 어디서 주워들은 건 있어 가지고. 눈물이 울컥 차오르고 가슴까지 벅차게 만드네. 요것이?"하며 김 회장은 입맛을 다셨다.

그러자 나영은 손으로 길고 풍성한 자신의 갈색 머리카락을 뒤로 쓸어 넘겨 가며 고개를 끄덕여 가며, "응 그래, 그래 오빠" 하고 말했다.

그리고는 나영은 김회장의 뒷말이 더 궁금하다는 듯 두 팔을 모두 테이블 위에 얹고는 팔꿈치를 세워서 두 손을 합쳐서 모으고 김회장 쪽으로 몸을 더 바짝 다가가 앉으며 합쳐진 두 손등 위에 턱을 괴고는 김 회장을 바라보았다. 나영의 팔목에서는 가느다란 실 금팔찌가 빛났으며, 손톱에 칠해진 예쁜 네일들이 별빛들처럼 반짝였다. 김회장을 바라보는 나영의 입술은 마치 불오른 새빨간 동백꽃 몽우리를 연상시켰다.

김 회장은 이런 예쁘고 아름다운 나영을 어쩌지 못하겠다는 듯이 침을 꿀꺽 삼키더니 말했다. "어? 요것 봐라. 매력 터지네?"하며 김 회장은 다시 입맛을 다셨다.

나영이 말했다. "오빠, 내가 뭐 음식이야 입맛 다시게?"
그러자 김회장이 다시 말을 이어갔다. "어쭈구리, 요 상큼한 것을, 요것을 어떻게 요리해서 먹을까? 요요 상큼한 것을 마요네즈를 찍어서 먹을까? 생크림을 발라서 먹을까? 야, 김나영, 쓸쓸함도 손님이고, 외로움도 손님이야. 이 오빠의 감성적인 가슴이 어제는 낭만이었다가 오늘은 외로움, 내일은 쓸쓸함. 오, 이보다 위대한 시가 세상에 있으랴. 야 김나영, 오빠가 이렇게 멋진 시를 읊으면 너도 눈치까고 오빠 홍홍 멋져요 하고 말해야지?" 라며 김회장은 다시 연희와 나영의 커다란 가슴골을 흘깃흘깃 바라보며 연신 침을 꼴깍꼴깍 삼켜댔다.

그러자 나영이 "아니, 오빠는 가정도 있을 테고 돈도 많을 테고, 그런데 뭐가 외로워?"하고 말했다. 김 회장이 말했다. "야 싸가지, 나영아. 요걸 그냥 안아 줄까? 뽀뽀만 해줄까? 집을 한 채 사줄까? 너 참, 아무 말 대잔치로 사람 잘 당황시킨다? 야, 나영아 돈 많다고 안 외롭냐? 가정 있다고 안 외롭냐? 니 말투, 니 입술 아주 그냥 확 깨물어 먹고 싶을 만큼 매력 터진다." 하더니 김회장은 또 다시 연희와 나영의 맨살 허벅지를 바라보며 침을 꼴깍꼴깍 삼켜댔다. 입까지 해벌린 채로 침을 꼴깍꼴깍 삼켜댔다.

그때, 나영이 오른쪽 다리를 들어서 왼쪽 다리로 옮기려고 다리를 벌리는 순간, 김 회장의 고개도 오른쪽에서 왼쪽으로 따라 도는가 싶더니 나영의 허벅지와 허벅지 사이를 보려다가, 왼쪽으로 중심을 잃고는 나 자빠져 버렸다. 그러자 연희는 속으로 쿡쿡 웃으며 시 하나를 읊조렸다.

남자란 최연희

남자란 대체 무엇인가?
남자들은 생물과 무생물의 경계에 서있는 모호한 존재인가?
남자란 짐승과 인간의 경계에 서있는 모호한 존재인가?
남자들은 대체 왜?
예쁘고 아름다운 여자들의 그곳이,
마치, 자신들의 숙주인 듯이 기를 쓰며 일탈을 하는가?
상상들을 해대는가?
욕정들을 복제를 해내는가?
남자란, 남자란, 남자란?
생물과 무생물의 경계에 서 있는 모호한 존재인가?
욕망의 괴물처럼.

이때, 이 모습을 바라보던 연희가 웃으며 말했다.

"오빠들? 오빠들은 오실 때마다 나영이가 이렇게 땡 벌처럼 톡톡 톡 쏴대는데 대체 뭐가 좋아서 그래?"

그러자 김 회장이 환하게 웃으며 말했다. "연희는 아주 형광등이네? 나영이보다 늘, 한 박자가 늦어. 생각해 봐라? 여신처럼 예쁜 나영이가 방긋방긋 웃어주고, 술 따라주고 장단 맞춰주고 별말 아닌 거에도 하하 호호 웃어주고 가끔 눈요기로 위로도 해주고, 젤 중요한 건 바로 눈요기랄까? 저 엉덩이, 저 허벅지, 저 가슴골 좀 봐. 어휴, 저걸 그냥 확, 아카시아 꿀에다가 탁 발라서 핥아 먹든가. 아니면 마요네즈에 확 발라서 그냥 참찹참, 해 버리면 그냥....아니면 생크림을 발라서 핥아 먹든가." 하며 침을 꼴깍꼴깍 삼켜댔다.

그때 마침 손님이 나가자 계산을 하러 일어나서 걸어가는 연희의 환상적인 엉덩이 뒤태가 김회장의 눈길을 또 사로잡았다. 팬티가 보일 듯 말 듯 짧은 블랙 니트 원피스가 한껏 올라간 채로 걸어가는, 커다랗고 탱탱한 엉덩이를 사뿐사뿐 흔들며 아슬아슬 걸어가는, 연희의 아찔한 뒤태는 그야말로 김 회장의 심장을 심호흡을 멈추게 만들어 눈을 떼지 못하게 만들었다.

연희의 아찔한 엉덩이를 바라보던 김 회장은 속이 타는지 찬물을 한컵 따라서 벌컥벌컥 들이키더니 나영에게 말했다. "아후, 조걸 그냥, 확? 아후, 조걸 그냥, 확. 저 엉덩이 사이에 마요네즈를 확 발라서 핥아먹다가 저 엉덩이에 한번 꽉 깔려 봤으면 소원이 없겠네. 조, 조 엉덩이에 내 얼굴을 꽉 깔려서 숨 막혀서 죽으면 그러면 호상일텐데." 하며 한숨을 푹 내 쉬었다.

그리고는 혹시라도 연희의 팬티가 보일까 하고 고개를 있는 힘껏 옆으로 기울이며 바라보다가 옆으로 또 폭 자빠져 버렸다. 이 모습을 바라보고 있던 나영은 헛웃음이 풋 하고 터지고 말았다. 김 회장의 애간장 타는 모습이 엄청 재미있다는 듯이 나영은 손바닥까지 쳐대며 웃어댔다.

그러더니 나영이 갑자기 일어서며 말했다. "이 오빠가 진짜 안 되겠네. 김

회장 오빠? 그거 다 시선 폭력이야, 알아? 이런 오빠는 어디한번 혼이 나봐야 정신 차리지? 뭐? 엉덩이에 깔려서 숨 막혀 죽고 싶어? 그러면 호상이라고? 그러면 내 엉덩이에 한번 깔려볼래?" 하더니 나영은 갑자기 김 회장을 소파위로 확 자빠트려 놓고는 김회장의 얼굴을 콱 깔고 앉아 버렸다.

그렇게 나영의 그 얇디얇은 실크 레드 원피스가 김회장의 얼굴을 콱 깔고 앉자 김회장은 헉 소리를 내더니 이내 나영의 허리를 콱 감싸 안으며 허벅지를 콱 양손으로 붙잡고 끌어안으며 거친 숨을 헉헉헉 몰아쉬면서 입을 벌려서 나영의 그 말캉말캉한 엉덩이 사이에 킁킁 거리며 정신을 못 차리며 냄새를 맡아댔다.

그리고는 몸의 피로를 풀어주는 특효제라며 자신의 술잔에 있는 술을 한 잔 나영의 입에 확 부어 주었다. 그러자 얼떨결에 술을 마신 나영은 잠시 후 속이 잠깐 울렁거리더니, 잠시 머리가 아파왔고 어지러운 듯했다.
그리고는 나영의 코끝은 암컷을 유혹하는 수컷의 페로몬 향기를 감지했다. 그러자 뇌가 반응을 했다. 사랑을 싹 틔우라고, 덮치라고. 나영은 그렇게 사랑의 묘약에 취해 정신을 놓았다. 김회장이 부어준 술을 마신 나영은 김회장을 상대로 믿을 수 없는 행동을 해댔다.

나영의 코끝에서 감지된 페로몬 향인지 흥분제 인지가 나영의 뇌에서 도파민을 분비시켰고나영의 뇌 속 신경 세포들은 쾌락의 중추 신경들을 자극했고, 나영에게 사랑에 빠져버린 암컷 고양이처럼 행동을 하게 했다. 그렇게 나영의 뇌는 나영에게 과감한 행동을 하게 지시를 했다. 장난을 치려던 마음과는 다르게 나영은 사랑에 빠져버린 암컷 고양이처럼 행동을 했다.

김 회장의 뜨거운 입김이 나영의 은밀한 곳에 자극을 주자, 나영은 욕정이 훅 달아오르며 은밀한 그곳에 묘한 쾌감들이 몰려들었다. 나영의 숨소리는 어느새 거칠어지고 있었다. 나영은 욕정에 마비된 노예처럼 굴었다. 나영은 김회장에게서 자신을 떼어내고 싶었지만, 몸이 말을 안 들었다. 욕정에 맛들린 노예처럼 몸이 말을 안 들었다.

이 모습을 옆에서 박 회장과 연희가 배시시 웃으며 지켜보고 있자 나영의 육체는 더 강렬하게 쾌감들을 불러왔다. 무슨 음란증이나 관음증이 있는 것처럼, 무슨 성도착증이 있는 것처럼 여자 바바리 우먼의 쾌락적 탐닉처럼 욕정의 날개가 훅 하고 펼쳐졌다. 그리고는 나영에게 성적 판타지가 펼쳐졌다.

나영은 엉덩이를 김 회장의 얼굴에 문지르며, 엉덩이를 쪼였다가 풀었다가 하면서 자신의 허벅지 안쪽을 자신의 손으로 문질러 대며 앙앙, 앙앙 앙 신음소리를 내댔다. 그러자 또 다시 나영의 허벅지 안쪽과 은밀한 곳에서 미친 듯이 쾌감들이 일어났다. 계속해서, 계속해서 쾌감들이 일어났다.

나영은 온몸을 바들바들, 바들바들 떨어대며 앙앙응응, 앙앙응응 하고 소리를 질러댔다. 그리고는 아훅아훅, 아훅아훅하고 소리를 내며 폭 하고 엎어져 버렸다.

그러자 나영의 엉덩이에 얼굴을 깔렸던 김 회장도 양손으로 나영의 엉덩이를 움켜쥔 채 킁킁 거리며 냄새를 맡으며 헉헉헉대더니 온몸을 떨어댔다. 그리고는 이내 늘어졌다.

나영이 김회장에게서 당한 이 약물은 두뇌의 쾌락 중추를 자극해, 탐닉적 섹스중독과 관음적 음란중독 등을 두뇌에 자극해 도파민을 분비하게 만들고 일시적으로, 인위적으로, 행복과 즐거움을 주게 만들지만 이런 인위적인 방법들은 결국은 몸을 버리고 몸을 망치게 해 결국에는 행복을 주는 게 아니라 행복을 빼앗게 되는 거였다. 그리고는 성욕의 갈증을 일으키고 약물의 갈증을 일으키고, 쾌락의 갈증을 일으키고 결국에는 약물과 마약에 의존해 살다가 환각, 호흡저하, 심혈관질환, 공황장애, 혼수상태, 시력 저하, 두통, 급성경련, 구토, 호흡 곤란으로 인한 사망 등의 부작용과 마음에 몸에 온갖 부작용들을 일으켜서 폐인이 되게 만드는 거였다. 이렇게 유흥업소에 종사하는 아가씨들은 늘 약물 중독에 노출될 위험성들이 도사리고 있었다.

　김 회장, 박 회장은 잠시 후 술값을 계산하며 나영과 연희의 보드라운 손을 한번 씩 꼭 잡고 쓰다듬더니 아쉬운 듯 나영과 연희의 엉덩이를 꽉 움켜쥐고는 주물러 대다가 "다음에 보자" 하고는 네온사인들이 화려하게 춤을 추는 밤거리의 인파 속으로 묻혀 들어갔다.

　나영은 이해 할 수가 없었다. 자신의 행동이 이해 할 수가 없었다. '대체 내가 무슨 욕정의 노예도 아니고, 혹시 내안에 잠을 자고 있던 욕정의 몽유병이 발병을 한 건가? 나도 모르는 그 우울함과 울적함과 외로움들이, 그 슬픔들이 욕정으로 변질되어서는 개떼처럼 발병을 한 건가? 염치없이 고개를 내미는 건가?' 하고 생각했다.

　나영은 이 짐승 같은 자아의 몽유병을 경멸하고 싶었다. 나영은 노트에 이 일들의 문장들을 적어 내려갔다.

몽유병 김나영

나는 울컥 서러운 울음이 터졌다
하지만, 난 그냥 두었다.
그러자 내 울음은 하늘높이 촉수를 뻗쳐올라 가다가
더 뻗쳐 올라갈 곳이 없어지자
허공에 천둥으로 울었다
그리고는 천둥처럼 소리쳤다.

대체, 신은 왜 인간을 만드실 때

웃으며 태어나게 하지 않고
울면서 태어나게 만드셨습니까?
그것이 슬픔의 원죄가 되었음을 모르셨습니까?
아, 신을 탓하랴, 신이 하는 일을 탓하랴
나는 슬픔의 말들로 외쳐 본다.
아, 내 슬픔은 울다가 지쳐서
몽유병 환자처럼 일어나 거리를 떠돌다가 헤매다가
아직 도착하지 않은 밤을 원망하였다.
하지만 아무리 기다려도 밤은 오지 않았다.
대체, 밤은 앓아누웠는가? 비켜 갔는가? 늦잠을 잤는가?

내 슬픔들은 수만 가지의 생각들 틈에서 창밖을 응시하다가
휘황찬란한 조명 불빛들에 의해서 가려져 있는 어둠을 겨우 보았다.
나는 어둠들을 따라나섰다.
어둠들의 발뒤꿈치들을 몽유병처럼 따라나섰다.
그저 어디로 가야할지, 무엇을 해야 할지도 모른 채
나의 슬픔의 몽유병은 어둠을 따라나섰다.
아, 신을 탓하랴, 신이 하는 일을 탓하랴?

잠시 후, 30대 중반의 팔과 다리에 문신을 한, 웬지 껄렁껄렁 해 보이는 남자 둘이 들어오더니 그중 한 남자가 건방지고 가오 넘치는 말투로 나영에게 말했다.

"아가씨, 다이키리 칵테일 두 잔 하고 과일 안주 푸짐하게" 하며 칵테일과 안주를 시켰다.

나영은 웬지 '이 새끼들 양아치 아니야?' 하는 필이 딱 와서 꽂혔다. 아니나 다를까 이놈들은 약 5분쯤 후부터 깽판을 시작했다. "아니, 아가씨. 칵

테일하고 안주를 시킨 지가 언제인데?

아직도 안 나와? 씨팔. 아니 안주하고 술, 미리 준비해 놓고 있다가 탁탁 나와야 되는 거 아니야? 그래 안 그래? 그래 안 그래? 아 놔, 진짜 열 받네, 니들 장사 진짜 이따위로 할래? 아니 그깟 과일 안주 하나 만들고, 칵테일 두 잔 만드는데 무슨 한 시간이 걸려? 니들 장사 하루 이틀 해?"하고 소리를 고래고래 질렀다.

이놈들은 아예 진상을 부리려고, 작정을 하고 온 듯 했다. 그러자 나영이 곱게 말했다.

"죄송합니다. 빨리 만들어 드릴게요, 손님들이 어떤 술을 시킬지, 어떤 안주를 시킬지 몰라서 미리 준비를 못했습니다. 죄송합니다." 하고 말했다. 그러자 놈들은 다시 시비를 걸어댔다. "아가씨, 그렇잖아? 아니 안 그래? 안 그러냐고? 씨팔 좆같이 존나 열 받네." 라며 쌍욕 개소리 진상 짓들을 해댔다.

그중 더 개양아치 같이 생긴 놈이 말했다. "야 너? 어디서 고쳤냐? 누가 그렇게 예쁘게 고치랬어? 누구 허락받고, 니맘 대로 고친 거냐고? 나 너랑 오늘 떡칠 거니까 그렇게 알아라.언제 떡치러 갈까? 언제 떡쳐줄 건데?" 하며 양아치 놈은 나영에게 시비를 걸어댔다. 그러자 나영은 좋은 게 좋은 거라고 좋게 말했다.

"오빠 저는 성격도 못 됐구요, 저, 내년에 수녀원 들어갈 거예요. 괜히 시비 걸지 마세요. 나 오빠들 쥐패서 수녀원 못 가면 오빠들이 책임질거에요? 저보다 더 예쁜 분 만나서 떡치세요." 하고 말했다. 그러자 양아치 놈이 "까부네, 나는 다른 여자는 필요 없고 너랑 오늘 떡칠 거니까 언제 떡치러 갈까? 언제 떡쳐줄 건데?" 하며 고래고래 소리를 질러댔다.

평소 같았으면 나영은 화내고 열 받고 들이받고 했을 텐데 웬일인지 나영은 오늘은 달랐다. 그냥 놈의 말을 싸그리 생깠다. 뭐든 말하면 그냥 사무적으로 대하며, '너는 떠들어라 등신아, 나는 내 할일 하련다'하고 속으로 중얼거리며 바쁜 척을 해댔다. 이 방법이 통하거나 말거나 양아치 놈들의 페이스에 휘말리지 않기 위해 개무시 했다. 뭐라고 말을 붙이거나 말거나 그냥 건성건성 대답했다.

그러자 그 양아치 놈이 동료에게 말했다. "야, 나 화장실 좀 다녀올게."
그 말에 나영은 또 덜컥 겁이 났다. 세면대를 발로차서 깨트리곤 병원비 내라며 진상을 부렸던 양아치 놈이 생각나서였다. 다행히 놈은 화장실을 다녀와서는, 아무 말 없이 계산을 하고는 가게를 떠났다. 그러자 나영은 느낌이 쎄해서 남자 화장실을 가보았다. 화장실을 둘러보던 나영은 '아아악' 하고 소리를 지르고 말았다.
양아치 놈은 남자 소변기에 토를 한 무더기나 게워놓고는 나갔다. '너 엿먹어 봐라, 이년아?' 하듯이 토를 한 무더기나 게워놓고는 나갔다.

나영은 옷을 갈아입고는 토악질을 해가며 간신히 놈이 토를 게워놓은 소변기를 치웠다. 정말로 개 같은 날이었다. 세상은 참 별의별 일도 많았다. 세상은 참 만만치가 않았다.

바위섬 김나영

파도를 거칠게 밀어내는 바위들과
발끝으로만 살살 걷게 만드는 백사장의 해변들과
황금빛을 쏟아내며 떠오르는 붉은 태양의 일출과
온통 하늘을 붉은빛으로 물들이며 지는 석양의 낙조와

갓 이사 온 듯 얌전하게 얼굴 내미는 이름 모를 꽃들과
밤이면 쏟아질 것 같은 수많은 별빛들과
그들과만 늘 함께 살아왔던 나는 가엾은 바위섬이었다.
외로움 안에 갇힌 바위섬이었다.
외로움의 바다에 갇힌 바위섬이었다.

추웠던 겨울의 막바지 3월 말, 피붙이 하나 없는 나영은 외로움에 치를 떨었다.
화통한 여자 나영은 정의에게 전화를 걸었다.
나영이 말했다. "오빠? 나, 나영이. 지금 뭐해?"
그러자 정의는 전화를 받자마자 들려오는 청량한 나영의 목소리에 마치 첫눈을 보는 듯이 설레었다. 그리고는 "어, 나영씨 어쩐 일이세요?" 하고 물었다.
정의의 말에 나영이 말했다. "오빠 나 지금 갈게. 거기 그대로 있어, 꼼짝 말고? 기다려 줄 거지?"

나영의 큐피드가 쏘아대는 사랑의 불화살에, 정의의 심장은 숨을 못 쉴 만큼 압사 직전이 되었다. 정의의 심장은 그렇게 큐피드가 쏘아대는 불덩이들의 화살들에 정신을 못 차렸다. 정의는 마구마구 자신의 가슴팍에 퍽퍽 퍽 꽂히는 나영의 거침없는 말투들에, 심호흡을 제대로 할 수가 없었다. 정

의는 "휴" 하고 전화를 끊은 후 심호흡을 했다.

잠시 뒤, 정의의 사무실로 나영이 도착했다. 나영은 치렁치렁한 머리를 질끈 뒤로 묶고는 가벼운 흰 티셔츠를 입고, 물이 빠진 청바지에 흰색 운동화를 신고 있었다.

나영은 베이지색 면바지에 주황색 운동화를 신고 있는 정의의 팔을 다짜고짜 잡아당기며 말했다. "오빠, 나 왔어. 같이 나가자?" 나영은 눈부시게 환하게 웃는 애교 있는 표정을 지어가며 정의의 팔을 일으켜 세우며 끌어당겼다.

그러자 회전의자에 깊숙이 몸을 파묻고 있던 장태양이 웃으며 말했다. "그래, 나갔다 와라 정의야. 여신님이 손수 오셨는데, 얼른 일어나서 나가 봐야지." 하고 말했다.
그리고는 나영을 보며 "나영씨 가게는 별일 없죠? 나영씨는 사랑을 해서 그런가 갈수록 아주 미모에 물이 오르시네요?" 하고 칭찬을 했다.

눈부시게 아름다운 나영의 얼굴은 마치 상기된, 후리지아 꽃보다 더 아름다웠다. 그러자 나영이 장태양을 바라보며 환하게 웃으며 말했다. "진짜요? 소장님 감사합니다." 그리고는 다시 "소장님, 저 데려가고 싶은 사람이 있어서 왔어요. 데려가도 되죠? 길 뚫렸을 때, 고속도로 뚫렸을 때 확 달려야죠. 사랑의 고속도로요, 안 그래요?" 하고 거침없이 말했다.

그 말에 장태양이 정의를 바라보며 말했다. "야? 정의야 너 허락했냐? 나영씨한테?"
그러자 나영은 장태양을 바라보며 환하게 웃으며 말했다.
"허락 받을게 뭐 있어요? 길 터졌으면 그냥 확, 달려야죠?"
나영은 거침이 없었다. 장태양은 그런 나영이 밉지가 않았다. 장태양이 웃는 얼굴로 정의를 바라보며 말했다.

"나영씨 어여 정의 태우고 사랑의 고속도로인지 뭔지 그거 쭉쭉 한번 달려 보시게."

나영은 일단 잠실 롯데월드에 가서 놀이기구를 탔다. 자이로드롭도 타고 바이킹도 타고 청룡 열차도 타고, 롯데타워 빌딩의 아쿠아리움도 가보고, 전망대도 가보았다. 그리고는 롯데타워 내에 있는 백화점 에비뉴엘의 명품 매장들도 둘러보며 아이쇼핑도 했다. 또 즐거워하는 수많은 손님들과 그 에비뉴엘 안에서 행복해 보이는 모습으로 화초에 물을 주며, 마치 화초들에게 세수를 시켜 주듯이 화초들의 이파리들을 깨끗이 닦아 주시며 "얘들아, 무럭무럭 건강하게 잘 자라거라." 하며 화초를 가꾸는, 시도 쓰고 작사 작곡도 하고, 소설도 쓰신다는, 인상이 좋아 보이는 조경 선생님도 보았다. 아름다운 일상이었다.

화초를 좋아하는 나영은 조경 선생님께 물었다. "안녕하세요, 선생님, 어떻게 이렇게 화초들을 싱싱하게 건강하게 잘 가꾸셨어요?"

그러자 조경 선생님께서 환하게 웃으며 말씀하셨다. "물을 너무 자주 주지 말고, 화초의 잎들이 '오빠 나 목말라, 언니 나 목말라' 하고 말할 때 아래 있는 뿌리들까지 물을 먹을 수 있게 물을 듬뿍 주면 돼요. 물을 조금씩 자주 주면 위에 있는 뿌리들만 과습이 돼서 화초들이 상하게 돼. 그리고 아주 가끔 세수도 깨끗이 시키고."

나영과 정의는 다시 송리단길의 카페거리에 가서 낭만 가득하게 향긋한 커피도 마시고, 올림픽 공원에 가서는 정의의 손을 꼭 붙잡고 나 잡아봐라도 했다. 나영은 꼭 소꿉놀이를 하는 아이처럼 조잘조잘거리며 정말 행복한 듯 즐거워했다. 나영은 이런 놀이공원이 태어나서 처음이었다.

정의는 정말 몰랐다. 나영이 이제서야 첫사랑을 하는 것을. 자신이 나영의 첫사랑인 것을 정의는 몰랐다. 그리고 그 활달한 시원시원한 나영의 내부 안에 어떤 슬픔이 있는지도 몰랐다. 나영은 자신의 가혹한 슬픔을 활달한 웃음 속에 숨기고 살았다.

"혹시? 저 아가씨는 살짝 까진 아가씨인가? 날나리인가?"하는 생각이 들 정도로 몰랐다.
　나영과 정의 두 사람이 강남으로 돌아오는 길엔 때 이른 차가운 봄비가 퍼부었다. 나영은 신논현역 골목에서 맛있는 낙지 연포탕에 소주를 마시면서, 정의와 대화를 하고 있었다.
　"오빠 뭐해? 술 안 마셔? 제사 지내?" 하고 나영이 말했다. 그러자 소주 몇 잔에 이미 취기가 돌아 혀까지 풀려버린 정의가 헤하고 웃는 얼굴로 말했다.
　"아니, 나영씨. 난 술이 약해서." 그러자 나영이 억지로 정의의 술잔을 손으로 들어서는, 정의의 입에 직접 부어주며 말했다.
　"됐고, 쭉 마셔. 마셔마셔, 얼른 마시고 한 잔 더 받아. 남자가 무슨 소주 한 병에. 자, 다시 건배 기숙사(기분 좋게, 숙취 없게, 사이좋게)!"

　나영은 정의에게 계속 술을 권했다. 취하게 만들려고 작정을 한 듯 계속 술을 권했다. 그리고는 말했다. "자? 다시 건배, 나가자(나라와, 가정과, 자신을 위하여)! 소화제(소통하고, 화합하고, 재미있게)! 원더풀(원하는 것 보다, 더, 잘 풀리게)!"
　정의는 그렇게 나영의 술 강요에 만취가 되어 버렸다. 그리고는 나영의 손에 이끌려서 어느 모텔로 향했다.

　잠시 후, 강남 개떨림 장.

　나영은 더는 참지 못하고 사랑을 향해 달려갔다. 사랑에 시동을 부릉부릉 켜고서 저 먼 지평선 끝까지 달릴 듯, 벌벌벌 떨리는 손으로 운전대를 잡고서는 사랑을 향해서 달려갔다.

　정의의 알몸은 부드럽고 따뜻했다. 거친 숨소리도 달콤했다. 태어나서 처음으로 느껴본 이상한 기분이었다. 나영은 찬란한 정의의 온몸을 환희에 떨며 손길을 내 달렸다. 나영은 온 몸이 녹아 버릴 것만 같았다. 아직 한 번도 가져보지 못한 남자를 처음으로 품었기에, 좋아하는 한 남자를 품었기에 두근두근 심장이 떨려왔다.

　나영의 두근두근대는 심장은 마치 벌판을 달리는 기차의 증기기관 소리처럼 거칠었다. 벌판을 가로질러 불어오는 거센 바람처럼 거칠었다. 나영은 꽃잎을 거칠게 흔들며 지나가는 바람처럼 때로는 거세게, 때로는 부드럽게 달려 나갔다. 그러자 들판의 황홀한 꽃들은 두 팔을 벌려 반겨 주었고, 싱그런 바람들은 온몸을 휘감았고 나영의 거친 숨은 대지에 회오리바람이 되었다. 나영은 거친 기세로 계속해서 바람들을 만들었다. 그리고는 아직 채 피지 못한 자신 안의 꽃 몽우리를 열었다. 그러자 이제까지 내 팽겨 쳐져 있던 나영 자아 내부안의 꽃 몽우리가 활짝 꽃을 피웠다. 향기로운 꽃을 활짝 피웠다.
　정의는 나영의 몸 위로 말을 타듯 올라가 그동안 숨죽이고 있던 자신의 불덩이를 꺼내 나영의 몸속에 깊숙하게 나눠주며 허리에 가속노를 붙였다. 그러자 나영의 환희의 불길은 걷잡을 수없이 커져만 갔고, 나영은 달아오른 자신의 온몸에 힘을 주기 시작했다. 나영은 정의의 목을 감싸 안고 끌어 안았다가 다시, 두 손으로는 등을 감싸 안았다. 그리고는 두 다리로는 정의의 허리를 있는 힘껏 감싸며 끌어안고는 갑자기 손톱을 세워서 정의의 등을 할퀴어 정의의 등에 새빨간 선명한 손톱자국을 남겼다.

　그러자 정의도 나영의 크고 새하얀 젖가슴을 움켜쥐고는 입으로 가져가 가슴을 전부 입 안에 넣을 듯이 흡입해 댔다. 그러자 나영의 입에서 신음이 터졌다.

　"아흑 아흑 아흑 아아아 아아아....아으응...으으음...."하며 나영의 신음은 끝도 없이 이어졌다. 정의는 다시 나영을 엎어놓고 나영의 무릎을 꿇려 놓고는, 나영의 엉덩이를 바짝 하늘높이 치켜들어 올리게 해놓고는 크고 새하얀 나영의 탐스러운 엉덩이를 양손으로 거세게 움켜쥐고 입과 혀로 그녀의 엉덩이 계곡을 한참을 탐하다가는 그녀 안에 불기둥을 쑤욱 밀어 넣었다.

그러자 나영은 헉...... 아흑...... 하고 온몸을 비틀며 자신의 큰 엉덩이를 더 뒤쪽으로 정의의 몸쪽으로 밀어댔다. 정의는 미칠 것만 같았다.

여신의 뒤태처럼 아름다운, 그 크고 새하얀 탐스러운 엉덩이를 나영의 엉덩이를, 자신의 입으로 탐하며 그녀의 국화꽃 모양의 항문 냄새를 맡으며, 그녀를 가진다는 게 믿기지가 않았다.

정의는 계속해서 허리를 움직이며, 철펵철퍽 철퍼덕 소리가 나게 밀어붙였다. 그러자 나영은 스스로 제어할 수 없을 정도로 쾌감이 북받쳐 오르는지 온몸을 활처럼 크게 휘더니, 다리와 허리를 배배 꼬며 엉덩이를 더 뒤로 밀어붙이며 마치 암고양이의 울음 같은 소리들을 내뱉었다.

"앙앙.......앙앙..........앙앙.........아흐흥.........아흐흥...."거리며, 끝도 없이 신음소리들을 내뱉어댔다. 그러더니 침대에 털썩 쓰러지더니 소리 없는 눈물을 주르륵 흘렸다. 이내 복받쳐 오르는 소리를 내며 엉엉 울었다. 정의는 나영이 울자 어쩔 줄을 몰라 했다.

"아빠,아빠 미안해....나 아빠 하고만 평생 산다고 했는데 미안해"하고 울면서 아빠를 부르며 우는 그런 나영을 정의는 바라만 볼 수밖에 없었다. 나영은 끝도 없이 어깨를 들썩이며 울었다. 정의는 나영이 왜 아빠를 부르며 우는지 이해 할 수가 없었다.

집으로 돌아오는 길에 봄비는 아직도 퍼붓고 있었다. 나영은 서러움과 슬픔과 복받치는 눈물로 미친 사람처럼 비를 맞으며 울며 걸었다. 퍼붓는 빗속에 눈물을 감추며 흐느끼고 흐느꼈다. 집으로 돌아온 나영은 문장들을 써내려 갔다.

미친 사랑의 노래 김나영

길 잃은 사랑이여,
나 그대에게 가고 싶다 이 세상 끝까지
눈먼 사랑이여,
나는 외로움을 외롭지 않음으로 가장하며
그동안 나를 지켰지
서러움과 슬픔과 북받치는 눈물로
그동안 나를 지켰지.

오, 내 가슴에 피어났다 스러져간이여
오직 내게만 전부를 주었던이여
나 슬프지만 이제 그대를 보내려 합니다.

끊임없이 흐르는 눈물로 미친 사랑의 노래로
퍼붓는 빗속을 밤새 방황하며 부르는 영혼 노래로
목마른 그리움으로 부르는 미친 사랑의 노래로
그대를 보내려고 합니다.

그리운이여 그리운이여,
내가 부르는 이 미친 사랑의 노래가
내가 부르는 이 슬픈 영혼의 노래가
폭풍처럼 휘몰아쳐 태풍처럼 휘몰아쳐
그대 가슴에 다다가 닿기를 기도 합니다
제발.

나영은 그동안 외로움을 외롭지 않음으로 가장하며, 자신을 지키며 살았었다.

말 못 할 슬픔을 가슴으로 삭이며 살았었다. 비를 흠뻑 맞고 들어온 나영에게 걱정 어린 눈빛으로 연희가 말했다.

"나영아? 왜 그렇게 비를 흠뻑 맞고 왔어? 감기 들면 어쩌려고?"하는 연희의 걱정에 나영이 혼잣말처럼 말했다. "응, 그냥"

그리고는 샤워를 한 후 옷을 갈아입고 잠이 들었다. 나영은 꿈을 꾸었다.

성남시 모란시장 근처 시장 분식집.

"엄마 학교 다녀왔습니다." 분식집 문을 열고 초등학교 6학년 나영이 엄마에게 인사를 했다. 그러자 엄마가 다정하게 웃으며 나영의 엉덩이를 톡톡 두드려 주며 말했다.

"아이구, 우리 이쁜 나영이 학교 잘 다녀왔냐? 배고프지? 조금만 기다려. 엄마가 금방 쫄면 만들어 줄게."

그러자 나영이 씩씩한 말투로 물었다. "엄마 오늘은 장사 잘됐어?"

그 말에 엄마가 쫄면을 만들며 말했다. "응, 잘됐지. 오늘은 50만 원이나 벌었어." 하고 신이 나듯 말했다. 그러자 나영도 들뜬 듯이 말했다.

"엄마, 우리 이러다가 금방 부자 되겠다, 아빠는?"

"응, 배달 나가셨지. 자, 맛있게 먹고 학원 가야지."

"네 엄마, 잘 먹겠습니다."

나영은 엄마가 만들어 준 쫄면을 먹고 학원에 갔다. 학원에 다녀와서는 피곤해서 먼저 잠이 들었다.

나영은 아빠와의 사이가 각별했다. 눈에 넣어도 아프지 않을 만큼 나영을 예뻐하셨다. 얼굴이나 다리에 조금만 상처가 있어도, "어느 놈이야? 누가 그랬어? 내가 이놈을 그냥 확?" 하시며 바들바들 떠셨다.

나영이 밥을 안 먹으면 또 난리가 나셨다. "우리 공주님 어디 아파? 왜 그래? 밥맛없어? 에이, 그럼 나도 굶어야지. 우리 공주님이 굶는데, 내가 밥이

들어가겠어?" 하며 아빠도 같이 밥을 안 드셨다.

　나영이 감기만 들어도 발발발 떠셨다. "나영아...나영아...우리 나영아....조금만 참아라."하며 병원으로 업고 뛰셨다. 병원에서도 난리가 났었다.

　"선생님, 의사님, 박사님, 간호사 선생님 우리 애기 좀 봐주세요. 제발요. 이러다 우리 애기 잘못되면 나 죽어요." 하시면서 굵은 눈물을 흘리셨다.

　그러면 간호사분들이나 의사 선생님들께서는 어이가 없다는 표정들을 지으셨다. 동네 병원마다 소문이 쫘르르 퍼졌다. "딸바보 아빠 나타나셨네, 조심해. 자기 혼자만 자식 키우나? 유난 떨긴? 아니 죽을병 걸렸나? 바르르 떨긴?" 하고 입방아들을 떨어댔다.

　집에 와서도 아빠는 밤새 간호를 해주셨다. 잠도 안 주무시고 밤새 간호를 해주셨다.

　어느 날 아빠가 물으셨다. "우리 나영이는 남자친구 없지? 우리 나영이는 아빠랑만 살아야한다? 다른 놈한테는 절대 못 주지. 남자들은 다 도둑놈들에 늑대들이야. 조심해."

　그러면 나영은 애교를 떨면서 말했다. "걱정마 아빠, 난 아빠랑 결혼할 거야."하며 아빠 볼에 뽀뽀를 하면, 딸바보 아빠는 세상에서 가장 행복한 미소를 띠며 나영을 꼭 안아 주셨다.

　그리고는 서로 장난치고 간지럼 피우고, 나영이가 "아빠 나 다리아파 줘나." 하고 말하면, "아이쿠 우리 딸, 아빠 손힘 좋으니까 아빠가 주물러 줄게, 어때? 시원해? 시원하지? 아빠 손은 약손....아빠 손은 약손..."하시며 발목부터 다리와 어깨까지 모두 주물러 주셨다.

　그러면 나영이가 웃으며, "아빠 고양이 키우는 집은 팔다리 아파도 쥐가 안 난대, 고양이가 무서워서 쥐가 안 난대. 아빠 재밌지? 우리도 고양이 키울까?" 하는 재미없는 말에도 아빠는 "우와, 재미있네. 엄청 재미있어. 우리 딸 아주 상큼발랄 튀네. 어디서 요런 게 나왔을까?"하며 옆구리를 서로 쿡쿡 찌르고, 깔깔깔 대고 웃고 장난을 쳐주셨다.

　"그럼 아빠, 고양이 키워도 쥐가 계속 나면 어떡해?" 하고 나영이 물으면

인형놀이　　　　　　　　　　　　　　　　　　　　　　　　　　　　　177

아빠는 "그러면 고양이를 굶겨서 쫓아내 버려야지. 그깟 쥐도 안 나게 못하는 고양이 키워서 뭐해?"하고 장단을 맞춰 주셨다.

그러면 엄마는 전화기에 불이 나도록 전화를 걸어대며 "나영 아빠, 가게 안 나와? 장사 안 해? 딸만 끼고 있으면 장땡이야?" 하고 난리를 치셨다. 그러면 아빠는 그제서야 가게를 나가셨다.
아빠는 나영이가 뭘 하든 이쁘고 귀엽고, 사랑스러워하셨다. 엄마가 질투를 할 만큼 사랑스러워 하셨다. 그때마다 엄마는 심통이 난 듯 말했다. "여보, 나는 뭐 길가에 돌멩이야? 목석이야? 나는 뭐 꿔다놓은 보릿자루냐고? 나는 안 보여? 딸만 보여? 나는 길에 굴러다니는 돌멩이 보듯 하면서 딸하고는 그렇게 재미나? 에이, 진짜 꼴 보기 싫어 나는 뭐 식모야? 가정부야?" 하고 투덜대셨다.

그러면 아빠는 "유치하긴, 딸한테 질투하는 엄마가 세상에 어딨어?" 하고 화를 내셨다. 그 말에 엄마는 입에 거품을 물듯 말하셨다. "딸래미 그렇게 키우다가 나중에 애물 덩어리 돼. 애기도 아니고 가슴도 나오고 엉덩이도 다 큰 딸을 징그럽게. 여기저기 만져대고 저기 만져대고 쭈물러 대고 기분 정말 더럽다." 하시며 진짜 질투를 하셨다.

5년 후, 어느 날 밤 11시.
엄마에게 전화가 왔다. "나영아 엄마야. 큰일 났어, 아빠 사고 나셨어. 병원이야."
엄마는 아빠가 뺑소니차에 치여서 병원이라고 얼른 오라고 하셨다.
나영은 엄마의 전화가 꼭 꿈만 같았다. '이건 환상이야, 이건 꿈이야, 이건 악몽이야'하고 속으로 울면서 병원으로 달려가다가 쏟아지는 눈물이 앞을 가려 몇 번 이나 넘어졌다. 무릎 팍과 팔꿈치가 다 까져서 피가 났다. 만약에 이걸 아빠가 보셨다면, "우리 딸 왜이래? 왜 이렇게 됐어? 어느 놈이야?" 화를 내시며 기절초풍을 하셨을 만큼 까지고 다쳤다.

나영은 그렇게 병원으로 달려가서 만신창이가 되어버린, 의식불명 상태가 되어버린 아빠를 보았다. 여기저기에 전부 붕대를 감은 얼굴이 퉁퉁 부은, 여기저기 전부 핏자국들이 가득한 아빠를 보았다. 나영은 몇 번이고 꿈이기를 바랬다.

나영은 식음을 전폐하고, 몇날 며칠을 중환자실에서 아빠 손을 꼭 붙잡고 곁을 지켰다. 그리고는 수도 없이 기도를 올렸다. "아빠 일어나 제발. 얼른 일어나 아빠, 얼른 일어나 제발.아빠 없으면 나영이는 어떻게 살아? 누가 지켜줘? 나 아프면 누가 병원 데려가? 하느님 제발 우리 아빠 좀 살려 주세요. 그러면 평생 착하게 살게요. 하느님 제발요." 하고 울면서 기도를 했다.

그러던 어느 날, 아빠는 잠깐 마지막 힘을 내셨는지 나영이가 깜박 잠이든 사이에 나영이의 손을 꼭 잡아 주시며, 머리를 쓰다듬고 '나영아 나영아' 하고 두 번 부르시고는 돌아가셨다.눈물을 주르륵 흘리신 채로 돌아가셨다. 그렇게 나영은 아빠의 임종도 보지 못했다. 나영의 간절한 간호와 기도의 보람도 없이 그렇게 아빠는 하늘나라로 떠나가셨다.

나영은 몇 달을 드러누워 물도 못 넘겼다. 아빠, 아빠를 부르며 헛소리를 해대며 눈물로 몇 달을 보냈다. 그렇게 나영은 세상에서 가장 귀한 보물을 잃었다. 나영은 끝도 없이 아빠 꿈을 꾸었다. 그럴 때마다 나영은 아빠를 붙잡고 매달렸다. "아빠, 나도 데려가. 제발 아빠 나도 데려가, 나도 아빠 따라 갈래." 하면서 매달렸다.

그러면 아빠는 환하게 웃으시며 말하셨다. "나영아, 나영아 우리 이쁜 나영아. 이거 먹어봐 아빠가 통닭 사왔지. 우리 딸 주려고 통닭 사왔지. 피자도 같이 사왔지."하며 "나영아, 우리 나영아 아빠가 가는 데는 우리 나영이는 오면 안 돼. 이 다음에 아주, 아주 이 다음에 만나자." 하시며 꼭 안아 주시고는 떠나셨다.

하지만 나영은 아빠가 문을 열고는 금방 들어오실 것만 같았다. "나영아" 하시면서 "이거 먹어봐" 하면서 문을 열고 들어오실 것만 같았다. 나영이가

인형놀이

그러는 사이에 엄마는 술기운을 빌어 살았다. 몇 년을 넋을 놓은 채로 술기운을 빌어 살았다.

집안은 엉망진창이 되었고, 그러다가 엄마에게 정신적 공황이 찾아왔다. 세상의 고통을 모두 다 짊어진 듯, 슬픔 속에서 술로 살아갔다. 엄마의 얼굴엔 수심이 깊어졌고 하루가 다르게 얼굴엔 병색이 완연해졌다. 결국, 불행은 끝을 보고야 말았다.

맨정신엔 멀쩡한데 술만 마시면 우당탕 우탕탕 살림살이들을 부수다가, "엄마, 좀 제발 정신 좀 차려." 하고 잔소리를 하는 나영의 등짝을 엄마는 힘껏 후려치셨다. "엄마 때리지 마, 엄마 좀 제발 정신 좀 차려. 맨 날 알콜 중독자처럼 술에 쩔어서 살지 말고, 정신 좀 차려. 그리고 힘들게 일하고 온 나를 왜 그렇게 괴롭혀?"하는 나영의 악다구니에 엄마는 "너 이년아 그럼 집 앞까지 데려다준 훤칠하게 생긴 놈은 누구야? 너하고 같이 웃던 남자 놈 말이야. 누구냐고? 너 나 버리고 도망가려고 그놈 만나는 거 아냐? 내가 모를 거 같아? 너 빤스 벗어봐 이년아, 검사해보게." 하고 말하며 엄마는 나영의 빤스까지 벗겨서 냄새를 킁킁 맡으시다가 또 술을 정신없이 따라 드셨다.
"엄마, 내가 누구를 만나고 왔다고? 속옷까지 검사하고 이게 뭐야? 엄마, 제발……내가 알바 안하면? 일은 누가해? 우린 뭐, 먹고 살아?"하고 말해도 엄마는 막무가내셨다.
나영이 울면서 밥상을 차려다 가져다주면 엄마는 "화장은 왜 그렇게 찐하게 하고 다녀 이년아? 너 술집 나가?" 하고 화를 내셨다.

나영은 엄마가 그 착하던 엄마가 이렇게 변해 가는 게, 거짓말처럼 느껴졌다. 엄마는 별의별 상상을 다하며 미쳐가고 있었다. 아무나 붙들고 싸움도 하고 벽보고 싸움도 하고 그렇게 미쳐가고 있었다.
그러던 엄마가 어느 날 정신이 돌아온 듯 환하게 웃으셨다. 엄마가 그렇게 환하게 웃는 걸 아빠가 돌아가신 후 나영은 처음 봤다. 엄마가 평소답지 않게 조용하게 말했다. "나영아 미안해, 엄마가 미안해, 엄마 딸로 태어나게 해서 미안해. 다음 생에는 엄마 딸로 태어나지 말고 돈 많은 부자 집에서 태어나서 호사 누리고 살아." 하고 말하셨다.

그러자 나영은 야위어진 엄마 손을 꼭 잡으며 말했다. "엄마 괜찮아, 난 엄마 아빠 딸이라서 너무 행복해. 엄마 아빠 딸로 태어나서 감사하고, 내가 다른 집에서 태어났으면 아빠 만났겠어?"하며 한참을 엄마를 끌어안고 울었다. 다음날 아침 일어나보니 엄마는 하늘나라로 떠나셨다.

나영은 엄마를 아빠 곁에 뿌려드린 후 집으로 돌아오며 울부짖었다.

초또 김나영

아, 희망이 개같이 부서지는 중
아, 꿈이 조또 좆같이 부서지는 중
진정한 희망은? 고귀한 꿈은? 어디에 있는가?

아, 찬 서리가 세상을 덮는 도다
세상의 모든 희망의 꽃들이 앓아눕는 도다
먹구름들이 세상을 덮는 도다
아 인생은? 견디기 위하여만 존재하는 것이란 말인가?

아 초또 하늘이시여, 하늘이시여,
하늘은 왜그렇게 늘 무심 하십니까?
왜 늘 나에게만 무심 하십니까?
초또, 하늘은 왜 늘 나에게만 무심 하십니까?
하늘은 감정도 없습니까? 이해불가 입니다.
그냥 주어진 대로 살라 하면, 운명을 받아들이며 살라 하면,

그리 하겠습니다.
하지만 이치가 안 맞습니다.
공평하고 평등해야 하지 않습니까?
있는 자와 없는 자의 행복이,
조또, 공평해야 하지 않습니까?
왜 없는 자가 더 아파야만 합니까? 조또.

나영은 무너지면 끝인걸 알았다. 그래서 자신을 더 채찍질을 했다. 패배하고 무너지는 자는 늘 변명으로 일관하고 변명 거리만, 변명할 이유만 찾게 되고, 변명하는 자들만 친하게 되고 끼리끼리 노는 게 세상인 것을 알았기에 나영은 이를 악물고 살았다. 슬플 새도 없었다. '내 인생, 이대로 상처뿐인 채로 끝나겠어?'하며 혼자서 명문 대학까지 졸업을 했다.

나영은 정의와의 관계가 남자관계의 처음이었다. 늘 아빠를 가슴에 품고 살았기에 다른 남자를 마음으로도 몸으로도 품을 수가 없었다. 나영의 눈물은 그런 눈물이었다. 아빠와의 결별, 그런 눈물이었다. 나영은 이날 아빠와 결별을 했고 아빠를 보내 드렸다. "아빠 미안해"라고 말하면서 아빠를 보내 드렸다.

나영은 다시 잠자리에 들어서 오랜만에 아빠 꿈을 꾸었다. 아빠는 환하게 웃으시며 말했다.
"에구 우리 예쁜 딸도 이제 어른이 됐네. 이젠 아빠 없다고 슬퍼하지 말고 울지 말고, 행복하게 살아. 그리고 걱정마, 꿈을 키워 아빠가 도와줄게. 우리 딸이 혹시 노벨 문학상 받게 될지 누가 알겠어." 하셨다. 그러자 나영이 울면서 말했다. "아빠 나 남자친구 생겼는데 괜찮아? 나 평생 아빠랑만 살겠다고 약속 했는데? 미안해 아빠."
그러자 아빠가 평생 힘들게 일만 하시느라 거칠어진 손바닥으로 나영의 눈물을 닦아 주시면서 말했다. "나영아 그건 안 지켜도 되는 약속이야. 그렇게 딸들이 시집도 안가고 다들 아빠들 하고만 살면 세상이 돌아가겠어? 그건 그냥 아빠가 욕심을 부린 거야. 그러니까 괜찮아 다음에 또 보자 우리 딸." 하시며 나영을 꼭 안아 주시며 떠나셨다. 환하게 웃으시며 떠나셨다.

나영은 떠나가는 아빠를 붙잡으며 울부짖다가 꿈에서 깨어 다시 생각해 보았다.
돌이켜보면 신은 합리적이기도 하지. 돈 많고 부유한 자들보다는 늘 더 간절하고, 더 절실한 자들에게 시련과 고통을 겪은 자들에게, 신은 언제나 더 많은 재능과 감성을 주시니까.

그리하여 이 가난하고 절실한 나에겐 지적 탐구가 탈출구가 되었고, 문학적 탐구가, 해방구가 되었고 그리하여 나는 소설가의 꿈을 꾸게 되었소, 위대한 업적들을 만든 가난했던 소설가들의 꿈들을 열망하고 로망하게 되었고, 어찌 보면 고난은, 시련은, 신들의 선물 일수도 있지 않을까? 생각했다. 나영은 슬픔 속에서 다시 생각해 보았다.

'하늘은 내게 문학적 감성을 주려고, 토대를 주려고, 경험을 주려고, 그리하여 이 글을, 이 소설을 끝까지 완성하라고 이러시나? 나를 단단해지게 하려고? 그리고는 내가 하나의 절망을 이겨낼 때마다 새로운 하나의 깨달음을 얻으라고 이러시나? 운명이란 늘 그런 거니까' 하고 생각했다.

며칠 후 연희는 장태양을 만나고 있었다. 코엑스 아쿠아리움을 구경하고, 춘천 쪽 방향으로 드라이브를 하며 춘천으로 달려가고 있었다. 연희가 운전을 하고 있는 장태양을 바라보며 말했다.
"오빠? 사랑의 무게를 저울로 달면? 얼마나 나갈까?"
그러자 앞만 보며 운전하는 장태양이 연희의 얼굴은 보지도 않는 채 말했다.
"글쎄? 나는 한평생 빈껍데기로만 살아서 무게 같은 건 재 본 적이 없어서."
그 말에 창가에 비치는 창밖의, 아름다운 풍경들을 바라보며 연희가 혼잣말처럼 말했다.

"사랑처럼 좋기도 하고? 사랑처럼 달콤 하기도 하고? 또 사랑처럼 아프기도 또 슬프기도 하고 이렇게 전부다 섞여 있는 복잡한 게 세상에 또 있을까? 사랑 말고는 그런 건 없겠지?"

치렁치렁한 풍성한 웨이브있는 갈색 머리칼에 작은 얼굴에 가지런한 눈썹 반달 같은 눈에 오똑한 코, 꽃잎처럼 빨간 예쁜 입술에...연희는 그야말로 빛나는 얼굴에 지적인 외모까지 다 갖춘, 지성미 있어 보이는 여자였다. 그런 연희의 물음에 머릿속이 하얘진 장 태양은 영 대답이 떠오르질 않았다. 더군다나 그녀에게서 풍겨 나오는 달콤하고 향기로운 향기에 질식해서, 장태양은 백지상태가 되어 버렸다.

그리고 더군다나 그녀는 순수함에 백치미라는 방어무기까지 갖춘, 그래서 함부로 범접할 수없는 그녀는 여신이었다. 장태양에게는 신과 인간과의 경계선을 넘을 수 없는, 그래서 자신 같은 인간은 감히 넘볼 수 없는, 붓으로 아무리 쓱싹쓱싹 신과 인간들의 경계선을 뭉그러 뜨리며 지우려고 해도 안 되는, 넘볼 수 없는 그런 여신이었다.

연희가 창밖을 바라보며 밝고 환한 목소리로 말했다. "오빠? 오늘 기분 조오타. 내 인생도 꽤 괜찮은 삶인데? 이렇게 노닥노닥 하면서 오빠랑 드라이브도 하고. 오빠? 오빠도 말 좀 해봐?" 하고 물어도 장태양은 꿀 먹은 벙어리처럼 말을 못했다.

"우리 뭐 먹으러 갈까?" 하고 연희가 말을 하자 그때서야 장태양은 "뭐 먹고 싶어? 연희씨? 닭갈비 사줄까? 춘천 닭갈비 사줄까?"하며 그제서야 말문을 텄다.

연희가 장태양을 지그시 바라보며 말했다. "오빠, 닭갈비 말고 오빠 집 얘기 좀 해봐? 오빠 가족얘기 한 번도 안 한 것 같은데?" 하고 연희가 묻자 장태양이 말문을 열었다.

"나 아직 한 번도 누구한테 말해본 적 없는데. 나 해병대에 있을 때 아버지가 쓰러지셨어, 뇌출혈로. 어느 날 엄마한테 전화가 왔는데 아버지가 뇌출혈로 쓰러지셨다는 말을 듣고 그때는 얼마나 심장이 벌벌 떨리고 암담했는지. 그리고 10시간 넘게 수술을 했는데 사망할 확률이 90프로, 살 가능성이 10프로 였어. 살아도 정상적인 생활을 못하거나 반신불수가 이거나, 식물인간이 될 확률이 높댔어. 의사 선생님들이 하시는 말씀이 그랬어. 그래도 혹시나 하는 희망 줄을 부여잡고 살았는데, 아버지는 한 달 동안을 의식 없이 누워 계시다가 잠깐 의식이 돌아 왔었는데 아들인 나를 보더니 웃으며 "태양아?" 하고 더듬더듬 말 하셨어. 내손을 붙잡고는 그래서 옆에 있던 엄마가 "여보, 당신은 나는 안 보여? 아들만 보여?" 하고 말하니까 그때서야 아버지는 "여보, 이리와 봐. 손 잡아줄게" 하시며 엄마 손을 붙잡으시고는 "여보, 미안해 고생만 시켜서." 하시더니 "여보 나, 피곤해서 잘게" 하시며 다시 잠을 주무시더니 그게 그냥 끝이었어. 그리고 엄마도 3년 후에 돌아가시고."라며 눈물을 글썽이며 가족사를 털어놨다.

연희는 장태양이 가족 이야기를 하는 동안에 휴지를 꺼내서 눈물 콧물을 닦고 있었다. "오빠 미안해, 괜히 물어봐서" 하며, 연희는 장태양의 손을 꼭 잡아 주었다.

해질 무렵, 춘천의 밤하늘은 아름다웠다. 연희는 얼굴을 내미는 별빛들을 바라보며 생각에 잠겼다.

등불 최연희

우주 저 멀리에서 등불을 밝혀가며
저 수많은 별빛들을 하늘에 가득 풀어 놓은 자 누구인가?
슬픔을 품고, 눈물을 품고, 상처를 품고 걸어가는
누군가의 발길을 비춰 주라고
저 수많은 별빛들을 하늘에 가득 풀어 놓은 자 누구인가?

등불이여 희망이여 별빛이여,
오, 무기력하고 고통스럽고 꿈을 잃은 자들의 어둠에 빛을 비춰다오.
쇠잔해 가는 꿈을 꾸며 지쳐가는 자들의 발길에 빛을 비춰다오.
등불이여 희망이여 별빛이여.

연희는 장태양과 춘천으로 달려가고 있었다.
연희는 자꾸만 눈물이 났다. 거리엔 낯선 풍경들과 연기처럼 피어오르는 아득한 강가의 물안개들이 스쳐 지나가고 있었다. 연희는 생각했다. '내게도 사랑은 찾아올까?'
연희는 자꾸만 눈물이 났다.

나는 누구인가? 최연희

나는 누구인가? 오, 나는 누구인가?
희망 없이 달려만 가는 나는 누구인가?
한 번만 맛보면 평생을 끊지 못할 중독 같은 사랑이여
나에게로 오라

오 사랑은 정녕 나를 비켜 가는가?
설레임의 싹들 조차도 뭉뚝 잘려 나가버린
가슴 떨림의 감정조차도 뭉뚝 잘려 나가버린
가엾은 나에게로 오라 나에게로 부디 나에게로 오라
애착하며 집착하며 매달릴 수 있게
온밤을 그리워하며 집착할 수 있게
두려움의 경계를 넘나들며 나에게로 오라
설레임의 경계를 넘나들며 나에게로 오라.

4월 초에 온 세상에 꽃들이 깊은 잠에서 깨어나자, 그 꽃들이 가늘게 기지개를 켜는 소리들이 들려오고 있었다. 위대한 문학가를 꿈꾸는 아가씨, 나영이 가만히 다가가 꽃 몽우리들이 나누는 이야기들을 들어 보았다.

그러자 꽃 몽우리들의 잔뜩 들뜬 이야기들은 찬란하고 눈부시고 설레고 향기로운, 봄꽃 축제의 준비들을 이야기하는 듯했다.

진달래가 먼저 들뜨고 설레는 말투로 말했다. "나는 축제날 분홍색 옷을 입어야지."
그러자 개나리가 "그럼 나는 수 십 만개의 노란 별꽃들로 온 세상을 찬란하고 눈부시게 장식 할 테야. 그래서 온 세상에 기쁨과 웃음을 선사할 테야."하고 자랑스럽게 말했다.
그 말에 연분홍 벚꽃 몽우리가 말했다. "야 너희들은 가만히 있어, 예쁘지도 않은 깃들이 까불고들 있어. 봄날엔 뭐니 뭐니 해도 벚꽃이 축제의 퀸인 거야. 내가 제일 인기가 높다 이 말이지. 내 꽃말이 뭔 줄 알아? 절세미인이야. 쨉도 안 되는 것들이 까불고들 있어."
그러자 백목련 몽우리가 가소로운 듯 말했다. "얘들아, 내가 너희들의 대화를 가만히 들어보니까 우아함이나 고귀함 따위는 배운 적도 없구나. 나로 말할 것 같으면 고귀하고 우아한 순백의 상징이다 이거야, 까불고들 있어."

나영이 살랑살랑 불어오는 봄바람에 흔들리며, 대화를 하는 꽃들의 귀여운 이야기들을 들어보니 곧 봄꽃 축제가 열릴 시기가 왔음을 절감했다. 그러다가 나영은 발밑에서 수줍게 얼굴을 내미는 기죽은 민들레를 바라보았다.

민들레는 우아하고 아름다운 꽃들의 대화에는 끼지도 못한 채, 조용히 혼잣말을 중얼대고 있었다. 기가 죽은 채 중얼대고 있었다.
"야, 들어는 보았냐? 민들레꽃이라고? 내 꽃말이 뭔 줄 알아? 내 꽃말은 희망과 꿈과 소망 사랑이야. 나는 너희들이 하나도 부럽지 않아. 나는 버려진 풀꽃처럼 사람들이 사랑해 주지 않아도 내가 나를 사랑 하거든, 그러니까 나는 너희들이 하나도 부럽지 않아." 하고 수줍게 들릴락 말락한 목소리로 말했다.

나영은 사랑받지 못하는 민들레가 가엾어졌다. 잡풀 취급을 받으면서도, 밟히고 차이면서도,
기어이 예쁜 꽃을 피워내는 노란 민들레가 꼭 자신을 보는 것만 같았다.

그렇게 꽃들의 대화를 듣고 있던 나영이 말했다. "민들레야, 어쩜 너는 나를 그렇게 꼭 닮았니?" 그리고는 민들레꽃을 쓰다듬어 주었다.

나영은 늘 이렇게 현실과 소설 속을, 동화 속을 오가면서 살았다. 1인칭 속에서, 2인칭 속에서, 3인칭 속에서. 그렇게 나영은 소설가의 자질이 있었다.

/ 노란 민들레 김나영

노란 민들레 노란 민들레 길가에 천하게 뿌리내린,
잡풀인 듯 꽃인 듯 길가에 수줍게 피어난 넌 노란 민들레
이리 밟히고 저리 밟히고 차이고 수모를 겪어 낼수록
더 깊이 뿌리를 내리며 버텨내는 넌 노란 민들레
설움을 먹고 자란 듯 눈물을 이슬처럼 먹고 자란 듯
네모습 애잔 하구나.
온 세상의 척박한 영토에 희망과 꿈과 소망과 사랑이라는
홀씨를 날리며 꽃말을 퍼트리는 넌
지극히도 창조주가 편애하는 꽃이리라
아마도 창조주가 지극히도 아끼는 꽃이리라.
가끔씩 너를 찾아오는 건 그저

살랑살랑 지나가는 봄바람 벌 나비 별빛들 뿐이겠지만

살아 있는 모든 것들은 천한 것, 귀한 것, 가리지 않고

언젠가는 모두 다 지리니 서러워 말거라

창조주가 지극히 편애하는 꽃이여

창조주가 지극히도 아끼는 꽃이여

너무나도 흔해 빠져서 사랑받지 못하는 꽃

가여운 꽃이여, 노란 민들레여.

4월 초, 밤 11시쯤 유혹의 소나타.

적갈색 베레모에 검은 썬 그라스를 쓴 70대 중반쯤의 한 남자와 새 하얗고 뽀얀 피부가 오늘따라 유난히 해맑아 보이는 지나가 고급 위스키를 마시고 있었다.

지나가 먼저 말했다. "안녕하세요, 오빠. 모자가 진짜 멋지시네요? 그 모자는 어디서 사셨어요?"
그러자 70대 중년 남자가 말했다. "아, 이거, 이건 산 게 아니고 체 게바라가 선물 한 거야."하며, 노신사는 베레모를 벗어 보이며 자랑하듯 모자를 툭툭 털며 말했다.
그러자 지나가 물었다. "체 게바라가 누구예요?"
70대 중년 남자가 대답했다. "체 게바라는 혁명가지, 남미에서 혁명을 하던 유명한 전설의 혁명가지."
지나가 다시 물었다. "그럼 오빠도 혁명가시겠네요?" 그러자 70대 중년 남자가 대답했다.
"응, 그럼 나도 혁명가지."
"그럼 오빠는 무슨 혁명을 하세요?" 하고 지나가 다시 묻자, 혁명가는 적갈색 베레모를 다시 멋지게 고쳐 쓰면서 말했다. "우선 술부터 한잔 마시고." 하면서 혁명가는 위스키를 한잔 쭉 들이키고는 한쪽 팔을 걷어서 높이 들어 올리며 "위하여, 위하여, 혁명을 위하여!" 하고 외쳤다.

그리고는 말을 이어 나갔다. "자, 이제 말해줄까? 세상엔 수많은 혁명들이 있거든. 교육혁명 군사혁명 과학혁명 산업혁명 과학혁명 등등. 그중에서 나는 탐욕을 없애는 혁명을 하는 사람이야. 말하자면 욕심과의 전쟁이지, 이해하지? 탐욕 명예욕 권세욕 등. 이런 욕심들은 사람들을 이성을 잃게 만들거든. 욕심은 밑 빠진 독에 물 붓기야, 끝도 없어. 동물들이야 본능적으로 제멋대로 행동을 하지만, 이성을 가진 사람들은 그러면 안 되잖아. 그래서 혁명을 하는 거야."

그러자 지나가 해맑은 표정으로 말했다. "오빠? 이런 게 무슨 혁명이에요? 오빠, 진짜 쓸데없는 일들로 바쁘시네요?" 하고 반박을 했다.

그러자 혁명가는 지나의 말이 뻘쯤한지 위스키를 한 모금 더 마시고는 말했다.

"잠깐만, 나 구호 한번만 더 외쳐도 되지?" 하더니 다시 한 번 구호를 외쳤다.

지나가 물었다. "오빠는 왜 자꾸만 구호를 외치세요?"

그러자 혁명가가 "그건, 혁명에 회의감을 느낄 때 아니면 의지가 약해질 때, 누군가가 비난을 할 때, 그럴 때는 구호가 힘이 돼 주거든. 이건 체 게바라가 자주 하던 구호야." 하고 말했다.

그리고는 다시 말을 이어 나갔다. "나 때는 말이야, 내가 젊었을 때는 말이야 한창 날렸었지. 여기저기 사기 치는 놈들, 좀도둑놈들, 큰 도둑놈들, 세금 빼먹는 도둑놈들, 강도 놈들, 퍽치기 놈들, 강간범 놈들, 양아치 놈들... 알지 아가씨? 왜 가게들 돌면서 돈 내놓으라고 괴롭히는 놈들 말야. 그놈들은 꼼짝도 못했어. 내 앞에서는. 걸리기만 하면 반은 죽여 놨었거든. 내가 체 게바라 모자를 쓰고 썬그라스를 쓰고 야경 돌 때는 아, 참 혁명할 때는 이런 새끼들은 기도 못 폈었는데. 지금은 세상 좋아졌지, 어떻게 저런 흉악한 놈들이 우리도 인권이 있다, 우리도 인권이 있다, 우리도 이러는 이유가 있다, 발언권이 있다고 데모를 해도 그냥 두는지 말세라니까." 하더니 혁명가는 열불이 나는지 앞에 있는 칵테일을 벌컥벌컥 마시고는 "에이, 얼굴에 철판을 깐 철면피 새끼들." 하고는 잠시 허공에 멍을 때렸다. 잠시 후, 말을 이어 나갔다.

"내가 호랑이하고 맞담배 필 때는, 그때는 내가 진짜 어마어마했다니까. 내가 인상만 한번 꽉 구기면, 담배 피던 호랑이도 꼬리를 내리고는 구석으로 찌그러졌어. 그러니 양아치 놈들은 오죽이나 했겠어? 왜? 안 믿겨? 사진 한번 보여줄까?" 하고 말하더니, 혁명가는 지나에게 사진을 보여줬다.

사진엔 진짜 혁명가 오빠와 호랑이가 맞 담배를 피고 있었다. 지나는 이 사진이 진짜 신기했다. 지나가 사진을 뺏어서 자세히 보려고 하자 혁명가는 "사진 자꾸 만지면 사진 닳아서 안 돼." 하고는 얼른 도로 집어넣었다. 지나는 '어디서 합성은 해가지고 에이'하고 생각했다.
 혁명가는 지나의 얼굴을 한번 힐끗 보더니 잠시 텀을 두었다가, 칵테일을 한 모금 더 마시고는 말했다.

"참 내가 어디까지 말했더라?" 하더니 말을 이어 나갔다. "탐욕은 죄의 근본이고, 악의 근본이야. 전쟁하고, 싸우고, 훔치고, 빼앗고, 남의여자 욕심 내고, 남의여자 치마 속 훔쳐보고, 침 흘리고, 고것 참 맛있겠다, 고것 참 잘 하겠다 하고 생각하는 거 그런것도 다 욕심인거잖아? 에휴, 사람은, 태어날 때부터 탯줄을 자르듯이 욕심 DNA를 탁 짤라 낼 수 있게 법으로 딱 못을 박아놔야 된다니까. DNA 조작은 잘도 하면서 왜 욕심 DNA는 못 없애나 몰라. 거 뭐 시기냐? 황 뭐 시기 박사 알지? 줄기세포박사. 그 박사 시켜서 하면 될 텐데."하며 혁명가는 일장 연설을 늘어놓았다.
 그러자 지나가 혁명가의 말을 가로 막으며 말했다. "오빠 저 머리에 쥐날 것 같아요. 뭐 하러 돈도 안 되는 혁명을 해요?"
 그러자 혁명가는 또 지루한 말들을 이어 나갔다. "체 게바라는 뭐 돈 돼서 혁명했나? 체 게바라는 뭐 돈 돼서 배곯아 가면서 혁명을 했냐고? 명분 때문에 한 거지. 쿠바에서 짱 먹은 카스트로 알지? 그 카스트로도 체게바라 친구잖아. 그러니까 사람은 무슨 일을 하든 명분이 중요해. 그리고 내가 혁명을 하는 건 혁명을 해야 할 일들이 끝도 없이 많으니 대체 내가 어떻게 발을 뻗고 편하게 잠을 자겠어? 교육혁명, 사고력의 혁명, 녹색혁명, 친환경 혁명, 분노 절제의 혁명, 서로가 상생을 하는 기업과 노조 간의 상생의 혁명, 어떻게든 상대 당이 못되기를 바라며 발목들을 잡으며 박 터지게 공격하고 싸우고 지랄들 하는 정치혁명, 화합혁명, 행복혁명, IT혁명, 범죄 없애는 혁명, 이렇게 혁명할 것들이 많은데 내가 어떻게 편하게, 발을 쭉 뻗고 잠을 자겠어? 같은 민족끼리, 이웃끼리, 서로 늘 박 터지게 싸우고 이간질 하고, 지랄들 하고, 선전 선동의 전쟁들을 해대고 댓글 조작들 까지 해대고, 진짜 양심 혁명부터 해야 된다니까. 그리고 생각해봐? 조금 더 가진 놈은? 뺏기지 않으려고 머리 쓰고 없는 놈은 그걸 뺏으려고 대가리 디밀고, 세상이 그렇다니까...그러니 내가 혁명을 안 하게 생겼어?"

그러자 지나가 "오빠 적당한 욕심은 필수불가결 한거 아니에요? 욕심 없이 어떻게 살아요?" 하고 묻자, 혁명가는 또 할 말이 없는지 잔에 남아있던 위스키를 마저 마시고는 한쪽 팔을 높이 들어 올리며 위하여, 위하여, 혁명을, 위하여 하고 구호를 외쳤다. 그리고는 혁명 하고는 아무 상관도 없는 말을 했다.

"아가씨는 참...욕심도 명분 있는 욕심이 있고, 명분 없는 욕심이 있는 거야. 그러니까 세상의 성공에는 과정도 필요한 거야. 누구나 힘들더라도 한 계단씩 한 계단씩 벽돌들을 하나씩 하나씩 쌓아가듯 열심히 살면서 성공을 해야지 훔치고 빼앗고 사기 치고 이렇게 해서 부자 된 건 그건 성공이 아니잖아? 그러니까 성공엔 과정도 중요한 거라니까. 기업가 정신을 가지고 열심히 노력해서 잘된 대기업들 봐봐 그들은 명분도 훌륭하잖아. 기업가 정신이 뭔 줄 알아? 기업가 정신은, 내가 공장을 하나 더 지으면 우리나라 국민들이 몇 천 명이 더 취직을 할 텐데 하고 생각 하는 거, 그게 기업가 정신이야. 아참 내가 옆길로 샜나? 아, 미안 그러니까 내말은 한방만 노리는 한탕주의는 없어져야 된다, 이 말이야. 알간? 세상에 한방은 없는 거야. 한방만 꿈꾸는 건 인생을, 자신을 망치는 지름길이거든. 이런 게 바로 혁명 인 거야."하고 말했다.

그리고는 혁명가는 자기가 무슨 큰 사명이라도 짊어진 듯 비장한 결의로 위하여, 위하여, 혁명을, 위하여 하고 구호를 한 번 더 외치더니 유혹의 소나타를 떠났다.

혁명가가 떠나자 지나는 생각했다. '이건 뭐지? 왜 내 정신이 내 머릿속이 이렇게 뒤죽박죽이 되었지? 꼰대들은 진짜 못 말린다니까.'

지나는 혁명가의 마지막 말들은 그래도 수긍이 갔다. 세상에 한방은 없다는. 그리고 그 계몽을 누군가는 해야 한다는. 그리고 환경 문제와 명분이라는 것에 대해서도 이해가 갔다.

꼰대 초지나

나는 꼰대들의 지리멸렬한 사고들이
마치, 무수한 흑백 사진들을 찍어다가 쭉 전시해 놓은
어느 늙은 사진작가의 콜렉션을 보는 듯했다.
너무나도 지루했다.
나 때는 말이야 나 때는 말이야 하고 말하는
호랑이가 담배피던 시절 이야기를 하는 꼰대들이
나는 너무나도 지루했다.
하지만 꼰대들이여
그대들의 지리멸렬한 사고들에서도 한줄기 빛을 보았으니
그대들이 가진 지혜가 바로
빛나는 한줄기 빛이리라.

지나는 다시 생각했다. 세상에 과정 없는 성공은 없다는 꼰대가 말한 부분은 그래도 이해가 되었다. 그리고는 혁명은 참 재미없는 거구나 하고 생각했다. 하지만 결국은 누군가는 해야만 하는, 욕을 먹으면서도 해야만 하는 그런 거구나 생각했다. 또 혁명은 군사혁명만 있는 건 아니구나 하고도 생각했다.

인형놀이

새벽 1시쯤, 유혹의 소나타.

치렁치렁한 풍성한 갈색 머리칼을 왼쪽으로 넘기고, 가슴골이 훤히 다 드러나 보이는, 앞가슴이 푹 파인 까만 니트 원피스의 왼쪽 가슴에 커다란 빨간 장미꽃 브러치를 단 연희가 조금은 좀 허름한 행색의 50대 초반쯤의 남자와 마주앉아 칵테일을 마시며 대화를 하고 있었다.

남자가 먼저 말했다. "이봐 예쁜 아가씨? 이 세상에서 누가 젤 불쌍한 사람이야? 비참한 사람과, 분노와 증오로 가득 찬 사람 중에서, 꿈을 잃은 자와 사랑을 잃은 자 중에서 누가 젤 불쌍한 사람이야?" 하고 물었다. 그러자 연희가 대답했다. "오빠 저, 잘 모르겠는데요?"

그러자 남자는 신세 한탄을 시작했다. "내 얘기 좀 한번 들어봐, 아가씨. 사랑이 저절로 오나? 돈이 저절로 오나? 복이 저절로 굴러 들어오나? 대체 사는 게 왜 이래? 아니 씨부랄 놈의 돈은 왜 맨날, 쫓아 가면 도망을 가고, 쫓아 가면 도망가고, 또 사랑도 그래, 뭐? 사랑은 쟁취하는 거라고? 개뿔, 맘에 드는 여자가 있어서 고백했더니, 따라 다녔다고 스토커라며 신고당해, 사채 좀 가져다 썼더니 밤이고 낮이고 찾아와서 문 뚜드려대, 이거 원 혁명이라도 확 일어나던가?" 하더니, 남자는 칵테일을 한 모금 마시고는 이어 갔다.

"말해 봐? 아가씨? 여자 없는 사람? 돈 없는 사람? 빽없는 사람? 백수들? 그중에서 누가 젤, 불쌍한 사람이야?" 하고 연희에게 다시 물었다.
그러자 어떻게 대답을 해야 할지 생각이 떠오르질 않자, 연희는 "글쎄요, 뭐라고 해야 될지..."하고 말끝을 흐렸다.
그러자 남자가 말했다. "아가씨? 꿀 먹은 벙어리야? 왜 눈만 껌뻑껌뻑 그러고 있어? 말 좀 해 봐 아가씨?" 하며 다그쳤다.
그러자 연희가 말했다. "오빠는 뭔 일을 하시는데요? 열심히 일해서 돈 벌면 다 해결 되는 거 아니에요?"

그러자 남자는 연희가 하는 말에 가슴이 찔렸는지, 조금 인상을 찌푸리더니 연희에게 화풀이하듯 신세 한탄의 속사포들을 쏟아냈다.

"나만 이상하지, 나만 이상해? 돈 많다고 목소리 쫙~깔고, 그리고 사는 놈들은? 아쉬운 줄도 모르고 사는 건방떨고 사는 그런 놈들은? 하나도 안 이상하고? 나만 이상하지? 나만 이상해? 아, 됐고, 술이나 한잔 더 줘." 하며 남자는 빈 술잔을 연희 앞으로 확 밀어서 건넸다. 그러자 연희가 말했다. "오빠, 그만 드세요, 취하셨는데." 하며 말렸다.

남자는 취한 목소리로 말했다. "뭐 왜? 내가 사고뭉치처럼 보여서 그래? 어디 사고한번 쳐줄까? 이것들이." 하며 남자는 칵테일 잔을 들었다가 탁자 위에 탁 하고 내려놓았다.

그러자 연희가 남자의 눈을 살피며 말했다. "아니, 그게 아니고 오빠, 취하셨잖아요?"

남자가 화난 표정으로 말했다. "그래? 그래서 이 가시나야, 술은 그만 쳐먹고 발 도장이나 찍으면서 집에 가라 이거야? 나 지금 내쫓는 거야? 아가씨가 하는 행동이 술집의 상도덕 적으로 맞는 일이야? 술집에선 술을 파는 게 당연한 거란 것도 몰라? 그리고 나처럼, 예술과 창조를 하는 가난한 놈들은 술값도 없을까 봐서 그래? 아가씨가 예술을 알아? 늘 자신과 처절한 투쟁을 하는 심미적 인간을 아냐고? 자기 자신을 들여다 볼 줄 아는.......심미적 인간을 아냐고? 원래 나처럼 쥐뿔도 개뿔도 없는 것들은 자존심 하나로 사는 거야 알기나 알아?"하며 또 푸념인지 자격지심인지 뭔지를 떠들어댔다.

그러자 연희가 말했다. "오빠 술값 때문에 그런 건 아니고, 취하신거 같아서."

그리고는 연희가 칵테일을 한 잔 더 가져다가 주자, 남자는 칵테일을 단숨에 마셔 버리고는 또다시 신세 한탄을 해댔다.

"에라, 천둥이나 콰과광 쳐대라 있는 놈들 자다가 깜짝 놀래 자빠지게, 에라이 더러운 세상."

그러자 연희가 "오빠 혹시 질투 대마왕이야? 남 잘되는 꼴 못 보는? 질투대 마왕? 오빠 얘기 가만히 들어보면, 뒷다마 까고 씹어 대고, 질투하고, 욕하고, 헐뜯고, 꼬투리 잡아서 비아냥대고 전부 그래. 오빠가 할 줄 아는 게 뭐야? 뒷다마 까고, 씹어 대고, 질투하고, 욕하고, 헐뜯고, 그런 거 말고? 할 줄 아는 게 뭐냐고?" 하고 다그치듯 말했다.

그러자 남자는 연희의 말을 가로 막으며 말했다. "야 잠깐 스톱. 너 왜 내 아픈데만 찌르냐?

배알 꼴리는데 그럼 그걸 참으라고? 지들만 잘 쳐 먹고 잘사는데, 그럼 그걸 참으라고?"

연희가 말했다.
"오빠 사람은 심보도 중요하지만, 인간관계도 중요하대. 자신을 망치는 건 언제나 자기 자신일 확률이 젤 높대. 오빠 혹시 비관파 오빠야? 그렇게 맨 날 남들 씹고 다니면 속이야 시원 하겠지. 그런데 그러고 다니면, 귀인 만나겠어? 오빠 도와 줄 귀인 만나겠냐고?" 하고 연희가 타이르듯 말하자, 남자는 더 기분이 나빴는지 있는 성질 없는 성질을 다 부려댔다.

"야 개뿔 니가 나를 알아? 니가 나를 아냐고? 인생은 음계와 마찬가지야. 인생은 도레미파솔라시도야. 그렇게 한 계단씩 올라가는 게 인생이야. 니가 뭔데 귀인 타령이야? 니가 말 안 해도, 나도 한 계단씩 올라가고 있거든?" 하고 억지를 부렸다.

그러자 연희가 "아니 오빠, 나는 그런 뜻이 아니고." 하며 한 발짝 물러서는 듯 말했다.

남자는 입에 거품을 물고 말했다. "야 그리고 너 왜 아까부터 나 위해주는 척 하면서 내 속을 뒤집어놔? 왜 박박 내 속을 뒤집어 놓냐고? 시팔 조도 좆 같이." 하고 성질을 냈다.

그러자 연희가 "하여튼 남자들은 술 마시면 다 개가 된다더니 남자들은 애 나 어른이나 고주망태가 되면 다 술취한 개라니까, 아니? 시팔 좆같이가 뭐? 오빠한테 잘못했어? 아니? 시팔 조또 좆같이가 갑자기 왜 튀어나와? 오빠?"하고 굳은 얼굴로 말했다.

　남자가 말했다. "너, 방금 뭐라고 했어? 뭐, 개? 그래 내가 개다, 멍멍 멍멍 내가 개다, 너? 미친개한테 한번 물려볼래? 너 개가 술을 얼마나 싫어하는 줄 알아? 술 마신 사람도 얼마나 싫어하는 줄 알아? 개가 들으면 개가 환장할 일이야. 술 취한 남자들 보고 개 같다고 하면 개가 환장할 일이라니까. 너? 술 좋아하는 개 봤냐? 술 취 한 개 봤냐고? 야, 그리고 하늘을 봐야 별을 따지, 어둠을 지우려면 빛을 밝혀야 하는데? 과거를 지우려면 현재가 빵빵해야 하는데? 툭하면 씨부랄 놈의 과거가 발목을 잡으니 과거는 나한테 배려조차 안 한 다니까?"

　그 말에 연희가 "오빠, 집에 가서 거울한번 봐봐. 입 꼬리가 아래로 쳐진 사람은 남 잘되는 꼴 못 본대. 남 잘되는 거 보면 입 꼬리 삐쭉삐쭉 하면서 살지 말고, 오빠도 웃는 연습 좀 해, 남들 흉볼 생각만 하지 말고. 입 꼬리가 위로 착 올라가야 그래야 말년 복이 들어온대."
　하고 말하며 연희가 아이컨택을 하면서 웃으면서 달래줬다.

　그리고는 아이를 달래 주듯이 남자의 등을 톡톡 두드려 주면서 "아이구, 이 놀부 심뽀 오빠야, 쫌생이 오빠야 화 풀어 미안해 오빠야." 하고 풀어주자 그제서야 남자는 풀어지듯 표정을 누그러트렸다. 그리고는 "에라 발 도장이나 찍으면서 집에 가자."하더니 집으로 돌아갔다.

　그렇게 발 도장 오빠가 집으로 돌아가자 연희는 또 희한하게 금방 얼굴이 밝아졌다. 그리고는 무슨 상서로운 기운이라도 들어온 듯 이마에 서광이 비췄다. 나영이 알기에는 이마는 천기가 들어오는 문이라고 알고 있다. 그래서 사람들이 이마가 밝은 얼굴이 밝은 사람들을 보면, "좋은 일 있나봐? 좋은 일이 오려는 징조인가? 얼굴에 혈색이 좋아졌네. 서광이 비추는걸 보니 앞날이 탁 트이려나봐?" 하는 소리들을 여러 번 들어봤다.

연희는 그랬다. 얼굴이 늘 햇살처럼 밝아 있었다. 그리고 늘 입꼬리가 귀에 걸려 있었다. 나영은 그런 연희에게 늘 배우는 게 많았다. 나영은 연희의 인형 놀이 속으로 뛰어들기를 참 잘했다는 생각이 들었다. 그리고 나영은 연희에게서 한 가지를 더 배웠다. 아무것도 베풀지 않으면 아무것도 들어오지 않는다는 사실과, 누군가에게 고마움을 베풀면 그 고마움이 몇 배로 어떻게든 운이 되어 돌아온다는 사실도 깨달았다.

벚꽃 잎들이 흐드러지게 피어나는, 향기로운 봄날의 밤 10쯤 유혹의 소나타.

연 베이지색의 우아한 블라우스에 연분홍 짧은 타이트한 스커트를 입고 검정색 하이힐을 신고는 풍성한 머릿결을 치렁치렁 늘어트린 채, 새빨간 립스틱을 바른 여신 같은 나영과 눈에 초점이 없는, 50대 초반 쯤의 남자가 칵테일을 한잔씩 시켜놓는 마시지는 않는 채 가만히 앉아만 있었다. 나영의 곱디고운 예쁜 손의 손톱엔 반짝반짝 칠해진 별빛들이 빛나고 있었다.
나영이 하도 답답해서 물었다. "오빠 술 안 드세요? 한잔 하셔야죠? 뭘 그렇게 오래 생각 하세요?"
그제서야 남자는 칵테일을 마셨다. 그런데 이상했다. 이 남자는 나영이 "오빠 마셔" 하고 권해야만 마셨고 "오빠 안주도 먹어야지" 해야만 먹었다. 나영이 웃으며 다리를 꼬고 팔짱을 끼고 앉아서는 말했다.
"오빠는 왜 리드를 하는 법이 없어요? 늘 생각 속에 빠져 사는 사람처럼? 오빠가 무슨 로댕의 조각상이세요? 왜 먼 산만 멍하게 때려요? 그리고 오빠는 왜 제가 권해야만 드세요?"
그러자 남자가 "아 미안, 생각할게 많아서. 그리고 난 엄청나게 예쁜 여자 앞에서는 얼음이야 얼음."하고 슬픈 듯이 말했다.
나영이 말했다. "네? 오빠는 그럼 연애도 못해봤어요? 예쁜 여자 하고는요?" 하고 물었다. 그러자 얼음 오빠가 말했다. "아마, 그럴걸?"
그 말에 나영의 입에서 방언이 터졌다. "이니 오빠? 해본 거면 해본 거고, 안 해 본거면 안 해 본거지, 아~마 그럴걸은 또 뭐예요? 오빠 혹시 저 놀리려고 문답 놀이 뭐 그런 거 하시는 거 아니에요? 오빠 그럼 잠자리는 해봤어요?" 하고 속사포로 말했다.

얼음 오빠가 다시 대답했다. "아니, 사랑? 연애? 그게 어떻게 생긴 거야? 먹는 거야? 마시는 거야? 바르는 거야? 아니 씨부랄 난 왜 예쁜 여자들 앞에만 가면, 입이 얼어 붙는지. 시시한 여자들은 맘이 안가고, 예쁜 여자들한테는 입이 얼어붙고, 이게 무슨 지랄병인가 몰라? 혹시 학교에서 대화의 스킬이나 창의성을 배운 적이 없어서 그런가?" 하고 나영의 눈을 보며 말했다.

그러자 나영이 말했다. "아니 사랑에 왜? 창의성이 스킬이 필요해요?"

남자가 말했다. "아니, 여자 만나면 어디 살아요? 몇 살 이에요? 부모님은 계세요? 뭐 드실래요? 취미는요? 호구조사 끝나면 더 할 말이 없는데 어쩌라는 거야 씨부랄. 학교에서는 창의성, 토론 이런 건 안 가르치고 야, 시키는 대로 해라. 답 네 개 중에서 하나만 찍어라, 야, 좆만이 건방 떨지 말고 말 들어라? 이래 놨으니. 뭔 놈의 대화를 할 줄 알아야지. 아니 세상에 답이 하나 뿐인 게 있을까? 이럴 수도 있고 저럴 수도 있을 텐데. 안 그래? 그리고 시험, 시험, 시험, 그놈의 시험만 봤거든, 찍기 시험. 그거 알지? 연필 또르르 굴려서 답 찍는 거? 다른 답은 알아도, 쓸 수가 없었어, 사지선 답이라서. 사랑이 그놈의 사랑이 사지선 답 이라면 좋을 텐데. 또르르, 또르르 연필 굴려서 하는 찍기라면 좋을 텐데." 그리고는 한숨을 푹 하고 내쉬었다.

나영은 마음이 짠했다. 그리고는 속으로 중얼댔다. '이 오빠가, 어쩌다가 이렇게 되었을까?

그럼 학교에선? 꼭두각시만 양산 한 거야? 시키는 대로만 하라는? 꼭두각시만 양산 한 거야?'

나영이 다시 "오빠 그럼 술은 좀 드셔요?" 하고 말하자, "아니, 장난해? 술은 마실 줄 아니까 술 마시러 왔지." 하고 화를 냈다. 그러자 나영이 말했다. "오빠 그럼 술기운에라도 한번 연애 도전해 보시면 어때요?" 하고 물었다. 그러자 남자가 "그게 쉬워? 개뿔~ 그냥저냥~ 사는 거지 뭐~." 하고 말했다.
 그러자 나영이 하도 답답해서 "그래도 어떻게든 하셔야죠?" 하고 말했다.
 남자가 갑자기 "그럼, 아가씨 나 혹시 워뗘? 그냥저냥 써먹을만 허겄어?" 하고 물어왔다.
 그렇게 남자는 나영이 마음에 들었는지 돌직구를 날려 왔다. 하지만 이 남자는 아마추어였다. 사랑에는.
 나영이 말했다. "아, 오빠는 왜 늘 단 답으로만 말해요? 아가씨 난 아가씨가 이래서 좋다 저래서 좋다, 엉덩이가 커서 좋다, 가슴이 커서 좋다, 예쁘니까 좋다 착해서 좋다 우아해서 좋다 몸매가 끝내줘서 좋다 뭐 그런 말 할 줄 몰라요? 이런 사전 작업도 할 줄 모르냐구요? 사전작업을 먼저하고 들어와야 넘어가든 말든 할 거 아니에요?" 하고 톡 쏘아붙였다.

 그러자 남자가 말했다. "기여, 아니여? 기여, 아니여? 그것만 대답해. 뭔 놈의 사설이 그렇게 많아? 뭘 더 어쩌라는 겨 나보고? 할 말이 생각이 나지 않는데 그럼 어쩌라는 거야?"
 남자는 그랬다. 할 줄 아는 건 돌직구 딱 하나였다.

 나영은 생각했다. '아, 대화의, 토론의 혁명의 바람은 언제쯤이나 이 땅에 불어올까? 토론을 가르치는 창의성을 가르치는 교육의 혁명의 바람은 언제쯤이나 이 땅에 불어올까?'
 나영은 한숨을 쉬었다. '찍기 잘하는 학력 위주의, 등수 위주의, 교육들이 계속되는 한 사지선 답 위주의 교육이 계속되는 한, 엉뚱한 창의성을 가진 천재들을 무시하는 한, 이 땅에서는 빌게이츠나 아인슈타인이나 에디슨이나 일론 머스크나 데일리 카네기나 포드 자동차를 창업한 포드 같은 전설적인 천재들은 나오지 않을 것이다. 이러니 맨 날 미국이 짱 먹지, 에이...' 하고 생각했다.

14화 벽창호와 허세남

세상엔 수만 가지 사람들이 다 있다.
 꿈이 작은 자와 꿈이 큰 자, 그리고 허세가 가득한 자와 소심한 자, 맹한 자와 약삭빠른 자,
 그리고 세상엔 수만 가지 일들이 다 일어난다. 보통 사람들이 상상할 수 있는 일들과 상상하기 어려운 일들까지 다 일어난다. 사람들을 당혹케 해서 인내심을 시험하려는 듯이 세상에는 상상하기 어려운 일들까지 다 일어난다.

 새벽 3시쯤, 유혹의 소나타.

 몹시 우둔하고 고집이 세 보이고 초라해 보이는, 40대 중반쯤 돼 보이는 남자와 아름답고 우아한 나영이 칵테일을 시켜놓고 대화를 나누고 있었다. 남자는 한 모금씩 칵테일을 마시면서 아주 작은 인형들을 꺼내서 인형 눈깔들을 계속해서 붙이고 있었다. 이걸 보고 있던 나영은 속이 터져서 참질 못하고, 말했다.

 "오빠? 그거 뭐하시는 거예요?" 그러자 남자가 말했다. "아, 이거? 알바야, 본업은 따로 있어."
 그러자 나영이 다시 말했다. "네? 이거 하나 붙이는데 얼마 받아요?" 하고 말했다.
 남자가 대답했다. "30원쯤 받아. 한 달에 30만 원쯤 벌지."
 "그럼 오빠 알바 말고 본업은 뭐예요?" 하고 나영이 다시 물었다.
 그러자 남자가 "본업? 군고구마 봉투 붙이기." 하고 당당하게 말했다.
 나영이 한심한 듯 남자를 바라보며 물었다. "네? 그거로 생활이 돼요?"
 그러자 남자는 나영의 얼굴을 힐끗 한번 바라보고는, "생활? 안되지. 그래도 백수보다 낫잖아. 내 별명이 일벌레야, 365일 일만 하니까." 하고 말했다.
 나영이 신기한 동물을 바라보듯 말했다. "그럼 결혼은 하셨어요?"
 그러자 벽창호 일벌레는 나영의 얼굴을 힐끗 한 번 더 바라보고는 말했다.

"결혼? 아직 안 했지, 나중에 하려고. 애들 다 키워놓은 여자랑 결혼하려고." 하고 말했다.

그리고는 계속해서 인형 눈깔을 붙여댔다. 나영은 드디어 짜증이 터졌다.

"아~ 개 짜증나네, 진짜 오빠 개 짜증나게 할래요? 사람이 왜 이렇게 꽉꽉 막혔어요? 돈 잘 버는 일 하면 되잖아요? 그래서 젊고 예쁜 여자랑 결혼하면 되잖아요? 이 벽창호 오빠야." 하고 나영이 버럭 소리를 치자 벽창호가 말했다.

"아가씨가 나랑 살아 줄 거야? 왜 남의 인생에 이래라저래라 해? 왜 내 인생에 운전대를 잡고 난리야? 남 걱정 하지 말고, 니 걱정이나 잘 하세요 아가씨. 그리고 인형 눈깔 붙이기 내가 안 하면 누가해? 그러니까 내가 하는 일은 나중에 역사가 알아줄 역사적인 일인거야. 대한민국에서 장인 정신으로 마지막까지 인형 눈깔 붙이기 한 사람이라고 역사가 기록할거라고. 그리고 애들 다 키워놓은 여사랑 결혼하년 애들 키우느라고 논 안 늘어가지, 개고생 안하지, 속도 안 썩지 좋잖아 안 그래?" 하고 말했다.

나영은 상식적으로 이해가 안 갔다. 열이 받아서 머리에서 김이 났다. 나영이 다시 말했다.

"오빠 나 놀려요? 아니 애들한테 돈 들어가는 게 싫어서 60넘은 아줌마랑 결혼을 해요? 그리고 무슨 인형눈깔 붙이는 걸, 역사가 기록을 해줘요?" 하고 열변을 토했다.

그러자 벽창호가 말했다.

"나영씨, 기회주의적인 사람과 고집 센 사람 두 사람 중 누가 더 옳은 사람이야? 그건 역사가 정하는 거야, 역사가 기록을 하는 거라고. 인형 눈깔 붙이기 하는 거랑 좋은 회사 다니는 거랑 어느 게 더 옳은 일인지는 역사가 정하는 거야."

벽창호는 당당했다. 그러자 나영은 있는 대로 울화통이 터져서는 말했다.

"네? 아, 진짜 개 짜증 나. 속이 다 썩어 문드러지네 진짜. 아 씨팔 복장 터지네 복장터져."

하며 두 손으로 자기의 가슴을 쳐댔다.

그러자 벽창호가 다시 말했다. "아가씨 화내지 말고, 그냥 역사에 맡겨. 평가는 역사가 하는 거야. 아가씨가 하는 게 아니고. 그리고 혹시 역사책에 기록될지 누가 알아? 인류 최후까지 인형 눈깔 붙이기한 사람이라고 역사책에 기록될지? 그걸 누가 아냐고?"하며 벽창호는 다시 인형 눈깔 붙이기를 시작했다.

나영이 생각하기에 벽창호는 분명 자폐증 끼가 있어 보였다. 한 가지에만 몰두하는 한 가지 밖에 모르는 자폐증 끼가 있어 보였다. 그런데 또 아닌 것도 같았다. 나영은 유체이탈이 될 것만 같았다.

벽창호가 다시 말했다. "나영씨, 화나? 인형 눈깔이가 뭐 나영씨한테 잘못했어? 술 마시러 와서 인형 눈깔 붙이기라도 하면 뭐 법에라도 걸려? 아니면 문 앞에 써 놓던가. 여기 술집에서는 인형 눈깔 붙이기 절대 하지 마시오 이렇게 써놓던가? 그랬으면 안 들어 왔을 거 아니야? 그것도 저것도 싫으면 역사에 그냥 맡기던가."

나영이 벽창호의 말을 들어보니 틀린 것도 아니었다. 그냥 보기에만 답답하고, 속 터질 그런 것뿐이었다. 화내고 잔소리할 일은 아니었다. 할 말이 없어진 나영은 적반하장 식으로 밀어 붙였다.

"아니, 이 오빠가? 진짜 역사가 무슨 할 일 없어요? 맨 날 오빠 하는 인형 눈깔 붙이는 그거그거 기록을 하게?" 하고 밀어붙였다.

벽창호가 말했다. "나영씨 혹시 오만과 편견 알아? 나영씨는 오만하게 나를 보는 거야. 그리고 왜 저따위 걸 하지? 하고 생각하는 건 편견이라고. 직업에 귀천이 어딨어? 저 새끼는 왜 저따위로 살아? 나처럼 폼나게 살지 않고 라고 생각하는 건 오만이고, 저놈은 무식하게 왜 저 정도 밖에 안 되나? 못 배웠으니까 저러겠지? 모자라게 생겼으니까 저러겠지? 하고 생각 하는 건 편견이라고. 그리고 백수로 살면서 맨 날 한숨이나 푹푹 쉬면서 사는 그런 거지 깽깽이들 보다는 났잖아."

그리고는 벽창호는 인형들을 주섬주섬 싸들고는, 무언가를 메모지에 열심히 적었다. 그리고는 그 메모지를 나영에게 쥐어주고는 나갔다. 인형 한 개와 함께.

풀씨 벽창호

어느 날, 내 심장에
보잘것없는 천한, 풀씨 하나가 붙었다.
그 풀씨는 떨어지지도 않았다.
떼어내 지지도 않았다.
그리고는 파릇파릇 싹이 올라왔다.
그리고는 그 풀씨는 꽃 봉우리를 만들어 냈다.
그리고는 꽃 봉우리가 터섰다.
그리고는 불꽃처럼 피어났다.
그리고는 마구마구 꽃을 피워냈다.

생각해 보니, 그 꽃은 사랑의 전초였으며 설레임이었다.
그 보잘 것 없는 풀씨의 꽃은 사랑의 감정이었다.
그러자 내 마음은, 내가 사랑하는 여인에게 살금살금 다가갔다.
바람처럼 사르르, 사르르 다가갔다.
그 여인이 혹시, 내 발자국 소리에 놀라 도망갈까봐
살금살금 다가갔다.
그리고 나는 그 여인에게 마음을 전해줬다.
그리고는 외쳤다.

품격 있고 우아하고 고귀하고 아름다운 여인이여
지상에 강림하신 향기로운 여신이여

내 눈을 가린 향기로운 여신이여

제발, 가엾은 한 남자의 사랑을 받아 주소서.

(언제나 한결같이 그대를 사랑할 한 남자가)

벽창호의 메모를 읽어본 나영은 벽창호의 뒤꽁무니에 대고 고래고래 소리쳤다. "악~ 개 짜증나 인간아, 인간아, 왜 사니 너? 왜 사니 살아 있으니까 산다고? 왜? 누구 속 터지게 할려고? 제발 그릇 좀 키워라 이 등신아."하며 소리를 질러댔다.

그리고는 벽창호의 행동들과 나영 자신의 꿈들을 그림물감을 섞듯이 뒤섞어 보았다. 그러자 그 뒤섞여진 물감들 속에서 해답이 문득 떠올랐다. 벽창호가 하는 일들이 벽창호 그 자신이 만족한다면? 그 자신만 스스로 행복하다고 느낀다면? 벽창호에게 했던 자신의 그 모진 말들이 벽창호가 당당하게 말했던 오만과 편견임을 깨달았다. 그리고는 자신의 소설가로서의 꿈과 벽창호가 하는 일들을 비교해 보았다. 그리고는 결론을 내렸다.
'누가 하는 일이 더 옳고 그른지는, 후세의 역사가들이 기록을 하리라' 생각했다.
나영은 지금 이순간 자신의 감정들의 문장들을 적어 내려갔다.

/ 탄식 김나영

나는 탄식 하노라

나는 탄식 하노라

끊임없이 지었다가 허물었고 끊임없이 지었다가 허물었던,

아주 오랜 날들을 헤매였던 꿈들에 탄식 하노라

구름 위를 날기도 했고

너른 벌판 위를 쏘다니기도 했고
거친 산맥을 넘기도 했고
너른 바다를 건너기도 했고
삭막하고 광활한 사막을 버겁게 걷기도 했고
슬픈 여행자처럼 끊임없이 헤메였던 꿈들에 탄식 하노라

하지만 묻노니 꿈이여, 애초에 나, 가진 것 없었으니
잃을 것도 슬플 것도 없으련만
어찌하여 나의 한숨은, 나의 탄식은
우두커니 한곳만을 바라보는가?
어리석게도 한곳만을 바라보는가?
미친 듯이 꿈을 찾아 헤매이다가
우두커니 걸음을 멈추고 지는 해를 바라보니
붉은 해는 석양으로 지고 어둠만이 가득한데,

멈출 줄을 모르는 나의 꿈이여
지칠 줄 모르는 나의 희망이여
절망을 끌어안고 외치노라
절박함을 끌어안고 외치노라
나 다가올 시련의 날들에 두려움 없어라
나의 용기에 두려움은 없어라.

때로는 질투했고 때로는 환호했고
때로는 슬퍼했고 때로는 기뻐했고
때로는 사랑했고 때로는 이별했고
돌아보니 나의 삶은 지나쳐온 거리들마다

인형놀이

수많은 잔재들만 가득 하구나

　나 이토록 힘들고 버거운 세상에서
　아직 단 한 번도 내 꿈을 놓아 버린 적 없었으니
　탄식이여 나, 미련하다 하지 말라.
　멈출 줄을 모르는 나의 꿈에 두려움은 없어라
　나의 용기에 두려움은 없어라.

　벽창호가 나가고 한 시간쯤 후, 금목걸이에 금팔찌에 금반지를 낀, 촌스럽게 양복을 빼입은 50대 남자와 지나가 칵테일을 마시면서 대화를 나누고 있었다. 남자가 거들먹 거리는 말투로 지나에게 말했다. "야 지나야? 너 유석이 알지?"
　"네 알죠. 오빠. 유석이 모르는 사람도 있어요?" 하고 지나가 대답하자, 남자는 어깨를 한번 쫙 펴더니, 반짝반짝 다려진 검정색 양복바지와 반짝반짝 광이 나게 잘 닦여진 검정 구두를 보여주며 말했다.
　"이거 이태리 명품인거 알지?" 하고는, "아참 말이 빗나갔네, 유석이 걔, 내가 키웠잖아, 메뚜기 할 때. 너 메뚜기 춤 알지? 이거?" 라고 했다.
　그리고는 갑자기 일어나서 메뚜기 춤을 팔딱팔딱 춰댔다. 그러자 지나가 말했다.
　"와, 진짜? 오빠 인맥 짱이네요" 그러자 남자는 더 신이 났는지, "아참, 크루즈 형은 뭐하나? 요새. 먼저 번에 전화 온 거 내가 바빠서 못 받았더니 그 형 혹시 삐진 거 아닌가 모르겠네? 그리고 포동이 그 놈도 내가 키웠잖아, 너 포동이 알지? 그놈 맨 날 밥도 못 먹고, 삼겹살만 먹고 살 때, 내가 개그 맨 꽂아 줬잖아." 하고 말했다.
　그러자 지나가 감탄하는 척하며 말했다. "와, 오빠 진짜 대단하다, 오빠 진짜, 인맥이 대단 하네?"
　이 말에 남자는 더 신이 났는지 더 떠벌여 댔다. "지나야 너 신엽이도 알지? 19금 잘하는 애?"

"네 알죠, 신엽이 모르는 사람도 있어요?"
"걘 나한테 맨 날 큰절하고 살아야 돼. 개뿔 뭣도 모르는 게 보증 섰다가 길거리 나앉게 생겼을 때 내가 야한개그 가르쳐 줬잖아. 그래서 잘됐잖아." 하고 말했다. 허세남의 허언증은 계속됐다.

"지나야 너 혹시 요즘 강남 땅값, 얼마나 가는지 아냐?" 하고 뜬금없는 질문을 해왔다.
그러자 지나가 일부러 부러워하는 표정으로 "와, 오빠 진짜 땅 부자신가 봐요?" 하고 장단을 맞춰줬다. 그러자 허세남은 손목에 찬 금딱지 시계를 보여 주려는지 일부러 양복 소맷단을 걷어 올리며 말했다. "아니, 강남 부동산 사람들은 할 일도 없나? 왜 그렇게 땅 팔라고 맨날 귀찮게 굴어."

그리고는 지갑을 꺼내서는 지갑에서 오만 원권 지폐 한 묶음을 꺼내 손가락에 침을 퉤퉤 뱉어가며 세다가는 다시 지갑에 모두 집어넣으며 말했다.
"지나야 너? 김종민이 알지?" 하고 물었다.
그러자 여기까지 듣고 있던 지나가 훅 달아올라 발끈했다.

"오빠 뭐야? 나도 오빠 안산에 땅 진짜 많아, 몇만 평 돼. 안 산 땅. 하하하" 하고 말했다.
그러자 허세남은 놀림을 받았다는 기분에 화가 났는지, "이런, 싸가지 없는 게. 너 어른 놀리냐?" 하고 화를 냈다. 그러자 지나가 말했다. "그럼 오빠는? 누가 물어봤어? 누가 궁금하대? 크루즈, 유석, 포동이, 신엽이, 강남땅, 김종민, 누가 궁금 하댔냐구? 이 오빠는 약도 없네? 아주 관종이네? 그렇게 관심 받고 싶어?"하고는 씩씩 거리며 두 팔을 허리춤에 올리고 허세남을 째려봤다.
그러자 허세 남은 전화를 꺼내 얼른 전화를 거는 척 하며 말했다.
"야 부회장, SH 인수건은 어떻게 됐어? LH 인수건은? 빨리 인수시켜. SH, LH 인수 안 되면, 한국항공 카이라도 인수시켜. 거기 KF21, FA50 만드는데 인수해. 야 김 전무 바꿔봐? 일을 어떻게 하는 거야? 이 새끼들이."

하며 칵테일을 비우고는 나갔다. 겨우 안주도 없이 칵테일 몇 잔을 마시고는 나갔다.

몰락 조지나

부끄러움이 몰락하고 있다.
상식이 몰락하고 있다.
그렇게 세상의 부끄러움들이 사라지자
겸손들마저도 몰락했다.
그리고는, 그 이기주의자들의, 조작들과 날조들에 의해,
그 추한, 전위 조직들에 의해 거짓들만 배양되었다.
저항한번 제대로 못해본 채
그렇게 양심은 거짓에게 점령당했다.
그리고 세상엔 이기주의자들과 내로남불들과
교만들과 거짓들만이 난무하다.

나영은 벽창호와 허세남을 비교해 보았다.
세상은 참 가지각색이었다. 한사람은 그릇이 너무 작은 게 문제였고, 한사람은 허세가 너무 심한 게 문제였다. 나영은 생각했다. "에이 두 사람을 섞어 놓으면 딱 인데."

세상엔 진짜 별별 인생이 다 있다.
변변한 직장도 없으면서 온몸에 문신으로 도배를 한 30대 중반 남자와 화려해 보이는 치렁치렁 풍성한, 웨이브 있는 머리칼에 바비 인형 같은 작은 얼굴과 가지런한 눈썹과 반달 같은 눈에 오똑한 코, 그리고 꽃잎처럼 예쁜 빨간 입술의, 빛나는 지적인 외모를 갖춘, 지성미 있어 보이는 연희가 커다란 가슴에, 잘룩한 허리, 굴곡 있는 골반과 큰 엉덩이와 허벅지가 어우러져

섹시하게 보이는 연희가 위스키를 시켜놓고 마시며 대화를 하고 있었다.
 연희가 웃으며 말했다. "오빠 어디 세계여행가? 온 몸에 웬 세계지도야?"
 문신남은 대답은 안하고 연신 연희의 커다란 가슴과 잘룩한 허리 그리고 굴곡 있는 골반과 커다란 엉덩이와 꿀 허벅지는 쳐다보지도 않는 채, 연희의 굽 높은 예쁜 샌달 사이로 튀어나온 메니큐어가 칠해진 연희의 새빨간 발가락들만 집착했다. 마치 암컷을 앞에 놓고 집착하는 수컷 동물처럼 코를 벌름벌름 거리며 침을 질질 흘리며 안달이 났다. 마치 먹이를 본 하이에나처럼 안달이 났다.

 그러더니 문신남은 다짜고짜 "어이? '꽃띠' 아가씨? 아가씨는 여대생이야? 꼭 미팅하는 느낌이네? 여긴 진짜 물 좋네. 나랑 연애한번 할까? 난 발가락이 취향인데? 괜찮지?" 하고 말했다. 그리고는 위스키를 한잔 마시고는 다시 말을 이어 나갔다.
 "난 섹스보다 페티시야. 그게 하는 거 보다 훨씬 더 흥분되거든. 페티시가 얼마나 고급스러운 취향인데. 난 빨갛게 칠해진 앙증맞은 여자 발톱만 보면 애무하고 싶어서, 흥분이 돼서 미친다니까." 하며 놈은 욕정이 마구마구 치솟는지, 묻지도 않은 말을 아무말 대잔치처럼 지껄여댔다.

 그러자 연희가 무릎을 옆으로 비틀어 발을 뒤쪽으로 숨기며 말했다. "오빠, 오빠는 동물의 왕국 찍다 왔어? 왜 이렇게 코를 벌름벌름 거려? 눈은 게슴츠레 뜨고? 입엔 침을 질질 흘리고. 그리고 왜 내 발가락만 집착 해? 오빠 혹시 껄떡남이야? 아니면 이름이 껄떡쇠야? 아니면 시선 폭력이 신앙이야?"

 그래도 껄떡남은 연희의 말은 들은 체도 않는 채, 남의 시선 따위는 상관없다는 듯 무릎을 꿇고는 연희의 발가락을 만지는 척하더니 무슨 약 빨다 온 놈처럼 연희의 샌들을 갑자기 확 벗기고는 연희의 발가락 들을 입으로 가져다가, 자신의 입안에 꽉 구겨 넣고는 빨아대기 시작했다.
 그러더니 욕정이 치솟는지 달아오르는지 계속 헉헉 거리며 거친 숨을 내

쉬었다. 그러자 연희가 발을 뒤로 잡아 빼자 놈은 연희의 발을 더 꽉 세게 붙잡고 매달리며 사정없이 발가락들을 핥아댔다.

연희가 발을 뒤로 잡아빼며 말했다. "오빠, 양심은 뒤졌니? 아니면 가출했니? 내 의사는 물어봐야 되는 거 아니야? 이 오빠가 진짜 내 발에 한번 아구창을 쳐 발려야 정신을 차리지?이게 무슨 근자감이야? 아무 여자나 보이는 여자 다 내 여자다 이거야? 다 꼬실 수 있다 뭐 그런 거야?" 하며 실랑이를 벌이는 동안 이미 껄떡남은 사정할 때가 됐는지, "아 씨팔 아 씨팔 존나 냄새 좋아, 아 씨팔 아씨팔 존나 냄새 좋아. 넌 무슨 발에서 마른오징어 냄새가 나냐? 너 며칠 안 씻었어? 아 오징어 냄새...아 마른 오징어 냄새...씨팔 존나 좋아....아 씨팔 존나 좋아..."하고 흥분을 한 듯이 말하더니, 거친 숨을 헉헉 헉 몰아쉬며 온 몸을 부르르 떨어댔다. 그리고는 사정을 했는지 만족한 표정을 지었다.

연희는 껄떡 남이 가고난 후, 진짜 마른 오징어 냄새가 나는지 발을 들어 올려서 코에 대고 발 냄새를 맡아 보았다. 맨발이라서 그런지 마른 오징어 냄새가 나는 듯도 했다. 발 냄새가 나기는 나자 연희는 "어 진짜 나네" 하고 풋 웃어 버렸다. 그리고는 생각했다. '어떻게 발가락하고 발 냄새만 좋아하지? 세상엔 참 별별 군상들도 다 있네?'
그리고는 또 연희답게 껄떡남이 안쓰러워졌다.

/ 혼돈의 시대 최연희

우리는 혼돈의 시대에서 살고 있다,
태초에 존재하던, 텅 빈 공동(空洞)처럼
빛도 중력도 없이 암흑만이 가득했던 우주에
중력 이라는 것도 존재하지 않던 시기에
빅뱅이 터지며 운석의 폭풍들이 온 우주를 휘몰아 쳤듯
양심이 공동(空洞) 되어가는 이 세상에
몰염치 함들만이 가득한 세상에 나는 살고 있다.
이토록 양심이 부재 되어가는 세상에서 살아간다는 이유만으로,
우리는 날마다 충분히 상처받고 있다.

인간에겐 동물들과는 다르게 인격이라는 게 있는데?
사회적 도덕적 가치관 이라는 게 있는데?
이토록 어지러운 혼돈이, 이기주의적 몰염치함들이
어찌하여 세상을 지배 하게 되었는가?

인격이 사라지고 있는 세상에 살고 있는 우리는
배려와 양심이 사라지고 있는 세상에 살고 있는 우리는
혼돈의 시대에 살고 있다는 이유만으로
날마다 상처받고 있다
타인들로부터 상처받고 있다
우리는 날마다 충분히 상처받고 있다.

다음 날 새벽 1시쯤, 어제 찾아왔던 벽창호 일벌레가 무슨 작전을 바꿨는지 나영에게 밝게 말했다.
"안녕하세요? 누나 기분 어떠세요?" 하고 물었다.

그러자 나영이 "나, 잘 모르겠는데........동생아." 하고 말하자 벽창호는 밝은 목소리로 다시 말했다. "오늘, 존나 아름다우십니다 누나. 누나 미모에 아주 물이 잔뜩 올라왔어요. 이 세상에 누가 누나보다 아름다울까요? 숭배 합니다 누나. 경배 합니다 누나. 눈가에 금가루 좀 뿌리고, 머리에 티아라만 하나 얹으시면 딱 여신인데."

나영은 자신보다 열 살도 더 많은 벽창호가 자꾸 누나 누나, 말끝마다 누나 누나 하자, "야, 동생아 너 죽여줘? 살려줘? 이 휴먼이 진짜 뇌에 스위치가 꺼졌나?" 하고 말했다.

그러자 벽창호는 나영의 말에 충격을 받았는지 눈동자를 살짝 휘청거렸다.

그리고는 나영에게 향기롭고 싱싱한 장미꽃 한 다발을 건넸다. 나영이 말했다.

"오빠 이거 뭐야? 무슨 뜻이야?"

그러자 벽창호는 기어들어가는 목소리로 말했다.

"누나 우리 사귀면 안 될까?"

나영이 "사귀면, 뭐? 뭐? 뭐? 어쩌자고? 인형 눈깔 붙이기해서 나 먹여 살릴 자신 있나 보지? 오빠 누구 속 터져서 죽게 할일 있어?" 하고 째려보면서 볼멘소리를 해댔다.

그러자 벽창호가 말했다.

"아니 왜 예쁜 입으로 화를 내? 예쁘게 좀 말하지? 나영씨가 여왕벌이야? 땡 벌이야? 땅벌이야? 톡톡 쏴대게?"하며 벽창호는 나영의 화를 더 돋구었다.

그러자 나영이 벽창호의 눈을 똑바로 쳐다보며 큰소리로 말했다.

"오빠 하는 짓 보면 예쁜 말이 나오게 생겼어? 아, 혈압 올라. 진짜 나 뒷목 잡고 쓰러지겠네." 하며 뒷목을 잡자 벽창호는 살짝 걱정이 되는 표정으로 말했다.

"나영씨 혹시 고혈압이야?"

그러자 나영은 어이가 없는지 머리를 흔들며 벽창호에게 말했다. "오빠? 아 진짜 오빠는 내 속 터지게 하려고 태어났니?" 하고 소리를 질러댔다.

그러자 벽창호는 "누나는 내 고막 터지게 하려고 태어났니?" 하고 말했다.
나영은 머리를 절레절레 다시 흔들며 "오빠는 진짜 상담받아야 돼. 말이 안 통해, 말이 진짜. 이 벽창호 일벌레야? 에라이 그래 이 벽창호야? 평생 답답하게 속 터지게 그렇게 살아라. 그렇게 평생 일해 봐라 가난에서 벗어나나? 보다보다 못해 열 받아서 진짜. 누가 오빠 같은 벽창호랑 살겠어? 오빠가 김밥이야? 만두야? 왜 그렇게 맨 날 속 터지게 살아? 이 돌팍 빠가사리, 새 대가리, 닭대가리야." 하며 입에 거품을 물었다.

그러자 벽창호 일벌레가 살짝 자신 없는 목소리로 말했다. "같이 벌어서 먹고살면 되잖아?"
그러자 나영이 길길이 날뛰며 말했다. "어이가 없어서. 진짜 말문이 막혀서. 진짜 숨이 다 막히네? 진짜, 아니? 이 오빠가 진짜 나 홧병 나게 하려고 태어났니?"
벽창호가 "누나는 그럼 나 상사병 나게 하려고 태어났니?" 하며 지지 않고 말했다.

그러자 나영은 열이 달아오를 대로 올라서 혈압이 폭발 직전이 되었다.
"아, 나 이 오빠가 진짜 나 속 터지게 하다못해 이젠 아주 화산 터지게 하네? 아니 천지 삐까리에 직업도 많은데 왜 하필 인형 눈깔 붙이기야? 왜 태어났니? 왜 태어났니? 사람 구실도 못 하면서 왜 태어났니?"하면서 생일 축하 노래에 맞춰 노래를 부르자, 벽창호도 센스 터지는 화답을 했다.

"왜 태어났게? 왜 태어났게? 예쁜 누나.....만나려고....태어났지.....왜 태어났게?...왜 태어났게?.....예쁜 누나랑...결혼하려고...태어났지..."하면서 생일 축하 노래에 맞춰 똑같이 노래를 불렀다.

나영은 어이가 없어서 그냥 말을 돌렸다. "아니 그리고 오빠가 무슨 위대한 일 해? 역사가 기록을 하게? 역사가 뭐 할일 없어? 오빠 인형 눈깔 붙이는 거 기록을 하게?" 하며 핏대를 세웠다.

인형놀이

그러자 벽창호가 진지하게 다시 말했다. "나영씨 혹시 관계의 진전이라고 알아? 관계의 진전은, 뭐든 간절하면 이루어진다는 뜻이야. 서로 자주 웃어주고, 서로 자기의 고민을 털어놓고, 호감 신호를 보내면서 그렇게 해야 관계의 진전이 이뤄지는 거라고. 우리도 그렇게 해야 관계의 진전이 이루어 지는거 아니야? 나영씨 궁금한 거 있는데 물어봐도 되지?" 하더니, 벽창호는 갑자기 나영의 손을 확 잡아끌며 나영의 목에 얼굴을 가까이 가져다 대고는 말했다.

"나영씨 너 향수 뭐 쓰냐? 혹시 샴푸는 뭐 쓰냐? 향기가 엄청 좋네. 내가 제일 좋아하는 향이네?"하며 벽창호는 엄청나게 좋아하는 표정으로 나영의 향기에 취한 듯, 눈까지 살짝 감고는 나영의 향기를 맡으며, 자신의 입을 나영의 목 가까이에 대고 물어왔다.

그렇게 벽창호가 나영의 목에 대고 말을 하자, 벽창호의 뜨거운 숨결이 나영의 귓속을 통해서 훅하고 나영의 심장을 파고들었다. 그 순간 나영은 심장이 찌릿하며 욕정의 도파민이 훅 치솟아 올라왔다.
나영은 깜짝 놀라며 말했다. "지금 뭐 하는 거야? 오빠, 이런 행동 여자들 모독하는 거야."
하고 정색을 하자, 벽창호가 다시 진지하게 말했다. "아니 향수 뭐 쓰는지, 샴푸 뭐 쓰는지 그것도 못 물어봐?" 하며 다시 말을 이어 나갔다.

나영은 아직까지도 심장이 두근대며 욕정들이 가라앉지 않고 있었다. "그럼 나 낼 부터 봉투 붙이기만 할까?" 하고 다시 벽창호가 말했다. 그러자 나영의 속사포가 또 터졌다. "아 진짜 오빠는 대가리가 그렇게 안 돌아가니? 와, 이 오빠 진짜 벽창호네. 벽창호야. 인간아 왜 그러구 살아? 아, 씨팔 진짜? 존나 짜증나네?"하며 나영이 칵테일을 들이키자 이 모습을 지켜보고 있던 연희와 지나는 배꼽이 빠지도록 웃으며, "와 진짜 꼭 부부싸움 하는 거 같다?" 말하며 웃었다.

잠시 후 벽창호는 나가며 말했다. "나영씨 낼 또 올게. 보고 싶어도 참아."
그러자 나영은 혼자서 화가 나서 길길이 날뛰었다. "와 나 오늘 진짜 역대급 스트레스네, 정점을 찍네, 아주 그냥 정점을 찍네. 개 짜증이. 한 놈만 걸려라. 씨팔, 다 죽었어. 나 씨팔 용서하지 않기로 했다?" 하며 두 팔을 허리춤에 집더니, 열 딱지가 나는지 냉수를 한 컵 더 확 들이켜 마셨다.

다음날도 벽창호는 꽃다발을 사들고 왔다. 그러자 나영이 소리쳤다.
"인간아, 왜 그러구 살아? 넌 한 우물 밖에 팔 줄 모르니? 딴 우물도 좀 파봐. 파던 우물물 안 나오면, 다른 우물도 파봐야 되는 거 아니야? 왜 맨 날 한 우물 밖에 팔 줄 몰라? 꽉 막혔어 꽉 막혔어. 진짜 꽉 막혔어."하며 나영은 벽창호의 등을 밀어냈다.

다음날도 벽창호는 또 꽃다발을 사들고 왔다. 그리고는 러브레터를 건네 줬다. 나영에게.

오만과 편견 벽창호

사랑하는 그대여 내가 사랑하는 그대여
그대는 어느, 어둠에 가려
내가 보이지를 않는가?

아, 민들레 홀씨가 안착할 곳을 찾았듯이
방황하던 내 영혼이 안착할 곳을 찾았듯이
버섯의 포자가 안착할 곳을 찾았듯이
나는 안착할 곳을 찾았도다.

가슴이 벅차오르는 그대여

사랑하는 그대여 내가 사랑하는 그대여
그대는 어느, 슬픔에 가려
나란 행복이 보이지를 않는가?

나는 그대를 어둠 속에서 행복으로 이끌 기쁨,
황금으로 된 나침판
선물 같은 신비로운 세상으로 그대를 이끌
황금으로 된 나침판
인생은 어찌될지 알 수 없는 것

과정은 누구에게나 있는 것
과정은 성공을 위한 준비
성공은 피폐한 과정을 경험하며
그 피폐했던 과거에서 서서히 작별을 하며 이루어지는 것
그대도 언젠가는 혈기가 넘치는
분노의 폭주에서 절제의 미학을 배우며
진실의 눈을 뜨게 되는 날이 오리니.

그날이 오면 그대는
그날이 오면 그대는
내게 대하여 했던 그 수많은 오만들과 편견들을 후회하며
가슴이 아프리니.
그리하면 그때는 그대 맘 한쪽 귀퉁이에,
부디 내 자리를 내어주오.

그리하면 그때는 나는 휘파람을 불며

펄쩍펄쩍 뛰며 환호성을 지르며
세상을 다 얻은 듯이 기뻐하리라.

벽창호는 다음날도, 또 그 다음 날도 찾아왔다. 또 그 다음 날도, 또 그 다음 날도 벽창호는 찾아왔다. 한 우물만 파며 찾아왔다.

이제껏 기다리며 인내를 하던 인생의 사유를, 의미를, 이제 찾았다는 듯 벽창호는 날마다 찾아왔다. 그리고는 마지막으로 찾아왔던 날에는 아름답고 설레는 시 한편을 건네주고 갔다.

괴리 감성 스토리텔러

마음만 늘 앞서가고
현실은 그 꿈을 따라가질 못해
한숨 짓는 그대는 누구인가?

멍하니 앉아서 망상 같은 뜬 구름 만을 바라보는
그대는, 그대는, 누구인가?

이른 아침의 이슬처럼 왔다가
석양의 붉은 노을처럼 떠나는 것이 인생 인 것을
꿈 멍만을 때리는 그대는 누구인가?
꿈 없이는 살수가 없는
희망 없이는 살수가 없는
꿈 멍만을 때리는 그대는 누구인가?

의지와는 상관없이 오늘은 내일을 따라가고

현재는 미래를 따라가고
오늘은 어제를 뒤 돌아 보고
인생은 과거를 만들어 내는 공장

태양의 한 가운데서 떨어져 나온 듯
뜨거운 불덩이 같은 사랑의 욕망은 스스로를 태우고
재가 되어 흩날리고
사랑은 슬픔이란 대가를 요구하고,

완벽한 자아라고 자랑하며 자화자찬하는 성공한 사람들은,
자신의 묘비위의 비석에
"젊음이여 야망을 가져라" 하고 글을 써놓고는 강요를 하고,
하루를 살기위해 치열하게 싸우며 고뇌하는 목표 없는 자들은,
에스컬레이터나 엘리베이터조차도 조급해
신분 상승의 헬리콥터를 원하고

힘없는 자들에게 악마는 거래를 하자며 치팅의 페이퍼를 내밀고,
눈이 뒤집힌 사람들은 반쯤 미쳐있고
개인으로부터 집단까지 일확천금에 미쳐가는 세상

기억하라
노력 없는 결과는 없는 법
부처의 고행과 자비를 따를까?
예수의 사랑을 따를까?
고통스러운 인생의 고뇌여.

이럴까 저럴까 상상을 하는 남자의 욕정은 악하고,
점잖고 가벼운 도덕적 사랑만이 선하다고,
부부가 다툴 때, 지혜로운이여 그 경계를 알려다오.
지혜로운 이여 그 경계를 알려다오.

 나영은 벽창호가 마지막이라며 건네준 이 시를 읽고는 꼭 자신의 현실을 보는 거만 같아서 가슴이 뭉클하고 울컥 벅차올라서 눈물이 주르르 흘렀다.
 그리고는 속으로 생각했다. '조금만 더 조금만 더 정신만 올 바랐으면 좋았을 걸.'
 그리고는 다시 생각했다. '내가 오만과 편견에 사로잡혔었구나. 저 오빠가 나중에 어떤 큰 인물이 될지 누가 알겠어? 저 오빠가 어떤 좋은 인연을 만나서, 어떤 귀한 귀인을 만나서 어떻게 변하게 될지 누가 알겠어?' 하고 생각했다.

 나영은 벽창호 오빠가 건네준 시들은 전부 정말로 촌철살인 이었다고 생각했다. '그러니까 사람은, 섣부르게 판단을 하면 안 된다니까?' 하고 생각했다.

15화
그런 날

장태양은 연희에게 줄 편지를 쓰고는 전화를 걸었다.

불씨 장태양

사랑하는님이 있다면,
죽을 만큼 그리운님이 있다면
그녀가 생각 날 때마다 숨을 못 쉴 만큼 그리운님이 있다면
가슴에 뜨거운 불씨하나 지펴놓고
활활 활 타오르는 불씨하나 지펴놓고
한번쯤은 그님을 바라볼 일이다.

밤이면 밤마다 보고픈 그리운님이 있다면
꿈속에 찾아오는 그리운님이 있다면
또각또각 걸어올 기다리는님의 발자국 소리가 기다려진다면
커튼 열고 영혼의 창문을 열고
한번 쯤은 바라볼 일이다.
용암처럼 솟구치는 불씨하나 끌어안고
한번 쯤은 바라볼 일이다
그님을.

바람 최연희

문밖을 나가자 달려드는 바람들이
나를 끌어안고는 내달렸다.
들꽃들이 자태를 뽐내는 들판으로,
연분홍빛 벚꽃 들이 흐드러진 세상으로,

온갖 풀잎들이 나무들이 푸르른 아름다운 세상으로
나를 끌어안고는 내달렸다.

그리고는 나는 아름다운 세상을 바라보았다.
싱그러움을 고스란히 품은
끝도 없이 이어지는 아름다운 지평선의 대자연들과
하늘과 지평선이 맞닿은 곳들을 바라보았다.

뒤 돌아서서 바람이 오는 곳을 바라보니
나를 끌어안고 내달리던 그 바람들은
지평선의 저 먼 그 끝자락 에서 불어오고 있었다.
그 바람들이 스쳐오는 곳마다 대지들은 비옥했으며
그 바람들은 풀꽃들의 꽃 몽우리들을 한껏 터트려 주었으며,
막혀있던 나의 숨통을 터트려 주었다.
그리고는 내 자아 내부의 숨통 까지도 터트려 주었다.

"세상의 모든 소식을 가져 왔어요" 하고
바람은 속닥속닥 수다꾼들처럼 떠들썩하게 소란을 떨었고
질펀한 수다로 언덕 너머의 아름다운 세상에 대해 뻥쳤다.
파란 하늘 아래 곱게 핀 벚꽃들과
새순이 돋아나는 산기슭의 산나물들과
넓고 넓은 바다에 지는 아름다운 석양빛의 일몰들과
"얘들아 다들 이리 모여 봐" 하고
꿀벌들과 나비들을 불러 모아서 수다를 떠는
산수유 꽃들의 이야기들에 대해 뻥쳤다.

연희와 장태양은 끝도 없이 흐드러진 벚꽃 나무들의 숲을, 로맨틱한 분위

기가 가득한 향기마저도 가득한, 하늘엔 흰 구름들이 둥둥둥 떠다니는 동네, 잠실 주공 5단지의 아파트 길을 함께 걷고 있었다.

연희가 벚꽃보다 눈부신 환한 표정으로 말했다. "오빠, 와 여기 진짜 좋다. 어떻게 이렇게 벚꽃나무들이 끝도 없이 이어져 있지? 마치, 동화 속 세상에 온 거 같아? 어떻게 이렇게 때 되면 꽃피고, 벌, 나비들 날아들고 설레게 만들어 주고 그럴까?" 하고 연희가 말하자 연희에게는 언제나 얼굴한번 찡그리지 않는 장태양도 환하게 웃으며 말했다.

"우와 연희씨. 저기 봐봐, 저 꽃잎들 좀 봐봐? 어떻게 벚꽃 잎들이 꼭 눈송이들처럼 흩날리지?" 하며 감탄을 했다. 그리고는 장태양은 두 팔을 크게 벌리고는 어린 아이처럼 빙글빙글 돌아보았다. 장태양은 숨을 크게 들이마시며 다시 말했다. "연희씨, 우리 오늘 진짜 여기 잘 온 거 같아, 마치 무슨 꽃 대궐에 온 거 같아. 천국이 있다면 이런 모습일까?"

연희와 장태양의 머리 위로 벚꽃 잎들이 눈송이들처럼 흩날리며 쏟아져 내렸다. 퍼붓듯이.마치 동화속의 세상처럼, 선녀들이 사는 세상처럼 벚꽃 잎들이 눈송이들처럼 흩날리며 쏟아져 내렸다.

그러자 두 사람은 어린 아이들처럼 두 팔을 벌리고 나비처럼 이리저리 뛰어 다니며 꽃 대궐을 이리저리 뛰어다니며, 마음을 날으며, 허공을 날으며, 바람의 손을 잡고 날으며, 연분홍 벚꽃 잎들의 눈송이 들을 맞으며, 깔깔대고 웃으며, 우와 우와 하고 감탄을 하며 행복한 시간을 보냈다. 어느새 어둑어둑 해지자 연희가 문득 말을 꺼냈다.

"우리 가게에 어려운 일이 있을 때마다 어떻게 흑기사들이 나타나서 매번 구해주지? 혹시 그 흑기사 오빠 아니지?" 하는 연희의 말에 장태양은 "에이, 내가 무슨 흑기사. 흑기사는 아무나 하나?" 하고 말했다.
그러자 연희가 말했다. "응 그래. 진짜 난 또 그 흑기사가 오빠가 아닐까 싶었거든? 그런데 참 이상하네? 문밖에서 지켜보고 있다가 들어오는 것처럼 어려운 일 있을 때마다 어떻게 그렇게 빨리 나타나지? 때 맞춰서? 틀림없이 오빠 같은데?"하고 말하는 연희의 말이 끝나자마자 장태양이 말했다.

"우와, 거참 신기한 일이네. 연희씨 우리 여기 구경하고 맛있는 거 먹으러 갈까? 내가 쏠게 나 배고파." 하고 장태양이 말하자 "아냐 오빠, 내가 쏠께" 하며 연희는 장태양의 손을 잡아 이끌고 음식점으로 향했다.
 순간, 장태양의 심호흡이 턱 막혀왔다. 그리고는 심장은 우르르, 다리는 후들후들 떨려왔다.
 연희의 부드럽고 따뜻한 손길의 온기에 장태양은 심장이 녹아내렸다. 하지만 연희는 장태양이 잘해주는 것을 우정으로만 생각했다. 장태양의 감정은 모른 채 우정으로만 생각했다.

 감정의 세계는 참 오묘한 것이다. 같은 일을 두고 한 사람은 사랑으로 치닿고, 한 사람은 우정으로 생각하고. 젊은 청춘 남녀 사이에 우정이 있을까만은? 연희는 그랬다. 장태양은 그냥 우정이라고.
 연희는 그동안 남자들에게 받은 몇 번의 상처 때문에 또다시 상처받을까 두려워 남자들에게 마음을 열지 못하는, 마음의 병인 '회피성 장애'를 앓고 있었다. 그래서 늘 언제나 씩씩한 나영에게만 마음을 의지한 채 살아가고 있었다.

 장태양은 장태양 나름대로 연희와의 우정마저 잃을까봐 겁이 나 사랑과 우정 사이에서 갈등 하다가, 오늘도 정성들여 써온 편지를 연희에게 전해주지 못했다. 용기가 나질 않아 연희에게 전해주지 못했다.

 석양의 황금빛 노을에, 길게 드리워져 있던 가로수들의 그림자가 어둠 속으로 서서히 숨어들자 낮과 밤이 교차되며 분주한 사람들은 집으로 향했고, 별빛 같은 불빛들이 창문들 마다 켜졌다.

늦은 밤, 강남 수서동 연희의 집.

연희는 요즘 나영과 함께 산다. 언제나 씩씩한 나영이 든든해서 와달라고 부탁했다.
연희는 늘 집에서는 가벼운 짧은 슬립만 입고 지낸다. 연희는 장태양과 꽃 구경을 하고 난후 집으로 돌아와 일기를 쓰고 있었다.

도시에서 태어나는 별 최연희

서울의 밤엔 날마다 새로운 별들이 태어난다.
아파트의 창문들마다
도로가의 가로등들마다
달동네의 빼곡한 판자 집 창문들마다
날마다 새로운 별들이 태어난다
그리고는 어두운 곳들을 비추며 그 빛을 발한다.

억수같이 비가 쏟아지는 밤에도
삭풍들이 몰고 오는 눈보라가 퍼붓는 밤에도
앞이 보이지 않는 칠흑 같은 밤에도
세상을 비추며 빛을 발한다.

이렇게 늘 캄캄한 어두운 밤에도
도시에서 태어나는 별빛들의 발현 때문에 이토록 아름다운데,
나, 어디서 이다지도 힘에 겨운
버거운 슬픔을 물려받았기에
원죄를 물려받았기에
이토록 슬픈 비애를 가슴에 안고,

살아가야만 하는가.

아, 슬픔이 날개를 다는 도다
비탄이 날개를 다는 도다
밤거리를 질주하는 자동차들의 아우성소리보다 더
소용돌이치는 바다의 커다란 파도소리들의 아우성 소리들 보다 더
소란스럽게 내 마음을 두드리는 감정의 아우성 소리들이여
비탄이 날개를 다는 도다
노여움이 분노를 하는 도다
괴우처럼 분노를 하는 도다
나 너무나도 눈물겨워 어둠의 커튼을 열고 창밖을 바라보니
오늘도 어김없이 도시에서 태어나는 별빛들만
공허한 빛을 발하는 도다.

연희가 장태양을 만나고 와서 일기를 쓰고 있을 무렵, 나영에게 공명 상태가 찾아왔다. 마치 온갖 그림물감들을 뒤섞어 놓은 것처럼, 막막함 들만이 장맛비처럼 마음속에 내렸다.

그렇게 실타래처럼 술술 풀려가던 미친 듯이 써내려 가던 소설의 문맥들이 갑자기 막혀버렸다. 그리고는 창백한 공허감들만이 들락거렸다. 떠오를 듯 떠오르지 않는 문장들이 마치 강물위에 떠있는 부유물들처럼 머릿속을 배회했다.

나영은 아아악 하고 비명을 질러봤다. 그러자 그나마 쭈뼛쭈뼛 떠오르던 문맥들마저, "저 미친년 왜 저래?" 하고 안부 아닌 안부만 묻고는, 나영의 방문을 쾅 닫아 버리고는 떠났다.

그러자 나영의 안에서 굳건히 나영을 지탱해 주던 나영의 소설가의 꿈에 캄캄한 어둠들이 종종 종 걸음으로 다가와서는, 나영의 꿈을 어둠들로 온통 뒤덮어 버렸다.

그러자 머릿속에서 윙 소리를 내며 거센 바람들이 몰려와서는, 나영의 자아를 밖으로 끌어내다 내동댕이를 쳐 버렸다.

나영의 자아는 마치 겨울바람 앞의 헐벗은 나무들처럼 외롭게 떨며, 허허로운 벌판에 서 있었다. 그러자 무엇엔가 쫓기듯 견뎌왔던 나영의 소설가의 꿈은 고독한 늑대처럼 설원을 배회했다.

나영은 할 수 없이 자신을 다독이는 문맥들로 문장들을 써내려 갔다.

자아도취 김나영

미친 자아도취여 환호하라
광풍 같은 미친 자아도취여 환호하라
희망이여 문을 열어라
내 우주 속, 불꽃의 폭죽들이여 불을 당겨라.
그리고는 온 우주에 온 세상에
나의 미려한 문장들로 빛을 발하라
권태로움으로 가득한 낡오된 자의 패배감들이여 나를 떠나라
빛이여 불꽃이여 암울한 수렁으로부터 나를 구하라
나를 끌어안고 있는 표독한 증오감들이여,
사악한 분노감들이여,
쓸쓸한 얼굴로 내 팔을 풀고는 나를 떠나라
나를 윽박지르며 텅 빈 폐허로 가득채운 내안의 창백한 공허감이여
제발 제발 나를 떠나라
미친 자아도취감이여
광풍 같은 자아도취감이여
나를 치유하라
나를 치유하라.

나영은 소설을 쓰다 말고 문맥들이 막히자 연희의 방문을 열고 들어와, 침대에 엎드린 채 일기를 쓰고 있던 연희의 옆에 누워 연희의 슬립을 들어 올려 연희의 엉덩이를 톡톡 때리며 손으로 쓰다듬다가 입으로 연희의 엉덩이를 핥아대며 장난을 쳐댔다.

그러자 연희가 "아잉, 아잉, 미쳤어? 미쳤어? 아잉 나영아 왜 그래?"하며 손으로 나영의 얼굴을 밀어냈다. 그러자 나영은 연희에게 혀 꼬부라진 소리로 "연희양, 연희양"하며 애교를 부려댔다. 그러다가는 아예 자신의 얼굴을 연희의 엉덩이 사이에 파묻고는, 혀로 연희의 은밀한 곳을 부벼댔다. 그러자 연희는 "나영아, 나영아, 아아..아아아.."하며 신음소리 비슷하게 찡찡거렸다.

그러자 나영은 엎드려 있는 연희의 엉덩이와 허벅지에 자신의 은밀한 곳을 문질러대며 끈적끈적하게 부벼댔다. 그러자 연희는 "너 뭐냐?" 하며 나영을 바라보다가 장난을 치는 나영의 행동을 무시한 채 일기를 계속 썼다.

그런데 이상하게 나영의 행동이 계속되자 기분이 오묘해졌다. 나영이 자신의 도톰한 은밀한 곳으로 엉덩이와 골반을 문지르며 귓볼에 입김을 불어 넣으며 입술에 키스를 하자, 연희는 갑자기 욕정이 콱 치솟아 올랐다.

그러자 연희는 나영의 입술과 혀를 받아 주었다. 연희는 남자와 하는 키스와는 전혀 다른 느낌의 나영의 키스의 환타지에 욕정이 훅하고 더 치솟아 나영이 하는 대로 그냥 몸을 맡겼다. 나영은 연희의 등 뒤에서 가슴을 애무하다가 더 밑으로 내려가서 연희의 엉덩이 사이의 은밀한 곳을 혀로 애무하다가 갑자기 입술로 이빨로 부드럽게 깨물어 댔다.
그러자 연희는 허리를 활처럼 크게 휘더니 "아흑 아흑, 아흑, 아흐흥... 아흐흥..아이쿠 아이쿠 아파 나영아 아파...."하더니 손으로 거세게 나영을 밀쳐냈다.

그러자 나영은 똑바로 눕혀져 있는 연희의 은밀한 그곳을 보고는 순간 깜짝 놀랐다.

연희의 도톰한 그곳은 마치 무슨 천상의 조가비처럼 예뻤다. 많지도 않은 음모를 깨끗하게 면도를 해놓았다. 연희는 아마도 텐 카페에서 일을 할 때 음모를 한 웅큼 뽑힌 트라우마 때문인 것 같았다. 연희의 그곳은 천상의 조가비가 입을 벌린 듯이 예뻤고, 그리고 연한 핑크빛이었다. 새하얗고 보사시한 연희의 피부와는 엄청나게 조화를 잘 이뤘다.

연희의 연한 핑크빛의 그곳은 미친 듯이 신비로웠고, 성형을 했어도 이토록 완벽하게 예쁘게 아름답게 성형을 할 수는 없는 그런 모습이었다. 타고난 여신의 그곳이었다.

그냥 장난을 치던 나영은 갑자기 욕정이 꽉 치솟아 올라, 연희의 그곳들을 혀와 입술로 탐해댔다. 모두 다 핥아먹어 버릴 듯이 깨물어 먹을 듯이 탐해 냈다.

그리고는 나영은 책에서 배운 방중술로 잠들어 있던 연희의 8천여 개의 신경들을 천천히 자극해 가며 연희의 그곳 쾌감 신경들을 깨웠다. 나영은 손가락으로 연희의 항문 방향의 K스팟을 자극해 주다가 질벽 사이의 움푹 들어간 곳 T스팟을 자극해 주었다. 그러자 연희는 "아흑 아흑, 아흑 아흐흥..아흐흥..아이쿠, 나영아...아이쿠 아이쿠 나영아....아흐흥... 아흐흥... 나영아 그만해" 하며 울음 같은 흐느낌을 질러댔다.

그 순간 나영의 손길을 거부하던 연희의 마음과는 다르게, 연희의 몸은 신호를 보내왔다.

육체적으로 참을 수 없는 본능이 반응으로 나타났다.

그러자 정말 이상한 일이 벌어졌다. 방중술 때문인지 타고난 건지 연희의 그곳이 나영의 손가락들을 마치 손으로 있는 힘껏 쥐었다 놓았다 하는 것처럼 나영의 손가락들을 움켜쥐었다가 놓았다가 했다. 나영은 이게 무슨 일인지 몰랐다. '혹시 이게 아마도 말로만 명기 그런 것인가? 내가 잠들어

있던 연희의 명기를 깨운 것인가? 흔한 말로 긴자꼬라고 부르는 그건가?'
나영은 생각했다.

　연희는 나영의 손가락들을 계속해서 꽉꽉 꽉 쥐었다가 풀어줬다하더니 허리와 엉덩이를 배배 꼬면서 더 미친 듯이 소리를 내댔다. "아흑 아흑, 아흑 아흐흥…아흐흥…아이쿠 나영아…아흐흥… 아흐흥… 아흐흥…나영아 그만해"하며 마치 울음 같은 신음을 내댔다.

　연희의 그곳은 계속해서 꿈틀거리며, 수축과 이완을 반복해 댔다. 나영은 다시 연희를 엎드리게 한 후 무릎을 꿇려놓고는 엉덩이를 들어 올리게 해 놓고는 질 벽 뒤쪽 항문 쪽에 위치한 G스팟을 문질러주며 자극해 줬다. 그러자 연희는 마침내 홍수를 쏟아냈다. 마치 홍수가 난 강물처럼 홍수를 쏟아냈다.

　나영은 연희가 참 신비스러운 여자처럼 느껴졌다. 연희의 그곳은 그야말로 온통 신비스러움 그 자체였다. 나영은 사랑의 노래를 마음속으로 외쳤다.

/ 우르르 김나영

　그리운 날엔 그리운 날엔
　그대가 그립고 보고픈 날엔
　우루릉 쾅쾅쾅 우루릉 쾅쾅쾅 우루릉 쾅쾅쾅
　천둥과 번개로 먹구름을 불러내어
　비를 내리게 하여 비를 내리게 하여

　시냇물처럼 다가가 강물처럼 다가가 빗물처럼 다가가
　그대에게 흘러 흘러가 떠내려가
　우르르, 우르르 그대에게 가고 싶다.

그리고는 또다시 우르르, 우르르 몰려가
마구, 마구 우르르 몰려가
보고픔을 그리움을 외로움을 쏟아내며
온몸에 비를 다 맞고서라도
착하고 고운 그대에게 달려가고만 싶다.
착하고 그리운 그대를 만나러.

연희는 다시 한쪽 팔을 꿇은 채 무릎을 꿇린 자세로 엉덩이를 하늘 높이 든 채로 한 손으로 나영의 머리채를 꽉 움켜잡더니 잡아당기며 자신의 엉덩이 쪽 계곡에다 나영의 얼굴을 밀어붙여 댔다. 마치 발정난 개처럼 헉헉 거리며 밀어붙여 댔다. 그러자 나영의 얼굴은 연희의 엉덩이 계곡 속에 파묻혀져 버렸다. 잠시 후 나영은 엉덩이를 밀어 붙여대는 그런 연희를 똑바르게 눕혀 놓고는 거꾸로 올라타서 연희의 얼굴과 입술에 자신의 은밀한 곳을 밀착시키며 부벼댔다. 그러면서 속삭였다. "연희야, 연희야, 최연희.. 넌 내꺼야, 알았지? 알았지?... 넌 내꺼야? 넌 내꺼야? 아 미친년......미친년...아 발정 난 개 같은 년......아 발정 난 개 같은 년"하며 흐느끼더니 온몸을 부르르 떨며 "앙앙 앙 앙앙 앙 아흐흥 아흐흥...앙앙응응........ 앙앙응응......... 앙앙앙, 아흐흥 아흐흥....앙앙 응응 앙앙 응응...."하고 발정난 암고양이처럼 흐느꼈다.

태평양에서 발원해 한라산을 넘어온 장마 전선이 비를 뿌리며 훑고 지나간 후 홍수처럼, 마치, 메마른 대지의 밭고랑들을 다 적시고도 남을 만큼의 커다란 홍수가 난 듯이 바닥난 저수지와 호수들을 다 채울 만큼의 홍수가 난 듯 맑은 물을 연희의 얼굴에 몸 위에 쏟아댔다. 자칫 세상의 대지들을 다 휩쓸어 갈지도 모를 듯 큰 홍수를 쏟아대며 쏟아냈다. 그리고는 온몸을 부르르 떨어 대더니 이내 늘어졌다. 나영은 그렇게 연희의 그 예쁘고 아름다운 그곳을 사랑스럽게 물고는 늘어졌다. 연희는 다시 쓰다만 일기장을 썼다.

/ 산발한 바람 최연희

산발한 바람이 내게 달려들어 나를 탐했다.
나는 그 바람의 손을 잡고 내 달렸다.
이 세상 끝까지 영원의 끝까지,
그러자 내 안의 슬픔들은 말을 잃어버렸고
내 안의 상처들은 기억을 잃어버렸다.
가만히 생각해 보면,
그 머리채를 풀어헤친 산발한 바람은,
그 미친년 같은 산발한 바람은,
내 상처와 내 슬픔들을 내게서 도륙해 내어 주려고,
내게로 찾아온 산발한 바람.

그날부터 나영은 밤이나 새벽녘이나 잠이 살짝 깰락 말락 하는 몽롱할 때에도 자신의 손으로 연희의 몸을 만지며 자는 게 습관이 되어 버렸다. 연희의 탱탱한 가슴이나 탱탱한 엉덩이를 만지며 자는 게 습관이 되어 버렸다. 그리고는 자신의 다리를 연희의 다리 위에 척 하고 얹어놓고는 자는 게 습관이 되었다.
  잠결에 머리를 쓰다듬고.......허리를 껴안고.....가슴까지 손이 올라가고....두근두근 대고 가슴이 벌렁벌렁 대고......그러는 게 습관이 되었다.

  어느 날 연희는 나영에게 귓속말로 속삭였다. "나영아 니가 만져주니까....좋다." 연희도 나영의 손길을 은근히 바라게 되었다. 하지만 사귀는 사이는 아니었다. 그냥 편안함이었다. 서로에게 편안함 그 정도였다. 그렇게 연희와 나영은 서로를 더 의지하게 되었다.

  세상천지에 피붙이가 없는 연희와 나영을 운명은 어디로 데려다 줄 것인가?

그들의 운명은 정해져 있는 것일까? 사주팔자는 타고나는 것이지만, 운명은 노력 여하에 따라서 바뀔 수도 있다고 했다. 운명은 그들을 어디로 데려다 줄 것인가? 운명이란 건, 길과 같은 것이니까. 그리고 운명은 언제나 결정된 것이 아니니까. 너는 이 길로 가라, 너는 이 길로 가라 하며 정해진 길을 없으니까, 운명이란.

길 김나영

어느 날 길이 없어졌다.
습관처럼 다니던 그 길이 없어졌다.
처음으로 되돌아가 다시 되돌아오며 걸어 봐도,
길을 찾을 수가 없었다.
내일이라는 길을 찾을 수가 없었다.
나는 눈물이 번졌다.
그러자 네온사인들이 화려하게 춤을 추는,
거리의 불빛들이 흐려 보였다.
쇼윈도의 유리창들까지도 흐려 보였다.
눈물 때문에 흐려 보였다.
그리고는 가슴이 울컥 차올랐다.

그러자 슬픔들이 고독들이 눈물들이,
내게 더 많이 배달되어 왔다.
끝도 없이 배달되어 왔다.
그리고는 그 슬픔들은 고독들은 눈물들은 몇날 며칠이 지나도
사라지지도 않고 떠나지도 않았다
하여, 나는 새로운 길을 찾아 나섰다
두려움의 무게를 견디며
새로운 길을 찾아 나섰다.

16화 꼬인 날

라일락꽃 향기 가득한 저녁 8시, 어둑어둑한 시간.
나영과 연희가 출근을 하려고 버스정류장 의자에 앉아있었다.

"아가씨들? 나 기다렸어? 나랑 쓰리썸 할려고?" 하는 말에 뒤돌아보니 웬 술에 취한 지저분한 50대 남자가 연희와 나영을 빤히 쳐다보며 서 있었다.
 그러자 나영이 쌀쌀맞게 "아저씨 그게 무슨 말이에요? 그거 성희롱이에요, 아세요?" 하고 말하자, 남자는 나영의 말을 무시하고는 말했다.
 "거기 우리 집 내 침대인데? 아가씨들이 왜 여기 앉아있어? 그거 나랑 하려고 그러는 거 아니야? 그리고 우리 집엔 어떻게 들어왔어? 이거 무단침입 아니야? 앞으로 조심해? 아 씨팔, 순간 존나 꼴렸네, 쓰리썸 하는 줄 알고."
 남자는 술 냄새를 확 풍기며 나영과 연희의 얼굴에 술 냄새 나는 얼굴을 바짝 들이밀었다.
 그러자 연희와 나영은 의자에서 얼른 일어났다. 술취한 남자는 신발과 잠바를 벗어놓고 버스 정류장의 의자 위에 길게 누워서 금방 잠이 들어 버렸다. 착한 연희는 또 못 말리게, 그 잠바를 남자의 배 위에 덮어 주었다.

저녁 아홉 시, 유혹의 소나타.

"저기 혹시 남자친구 있으세요?" 앞에 앉은 수려하게 잘생긴 30대 초반쯤의 남자가 지나에게 조심스럽게 물었다. 칵테일을 마시면서.

지나는 속으로 '와, 이제 나한테도 봄날은 왔나보네. 얼씨구나 좋구나' 하며 해맑게 웃으면서 말했다. "제가 좀 예뻐 보였나 보죠? 혹시 저한테 관심 있으세요?"
 그러자 남자가 말했다. "네, 관심 있어요. 저희 아버지가 혼자되신 지가 꽤 오래 되셨거든요.혹시 생각 있으시면?"
 순간 지나는 뇌에 감각이 없어지며, 얼굴은 썩은 표정이 되었다.
 속으로 '니가 시방 진짜 정말 나가지고 노냐? 이 휴먼이 진짜 뇌에 에러가 났나?' 하고 소리를 꽥 질렀다.

잠시 후, 훈남은 지나가 입고 나온 청바지를 한두 번도 아니고 자꾸만 힐 끗힐끗 쳐다봤다.

그러자 지나가 "왜 그러세요 오빠? 왜 자꾸 내 바지만 쳐다봐요?" 하고 말했다.

남자가 말했다. "아가씨는 참 알뜰하네. 색도 다 바래고 구멍까지 숭숭 났는데 버리지도 않고 입고 다니네. 딱, 우리 아버지 짝인데 알뜰한 게."

그러자 뿔이 난 지나가 말했다. "이 오빠가 가만히 보니까 사람 가지고 노는 스타일이네? 능글능글하게 생겨가지고. 오빠 나 지금 현타와서 내 성질하고 내 인내심하고 둘이서 멱살잡고 싸우는 중이니까 그만해. 나 지금 충분히 기분 나쁘거든."

남자가 말했다. "야 너 왜 그래? 나 뻘쭘하게. 우리 아버지 돈 많아, 그리고 오늘 낼 오늘 낼 해서 효도 좀 하려고 했더니 왜 그래? 너 우리 아버지하고 혼인 신고만 해봐 너는 노 나는 거야. 우리 아버지 몇 달 안에 죽을 텐데."

그리고는 다시, "야, 너랑 나랑 우리 아버지 죽으면 반땡해, 우리 아버지 재산 전부 다 어디다가 기부한대. 수백억 다 기부한대. 나 사람 같지 않은 놈이라고. 그러니까 우리 아버지 재산, 전부다 어디다가 기부하기 전에 니가 좀 꼬셔봐." 하고 말했다.

그러자 지나는 작정을 한 듯이 막말을 해댔다. "오빠 뭐? 약 쳐드셨어요? 혹시 쥐약을 정력제인줄 알고 잘못 쳐 드셨냐구요? 아니면 농약을 소화제인줄 알고 잘못 쳐 드셨냐구요? 오빠 뻘드립 개드립 아무 때나 하는 거 아니지 않나요? 진지함이라고는 1도 없어 진짜. 내가 그렇게 보여요? 내가 다 죽어가는 노인네한테 접근해서 혼인 신고해서 돈 뜯어내는 꽃뱀처럼 보이냐구요? 오빠 혹시 뭐 불치병 있어요? 뇌에 불치병 있냐구? 오빠가 하는 거 그거 재물 공격이야? 그리고 어디서 넉살 좋게 웃어?" 하며 입에 모터를 단 듯 말했다.

그러자 남자는 화가 머리끝까지 났는지 쌍욕을 날려댔다. "이런, 개쌍년이 개념을 상실했나?

실시간으로 까부네?"

지나도 지지 않고 말했다. "오빠 아직 키 다 안 컸나보네? 왜 그렇게 짜리야? 이러면 좋아? 좋냐구? 러브스토리 영화 몰라? 여자는 무슨 말 할 때 좋아하는지 몰라? 그럼 오빠는 청혼 할 때 이렇게 말할 거야? 너 결혼식 하기 전에 계약서에 싸인 해. 위자료 안 받는다고. 돈 주기 싫으니까 하고 말하면, 그러면 결혼하실 분이 좋아하겠어? 이런 개미친 새끼가 하고 말하면서 개 패듯 때리겠지." 하고 지나가 거품을 물자, 남자는 칵테일 잔을 확 집어던지며 말했다.

"야, 시끄러워 쌍년아. 이게 어디서 주뎅이만 살아 가지고?"하며 분노 가득한 표정으로 씩씩 거렸다.

지나가 다시 속사포를 쏟아냈다. "뭐? 주뎅이만 살아? 그럼 오빠 화장실 어디죠? 하고 물어보는 급한 사람한테 중국어로 워따똥싸 그러면 좋겠어? 그러면 맞아 뒤지겠지? 개드립도 봐가면서 쳐야지?"
그렇게 지나의 열불이 끝도 없이 이어지자, 남자는 멘탈이 가출을 했는지 막말들을 두서없이 떠들어 댔다. "야 너 쌍년아, 너 죽고 싶냐? 내가 개드립 치는 거로 보이냐? 같이 잘살자는 거잖아. 내 주먹이 지금 나한테 뭐라고 하는지 알아? 메시지 폭탄 쏘아대고 있어. 저년 주뎅이년한테 핵주먹 날리라고?"
남자는 주먹을 들어 보이고는 "에라이, 미친년아. 쉽게 몇 백억 들어오는데도 그걸 거절을 하냐? 또라이 같은 년." 하고 욕을 해대고는 나갔다.

그러자 지나는 남자의 뒤에 대고 소리쳤다. "여자들이 다 돈이라면 껌뻑하는 줄 알아? 여자들은 돈보다 파도칠 때, 물보라 칠 때, 비바람 불 때, 감싸주는 사람 더 좋아한다고. 기껏 화장하고 나온 여자 친구한테 오, 너 오늘은 호박꽃처럼 좆같네? 오빠가 돈으로 장미꽃 만들어 줄까? 하고 말하면 기분 좋겠어? 한마디 더 덧붙여 줄까? 오빠는 그냥 집에 짱박혀 처박혀 살아. 나다니지 말고?"

인형놀이

밤 12시 쯤, 유혹의 소나타.

한쪽 팔과 한쪽 다리에 기브스를 한, 연예인을 뺨치는 잘생기고 훤칠하고 말 빨까지 좋고,
부티나 보이기까지 하는데다 몸까지 좋은 40대 초반의 남자와 오늘따라 치렁치렁한 풍성한 머리칼과 빨간 실크 짧은 원피스가 유난히 더 우아한 듯, 섹시한 듯 아름다워 보이는 연희가 꿀 허벅지를 훤히 드러내 놓고는 다리를 꼬고 앉아서 최고급 위스키를 마시며 앉아있었다.

연희의 입술은 마치 새빨간 장미꽃의 꽃 몽우리만 같았다. 빨간 실크 짧은 원피스와 빨간 입술의 조화가 마치 아름다운 장미꽃들이 흐드러지게 피어 만발한 장미꽃밭에서 금방 뛰쳐나온 여신만 같았다. 연희의 모습은 남자들이라면 누구라도 입을 헤 벌린 채 게슴츠레 바라볼 수 밖에 없게 만드는 황홀한 자태였다. 연희는 거기다가 달콤하고 향기롭고 향긋한 향수 냄새가 났다.
기브스는 어지러울 지경이었다. 기브스는 끊임없이 연희의 아찔한 가슴과 허벅지를 느끼한 시선으로 뜨거운 눈길로 달려왔다. 기브스는 속이 타는지 계속해서 연희에게 원샷을 유도해 10분 만에 비싼 최고급 위스키를 한 병 다 비웠다.

그러더니 기브스가 말했다. "연희씨? 여기, 비싼 위스키 한 병 더 가져와. 젤 비싼걸로. 자 카드 여기, 세병값 한꺼번에 싹 다 긁어."
연희가 카드 단말기에 술값을 계산하는 사이에 기브스는 위스키가 반 잔 쯤 남아있는 연희의 언더락스 잔에 무언가를 퐁당 넣고는 모른 체 하고 있었다.
연희가 기브스에게 새로 가져온 위스키를 따라주자 기브스는 연희의 얼굴을 바라보며 말했다. "오늘 한번 달려볼까? 남기기 없기다?" 하며 연희에게 원샷을 유도했다. 그리고는 연희가 위스키를 끝까지 마시는지를 지켜보고 있다가, 연희가 술잔을 다 비우자 자신도 술잔을 비웠다.

기브스는 연희에게 위스키를 또 따라주었다. 그리고는 연희의 옆에 바짝 붙어 앉아서 말했다. "와 진짜, 죽이는데? 술 진짜 잘 마시네? 그리고 너 진짜 꿀 허벅지네?" 하며 침을 연신 꼴깍꼴깍 삼키더니 슬금슬금 연희의 허벅지를 주물러댔다.

그러자 "오빠 내 허벅지 다 닳아빠지겠네. 그런데 오빠? 대형사고 쳤나봐? 어쩌다가 다쳤어?" 하고 묻는 연희의 질문에 기브스가 말했다. "에이, 그러니까 재수가 없어서." 마치 동정을 유도하는 눈빛으로 연희를 바라보며 말했다. 그러자 연희가 물었다. "오빠, 왜 다친거야?"

그러자 기브스는 연희에게 다시 원샷을 유도했다. 그리고는 연희가 위스키를 다 마시자 위스키를 따라주며 말했다. "이번 일요일에 강남대로에서 롤스로이스 몰고 여자 친구 태워 주다가 진짜 이쁘고 섹시하고 여신 같은 여자가 샤랄랄라 샤랄랄라 짧은 치마를 입고 엉덩이를 흔들면서 지나가더라고. 그래서 잠산 한눈을 팔았다가 사고가 났지."

그러자 연희가 눈을 동그랗게 뜨고는 말했다. "엥? 그런다고 오빠 이렇게 크게 다쳐?"
"그게 아니고 옆에 탄 여자친구가 씨팔 내 두 눈을 꽉 가리는 바람에 전봇대에다 쾅 접촉사고가 났지. 시속 100킬로로 달리다가." 하고 말했다.
기브스는 무슨 자전적인 스토리라도 이야기를 하는 듯이 말하며 한 손으로는 연신 연희의 허벅지를 계속해서 주물러 댔다.

그러자 연희가 기브스의 손등을 손바닥으로 탁 때리면서 말했다. "오빠, 오빠가 이러니까 벌 받지?"
그러자 기브스는 능글능글하게 웃으며 "뭐 벌? 야 그냥 보이니까 본 거잖아. 내가 뭐 일부러 본 것도 아니고?" 하고 말하면서도 두 눈은 연신 연희의 새하얗고 풍만한 젖가슴을 훔쳐봤다. 그리고는 혀를 길게 내밀어 자신의 윗입술을 핥듯이 쓱 닦으며 게슴츠레한 눈길을 떼지를 못했다.

그러자 연희가 말했다. "이거 봐 이거 봐. 와 이 오빠 진짜 반성도 없네? 잘했네 진짜, 여자친구가." 하고 비꼬았다.

그 말에 기브스는 "야 반반한 girl......괜찮은 girl....삼삼한 girl.....끝내주는 girl....이 진짜 사람 염장 지르나? 이게 어디서 입바른 소리야" 하면서, 연희의 허벅지를 손바닥으로 탁 때렸다.

그러자 연희가 물었다. "오빠 궁금한 게 있는데 오빠 직업은 뭐야?"

기브스가 말했다. "나? 도둑."

순간 연희의 가슴이 덜컥했다. "오빠, 진짜 도둑이야?"

"응...."

"?????????"

연희가 말을 못하고 있자 기브스는 "여자 마음 훔치기, 도둑" 하고 말했다.

그러자 연희가 어이가 없는 표정으로 말했다. "하긴 오빠가 제 버릇 개 주겠어?"

기브스가 말했다. "야 최연희? 넌 임신할 때 아빠 콘돔 찢고 나왔냐? 넌 왜 이렇게 말하는 게 싸가지가 없이 예쁘게 말해? 너 이 기브스로 한대 맞아볼래? 얼마나 안 아픈지?"

말이 끝나자 기브스는 갑자기 연희의 엉덩이와 가슴을 꽉 움켜쥐었다가 놓고는 연희의 표정을 살폈다.

'옳지, 약발이 올 때가 됐는데?' 하고 생각하며 기브스는 갑자기 혀를 길게 뽑아서는 연희의 허벅지를 핥아댔다. 연희는 그런 기브스를 계속해서 떼어내려고 했지만, 기브스가 얼마나 꽉 세게 연희의 허벅지를 붙잡고서 안 놔 주는지 연희의 허벅지에 새빨갛게 손자국이 다 났다. 그리고 다리를 뺄 수조차 없었다. "아얏 아파요, 오빠." 하고 말하면서 연희가 기브스의 등을 머리를 탁탁 때리면서 밀어 댔지만, 기브스는 찰거머리처럼 착 달라붙어서는 떨어지질 않았다.

그리고 잠시 후, 연희는 깜짝 놀랐다. 목과 가슴에서는 갑자기 심한 갈증이 타올랐고 온몸으로 전달되는 짜릿함들 때문에 온몸은 달아올랐다. 그

느낌은 마치 늑대인지 짐승인지 잡종인지가 자신을 핥아대는 그런 느낌이었다. 기브스의 혀가 쓰윽 핥고 지나갈 때마다 그 자리에 쾌감들이 몰려왔다. 욕정의 쾌감들이 들이닥쳤다.

 기브스의 까칠까칠한 혀끝에 연희의 허벅지에서는 야릇한 흥분감 들이 쾌감들이 울컥울컥 치솟았다. 연희는 대체 그 이유를 이해할 수가 없었다. 생전 처음 겪어보는 일이라 이해 할 수가 없었다. 기브스는 다시 연희의 발밑으로 내려가서 연희의 발가락들을 입 안에 넣고는 정성스럽게 핥아먹기 시작했다. 그러자 연희의 입은 마음과는 다르게 마른 침들이 꼴깍꼴깍 삼켜졌고, 옅은 신음소리를 내게 만들었다.

 기브스는 집요했다. 그는 다시 위로 올라와서 연희의 허벅지들을 꽉 움켜쥐고는 허벅지들을 계속해서 혀로 핥으며 올라오더니, 이 내 연희의 치맛속을 비집고 들어와서 팬티까지 핥아댔다. 그러자 연희가 기브스의 머리를 떼어내려고 연신 밀어냈지만, 연희의 입은 그것과는 다르게 연희의 마음도 모른 체 꿀꺽꿀꺽하며 마른침들을 삼켜댔다.

 기브스가 계속해서 연희의 팬티 위의 은밀한 곳을 이빨로 잘근잘근 물어대자, 연희의 허벅지와 두 다리가 달달달 떨려왔다. 그리고는 갑자기 소변이 마려워졌다. 참을 수 없을 만큼 급하게 소변이 마려워졌다. 그리고 심장은 팔딱팔딱 팔딱였다. 연희가 기브스를 아무리 떼어내려고 아무리 애를 써도, 아무리 기를 써도 기브스는 떨어지질 않았다. 역시 남자의 힘은 남자의 힘이었다.

 놈은 이제 아주대 놓고 연희의 팬티 위의 은밀한 곳을 이빨로 물었다가 부벼 댔다가 물어댔다가 꽉꽉 강약을 조절을 해가며 능수능란하게 희롱을 해댔다. 그러자 연희는 웬지 모를 쾌감들이 몰려들자, 또다시 가느다란 신음들을 뱉어냈다. 그리고는 마치 짐승의 머리털 같은 까칠한 느낌이 드는 그놈의 머리통을 있는 힘껏 움켜쥐고는, 자신의 은밀한 곳에 그놈의 머리통을 힘껏 눌러댔다. 온몸을 바들바들 떨어대면서 힘껏 눌러댔다.

그리고는 온몸을 떨며 오르가즘을 쏟아냈다. 아무리 다리를 아무리 오므려도 샘물이 콸콸 콸 새어 나왔다. 끝도 없이 새어나왔다. 그런데 그 샘물 냄새는 뭔가 시큼달달한 냄새였다. 그러자 기브스 놈은 마치 무슨 목이 타는 늑대처럼 갈증에 목이 타는 하이에나처럼, 갈증에 목마른 사나운 짐승 새끼처럼 연희의 샘물에 목을 축여 대더니 거친 숨을 할딱할딱 쉬고는 이내 늘어졌다.

놈은 느끼한 웃음으로 말했다. "고소하려면 해. 검사해봤자 성분도 검출 안 되겠지만, 우리 집 떼부자야. 돈으로 해결할게." 하며 웃으며 나갔다. 놈이 가고 난 후에도 연희는 한동안이나 욕정의 여운이 가시질 않았다. 그리고 한동안을 더 그 여운 때문에 그 자리에 앉아 있었다.

연희가 당한 이 약물은 몇 번만 이 약물에 노출되면 그만두지 못하고 집착하게 되고, 그러다가 더 자극적이고 강한 충동을 찾게 되고, 그 충동을 제어하지 못하게 되어 헤어 나오지 못하게 되는 무서운 약물이었다. 심하면 온 몸과 온 정신이 망가져 급성 사망까지 이르게 되는 그런 무서운 것이었다.

이렇게 유흥업에 종사하는 아가씨들에게는 늘 수도 없이 많은 약물 노출의 위험들이 도사리고 있었다. 이런 약물들은 온몸의 장기들을 모두 망가트리고 생명까지도 앗아가는 무서운 마약이었다.
연희는 그렇게 약물에 취해 성추행을 당했다. 연희는 한동안 멍해져서 생각했다. '대체 이게 무슨 일이지? 왜 이런 일이 생겨났고 난 왜 반항을 못했는지?' 이해가 가질 않았다.
연희는 그냥 멍했다. 처음 겪은 일이라서 그냥 멍했다. 한참을 생각했다. 세상은 모르면 당한다니까 하고 생각했다. 그리고 순진해 빠져서 자고 있던 자신의 경각심들을 깨워서 일으켰다. "야, 니들 뭐해? 일어나서 보초서." 하면서 경각심들을 깨워서 일으켰다.

/ 토벌과 야탈 최연희

고동치는 시계의 맥박 소리가
새벽의 적막을 똑딱똑딱 깨우자
비에 젖은 어둠들이 서서히, 서서히 물러갔다.
뚜벅뚜벅, 뚜벅뚜벅 적막한 거리를 밟으며 걸으며,
뒷걸음질을 치며 물러갔다.
그러자 솟아오르는 여명은 밝은 빛을 스멀스멀 틔웠고,
가로등들은 소등을 했다.
하지만 이미 밤사이에 배려들은 토벌되었다.
안하무인 같은 무개념들의 폭동들에 의해서
이기적인 탐욕들에 의해서 욕정들에 의해서
배려는 토벌 되었다.
그리고는 그 빈자리들을
잡초처럼 번져들고 일어나는 탐욕들이 차지했다.
그리하여 세상엔
탐욕들만 기고만장 하다.
그리고는 그 거대한 무 개념들은 세상을 지배하려고
정의로운 구역까지 침범했고
사회적 윤리적 가치관들을
보편적 가치관들을 야탈해갔다.

잠시 후, 새벽 5시쯤.
나영이 퇴근을 하려고 준비를 하고 있을 때, 60대의 한 노신사가 헐레벌떡 뛰어 들어왔다.
나영이 말했다. "안녕하세요, 오빠. 왜 이렇게 급하게 들어오세요?"
노신사는 "나, 급하게 쫓기고 있어서. 우선 목 타니까 칵테일부터 한잔 하고." 하며 칵테일을 시켰다.

　나영이 급하게 칵테일을 한잔 내오자, 노신사는 급하게 칵테일을 한 모금 마신 후 "휴" 하고는 큰 한숨을 내쉬었다. 나영이 물었다. "오빠? 그런데 누가 쫓아와요?"
　노신사가 말했다. "난, 내 마음한테 쫓기고 있어. 왜 그렇게 나는 늘 쫓기고만 사는지? 나도 답답해. 때로는 북극의 차가운 눈밭에 긴, 발자국들의 선을 남기며 쫓기기도 하고 때로는 아프리카의 뜨거운 사막 모래 위에 긴 선의 발자국 들을 남기며 쫓기기도 해. 내가 왜 이러고 사는지 모르겠어. 가끔씩 뒤돌아보면, 눈 폭풍이나 모래폭풍들이 나를 따라다니면서, 심술쟁이처럼 내가 애써 걸어오며 남긴, 내 발자국들을 내 추억들을 지워 버리는 걸 보기도 하고, 난 그놈의 꿈을 쫓다가……이렇게 됐어."하며 노신사는 숨이 찬 듯이 말했다.

　그러자 나영이 물었다. "그런데 오빠, 아까는 분명 쫓긴다고 했는데, 지금은 또 쫓는다고? 저 너무 헷갈리는데요?"
　노신사가 말했다. "그러니까, 나도 그게 헷갈린다니까, 분명 무언가를 바쁘게 쫓는 것 같았는데 뒤돌아서서 생각해 보면 내가 쫓기고 있는 거더라고."

　나영은 노신사의 말들이 논리적으로 이해가 안됐다. '쫓는 거면 쫓는 거고, 쫓기는 거면 쫓기는 거지?'
　나영은 두 가지가 다 짬뽕이 돼서 갑자기 머리가 멍해졌다. "오빠 그럼? 꿈을 쫓는 일을 멈추시면 되잖아요? 안 하시면 되잖아요?" 하고 말했다.
　그러자 노신사는 한참을 생각하더니 말했다. "그게, 그렇기는 하지만 집착인지 고집인지 중독인지 신념인지, 계속 집착하게 돼."
　나영이 하도 답답해서 다시 물었다. "오빠 그럼 언제까지, 어디까지, 얼마나 더 계속하시려구요?"
　그러자 노신사는 칵테일을 한 모금 마시고는 빗을 꺼내 머리를 쓸어 올리더니 심각한 표정으로 말했다. "그러니까 처음에는 나도 이렇게까지 조급하진 않았는데, 초심을 잃어버린 건지 나이는 자꾸 먹고 이룬 건 없고, 그래서 조급해져서 그런 건지." 하고 한숨을 푹 내 쉬었다. 그리고는 남아있던 칵테일을 단번에 마셔 버리고 칵테일을 한잔 더 시켰다.

나영이 칵테일을 다시 가져오는 시간에, 잠시 생각을 하더니 노신사는 다시 말을 이어 나갔다. "욕심은 끝도 없이 자라나고 브레이크는 말을 안 듣고, 몸은 안 따라 주고 에이."
노신사는 나영이 가져온 칵테일을 한 모금 더 마셨다. 그러자 나영은 노신사를 힐난이라도 하려는 듯 말했다.

"오빠는 꼭 필사적으로 질주하는 태풍만 같아요….그렇게 달리다가 지쳐서 금방 소멸해 버릴 태풍 바람만 같아요. 오빠? 과유불급 몰라요? 천천히 걷는 게 더 오래 걷잖아요. 급하게 달리다 보면 금방 지치기도 하고 넘어져서 다치기도 하고. 오빠? 이 좋은 세상에 왜 맨 날 쫓기고만 살아요? 아닌가? 쫓는 건가?" 하고 나영이 말을 마치자, 노신사는 남아있던 칵테일을 단번에 들이킨 후 한잔을 더 시켰다.

나영이 칵테일을 가져오는 동안에, 노신사는 뭔가를 골똘히 다시 생각하더니 칵테일을 가져오자 한 모금을 더 마신 후 말했다. "있잖아. 아가씨 꿈이란 건, 아가씨 말대로 꼭 그렇지만은 않아….사람들마다 다 자기를 지탱하는 힘이 있거든. 그 힘이 나에게는 남들과는 다른 의미라서 그래. 내 힘의 원천은……꿈이야, 그 꿈이 개꿈이든 뭔 꿈이든 간에, 나한테는 중요치가 않아. 그 꿈이 내 자아이고 내 방패이고, 내 갑옷이고 내 창이거든."

나영은 심정적으로 노신사의 말에 이해가 갔다. 갑자기 나영의 의식에 공백 상태가 찾아왔다. 나영의 짧은 지식으로는 이해가 불가라서, 난해한 문제를 받아 든 아이처럼 노신사의 말들을 처음부터 끝까지 되씹어 봐도 정리가 되질 않았다.
쫓고 있다가 쫓기고 있다가, 그게 꿈 때문이라고 했다가 그 꿈은 자아이고, 방패이고 갑옷이고 창이라고 하는, 노신사의 말에 의식의 공백 상태가 찾아왔다.

나영은 이 오빠가 마치 야생마처럼 보였다. 나이는 먹었지만 낮이나 밤이나 멋진 말발굽 소리를 내면서, 긴 갈기를 휘날리면서 멋지고 우아한 꼬리를 하늘 높이 치켜들면서 비 오는 날이나, 바람 부는 날이나, 눈 오는 날이나 세상을 마음껏 뛰어다니는 야생마만 같았다.

그리고는 유혹의 소나타를 찾아오는 수많은 남자들의 술주정들을, 신세한탄들을 생각해 보았다. 그들과 이 노신사는 확실히 가치관이 달랐다. '이 노신사가 그들보다, 얼마나 더, 멋진가?'

더군다나 이 노신사는 쌍욕도 쌍말도 쓰지 않았다. 나영은 이 노신사의 주옥같은 말들을 한 번 더 곱씹어 보았다.
'사람들마다 다 자기를 지탱하는 힘이 있거든, 그 힘이 나에게는 남들과는 다른 의미라서 그래……내 힘의 원천은……꿈이야, 그 꿈이 개꿈이든 뭔 꿈이든 간에 나한테는 중요치가 않아. 그 꿈이 내 자아이고 내 방패이고 내 갑옷이고 내 창이거든.'

나영은 노신사에게 배운 게 참 많았다. 그리고 소설가의 꿈이 지칠 때마다, 회의감이 들 때마다 노신사의 말들을 생각하리라 다짐했다. 노신사가 가고난 후 나영은 몇 자의 문장들로 시를 썼다.

/
술주정 김나영

나는 가끔 술주정들을 보았다
대개는 그랬다.

그들은 대개가 자기 자신들이 스스로 만든
과한 욕심들을 이루기 위해 폭풍우속을 헤맸다.
타인으로 부터가 아닌 스스로 만든 폭풍우 속을 헤맸다.
그리고는 울부짖고 목이 메여 슬퍼하고 속 쓰려려 했다.
그리고는 세상 탓을 하며 욕지거리 들을 내뱉곤 했다.
개자식들, 개쌍년들, 더러운 세상, 정치하는 놈들, 재벌 놈들, 사장새끼, 시장새끼,
회장새끼, 과장새끼, 부장새끼, 차장새끼, 택시기사 새끼,
걸레 년, 더러운 년, 돈만 밝히는 년, 창녀 같은 년, 개도 안 물어갈 돈,
더러운 팔자, 씨부랄 팔자 욕설들을 내뱉어가며 술주정들을 해가며
헛소리를 지껄여대는 군상들을 보았다.
그리고는 그들은 술 몇 병을 다 비우고 나서야
제풀에 지쳐서 자진해서 폭풍우속을 걸어 나갔다.
꼬여있는 눈으로 세상을 바라보며
삐딱하게 세상을 바라보며
그게 술주정 이라는 것도 모르는 채
헛소리 개소리들을 해대다가
탓, 탓, 탓, 탓만을 해대다가 집으로 돌아갔다.

나영은 생각했다. '내 탓이요 내 탓이요 내 죄요, 내 탓이요 내 탓이요 모든 게 다 내 탓이요 내 죄요.'

나이는 먹었지만, 낮이나 밤이나 멋진 말발굽 소리를 내면서 긴 갈기를 휘날리면서 멋지고 우아한 꼬리를 하늘 높이 치켜들면서, 비 오는 날이나, 바람 부는 날이나, 눈 오는 날이나 세상을 마음껏 뛰어다니는 야생마 같은 노신사를 생각하며, 그가 준 교훈들을 문장들로 나영은 가득히 기록했다.

17½화 나는 누구인가?

소원 최연희

길에서 폐지 줍는 할머니를 보았다.
쪼글쪼글 꼬부랑 할머니를 보았다.
비가 와도 눈이 와도 쉬는 날도 없으셨다.

뜨거운 지중해 불타는 지중해
모래알 반짝반짝 빛나는 지중해
썬 그라스 끼고 놀러 가보는 게 할머니 소원 이라셨다.
그래서 돈 모으신다 하셨다.

젊을 때는 돈 버느라 놀러 도 못 가셨다며
늙어서 라도 가보려고 돈 모으신다 하셨다.
뜨거운 지중해 불타는 지중해
모래알 반짝반짝 빛나는 지중해
썬글라스 쓰고 놀러 다녀오고 싶다 하셨다.

나는 할머니의 꿈이 소원이 존경스러웠다.
한없이 존경스러웠다.
그리고는 꿈은 소원은 나이와는 상관없다는 것도 깨달았다.
이제서야 깨달았다.

  나영이 정의를 만나러 나간 후, 연희는 일기를 쓰다가 잠이 들었다.
  잠결에 연희는 "연희야 나 다녀왔어" 하는 소리를 들었다. 그 소리에 연희가 반갑게 나가보니 정의를 만나고온 나영에게서 모텔 비누 냄새와 남자의 향수 냄새가 났다.

그러자 연희는 질투심과 욕정이 확 치솟았다. 연희는 자신의 침대로 돌아와서, 가벼운 와인색 슬립만을 걸친 채 누워서 나영이 정의와 잠자리를 하는 상상을 하면서 한 손으로는 커다랗고 새하얀 탐스러운 가슴을 움켜쥐고는 입으로 가져가 애무하며, 한 손은 자신의 은밀한 곳을 만지며 자기 위로를 했다. "아아 아아 아....." 가느다란 신음소리를 내면서 자기 위로를 했다.

그때 나영이 노크도 없이 들어왔다. 연희는 부끄러워서 엎드려 자는 척을 했다. 그러자 나영은 옷을 훌딱 벗고서, 부끄러워하는 연희에게 다가가 뒤에서 자신의 은밀한 곳을 연희의 커다란 엉덩이에 바짝 붙이고는 한 손으로는 허리를 감싸 안고, 한 손으로는 연희의 커다랗고 풍만한 젖가슴을 움켜쥐고는 연희에게 부드럽게 키스를 했다. 그리고는 리드를 해 나갔다.

나영은 연희의 슬립을 들어 올려놓고는 연희의 엉덩이를 핥아 대다가 연희의 은밀한 곳과 항문을 입술과 혀로 공격했다. 그러자 연희는 갑자기 엉덩이를 움찔하며 쪼이더니, 고개를 돌려 실눈을 뜨며 나영을 하얗게 흘겨봤다.

그러자 나영은 연희를 부드러운 눈빛으로 바라보며 말했다. "연희야 어때? 흥분돼?" 그러자 연희는 아무 말 없이 나영을 바라보기만 했다. 나영이 웃으며 다시 말했다. "그래서 뭐? 뭐? 뭐?"

연희가 뜬금없이 말했다. "니가, 나 이제 책임져...니가 나 이제 평생 책임지라고."
그러자 나영이 "내가 뭘? 어떻게 책임져?" 하고 반문했다.

그러자 연희는 나영을 노려보며 말했다. "너는 아직도 그래? 내 맘 몰라? 잠자리하는 거." 하며 연희는 수줍게 얼굴을 붉혔다. 나영은 장난스럽게 웃으며 말했다. "너 혼자도 잘하자나. 혼자 해봐 내가 봐줄게."
그 말에 연희는 나영에게로 얼굴을 홱 돌리며 말했다. "아 뭐야? 짜증나게

" 하며 연희는 토라진 듯이 양쪽 팔을 포개서 엎드렸다. 그리고는 잠시 후 다시 말했다. "됐어, 미친년아."

그러자 나영이 웃으면서 뒤에서 연희를 껴안으며, "어휴 쫄아서...깜짝 놀랐네......니가 화나서 토라지니까 나, 너무 존나 진짜 조또 좆같이 흥분되는데?" 하며 연희를 뒤에서 더 꽉 껴안았다.

연희는 귀찮다는 듯이 팔로 나영을 밀쳐내며, "야 너 했자나? 정의씨랑 했잖아. 더러워" 하고는 나영을 흘겨봤다. 그러자 나영은 어이가 없는 듯 말했다. "야, 너 미쳤어? 장난해? 질투 하는 거야? 너 이리 와봐 너 오늘 죽었다. 요거 아주 노브라에....노팬티네..."

나영은 연희의 엉덩이 뒤쪽에서 연희의 은밀한 곳을 손가락으로 살포시 문질러 주었다. 그러자 연희의 그곳에서 흥건한 물들이 흘렀다. 나영이 손가락 몇 개를 연희의 그곳에 밀어 넣자, 또 연희는 희한하게 그곳으로 나영의 손가락을 꽉꽉 움켜쥐었다가 놓았다가 했다.

그러자 나영은 온몸으로 쾌감이, 욕정이 치솟아 올랐다. '요거, 요거 최연희...틀림없이 긴자꼬야.......저번에도 그러더니 이번에도 똑같이 어떻게 이렇게 손으로 꽉 쥐었다가 놓았다가 하는 것처럼 이렇게 할 수가 있지? 요거 아주 물건이네? 물건이야....어떻게 이렇게 여신처럼 아름답고 예쁘고 고결하고 착한 널 나중에 딴 놈한테 어떻게 주지? 에휴, 내가 남자라면 좋았을 걸.' 하고 생각했다.

그러다가 나영은 지금 이 순간에 충실하기로 했다. 그냥 연희가 갖고 싶을 만큼 예뻤기에 이 순간에 충실하기로 했다. 나영이 생각하기에 연희는 그냥 착한 응석받이였다. 웬지 돌봐줘야 할 여린 화초만 같았다.

나영은 연희의 골반과 엉덩이에 자신의 은밀한 곳을 부벼대며, 문질러대며 부비부비를 해대며 끈적끈적하게 춤을 추듯이, 계속 문질러대며 부벼댔다. 그리고는 손가락으로 연희의 그곳의 G스팟, U스팟, K스팟, T스팟 등을 자극해댔다. 그러면서 연희의 입술에 달콤한 키스를 퍼부어댔다.

그러자 연희는 나영을 꽉 끌어안았다. "아아앙 아아앙 아흐흥........그만해 나영아 아아앙 아아앙 아흐흥......"하고 신음을 내면서 나영을 꽉 끌어안았다. 그리고는 자신의 은밀한 곳으로 들어온 나영의 손가락들을 그곳으로 꽉 움켜쥐었다가 놓았다가 해댔다.

잠시 후 나영은 그런 연희를 엎어놓고는 연희의 허벅지와 엉덩이 위에 올라타서는, 연희의 그 크고 새하얗고 풍만하고 커다랗고 탐스러운 엉덩이에다 자신의 그 크고 새하얗고 풍만한 가슴을 야시시하게 문질러댔다. 그리고는 다시 연희의 허벅지위로 올라가 자신의 은밀한 그곳을 연희의 엉덩이에 부벼댔다.

그러자 연희는 자신의 엉덩이들에 골반들에 쾌감들이 몰려왔는지 나영이 연희의 엉덩이 위에서 부비부비를 하는 동안에, 연희도 리듬에 맞춰 엉덩이를 끊임없이 들어올렸다. 그러다가 연희는 더는 못 버티고 출렁이는 자신의 그 큰 가슴을 두 손으로 움켜쥐고서는, 엉덩이와 골반들을 바들바들 떨어대며, "아으으응 아으으응 어허헝...."하며 신음소리를 내댔다.

연희는 마지막 힘까지 쏟아내며, 안간힘을 다해 엉덩이를 들어 올리며 내리며 몸부림을 쳐댔다. 그러자 나영은 연희의 엉덩이를 골반들을 이빨로 꽉꽉 꽉 물어댔다. 이빨 자국이 빨갛게 날만큼 물어댔다. 그리고는 연희의 엉덩이를 하늘 높이 치켜올리게 해놓고는 연희의 그 크고 탱탱하고 탐스러운 엉덩이를 양손으로 움켜쥔 채, 혀로 연희의 은밀한 곳과 항문에 애무를 해댔다.

그러자 연희는 다시 난리가 났다. "앙앙 앙 앙앙 앙 앙앙 앙...아이쿠, 나영아 나 죽네, 아이쿠 나 죽네...."하면서 신음을 내질렀다. 연희는 속으로 읊조렸다.

/작별하라 최연희

내 안의 슬픔들이여
내 안의 상처들이여
내 안의 슬픈 원죄들이여
내게서 작별을 고하라
제발 내게서 멀리 작별을 고하라
그리고는 내 영혼 안에 내 가슴 안에 더는 머물지 말고
내게서 어서 작별을 고하라
태생적 원죄의 피로 물려받은
그 질곡의 슬픔들까지 모두 다 끌어안고서
저 멀리로 작별을 고하라.

나영도 연희의 사랑 노래에 속으로 화답했다.

/내연녀 김나영

내연녀여 내가 사랑하는 내연녀여
어찌 이리도 어여쁠까
어찌 이리도 벅찰까 설레일까, 두근거릴까, 목이 메일까, 눈물이 날까
풀잎에 내리는 이슬보다도 더 신선함이여
비 내리는 아침에 피어난 꽃잎들보다도, 더, 상큼한 아름다운 이여
내연녀 같은 그대는? 밖으로만 떠돌다 돌아온 내연녀 같은 그대는?
은밀히 나와 만나는, 내연녀 같은 그대는?

늘 그립다 언제나 그립다

곁에 있어도 그립다 함께 있어도 그립다.

나영은 엎드려 있는 연희의 엉덩이와 골반들을 다시 이빨로 콱콱 콱 물어 댔다. 이빨 자국이 수도 없이 나도록 콱콱 콱 물어댔다. 그럴수록 연희는 더 미친 듯이 허리와 엉덩이를 비틀며, "앙앙 앙앙앙...나영아....아이쿠 나 영아.......아파...그만해 아파....."하며 신음 같은 소리들을 내댔다.

그러더니 연희는 다시 두 손으로 나영의 머리카락을 꽉 잡아채서 움켜쥐 고는 나영의 얼굴을 자신의 은밀한 곳으로 있는 힘껏 밀어댔다. 발정난 개 처럼 허우적거리며 밀어댔다. 그러자 나영의 입술과 얼굴이 연희의 엉덩 이 사이 계곡 속에 파묻혔다.

연희와 나영은 핑크빛 인생이었다. 이 순간 만큼은. 연희의 계곡에서는 좋 은 향이 났다. 연희는 온몸이 녹아버릴 것만 같았고 태어나서 이런 쾌감은 처음이었다. 나영은 엎드려 있던 연희를 다시 똑바로 눕혀 놓고는, 거꾸로 올라타서는 미친 듯이 연희의 입술에 자신의 은밀한 곳을 문질러댔다. 그 리고는 입으로는 연희의 계곡을 탐닉해댔다. 입술과 혀와 이빨들로 탐닉 해 댔다.

연희는 갑자기 다리를 꼬아서 돌발 행동을 했다. 있는 힘껏 허벅지로 나영 의 머리를 꽉 쪼여댔다. 그러자 깜짝 놀란 나영은 소리쳤다. "아 이 씨발년 이, 아 이 씨발년이, 아파, 아파, 아파.....존나 아파 발정난 년아, 사람 죽겠 네.....이 씨발년이 나 머리 아프다고....존나 발정 난 년아 사람 죽잖아 아 파, 아파, 아파...."하고 소리치면서 욕을 해 댔다.

그러더니 잠시 후 나영은 온 몸을 바들바들 떨어대며 연희의 얼굴에 강물 을 쏟아냈다. 그러자 마치 천상의 조가비처럼 예쁜 연희의 고귀한 그곳도 흥건한 물을 찍찍 쏘아댔다. 연희도 이내 늘어졌다. 연희는 사랑의 노래를 속으로 읊조렸다.

오라 최연희

오라, 오라, 오라, 나에게 오라
대책 없이 오라, 무작정 오라
소나기 같은 사람이여
장맛비 같은 사람이여
한없이 내 곁에 있어줄 사람이여
오라, 오라, 오라, 오라
대책 없이 오라, 무작정 오라

그대 때문에 그대 때문에
내안의 슬픔들은 고꾸라지며 고개를 떨구었도다
내안의 고독들은 할 말을 잃고 떠나갔도다
내안의 상처들은 나자빠졌도다.

오라, 오라, 오라, 나에게 오라
대책 없이 오라, 무작정 오라
시냇물처럼 유유히 흘러서 오라
강물처럼 거세게 흘러서 오라
외로움에 목마른 내게로 오라.

잠시 후 나영은 아쉬운지 벌떡 일어나서는, 방안의 밝은 불빛을 은은한 조명 불빛들로 바꿔놓고는 섹시하고 끈적끈적한 팝송 '두유 랠리 와나비 인 러브'를 리플레이로 틀어놓고는 그 섹시하고 아름다운 여신 같은 자태로, 감칠나게 혀를 길게 뽑아내어서 자신의 윗입술을 핥으며 요염하게 허리를 돌리면서 골반을 돌리면서 엉덩이를 빙그르, 빙그르 흔들며 돌리면서 골반 댄스를 춰댔다.

나영은 계속해서 골반댄스를 춰가면서 한 손으로는 자신의 그 커다랗고 새하얀 풍만한 젖가슴을 주무르며, 또 한 손으로는 자신의 그 탱탱하고 커다랗고 탐스러운 엉덩이를 훑어서 만져 가면서 눈은 게슴츠레하게 뜨고, 입술을 헤 벌린 채로 혀를 길게 뽑아서는 자신의 윗입술을 핥아댔다.

그러자 연희도 침대 아래로 내려가서 나영을 마주 보며 나영의 허리를 끌어안고, 함께 춤을 추었다. 나영의 은밀한 곳에 엉덩이에 자신의 은밀한 곳을 부벼 댔다. 그리고는 서로는 서로를 끌어안고 부비부비를 해댔다. 위에서 아래로, 아래에서 위로 계속해서 부비부비를 해댔다.

잠시 후 연희는 나영을 뒤로 돌아가서 두 손으로 나영의 허리를 감싸 잡고는 코로 나영의 머리카락 향기를 맡으면서 입으로는 나영의 등을 잘근잘근 깨물면서 내려오다가 나영의 엉덩이를 뒤로 더 쭉 빼게 해놓고는 나영의 그 새하얗고 탱탱하고 탐스러운 엉덩이에 다시 부비부비를 하며 섹시춤을 추어댔다. 그리고는 철썩철썩 소리가 나게 나영의 엉덩이에 다가가 자신의 은밀한 곳으로 뒤치기도 해댔다.
그러다가 연희는 잠시 후, 벽을 집고 엉덩이를 쭉 빼고 서 있는 나영의 어깨와 목에 두 팔을 두르고는, 나영의 한쪽 허벅지에 다리를 꼬고서 매달렸다. 매달린 그 상태에서 자신의 은밀한 그곳을 위 아래로, 아래에서 위로 계속해서 나영의 허벅지에 문질러대며 부벼댔다. 그리고는 10분쯤 후, 연희는 이를 악물 듯이 나영의 어깨를 이빨로 꽉 깨물고는 자신의 안에 내제되어 있던 모든 슬픔들을 토해내듯, 자학과 자책과 암울과 개떼처럼 달려들던 운명의 괴롭힘들까지 모두 다 뱉어내듯 뜨거운 입김으로 토해냈다.
"아으으응 아으으응.........아아앙 ......아아앙.." 하는 신음을 한참이나 뱉어냈다.
연희는 이날 밤 세상에서 가장 황홀한 쾌감을 맛봤다. 온 몸이 다 으스러지는 듯이 녹아내리는 듯이, 천상을 날면서 황홀한 쾌감을 맛봤다. 그리고는 비애의 껍질들을 벗어 던졌다.

비애의 껍질 최연희

내 슬픔과 만나는 이여
내 외로움과 만나는 이여
든든한 어깨에 기대 한없이 울고픈 이여
한없이 같이 웃고픈 이여
너른 들판 같은 마음을 가진이여
내 슬픈 비애의 껍질을 벗겨내 주는 이여

온종일 울음을 끌어안고 뒹굴다가
온종일 슬픔을 끌어안고 뒹굴다가
온종일 상처들만 끌어안고 뒹굴다가
길을 잃고 우는 미아처럼 울다가, 미친년처럼 뒹굴며 울다가
나, 이제서야 슬픔의 껍질을 벗어내 보노라
저 멀리로 벗어내 보노라.

나영은 곁에 누워있는 천사처럼 착한 연희를 바라보며 속으로 생각했다.

나는 누구인가? 김나영

나는 누구인가?
나는 누구인가?
이 적막한 공허 앞에 서있는 나는 누구인가?

바람인가? 구름인가? 고행인가?

나는 어리석음인가? 고독인가? 불행인가? 행운인가?

대체 나는 누구란 말인가?

사람들이 말하길

여전사 같다고도 하고 아직 덜 여물었다고도 하고

천방지축 이라고도 하고

사소한 분노와 굴욕에도 참지 못 하고 바르르 떠는

분노조절 장애라고도 하는

나는 누구인가?

  나영은 곁에 누워 잠이든 연희를 바라보며 생각했다. '대체 왜 난 한 명의 여자와 한 명의 남자를 동시에 사랑하게 된 걸까?' 나영은 유혹의 소나타에서 만나는 수많은 사회의 소수자들과 자신을 비교해 보았다. 생각해 보니 그들을 경멸할 일이 아니었다. 그리고는 둘 중 하나를 놓지 못하는 자신을 증오했다.

  그러다가 나영은 벌떡 일어나서 자신의 방으로 돌아가 편한 츄리닝 옷으로 갈아입고는 책상 앞에 앉았다. 그리고는 그동안 수집해 놓은 자료들을 정리하며 소설의 문장들을 정리해 나갔다.
  마치 절망에 휩싸여 몸부림을 치는 것과 같은 기분으로, 황량한 허허벌판 같은 원고지에 문학적 학문적 토대를 파종을 하듯이, 고통스럽게 원고들을 써내려 갔다. 어느 학문적 대화가 되는 지인과 대화를 하듯, 사물과의 대화를 하듯 소설을 써내려 갔다.

18화 아가씨와 늑대들의 가면놀이

비현실적으로 날씬하고 예쁜 이십대 중반의 아가씨가 치렁치렁한 풍성한 갈색 머리칼을 휘날리면서, 새빨갛고 우아한 실크 원피스를 입고, 새하얗고 고운 손가락에 예쁘고 아름다운 반지를 끼고, 새까만 하이힐을 신고서 또각또각 걸어가고 있었다.

그녀의 모습은 약 162센치의 키에 작은 얼굴 수려한 눈썹과 매력적인 눈매에 오똑한 코 그리고 반듯한 이마에, 호수 같은 커다란 두 눈을 반짝이며 걷고 있었다.

아가씨의 모습은 약간은 도발적으로도 보였고, 어떻게 보면 살짝은 싸가지 없게도 보였으며, 깡 좀 있어 보이는 악바리 좀 있어 보이는 그런 모습이었다.
 그녀가 룰루랄라 거리를 걸어가자, 상큼한 바람들과 드높게 펼쳐진 하늘이 아가씨를 반겨 주었다. 그리고는 끝없이 지루하게만 느껴지던 세상이 오늘은 웬지 좋은 일이 있을 것만 같은 느낌이 들었다.

그때 어디선가, 능글능글한 남자의 목소리가 들려왔다. "어이, 아가씨? 술 한잔 할까?" 하는 말소리가 들려왔다. 아가씨가 고개를 돌려보니 짙은 눈썹에 커다란 눈을 가진, 잘생긴 미남형 얼굴의 이목구비가 뚜렷한 남자였다. 그는 약 189센치 정도의 훤칠한 키에, 30대 초반쯤의 젊은 늑대 가면을 쓴 남자였고 그 옆의 또 다른 한명은 약 188센치 정도의 키에, 날카로운 눈매와 오똑한 코에 잘생긴 남자다운 외모가 마치 격투기 선수를 보는 듯했다. 그는 30대 말처럼 보였으며, 웬지 카리스마가 있어 보였.

 길거리 헌팅을 당하던 아가씨는 늑대 가면들의 추파에 어이가 없고 기가 막혔다.
 아가씨가 가소로운 듯 그들을 바라보며 말했다.
 "네? 저요? 내가 왜요? 저 아세요? 지금 뭐하는 거예요? 우리가 언제 봤다고 술을 해요?"

그러자 카리스마 늑대 가면이 말했다. "오, 세뇨리타. 존나 귀엽네, 뭐하냐고? 뭐하긴 뭐해 가면 놀이 하는 거지. 어때, 확 키스 먼저 해줄까? 포옹 먼저 해줄까? 집착 먼저 해줄까?"

그 말에 아가씨가 말했다. "오, 늑대 오빠들이여, 내 발길을 막지 마오. 나 지금 상당히 기분 나쁘거든, 그대들에겐 나를 희롱 하는 게 즐거움이고 스릴이겠지만, 나에게는 스트레스요, 개 짜증인 걸 몰라?"

그러자 카리스마 늑대 가면이 다시 말했다.

"오 세뇨리타 이 오빠가 샤랄라라 하게 우아하게 평생 살게 해줄게. 그대도 알고 있겠지? 그대 안의 쾌락의 욕정이 간절히 내 손길을 기다리고 있다는 걸. 겉으로는 단정한 여인처럼 굴려고 애를 쓰지만 밤에는 사랑을 나누고 싶어서 야시시한 옷을 입고 애무를 기다리는 게 너란 여자잖아. 용기를 한번 내봐 세뇨리타, 용기는 꿈과 희망과 선으로 연결이 돼 있는 거야. 용기는 '서설 어떻게 해? 부서워, 난 못해' 하는 사고의 벽을 깨기도 하는 거야. 우리가 왜 온 줄 알아? 너의 용기를 시험 하려고 온 거야. 넌 맨 날 그러잖아 소설을 쓰니 뭘 쓰니 그러면서도 한 발짝도 못 나가잖아? 소설은 아무나 쓰는 건줄 알아? 경험이 많아야지 쓰지. 사랑에도 차여보고 세상에도 차여보고, 울고불고 지랄도 해보고 그런 경험이 많아야 소설을 쓰는 거야. 넌 사랑 경험도 별로 없잖아."하며 아가씨를 희롱했다.

그렇게 비아냥거리는 카리스마 늑대 가면의 말에, 아가씨가 머뭇머뭇 말을 못하자 이번에는 젊은 늑대가 갑자기 끼어들며 다시 말했다.

"오 아름다운 아가씨여, 제발 이 오빠의 방황하는 30대를 끌어안아 다오. 죽을 만큼 힘겨운 이 오빠의 열정을 끌어안아 다오."

그러자 아가씨가 늑대를 깔보는 듯한 표정으로 말했다. "오, 나를 희롱하는 늑대들이여, 내게 제발 상처를 주지 마오."

젊은 늑대가 말했다. "오, 아름다운 아가씨여, 제발 나의 이야기를 들어주고, 다독여주고, 함께 슬퍼해주오. 허전한 나의 빈 가슴에 위로를 해 주오,

나는 사랑 없는 방랑자. 나는 빛을 잃는 별빛. 나는 용기를 잃은 도전자. 나는 3인칭의 시선으로 살아가는 외톨이. 나는 서러운 눈물을 폭발 시키는 폭포. 재발 내게서 도망을 치지 말아주오, 아가씨."

그러자 아가씨가 말했다. "참 연극도 잘하네, 그것도 고백이라고. 눈물도 가짜, 고백도 가짜, 숨 쉬는 거 말고는 다 가짜네. 너란 동물은 어디까지가 진실이야?"

젊은 늑대가 말했다. "오 아름다운 아가씨여, 나의 사랑을 폄훼하지 말아주오. 나는 다만 늑대의 가면을 쓰고서 태어났을 뿐, 나는 사람들이 인사처럼 말하는 사랑이라는 단어에 단 한 번도 영악한 거짓을 섞어서 말해본 적 없었다오. 아, 사랑은 위대하도다...이토록 방황을 하며 살아왔던 내가 한 여인의 사랑을 얻기 위하여 이다지도 눈물겨운 애원을 하다니. 아, 사랑은 정녕 위대하도다. 나는 그대를 안을 때마다 행복에 겨워 눈물이 흐르리라. 그리고는 그대 때문에 세상의 모든 것들이 아름다워 보이리라."

그러자 아가씨가 어이가 없다는 듯한 표정으로 말했다. "뭐? 사랑은 위대하다고? 뭐가 위대한데? 어디 말해봐?"

그 말에 젊은 늑대가 말했다. "오, 우리는 완전한 타인으로 만나서 서로의 매력에 빠져서 사랑하고, 설레이고 행복하고, 그러다가 결혼하고 애 낳고, 유통기한이 지나면 빠이빠이 헤어지면 되리니, 이 어찌 사랑이 위대하지 않으리."

아가씨가 말했다. "오 늑대여, 그럼 헤어지는 과정은? 고통은? 싸우고 다투고? 서로에게 상처주고? 그러다가 웬수돼서 헤어지는 고통은?"

그러자 젊은 늑대가 다시 말했다. "오 세뇨리타, 그대는 어찌 한 가지만 알고? 두 가지는 모르오? 헤어질 때야 눈물로 헤어지겠지만 그래도 과정은 아름답지 않은가? 뜨겁게 사랑하고, 추억을 만들고, 서로 잘 해주기도 하고, 떡도 치고 그랬으면 족하지 않은가? 아, 사랑은 위대 하도다."

이에 아가씨가 열불이 나서 "개풀 뜯어 먹는 소리하네. 그럼? 사랑하고 웬 병 떨고? 그 지랄들 하다가 늑대는 타인이 되어서 떠나고? 혼자 남은 여자는? 아가씨는? 슬픔은? 고통은? 날카로운 칼들로 심장을 도려내는 고통의 이 아픔은? 이 상처는 이 눈물은 어떡하라고?" 하고 말했다.

그러자 젊은 늑대가 집요하게 매달리듯 말했다. "오 세뇨리타, 세상에 완벽한 사랑은 없다오."

그 말에 아가씨가 입가에 뜻 모를 미소를 띠우면서 말했다. "드디어 슬슬 반응을 하네. 입질이 오네 하겠지? 늑대씨 역시 여자의 매력은 튕기는 맛이야 하겠지? 조거 한방에 확 걸려드네 하겠지? 어디 요거 한번 확 잡아먹고 튀어볼까? 아니면 단물만 쪽쪽 빨아먹고 차버릴까?
아니면 공처럼 까버릴까 하겠지?"

살생긴 젊은 늑대는 표정하나 변하지 않고 뻔뻔스럽게 말했다.
"오 아름다운 아가씨, 세상의 모든 일들은 반은 진실 반은 거짓, 그것을 구분할 수 있는 자 누구란 말이오? 제비뽑기를 하듯이 하나만 택하며 살아갈 수는 없는 일, 진실과 거짓은 늘 충돌하며 살아가는 것 나의 고백을 거짓이라 말하지 마오."

늑대의 말에 아가씨는 "말빨 하나는 끝내주네, 여자들 여럿 껌뻑 죽게 했겠어. 늑대여 내 말을 한번 들어 보아라. 그대는 센스가 터지는 늑대. 늑대들에게는 리액션은 필수겠지. 여자들이 댕댕거리고 징징거리고 투덜거리고 할 때, 여자들이 속으로만 꾹꾹 담아두었던 이야기들을 끄집어내서 말하고 싶어 할 때, 그 여자가 홧병에 걸려 버리기 전에, 그 홧병을 끄집어내어 주고 수다를 떨게 만들었겠지. 그리고는 활짝 웃게 해주고 웃음도 빵빵 터뜨려 주었겠지. 그리고는 해결방안도 같이 생각을 해주고. 그리고는 입 꾹 닫고 있는 그녀들에게 살살살 옆구리 쿡쿡쿡 찌르면서 고민을 들어주고는, 어 정말? 오 그랬구나 그래서? 어쩔 건데?그놈 진짜 나쁜 놈이네 하며 리액션을 찔러 넣어주었겠지. 그러면 여자들은 홀딱 넘어갔고
그러면 그 여자들 잡아먹고 튀었겠지, 너무 뻔한 스토리 아니야?" 라고 쏴

붙였다.

 그러자 늑대가 대답했다.
 "나의 이름은 늑대...내게서 나는 피 냄새가 그대의 후각을 자극했나? 내 입술이 내 이빨이 그대의 심기를 자극했나? 그대의 미모가 너무 눈이 부셔서 내가 너무 일찍 성욕을 드러냈나? 내 거대한 거시기가 그대 눈을 어지럽혔나? 사랑하는 일은 실제의 자기 모습을 뒤에 숨겨두고 목소리를 빌려서 행동을 빌려서 배우처럼 말하며 행동하는 일일 뿐, 결국은 살다가 가면을 들켜 버리는 일."

 늑대의 말에 아가씨는 "그대여 그런데 왜 그대에게선 불쾌한 카사노바 냄새가 나는가? 수컷들은 다 늑대라더니, 아휴 이빨 냄새. 이빨은 잘 닦고 다니지? 어디서 예쁜 건 알아가지고?" 하고 말했다.

 그러자 카리스마 늑대가 어느새 술을 마셨는지 술에 취한 목소리로 말했다.
 "이제야 슬슬 반응이 오는군, 완벽하진 않지만 그래도 매력은 있으니까 입맛은 당기는데. 그런데 웬지 나사 하나가 풀린 것 같기도 하고, 그래도 조금은 입맛이 느껴지긴 하는군. 귀여운 맛도 있고 섹시한 맛도 있고 튕기는 맛도 좀 있고 다 좋은데, 그래도 너무 뼈만 있는 거 아냐? 하긴 뭐 뚱뚱해가지고 뒤뚱뒤뚱 걸어가다가 넘어지는 것보다는 낫겠지만, 그래도 뭔가 좀 어리버리해 보이기는 하는데? 하긴 뭐 늑대가 고기 생선 가려서 먹나? 돼지 얼굴 보고 잡아먹나? 에이 안 되겠다. 야, 그냥 너 가져라, 동생아."

 카리스마 늑대는 아가씨를 무슨 물건을 넘기듯 젊은 늑대에게 쿨하게 양보했다.
 그러자 아가씨는 젊은 잘생긴 늑대를 바라보며 말했다. "오, 웬지 살짝 끌리는데 울프. 머리털하고 피부도 뽀사시하고, 인물도 번지르르 하고 키도 크고 어디 데리고 다녀도 쪽팔릴 거 같지도 않고."

그러더니 아가씨는 자신의 치렁치렁한 머리를 풀어 헤치고는 늑대의 어깨에 한쪽 손을 얹고는, 늑대 오빠 노래에 맞춰서 섹시 댄스를 춰댔다.

늑대오빠 작사, 작곡 감성 스토리텔러

안녕 레이디 그새 또 그리웠냐?
커엽기는 전화 왜 걸었냐?
오~느끼한 저, 전화 멘트
미치지 않고선 저럴 수가

⬆오오, 오빠 늑대, 오빠 오오, 오빠 늑대오빠
⬆오 그대가 정녕)~ 말로만, 듣던~
그 늑대() 오빠란⬇말이~오⬇

⬆오오, 오빠 늑대, 오빠 오오, 오빠 늑대오빠
⬆오 그대가 정녕)~엉큼한
그 늑대() 오빠란⬇말~이~오⬇

(사악한 저 웃음), 오마이갓~
⬇여자들이 아주~그냥 두질 않겠네.
(쎈척 잘난척 하던) 내~ 자존심
⬇대체 난() 어쩌란~ 말이오.~

⬆오오, 오빠 늑대, 오빠 오오, 오빠 늑대오빠
⬆오 그대가 정녕)~ 말로만, 듣던~
아이쿠, 그늑대() 오빠란⬇말~이~오⬇
대체 난() 어쩌란~ 말이오. ~오빠⬆

아가씨는 노래와 춤이 끝나자, 늑대의 어깨에 한쪽 손을 얹고는 다시 춤을 추면서 말했다.

"오 귀염둥이 어디 한번 나랑 놀아볼까? 나는 매력이 넘치는 여자 끼 많은 여자, 음식이면 음식 청소면 청소 내조면 내조, 모든 게 다 너무나도 철두철미 한 여자, 일상들을 완벽주의로 도배들을 하는 여자 구겨진 옷들은 쫙쫙 쫙 다리미로 펴서 잘 개켜놓지, 구두도 반짝반짝 언제나 광을 내놓지, 아마 세상의 모든 깔끔한 것들이 전부다 멸종이 되어도, 난 아마 살아남아 있을 걸?"

그러자 잘생긴 젊은 늑대가 말했다.
"그러니까 뭐냐? 거시기 뭐냐? 그대가 나를 사랑한다, 뭐 그런 말이지? 어디 보자 눈빛부터 한번 살펴보고, 눈빛은 거짓말을 안 하거든. 진짜 나를 사랑하는 건지, 니가 꽃뱀인지 사채업자 놈들한테서 진 빚 나한테 다 떠맡기려는 건지 딱 보면 다 알거든."

그 말에 아가씨가 말했다. "아, 세상은 정녕 너무나 삭막 하구나. 폭풍우가 휩쓸고 간 해변처럼 너무나 삭막하구나. 숭고한 사랑을 의심하다니 순수한 사랑을 의심하다니, 아 사랑은 매달리는 것이 아니라 튕겨야만 한다는 걸 이제서야 깨달았네." 하고 슬픔에 젖어 말했다.

그러자 젊은 늑대가 미소를 띠며 말했다.
"알았다, 알았어, 알았다고. 그깟, 한번 떠본 걸 가지고 유난 떨기는 믿어줄게. 이리 가까이 와봐 안아줄게. 어떻게? 키스부터 할까? 떡부터 칠까? 고것 참 예쁘기도 하네. 요걸 앞치기부터 할까? 뒤치기부터 할까? 옆치기부터 할까? 부비부비부터 할까? 햐 고것 참 육구도 좋아하게 생겼네. 아니, 그런데? 이거? 엉덩이 뽕 아니야? 이거 사기 아니야 사기?"

그러자 아가씨가 슬픈 얼굴로 말했다. "뭐? 사기? 아니 의자에 앉을 때 배겨서 엉덩이 뽕 한번 넣어본 걸 가지고 사기라니? 아, 이 무슨 운명의 장난이란 말인가? 이렇게 아픈 고통 까지도 사랑의 일부였나, 한바탕 쏟아지는 소낙비처럼 흠뻑 빠져 들었던 그 사랑이. 오, 나를 아프게 하는 도다, 매도 하는 도다, 나를 사랑 한다던 그 말 모두가 다 거짓이었나? 이깟 엉뽕 하나 때문에? 사랑을 의심하다니" 라며, 아가씨는 엉뽕을 바닥에 팍 패대기치듯 이 집어 던져 버렸다.

그러자 잘생긴 젊은 늑대가 말했다. "에이, 나는 돼지도 얼굴 보고 잡아먹는 취향인데 삐쩍 말라서 만질 것도 없다고 생각하다가 엉덩이 탱탱한 거 그거 하나 보고 안아 줄라고 했더니만, 에이, 그래도 일단 급하니까 찬밥 더운밥 가리게 생겼어 어흥." 하고 늑대가 아가씨에게 달려들자 순간, 희한하게 개기일식 찾아왔는지 밝았던 하늘이 갑자기 어두워졌다. 그리고는 늑대와 아가씨는 사랑을 나누었다.

늑내와 아가씨의 사랑이 끝나자 늑대가 말했다. "고것 참 보기보다 뒤치기 하나는 끝내주네. 오, 난 냉정한 늑대. 볼일 다 끝냈으니까 이젠 떠나야지. 오, 난 사랑 대신 이별을 택하리라. 오, 난 사랑 대신 방랑을 택하리라."

그러자 아가씨가 울면서 늑대의 옷자락에 매달리며 말했다. "못가, 못가, 절대 못가, 으앙 으앙 으앙 갈 테면 나를 밟고 가시던지, 하늘이 무너져도 못가 내가 널 먼저 버릴 때까지 못가. 갈 테면 나를 밟고 가."

그러자 젊은 잘생긴 늑대가 의미심장한 미소를 띠며 말했다. "정말이지? 진짜지? 후회 안하지? 지금 그 말 후회 안 하지? 에라이 밟고 가주지 뭐 까짓거 밟아 달라는데, 꽉꽉꽉...꽉꽉꽉.....꽉꽉꽉......" 늑대는 아가씨를 자빠트려 놓고 밟아댔다.

그러자 아가씨가 울면서 외쳤다. "아이구 아파라, 아이구 아파라 나죽네, 아이구 아파라, 아이구 아파라 나죽네, 아, 사랑이 사랑을 속이는 세상에서.....아 사랑이 사랑을 아프게 하는 세상에서....나 외로워서 쓸쓸해서 고독해서, 밤마다 흘리는 내 눈물 풀잎에 이슬로 맺히리라. 아, 슬퍼서 나 너

인형놀이

무나 슬퍼서 숨죽이던 내 울음 울컥울컥 토해내어 천둥으로 울어 통곡 하리라......천둥으로 울어 슬픔 빗물로 토해 내리라..태풍이여 불어라, 미친 듯이 불어라, 오 슬픔이여....오 눈물이여......오 배신이여" 하고 눈물로 외쳤다.

그러자 젊은 늑대가 짜증스럽게 말했다. "야? 그게 말이 돼? 그게 말이 되냐고? 안아 달래서 안아줬고, 따먹어 달래서 따먹어 줬는데, 고리타분한 이야기들만 떠들어대는 이유가 뭐야? 늑대가 뭐 잘못했어? 떡은, 성은 금기 사항도 아니야. 떡은 모든 생물의, 태초부터 있었어, 떡이 금기 사항이냐고? 떡은 신보다 더 위대해 자손을 번창시키니까. 아가씨, 너 남자와 여자의 사랑 차이가 뭔지 알아? 남자와 여자의 사랑 방정식 차이를 아냐고? 남자는 친구들 끼리 만나면 길에서 본 쭉쭉빵빵 여자들 얘기를 하고 끊임없이 먹이를 찾는 짐승들처럼 두리번거리고 그러는 게 남자야. 여자들은 친구들끼리 만나도 자기 남자 친구가 잘생겼다느니 돈이 많다느니, 남자 집안이 어떻다느니 그런 얘기들 하겠지만. 남자들은 그렇게 다 늑대야,
틈만 나면 한눈을 파는 게 남자라고. 개뿔 뭐 알고나 살아야지"

그러자 아가씨가 슬픈 듯이 말했다. "나는 죽어도 너 못 보내, 너만 사랑할 거야. 니가 늙어도 난 너만 사랑 할 거야. 아, 내가 불꽃을 사랑했나...아, 내가 바람을 사랑했나.....늑대여 제발 너의 연주를 느끼고 싶노라. 그대의 목소리는 달콤한 노래, 그대의 손길은 달콤한 피아노의 연주, 그대의 눈빛은 빛나는 은은한 별빛, 내 몸에 내 영혼에 제발 그의 손길로 연주를 해다오. 딩동댕, 딩동댕 연주를 해다오. 그대의 연주에 맞춰 내가 사랑의 노래를 부를 수 있도록 딩동댕, 딩동댕 연주를 해다오."

잘생긴 늑대가 바닥의 돌멩이를 발로 퍽 차며 말했다. "거참 되게 질척대네, 생긴 거 하고 다르게. 인간은 어차피 신들의 피조물인 동시에 떡들의 피조물인거야. 떡을 쳐야 생명이 만들어 지잖아? 우리는 또 하나의 새로운 생명을 창조한 거라고 알아? 아, 진짜 존나, 조또, 씨팔, 개짜증 나네. 뭐한테

거시기 물렸듯이 개짜증 나네."

그러자 아가씨가 늑대의 손에 수갑을 채우며 말했다. "그래? 그럼 애초부터 떡 안쳤으면 됐잖아? 안 보고 안 만지고 안 먹었으면 됐잖아? 야잇, 너를 체포하겠다, 철컥"

젊은 늑대가 말했다. "뭐하는 거야? 시방, 지금, 조또, 수갑 가지고? 이런 거 가지고 장난치는 거 아니야."

그 말에 아가씨가 냉정하게 말했다. "너를 체포 하는 거야. 넌 내 사랑의 포로야 이제부터. 알겠지? 그냥 순순히 받아들여. 운명이라 생각하고 받아들여. 가자 늑대야, 나의 파라다이스로. 겁내지마, 게임 끝났어."

그러자 젊은 늑대가 호소를 하듯이 말했다. "아니, 나를 사랑 한다며? 이게 무슨 행패야? 여자가? 사랑은 아름다운 창조를 하는 일이야. 만나고 사랑하고 이별하고 자연스러운 현상 이라고. 어디서 강제로 나를 묶어 두려고 해?"

그러자 아가씨가 말했다. "됐고, 창조는 파괴부터 시작하는 거야. 신이 창조해놓은 것들을 다 파괴하고 새로운 창조를 해 보자고. 당신이 잘 못 한게 뭔지 알아? 내 마음이 타오르도록 한 죄. 그건 알지? 그리고 속으로 그랬겠지, 요거 몇 번만 잡아먹고 버려야지, 하고 생각 했겠지. 넌, 사람 잘 못 봤어."

젊은 늑대가 울듯이 말했다. "제발 나의 기억을 지워다오, 세뇨리타. 제발 나의 추억을 지워다오, 세뇨리타. 공포가 내 심장을 두드리고 있도다, 어둠들이 내 두 눈을 가리고 있도다, 억압의 족쇄들이 내 영혼을 가두고 있도다. 오, 난 자유로운 영혼. 억압받고는 살 수 없는 자유로운 영혼, 늑대란 말이다."

아가씨가 말했다. "야, 됐고. 난 그딴 궤변 들리지 않아. 늑대여, 매정한 늑대여. 날 떠나겠다는, 그대의 그 말이 내 심장을 도륙하는구나.....그대의 차가운 눈빛과 말투들이 내 영혼을 파괴하는 도다. 그러니 제발 날 떠나겠다는 말만은 하지 말아다오. 오, 제발 늑대여 그대에게 아침 밥상을 차려다 바치는 아름다운 사랑을 꿈꾸게 해다오. 날마다 커피를 타주고 빨래를 해주고 그대를 기다리는 그런 아름다운 일상들을 꿈꾸게 해다오. 오, 늑대님이시여 제발, 내가 어떻게 해야 늑대님의 사랑을 얻을 수 있을까요? 내가 어떻게 하면? 늑대님의 사랑을 얻을 자격이 있을까요? 어떻게 해야 독차지할 수 있을까요? 내가 늑대님과 행복해질 수 있을까요? 그 방법을 말해주오."

그러자 젊은 늑대가 한스러운 목소리로 소리쳤다. "아, 바람이 산을 부수노라. 아, 태풍이 바위를 부수노라. 태풍이여 불어라....폭풍이여 불어라...열풍이여 불어라....나를 데려가 다오.난, 바람을 따라서 어디든 갈 수 있는 자유로운 영혼. 아가씨여 제발 나를 보내다오. 아가씨여 제발 뼈밖에 없는 아가씨여, 제발 나를 풀어주오. 해방시켜주오. 차라리 내가 그렇게 좋고 보고 싶어진다면 늑대 굴로 찾아 와 주면 안 되겠어? 기차 타고, 버스 타고, 택시 타고, 지하철 타고 늑대 굴로 와 주면 안 되겠냐고? 못 찾겠으면 전화하고?"

그 말에 아가씨가 말했다. "아 사랑을 한다는 것은 마음의 바다를 건너는 것, 아 사랑을 한다는 것은 한 영혼의 마음의 바다를 건너는 것, 아 사랑을 한다는 것은 한 사람의 닫혀 진 마음에 자물쇠를 열고 들어가는 것, 동토처럼 얼었던 대륙이 녹기를 기다리며 남극의 대륙으로 꿈을 찾아 바다를 건너가는 것, 오, 난 무섭도다. 그대가 없는 세상이 무섭도다. 그대가 없는 외로움이 쓸쓸함이 무섭도다. 내가 정말 할 수 있을까? 내가 늑대 굴로 찾아갈수가 있을까? 난 길치인데??

그러자 잘생긴 젊은 늑대가 말했다. "아가씨, 넌 겉보기만 여자지 속은 여장부야. 너, 너무 욕심 부리면 쥐었던 것도 놓친다."

아가씨가 살짝 고민을 하다가 말했다. "좋아, 그럼 풀어주지 뭐. 철컥."
그녀는 늑대의 수갑을 풀어주었다.

 그러자 잘생긴 젊은 늑대가 갑자기 돌변하며 말했다. "에이, 재수 없게 어디서 걸려도 저런,
 찐드기 거머리한테 걸려가지고. 야, 찐드기 넌 니 인생 자체가 나한테는 죄악이야. 짜증이라고 개짜증이라고. 삐쩍 마른 것들은 다 싫다고 마른 것들은 다 싫어. 야 너? 그리고 니가 내 발목 잡아서 신데렐라 꿈꾸려나 본데 웃기고 자빠졌네, 너처럼 삐쩍 마른 신데렐라 봤어? 그래도 엉덩이라도 통통해야 떡치는 맛이라도 나지. 아무리 떡을 쳐도 어떻게 철썩철썩 철썩철썩 소리가 안나, 에이." 하고 투덜대고는 삼십육계 줄행랑을 쳐버렸다.
 얼마 후, 산 넘고 바다 건너 물어물어 늑대 굴로 찾아간 아가씨는 텅 빈 늑대 굴을 바라보며 슬퍼했다. "아, 나는 늑대의 집 앞에서 늑대를 기다리노라. 하지만 늑내는 돌아오실 않는 도다. 나를 반겨 주는 건 오직 쓸쓸한 가로등뿐. 나를 반겨 주는 건 쓸쓸한 공허뿐. 소나기가 쏟아지면 비를 맞고서 기다리네. 눈이 오면 눈을 맞고서 기다리네. 냉정한 늑대를 기다리네."
 그러자 멀리서 아가씨의 모습을 바라보던 늑대가 비웃었다.
 "아 난 몰라, 이제부터 니 인생 니가 알아서 해. 내가 알바야, 쓰레빠야, 잠바야, 오바야, 핫바야? 넌 내가 알바 아니야 내가 어떻게 저렇게 모자라는 걸 건드려 가지고. 아 존나, 기분 나락으로 떨어지네. 야, 삐쩍 마른 애 니 모자란 대가는 니가 치러. 이쁜척하고 살던가, 슬픈척하고 살던가, 행복한 척하고 살던가, 안 힘든척하고 살던가, 울고불고 미친년처럼 살던가 제발 꺼져줄래? 나 너 더 이상 힘들어서 못 봐주겠다. 그리고 다시 한 번 말하지만 니 인생은 니가 책임져. 늑대한테 차이고 등신같이 사는 것도 다 니 몫이야. 니 나이에 순진하단 소리 듣고 사는 거 그거 좋은 건 줄 알아? 그거 다 모자란단 얘기야 등신아. 너 주위에 한번 둘러 봐봐. 두 눈 똑바로 보라고? 그러다가 너 거지꼴, 나 노숙자 꼴 난다고. 너 이참에 아주 노숙자로 니 이름 개명을 하던가?"

인형놀이

아가씨는 너무나 슬펐다. 첫 순정을 준 늑대에게서 이렇게 비참하게 버림을 받은 것이 너무나 슬펐다. 아가씨는 외쳤다. "아 운명이여.......대체 왜 나를..내 운명을...이렇게 빡세게 굴리십니까? 왜 나를 이렇게.....모질게 대하십니까? 왜 나를 이렇게.....시궁창에 버리십니까?"

그리고는 다시 부드럽게 간곡하게 매달리는 듯이 말했다. "늑대씨, 어차피 나 여기까지 왔으니까 밥 많이 먹을게. 돼지처럼 많이 먹을게. 그래서 엉덩이도 통통하게 만들어서 떡칠 때 소리도 잘나게 할게. 철썩철썩 철썩철썩 소리도 잘나게 할게. 그러니 제발 나를 행복한 돼지처럼 살게 해주면 안될까? 늑대 씨 곁에서?"

그러자 거만한 늑대가 말했다. "야, 요거 봐라 진짜. 너 나랑 시방, 지금, 씨팔, 해보자는 거야? 오빠랑 진짜 해보자는 거냐고? 저거 진짜 나한테 한 우물만 파네? 제발 다른 우물도 좀 파봐 등신아. 물 안 나올 땐 여기저기 파보라고 등신아, 대체 얘가 오늘 왜 이렇게 치분덕대? 너 내가 한방 제대로 먹여줄까? 아니면 손 좀 봐줄까? 니 관심 진짜 나 완전 개 숨 막힌다. 제발 관심 좀 꺼줄래? 나한테? 너 나한테 올인 하지 말고 다른데 올인 해. 그리고 다른 아가씨들은 다 잘되는 분수 쑈, 그런 것도 안되는 게 어디서 까불어?"

그러자 아가씨는 죽을 듯이 슬퍼하면서 말했다. "늑대님, 제발 늑대님이 원하는 대로 진짜 살찔게." 하고 매달렸다.

늑대가 거만하게 말했다. "야, 너 살찌는 게 얼마나 힘든 건 줄 알아? 너 살찌는 건 평생 과업이야. 아무나 살찌는 건 줄 알아? 24시간 먹어야 되는 거야. 야 인생 뭐 있냐? 그냥 즐겼다고 생각해. 어디 세상에 늑대가 나 하나냐고? 이 등신 머저리야?"

아가씨는 축쳐진 어깨로 읊조렸다. "오 늑대여, 먼 훗날 우리 추억이 빛바

랜 낙엽처럼 바래진다 해도 그대는 내 가슴에 영원한 추억으로 남으리라. 소중한 추억으로 남으리라. 오, 내게 슬픔만을 가져다준 그대여, 그대를 잊지 못하는 내 마음 어이할까? 흐르는 내 눈물을 어이 할까? 그리워, 그리워, 그리워 어이 할까? 그대의 체취가 그리워 어이 할까."

거만한 늑대가 말했다. "삐적마른 아가씨여, 넌 내 스타일 아니야. 난 통통한 아가씨가 좋아

쿨렁쿨렁 물침대 소리도 나고 얼마나 좋냐? 그리고 너의 슬픔은 네가 키운 거야, 스스로 네가 키운 거라고. 이 무지몽매한 아가씨야. 그리고 내 기억 따위는 내 추억 따위는 쓰레기통에 버려 쓰레기통에 팍 차 넣어 버리라고."

그러자 아가씨가 말했다. "두고 봐라, 너 늑대 놈아. 너 같은 도둑놈은 천벌을 받을 거야. 어디서 순진하고 착한 나를 꼬드겨서 단물만 쏙 빼먹고 따먹고 차 버려? 아, 텅 빈 벌판에 비가 내린다. 온기마저 사라진 벌판에 비가 내린다. 거세게 불어오는 시린 바람들아, 거세게 잔혹하게 휘몰아 쳐다오. 서 늑대 놈의 싸대기에 휘몰아 쳐다오. 있는 힘껏 저놈 싸대기를 후려 쳐다오."

그 말에 거만한 늑대가 속으로 실실 웃으며 말했다. "에이 속이 다 시원하네. 나는 이제 두 다리 쭉 뻗고서 비싼 와인이나 마셔야지. 오래되고 값도 비싼 와인을 왜 마시냐고? 그건 왜 묻는데? 무식한 것들, 오래된 와인이나 오래된 꼬냑은 역사가 있잖아. 몇십 년 몇백 년 전의 역사가 술을 따를 때마다 술잔에 좌르륵 하고 따라져 나오잖아. 병마개를 따는 순간부터 역사의 향이 코끝에 쫙 흘러 퍼지잖아? 안 그래? 그러니까 난 술을 마시는 게 아니라 역사를 마시는 거라고. 이런 내가 얼마나 문학적이고 역사적이야? 그런데 내가 저런 삐쩍 마른 촌것하고 상대가 되겠어?"

그러자 아가씨는 아직도 미련을 집착을 못 버리고는 늑대를 향한 세레나데를 불렀다.

늑대 오빠 작사, 작곡 감성 스토리텔러

안녕 레이디 그새 또 그리웠냐?
커엽기는 전화 왜 걸었냐?
오~느끼한 저, 전화 멘트
미치지 않고선 저럴수가

↑오오, 오빠 늑대, 오빠 오오, 오빠 늑대오빠
↑오 그대가 정녕)~ 말로만, 듣던~
그 늑대() 오빠란↓말~이~오

↑오오, 오빠 늑대, 오빠 오오, 오빠 늑대오빠
↑오 그대가 정녕)~엉큼한
그 늑대() 오빠란↓말~이~오↓

(사악한 저 웃음), 오마이갓~
↓여자들이 아주~그냥 두질 않겠네.
(쎈척 잘난척 하던) 내~ 자존심
↓대체난() 어쩌란~ 말이오.~
↑오오, 오빠 늑대, 오빠 오오, 오빠 늑대오빠
↑오 그대가 정녕)~ 말로만, 듣던~
아이쿠, 그 늑대() 오빠란↓ 말~이~오↓
대체 난() 어쩌란~ 말이오~오빠

노래가 끝나자 마른하늘이 천둥을 쳐댔다.
"에이 더러운 늑대 놈아, 어디서 돈은 많이 가지고? 어디서 주워들은 건 많이 가지고? 어디서 인물만 번지르르 해가지고? 어디서 정력만 좋아 가지고? 수많은 아가씨들을 농락을 해?
 이 더러운 늑대 놈아. 너도 언젠간 똑같이 당할 거다." 하고 천둥이 소리쳤다.

 아가씨가 눈물을 닦으며 곰곰이 생각해 보니, 늑대는 실체가 아니었다.
 늑대는 단지 아가씨의 욕심이 집착이 보낸 하수인에 불과했다. 그뿐만이 아니었다.
 늑대가 떠난 뒤 늑대의 굴 늑대의 은신처에서 발견된 건, 놀랍게도 아가씨의 욕심이었다.

 나영은 여기까지 소설을 쓰고는 더는 진도를 나가지 못했다. 책상 위에는 벌써 쓰다가 찢어서 구겨버린 원고지의 종이 뭉치들이 가득 쌓여 있었다. 더는 진도가 나가질 못하자 나영은 쓰다만 원고지를 덮고서 그냥 침대에 누워서 잠을 청했다. 그래도 잠은 오지 않았다. 그리고는 서글픈 상념들만 찾아 들었다. 어느덧 새벽은 오고 있었다. 나영은 다시 벌떡 일어나서 창문을 열어 보았다.

 하늘엔 붉고 푸른 여명이 밝아오고 있었다. 그리고 마지막까지 공허한 하늘을 지키던 샛별이 슬그머니 집으로 돌아가고 있었다. 나영이 바라보는 새벽하늘의 그 신비로운 모습들은 태초에 빛이 하늘을 열고서 어둡던 세상에 푸르고 붉은빛을 발해주는 듯한, 너무나도 과분한 아름다움이었다. 마치 오랜만에 받아보는 커다란 선물과 같았다. 그 모습은 아무 때나 볼 수 있는 게 아니라 신이 허락해야만 볼 수 있는, 신이 베풀어 주어야만 볼 수 있는 너무나도 과분한 아름다움이었다. 오늘의 이 아름다운 새벽하늘을 나영은 혼자서 독점을 하고 있었다. 아마 잠시 뿐이겠지만.
 나영은 아름다운 하늘을 바라보며 생각했다.
 '오 하늘이시여, 사람들에게 감동을 줄 수 있는 소설은 하늘이 허락해야만 쓸 수 있는, 신이 베풂을 주어야만 쓸 수 있는 그런 것이란 말입니까? 소설은 사람들에게 자신이 사는 세상과는 다른, 무한한 신비로운 세상을 경험하게 할 수 있는 창문이 아닙니까? 문장의 조각들을 이어 붙이고 감정의 조각들을 엮어서 만드는, 신비로운 세상이 아닙니까? 그렇다면 나에게 그 재능을 그 베품을 주시면 안 된단 말입니까? 세상의 수많은 거장들일수록 고난과 고통과 처절한 시련들을 겪어가며, 위대한 작품들을 완성하였다고는 하나, 끝도없이 찾아오는 너무나도 처절한 고통들이, 나에게는 너무나 버겁습니다.

오 하늘이시여, 제가 이 소설을 정녕 완성하기를 원하십니까? 그러 하시면 제게 인내와 끈기와 용기를 주소서 베품을 주소서. 제가 걸어가는 소설가라는 이 길을 포기하지 않도록, 내와 끈기와 용기를 주소서, 살면서 누구나 한 번쯤은 읽어야 할 인생 소설을 쓸 수 있도록 저에게 인내와 끈기와 용기를 주소서.

나는 날마다 오늘이라는 하루하루를 창조하며 살아갑니다. 문장들을 엮어 가면서, 세상의 수많은 것들을 경험하면서 보아 가면서, 날마다 오늘을 창조하며 살아갑니다. 과거에만 집착하며 얽매이는 사람들이 오늘이라는 희망과 내일이라는 미래를 창조하며 살아갈 수 있기를 바라며 행복하게 살아갈 수 있기를 바라며 이 소설을 쓰고 있습니다. 제발, 제가 이 소설을 모두 마치기를 소망합니다.

오, 하늘이시여, 하늘이시여.
당신이 세상에 이 시대를 살아가는 사람들을 보내신 건, 이 땅에 보내신 건 고생만 하다가 살다 가라고 보내신 건 아니리라 생각합니다. 뭔가 쓰임새가 있을 거라 생각합니다. 특별한 쓰임새가 있을 거라 생각합니다. 제발 그들이 단지 몇 번의 고난과 몇 번의 시련들에 지쳐서, 무저항으로 살지 않길 바랍니다. "까짓 거, 몇 번 넘어졌을 뿐이야. 다시 할 수 있어, 할 수 있어." 하고 말하며, 툭툭 털고 일어나서는 원하는 꿈을 원하는 소망을 원하는 모든 걸 이룰 수 있도록, 신이여 허락하소서.'

19화 윤리와 도덕

어느 뜨거운 여름날 밤.

나영과 연희가 밤하늘을 바라보며, 유혹의 소나타로 걸어가고 있었다.

하늘엔 수많은 은하수 별빛들이 여름밤의 하늘을 수놓고 있었다. 마치, 불꽃놀이를 하는 것처럼 반짝반짝 빛났다. 잠시 후 강남 논현동에 다다르자 네온사인들의 춤추는 모습들이 온통 별천지인듯 보였다.

나영이 춤추는 네온사인들을 바라보며 말했다. "연희야 갑자기 왜 회색 도시가 이렇게 아름답게 느껴지지? 기분 탓인가? 계절 탓인가? 오늘따라 논현동이 되게 정겹게 느껴지네."

그러자 연희는 하늘을 바라보며 엉뚱한 말을 했다. "나영아 저 별빛들 좀 봐봐? 느껴져? 저 별빛들의 소리가? 소근소근 대는 소리가? 저 별빛들 하나하나가 모두 길을 잃고 헤매는 가엾은 영혼들일지도 모르잖아? 그리고는 서로들을 위로해 주려고 서로들의 발길을 밝혀 주려고, 환하게 빛을 밝혀주는 건지도 모르잖아? 그리고는 날이 밝아지면 "우리 내일 다시 만나자" 하며, 집으로 돌아가 어둠속에서 떨고 있겠지?"

나영은 조곤조곤 말하는 연희가 마치 밤에만 피어나는 참한 분꽃만 같았다.

분꽃 김나영

은하수 가득한 밤에 고개를 내밀어 피어나는 그대는 분명 분꽃.
수줍게 피어난 분꽃이리라.
화려하게 치장을 하지 않아도 아름다운,
덕지덕지 화장을 하지 않아도 눈이 시리도록 아름다운,
향수 따윈 뿌리지 않아도 향기로운,
우아한 그대는 고결한 그대는
그냥 가만히만 있어도 아무것도 하지 않아도 품격 높아 보이는
그대는 분명 분꽃이리라.

세상에 귀한 꽃 천한 꽃 있으랴 마는

그대는 분명 천상에서 머물다 내려온 고귀한 꽃이리라

척박한 땅에서 천하게 자라지 않은,

고귀한 곳에서 품격 높게 자란 그런 꽃이리라

그리고는 악착같지도 억척같지도 못하며

착하기만 한 귀한 꽃이리라.

누구도 함부로 하지 못할 귀한 꽃이리라.

　

나영은 조잘조잘 대며 걷는 연희에게 눈을 맞추며 "에그 이쁜 것" 하며 볼을 살짝 꼬집어 주었다.

　

밤 11시쯤, 연희와 나영이 유혹의 소나타에 도착하고 잠시 후, 한 남자가 찾아왔다.

그는 자칭 천재에, 자칭 갑부에, 자칭 변호사에, 자칭 자격증 부자에, 자칭 박사라고 했다.

50대 초반의 허우대가 훤칠한 이 남자는 웬지 조금은 비싸 보이는 밤색 양복을 입고 있었으며, 넥타이를 매지 않은 와인색 와이셔츠를 입었고 잘 닦여진 검정색 구두를 신고 있었다. 그의 머리는 8대2 가름마였고, 이마는 기름기가 반질반질했고, 눈은 가늘고 길게 찢어져서 날카로워 보였다. 그리고 눈썹은 흐렸으며 뭉뚝한 코에 입 꼬리가 살짝 아래로 쳐져, 마치 심술이 난 사람처럼 보였다.

그는 비싼 샤또 라뚜르를 시켜놓고 앉아서 짧은 라일락 꽃무늬 원피스를 입은 연희와, 빨간색의 짧은 실크 원피스를 입은 나영에게 썰을 까며 자랑질을 늘어놓았다.

　

"연희야, 나영아, 사는 게 힘들진 않냐? 너희들 술취한 놈들 비위나 맞추며 살 팔자가 아닌 거 같은데, 뭐 다른 거 하고 싶은 거 없냐? 있으면 다 말해 오빠가 다 차려줄게." 하고 말하면서 남자는 007가방에서 한가득 자격증 들을 꺼냈다. 그리고는 그 자격증 들을 테이블위에 쭉 펼쳐 놨다. 수많은 자격증들은 종류도 다양했다.

특수 장비 자격증, 도장 파는 자격증, 전기 관리사 자격증, 지게차 자격증, 타워 크레인 자격증, 굴삭기 자격증, 전파사 자격증, 암벽등반 자격증, 스쿠버 자격증, 스카이다이버 자격증, 보일러 관리 자격증, 노인 복지사 자격증, 펜글씨 자격증, 농약 살포 자격증, 나무 의사자격증, 개털 깎기 자격증, 자동차 정비사 자격증, 자전거 수리 자격증, 방수 자격증, 이발사 자격증, 세탁소 사업 자격증, 폐지관리 자격증, 개집 설계사 자격증, 용접 자격증, 네일 자격증, 중식 조리사 자격증, 한식 조리사 자격증, 일식 조리사 자격증, 양식 조리사 자격증, 건강 레크레이션 자격증, 항해사 자격증, 컴퓨터 디자인 자격증, 수의사 자격증, 떡집 자격증, 등 그는 자기가 딴 자격증들 숫자가 모두 200개라고 했다. 그리고 우리나라의 자격증 종류가 총 몇 천개는 된다고도 했다.

그때 나영이 물었다. "오빠 떡집 자격증? 떡집 자격증이 뭐야?"
그러자 자칭 박사 변호사는 말했다. "그건 떡치러 오는 놈들한테 떡 파는 거야. 간판은 마사지라고 걸어놓고. 일종의 봉사활동이라고나 할까? 내가 떡집 안 하면 여자 없는 놈들은? 무식한 노가다들은? 거지들은? 노숙자들은? 어디 가서 떡치겠어? 그러니까 나 같은 봉사활동 하는 사람한텐, 지자체에서 상 줘야 된다니까. 생각해 봐라……나 같은 사람이 있어야 성범죄도 안 생길 거 아냐."

그 말에 나영이 말했다. "그거 불법 아니에요? 그리고 봉사활동은 무슨 눈가리고 아웅 하는 자기 합리화잖아요?"

나영의 말에 박사는 한심한듯 바라보며 말했다.
"에휴……이런 꼴통에 머저리. 너는 나무만 보고 숲은 못 보냐? 쯔쯔…어찌 참새가 황새의 맘을 알랴….세상을 크고 넓게 봐야지. 나 없었으면 벌써 우리나라는 성범죄 천국 됐을걸? 아무튼 그건 그렇고, 그래서 내가 내 똘마니 동생들 먹고 살라고 데리고 있던 양아치 동생들한테 여기저기 떡집 차려 줬다니까."

연희와 나영은 할 말이 없었다. '이게 봉사활동인가?' 생각하며 어이없어 했다.
그러자 자칭 변호사 박사는 또다시 썰을 깠다. "이건 기계공학 박사 자격증, 이건 컴퓨터 공학박사 자격증, 이건 의학박사 자격증, 이건 우주항공 박사 자격증, 이건 변호사 자격증." 이라며 얼른 보여 주고는, 연희와 나영이 알아보기 전에 재빨리 가방에 넣었다. 그러더니 다시 무용담을 늘어놓았다.

"오빠가 말이야 젊을 때는 서대문, 신촌, 종로, 이쪽은 전부 다 오빠 나와바리였다니까. 니들 독사라고 알아? 내가 신촌 독사야. 까치 독사는 내 동생이고, 구렁이는 내 왼팔이었고. 그 때가 언제였더라? 노태우 대통령할 때 범죄와의 전쟁할 때, 그때 내 아그들이 연장 들고 종로파 애들하고 전쟁해서 몇 놈 병풍 뒤로 보내고, 몇 놈은 향냄새 맡게 해주고 싹다 정리 했잖아. 그런데 그때부터 검찰, 경찰 수사관들이 하도 쫓아다녀서 꼬리자르기 하고 손 털고 그때부터 엔터테인먼트 했었잖아. 그때 돈 좀 벌었지. 그땐 우리나라에서 젤 잘 나가는 가수들은 다 내 밑에 있었거든. 훈아, 진이, 준아, 미자, 소희 등등 다 내 밑에 있었거든. 내 재산이 얼만 줄 아냐? 3천억이야, 3천억. 비서만 20명이야. 그리고 니들 홍당무 마켓이라고 알지? 중고물품 거래하는 곳? 그거 내가 설립했잖아. 그거 내가 판 거야, 내 아는 후배한테.
나는 그거 팔아서 수백억 벌고 그 동생도 엄청 잘나가고 둘이 상부상조했잖아. 나, 진짜 요새 돈에 깔려서 죽을 판이야. 돈도 지겹다니까 눈만 뜨면 돈이 쌓여서 아무리 돈을 써도 줄어들질 않아 어떻게 된 게 짜증나게...그러니 돈이 안 지겹겠냐?"
그러더니 연희와 나영을 바라보며 느끼한 눈빛으로 온몸을 쫙 훑어서 스캔하더니 다시 말했다. "그러니까 니네들 이런 술집하지 말고 번듯한 거 뭐 하나 차려줄게, 말만해."

인형놀이

그리고는 명함 하나를 건넸다. 명함엔 써있는 직함들이 하도 많아서 거의 책받침만 했다. 나영은 속으로 쌍욕을 했다. '이 병신 새끼야, 또라이 같은 새끼야..왜 뭐? 떡집 차려주게? 개 같은 새끼.'

연희는 생각했다. '박사? 변호사? 깡패? CEO가 같은 사람이라고?'
연희는 이자가 매칭이 안됐다. 나영이 말했다. "오빠, 술 파는 게 어때서? 나는 먹고 살기 위해 술 팔고, 오빠는 거짓말 팔고, 허세팔고, 깡 팔고, 말빨로 주뎅이 팔고, 선생은 지식을 팔고, 목사는 신앙 팔고, 우리는 미모로 술 팔고. 뭐가 달라? 그리고 우리처럼 사기 안치고 먹고 사는 게 그게 더 솔직한 거 아니야?"
나영은 냉수를 벌컥벌컥 마시고는, 다시 말을 이어 나갔다. "그리고 오빠? 돈이 이름표 달고 다녀? 이 돈은 술집 년이 번 돈, 이 돈은 노가다가 번 돈, 이 돈은 채소 장사가 번 돈, 이 돈은 똥차가 번 돈, 이 돈은 거지가 구걸해서 받은 돈, 돈이 이름표 달고 다니냐고? 의사고, 박사고, 선생이고, 목사고, 중이고, 신부고, 선생이고 다 돈뭉치를 보면 다들 욕심나는 건 마찬가지야. 뭐가 달라?"

그러자 자칭 박사에 변호사에 깡패는, 양심이 예리한 칼로 찔리는 듯한 아픔을 느꼈는지, 와인색 와이셔츠의 소매를 걷어 올리며 말했다.
"야? 니들 한번 혼나 볼래? 오빠가 동생들 한번 불러볼까?" 하면서 연희와 나영을 째려봤다.

나영이 말했다. "오빠는 자칭 박사에 변호사에 천재에 재벌이, 양아치 동생들 불러서 뭐? 겨우 이깟 술집하나 어쩐다고 협박을 해?"
그러자 남자는 근육질의 어깨와 팔을 한껏 벌린 채, 옅은 와인색 셔츠의 소매를 더 위로 걷어 올리고는 양쪽 팔뚝의 문신을 보여주며, 의자에 등을 기대고 다리를 쫙 벌리고 건방을 떨면서 겁을 주려는 듯이 얼굴을 찌푸리며 분노의 신체적 언어를 나타내기 시작했다. 그는 험하게 막말을 해댔다.

"어라? 이런 쓰레기 같은 년들 봐라. 귀찮아서 참으려고 했더니....니네들 참 나쁜 쌍년들 이네...니네들은 사람을 기쁘게 하는 방법도 모르냐? 존나 조또 좆같이 무례하네, 이것들이. 니들 학수고대 하면서 나한테 혼날 기회만 기다렸냐? 아니면 죽통 맞을 날만 기다렸냐? 니들 틀니 하고 다니고 싶냐? 할머니들처럼? 너 쥐가 겁 대가리를 상실하면 어떻게 되는 줄 알아? 고양이한테 얻어터지는 거야."

그런데 팔뚝의 문신을 보니 용문신이나 호랑이 문신이 아니라 두꺼비 문신이었다. 그리고는 밑에 "더럽게 벌어서 개같이 쓰자"라고 쓰여 있었다. 연희와 나영은 속으로 쿡쿡 웃었다.

나영은 그의 허세 놀음에서 뻔뻔함이 기를 펴고 윤리와 도덕과 양심들은 소멸되어 가는 것을 보았다.

남사는 그렇게 자기의 말빨이 안 먹히자, 펼쳐 놓았던 자격증들을 007가방에 다시 넣고는 술값을 계산하고 떠났다. 나영은 그자가 떠난 뒤 그자에게서 받은 책받침만한 명함을 쓰레기통에 구겨서 던져 버렸다. 그리고는 노트에 뭔가를 써 내려갔다.

윤리와 도덕 김나영

벌레 먹은 양심들 사이로 빗방울들이 쏟아졌다.
그러자 썩은 고목나무와 같은
뻔뻔한 자들의 마음에서 독버섯들이 자라났다.

그리고는 그 썩어가는 고목나무에서 잠시 쉬어가던,
윤리와 도덕들은 더는 버티지 못하고
민들레 홀씨 같은 아주 작은 솜털 하나를
젖은 아스팔트의 길에 떨구고는 먼 곳으로 휙 날아가 버렸다.

그러자 윤리와 도덕들은 그 솜털만을 하염없이 바라보았다.
그 솜털엔 이렇게 쓰여 있었다. '더는 못 버티겠다.'
더러운 자들의 거짓 선전 선동과 내로남불 들과 뻔뻔함 들에
더는 못 버티겠다.
그러자 뿌리째 썩은 고목나무에서 자란,
더러운 독버섯 같은 비 도덕들이
윤리와 도덕들의 걸어가는 앞을 가로막아 섰다.
양의 가면을 쓴 채 착한 양심의 가면을 쓴 채
더러운 양아치들의 엄호 아래,
그리고는 또 머리가 깨져도 그들만을 섬기는 자들의 비호 아래
독버섯들은 세상의 전역을 휩쓸었다.
비윤리들로.
내로남불 들로.

/ 꿈 조지나

사람들은 누구나 꿈이라는 걸 가지고 산다.
누구는 그걸 개꿈이라고 말하고,
또 누구는 그걸 망상이라고도 하지만,
꿈을 가진 사람에게는 그 꿈이 눈물겹도록 매달리고 싶은 희망이기도 하다.
또 살아가는 이유이기도 하다.
꿈은 그런 것이다.
꿈을 꾸는 자들의 마음먹기에 따라서는
희망도 되고 망상도 되는 것이다.

새벽 1시쯤, 유혹의 소나타.

40대 초반의 멀끔하게 생긴, 인물이 훤한 185센치 가량의 키가 큰 남자가 위스키를 시켜놓고 지나와 마주앉아 대화를 나누고 있었다.
지나가 상큼하고 해맑고 톡톡 튀는 목소리로, "안녕하세요, 오빠? 기분이 좋아 보이시네요?" 하고 인사를 했다.

그러자 남자는 엄지손가락 한 개를 지나를 향해서 치켜세워 보여주고는 말했다.
"반갑네, 예쁜 아가씨. 아주 예술적으로 생겼네? 나올 땐 나오고 들어갈 땐 들어가고. 어느 놈이 떡 주무르듯이 주물러놔서 이렇게 곱게 빚어 놨을까?"

지나는 남자가 말하는 게 웬지 예사롭지 않았다. 지나가 다시 물었다.
"오빠 무슨 예술계에 종사하세요?"
그러자 남자는 쉬지 않고 랩을 이어 나갔다.

"난 찌질한 게 싫어...우는 게 싫어.....
난 도박이 싫어...... 마약이 싫어......
난 싸움이 싫어...... 데모가 싫어........
난 부도덕한 일들이 싫어 도박이 싫어.......
난 싸우는 게 싫어 담배가 싫어.......
난 랩에 미친놈 노래에 미친놈 춤에 미친놈
난 그림에 미친놈 여자에 미친놈 키스에 미친놈
난 그루부에 미친놈 작곡에 미친놈 가사에 미친놈
난 꿈에 미친놈 노력에 미친놈 사랑에 미친놈
하지만 난 오버런은 안 해
꿈이라는 건 참 신비스럽지
사랑이 꿈인 사람 축구가 꿈인 사람
헬스가 꿈인 사람 박사가 꿈인 사람
사징이 꿈인 사람 의사가 꿈인 사람
모델이 꿈인 사람 연예인이 꿈인 사람
잘 되는 게 꿈인 사람
좋은 일 하는 게 꿈인 사람
착한일 하는 게 꿈인 사람
지구를 구하는 게 꿈인 사람
비닐봉투 빨대 일회용 컵 싹다 없애는 게 꿈인 사람
페트병을 없애는 게 꿈인 사람
하지만 난 래퍼가 꿈, yeah."
지나가 래퍼의 입을 막으려고 질문을 다시 했다. "오빠, 직업이 래퍼세요?"
그러자 남자는 "내 직업?" 하고 되묻더니 다시 랩을 해댔다.

"난 청소부에 가정주부 남자 가정주부,
반찬도 잘해 청소도 잘해 빨래도 잘해,
요리도 잘해 말도 잘해 잠자리도 잘해,
헛소리도 잘해 개소리도 잘해 띵 소리도 잘해,

밥도 잘해 설거지도 잘해 정리도 잘해,
이런 내가 마누라한테, 다 달이 300만원씩 받으면 과분하지
마누라는 천사 마누라는 지치지도 않는 전사, 마누라는 섹스머신,
섹스를 안 해주면 생활비를 안주지
공과금도 안주지 용돈도 안주지
직업에 귀천이 어딨냐며 나를 집에다 들어앉히더니
누구나 다 잘하는 분야 하면 되는 거지라고 말하더니
나를 머슴으로 만들고 종으로 만들고
셔터 맨 으로 만들고 전업 주부로 만들고
백수로 만들고 식순이로 만들고 부려먹네
그래도 난 멈추지 않아 내 꿈을 멈추지 않아
내 꿈이 뭔 줄 알아? 니들?
세계적인 유명한 래퍼가 되는 게 내 꿈, yeah."

지나가 다시 물었다. "오빠는 말하는 거며, 생각하는 거며, 모든 게 다 랩에 미쳐 사네요?" 말이 끝나기 무섭게 래퍼는 다시 랩을 해댔다.

"난 꿈에 미친놈 난 꿈에 미친놈
난 꿈에 미친놈 난 꿈에 미친놈
에디슨 아인슈타인 포드 카네기
샤갈 고갱 반 고흐 피카소 파블로네루다 헤르만헤세
톨스토이 괴테 셰익스피어 세르반테스
슈베르트 베토벤 모차르트 생떽쥐베리 레오나르도 다빈치
데이빗 가렛 카라얀 정주영 이건희
등등등 이분들도 아마 모두다
나처럼 자기 분야에 미친 사람 출신일걸? 아니면 말고.
어쨌든 미쳐야 성공을 한다니까
어쨌든 미쳐야 성공을 한다니까
어쨌든 미쳐야 성공을 한다니까

한 가지 일에 미쳐야 성공을 한다니까
한 우물만 파야 성공을 한다니까
밥 안 먹고 잠안 자고 한우물만 파야 성공을 한다니까
블랙핑크 BTS 박진영 싸이 손흥민 박지성 메시 얘네들도
미쳐서 성공했다고 봐야할걸? yeah, 아니면 말고."

그리고는 계산을 하고는 또다시 랩을 하면서 나갔다.

88라고 해 감성 스토리텔러

88라고 해 88라고 해
주둥이 88라고 해 주둥이 88라고 해
모두다 주둥이 88라고 해
모두다 주둥이 88라고 해
목소리 큰사람이 이기는 세상
우기는 사람들이 이기는 세상
돈 많은 사람들이 이기는 세상
빽 좋은 사람들이 이기는 세상

돈 자랑만 하는 애들 집자랑 하는 애들
스펙자랑 하는 애들 인물자랑 하는 애들
갑질 해대는 애들 내로남불 하는 애들
쌍욕질 하는 애들 없는 사람 기죽이는 애들

88라고 해 88라고 해
주둥이 88라고 해 주둥이 88라고 해
모두다 쪼또 주둥이 88라고 해

모두다 조또 주둥이 gg라고 해

남 탓만 하는 애들 부모 탓만 하는 애들
세상 탓만 하는 애들 팔자 탓만 하는 애들
운 탓만 하는 애들 정부 탓만 하는 애들
재벌 탓만 하는 애들 제도 탓만 하는 애들

gg라고 해 gg라고 해
주둥이 gg라고 해 주둥이 gg라고 해
모두다 조또 주둥이 gg라고
모두다 조또 주둥이 gg라고 해

양아치짓 하는 애들 골통질만 하는 애들
주먹질만 하는 애들 뻥만 뜯고 사는 애들
일하기 싫은 애들 노력하기 싫은 애들
인성 쓰레기 같은 애들 개양아치 같은 애들
gg라고 해 gg라고 해
손가락 gg라고 해 손가락 gg라고 해
모두다 조또 손가락 gg라고 해
모두다 조또 손가락 gg라고 해

뒤다마까는 애들 뒤통수치는 애들
배려심이 없는 애들 있는 척하는 애들
센척하는 애들 이간질 하는 애들
갈굼질하는 애들 싹수가 노란 애들
gg라고 해 gg라고 해

주둥이 gg라고 해 주둥이 gg라고 해
모두다 초또 주둥이 gg라고 해
모두다 초또 주둥이 gg라고 해

자기말만 하는 애들 남 말 듣지 않는 애들
탐욕만 많은 애들 양심이 없는 애들
간사스런 나쁜 놈들 인성 사이코 같은 놈들
대책은 없으면서 투정만 많은 놈들
gg라고 해 gg라고 해
주둥이 gg라고 해 주둥이 gg라고 해
모두다 초또 주둥이 gg라고 해
모두다 초또 주둥이 gg라고 해

gg라고 해 gg라고 해
주둥이 gg라고 해 주둥이 gg라고 해
모두다 초또 주둥이 gg라고 해
모두다 초또 주둥이 gg라고 해, yeah.

돈 벌어서 남 주나 공부해서 남 주나
운동해서 남 주나 건강해서 남 주나
죽어라고 달려봐 죽어라고 도전해 봐
한 손에는 삽 들고 한 손에는 책 들고 도전해 봐

눈보라 따위는 겁내지도 말고
한여름의 땡볕 따위는 겁내지도 말고
죽어라고 일하고 난 후에 나는

시큼한 땀 냄새를 맡아 가면서

따다다다 뚜두두두 쏟아지는 기관총 세례 같은
비바람 시련들의 융단폭격 따위는 이겨 내면서
따다다다 뚜두두두 쏟아지는
소나기 같은 고난들은 이겨 내면서 버텨 내면서
가슴은 두근두근 거리면서 심장 박동은 쿵쿵쿵 거리면서
고개는 바짝 쳐들고 어깨는 활짝 펴고서
눈물은 삼키고 슬픔은 뱉어 버리면서
과거는 잊어버리고 후회는 던져 버리면서
가슴은 두근두근 거리면서
터치터치 터치다운 터치터치 터치다운
이룰 때까지, yeah.

새벽 3시쯤, 손님이 뜸할 시간의 유혹의 소나타.

나영이 시를 쓰고 있었다.

/ 인간 사표를 써라   김나영

사표를 써라 사표를 써라
부끄러움을 모르는 자들이여
양심이 없는 자들이여
불의를 일삼는 자들이여
인간성을 잃어버린 자들이여
사표를 써라 사표를 써라

인간 사표를 써라

변명으로 일관하는 자들이여

남 탓으로 일과하는 자들이여

약자들을 괴롭히는 자들이여

사표를 써라 사표를 써라

인간 사표를 써라

먼 훗날, 붉은 노을이, 네, 어깨 위로 내려앉아,

인생의 무게에 구부러진 너의 몸이

지팡이에 의지해 걸어갈, 그 때에

너의 황혼 길이, 부끄럽지 않으려면

바른길을 가라 옳은 길을 가라

미안함을 모르는 자들이여

욕심만 많아서 다른 이들에게 피해를 주는 자들이여

불법만 일삼는 자들이여

인간성을 포기한 자들이여

사표를 써라 사표를 써라

인간 사표를 써라.

잠시 후, 50대 초반의 허우대가 훤칠한 남자가 들어와서는 칵테일을 시켜놓고 연희와 나영에게 거만을 떨면서 말했다.

남자는 "나는 시민운동가야." 하고 말하면서 명함을 건네주며 다시 말했다. "나 이런 사람이야." 내용을 보니 이랬다.

*전국 거지 권익단체 이사, 전국 노숙자 권익단체 이사, 전국 주정뱅이 단

체 이사, 전국 또라이 단체 이사, 전국 미친년 단체 이사, 전국 미친놈 단체 이사, 전국 게으른 놈들 권익단체 이사, 전국 더러운 사람들 모임 협회 이사, 전국 개소리 단체 이사, 전국 헛소리 단체 이사.
  *이름 : 강준호

 명함에 써 있는 감투들이 화려했다. 자신은 봉사활동에 미친 기부광 이라고도 했다.
 "오빠는 어디에 기부를 하셨어요?" 하고 연희가 묻자, 강준호는 자랑스러운 듯이 말했다.
 "진짜 많지, 말해줄까?

 "전국 거지들 권익단체에 월 10만 원, 전국 주정뱅이 보호단체에 월 10만 원, 전국 또라이 권익단체에 월 10만 원, 전국 미친년 권익단체에 월 10만 원, 전국 미친놈 권익단체에 월 10만 원, 전국 게으른 놈들 단체에 월 10만 원, 전국 개소리 단체에 월 10만 원, 전국 안 씻는 사람들 단체에 월 10만 원, 전국 미친년 단체 월 10만 원, 전국 미친놈 단체 월 10만 원...." 하고 말하자, 나영이 열불이 터졌는지 참지 못하고 말했다. "아 오빠, 그만 스톱. 멈춰, 정지, 네버 제발 멈춰." 하며 강준호의 입을 막았다.

 잠시 후, 연희가 말했다. "오빠는 그럼 돈은 많아요?"
 그러자 남자가 뻔뻔하게 말했다. "별로........없는데?"
 "오빠, 그럼 돈은 많이 벌어요?" 하고 연희가 다시 묻자, 강준호가 왼쪽으로 꼬고 앉아있던 다리를 오른쪽으로 다시 고쳐서 꼬며 칵테일을 한 모금 마시고는 말했다.
 "그러니까, 그게 말이야, 내가 돈 벌 시간이 없다니까......봉사 다니고 기부 다니느라고."
 "그럼? 돈은 누가 돈 벌어요?" 답답해서 연희가 다시 묻자 강준호가 한 치의 망설임도 없이 뻔뻔하게 말했다.
 "돈은 딸이 벌지, 아마 열다섯 살 때부터 중딩 때부터. 딸래미가 알바를 몇 개씩은 다녔을 걸? 지금은 스물두 살 됐고."

  그러자 열불이 났는지 나영이 끼어들었다. "아니? 아빠는 시계부랄처럼 왔다리 갔다리하며 살고, 술이나 먹고 다니고, 뭔 단체니 감투에 미쳐서 허세나 부리러 다니고, 미친 거 아니예요? 그럼 딸이 돈은 많이 벌어요?" 하고 나영이 열변을 토하자 강준호는 말했다.

  "아니, 한 달에 한 250만 원쯤 벌지 아마? 그러면 그중에서 100만 원은 기부하고, 40만 원은 생활비, 30만 원은 반지하 월세, 30만 원은 딸 교통비, 20만 원은 공과금, 30만 원은 내 품위 유지비 하고."하며 당당해했다.

  나영이 말했다. "품위 유지비요? 그게 뭐예요?"
  그러자 강준호가 말했다. "품위 유지비도 몰라? 가끔 술도 한잔해야 하고, 세탁소에 양복도 맡겨야 하고 구두도 닦아야 하고, 손님들 만나면 커피도 마셔야 하고."라며 부끄러움도 모르는 듯 떠벌렸다. 나영과 연희는 어이가 없었다. 기가 찼다.

  나영이 열불이 난 듯 큰 목소리로 말했다. "그럼 아프거나, 외식하거나 그런 돈은요?"
  강준호는 자랑스럽게 말했다. "그러니까 우리 딸이 체력 하나는 짱이라니까. 투잡, 쓰리잡 뛰면서 살림도 잘하지, 아프지도 않지, 청소도 잘하지, 빨래도 잘하지, 쓰레기도 잘 버리지, 자랑스러운 딸 상 줘야 된다니까 정부에서. 아니면 지자체에서라도."

  나영은 말을 잊지 못했다. 그러자 강준호는 "내가 재미있는 얘기 하나 해줄까? 얼마 전에 우리 딸 민지한테 엄청 개 털린 적도 있었어. 나 참, 쫌 쪽팔리긴 하지만...얼마 전에 우리 딸이 사다 놓은 작은 TV, 전기밥솥, 이불, 겨울잠바, 후라이팬, 세탁기, 가스렌지, 전기장판, 스텐냄비 등등을 전부 다 내가 거지들 단체하고 노숙자 단체에 기부했거든. 불쌍하잖아 거지들이,

노숙자들이. 그랬더니 우리 딸 민지가 나를 아주 잡아먹을 듯이 노려보면서 개 난리를 치더라고. 이렇게 말하더라고. 아빠? 이게 벌써 몇 번째야? 내가 힘들게 일해서 간신히 살림살이 사다 놓으면? 내가 회사 출근한 사이에 홀딱 어디다 갔다주고, 홀딱 어디다 갔다주고, 또 홀딱 어디다 기부하고 이게 벌써 몇 번째냐고? 울고불고 발악발악 대들더라고. 이게 말이 돼? 아빠한테? 그래서 내가 한마디 했지. 야 강민지. 너 이렇게 아빠한테 불효해도 되는 거냐? 너 그러다가 나중에 후회한다 하고 따끔하게 혼내줬지. 어때? 나 잘했지?" 라며 연희와 나영에게 자랑스러운 듯이 말했다.

 그러자 열이 뻗친 나영이 소리를 꽥 질러댔다.
 "아니, 강준호 오빠? 거지들은 노숙자들은 불쌍하고, 개고생하는 딸 민지는 안 불쌍해요? 요새 알바자리 구하기 힘들어서 쓰리잡도 못할 텐데? 뭐 불효? 그리고 오빠는? 감투만 중요해요? 뭔 놈의 여기 이사 저기 이사 총괄이사, 그리고 여기저기 모임 가서 술을 마셔? 술이 목에 넘어가요?"

 그 말에 강준호는 어깨를 펴면서 팔을 머리 위로 들어 스트레칭을 하고는 말했다.
 "너 내 꿈이 뭔 줄 알아? 내 꿈은 국회의원이야. 부지런히 좋은 일 하고 단체들 관리를 해야 나중에 표로 돌아오지. 참새 같은 니가 황새의 꿈을 알아? 두루미의 꿈을 아냐고? 그리고 내가 관리 안 하면? 이 많은 단체들 관리는 누가 해?"

 그러자 나영은 그런 강준호를 힐끗 한번 바라보고는 말했다.
 "퍽도 국회의원 하겠네, 괜히 헛꿈 꾸지 말고 일이나 해요. 그리고 맨 날 일도 안 하고 무슨 단체 이사, 무슨 단체 이사, 무슨 단체 총괄이사 이런 명함만 찍어서 가지고 다니면 장땡 이예요? 딸래미 민지는 등골 빠지는 거 모르고? 그리고 딸래미 민지가 힘들여서 사다 놓은 걸 왜 다 갔다가 기부를 해요? 참 불쌍하네, 불쌍해. 딸이 불쌍한 게 아니라 내 앞에 있는 인간이 불쌍하네. 오빠는 대체 왜 태어났니?"

나영은 자신의 아빠와 강준호가 오버랩 되었다. 그래서 더 울화가 치밀었다.

강준호도 열불이 났는지 방언이 터졌다.

"야 너 싸가지, 너, 내가 그렇게 불쌍해 보이냐? 눈물까지 찔찔짜게. 너 같은 애들이 잘 하는 게 뭔 줄 알아? 눈에 불을 켜고 남의 결점만 찾아내려고 한다는 거야. 자기가 잘하는 게 없으니까 이러쿵 저렁쿵 하면서. 넌 내 신성불가침의 성역을 건드린 거야. 넌 니 생각만 중요하냐? 넌 남의 개성에, 남의 영역에, 남의 사생활에 신성불가침 해도 되는 거냐? 세상 살아가는 방식에 틀에 박힌 게 어딨어? 청소 안 할 때도 있고 안 씻을 때도 있고, 개그맨 어떤 놈은 씻지도 않고 이도 안 닦고 여자 친구랑 키스만 잘 하더만, 그리고 세상사는 게 이렇게도 살고 저렇게도 사는 거지? 어디서 카더라 찌라시나 뿌리고 다니게 생겨가지고. 그리고 니 얼굴 봐봐, 뉘우치는 기색도 없잖아? 니가 나한테 한 행동은? 반사적으로 내뱉은 언어의 경솔함이야. 오만과 편견에 찌든 반사적 언어의 경솔함이라고. 막 돼 먹은 건방진 것 같으니라고. 어디서 군중 심리에 편승해가지고. 니가 속으로 그러겠지, 에라이 더러운 또라이 괜히 건드렸네, 그러겠지."

강준호는 열이 받는지 칵테일을 한 잔 들이키더니 "한잔, 더" 하고 소리쳤다. 그러자 나영이 말했다. "술값은 돼요? 돈도 없을 텐데?"

그러자 강준호가 째려보면서 말했다. "아 어둡고 차가운 바다여, 철썩철썩, 처얼썩, 처얼썩 달려와서 저 버릇없는 가시내의 싸대기를 후려쳐다오. 오, 검은 바다여 암흑의 바다여, 저 싸가지 없이 막말을 뱉어내는 독사의 자궁 같은 아가리를 그대의 파도로 철썩철썩, 처얼썩, 처얼썩 달려와서 후려쳐다오."

나영도 지지 않고 읊조렸다. "오, 생선 좌판에서 도려내어 내쳐진 썩은 내장처럼 더러운 자여. 더러운 내 풍기는 썩은 생선 내장 같은 자여. 도둑괭이 갈매기나 물어갈 의미 없는 자여. 조촐한 알량으로 허영을 탕진하는 자여. 맨홀의 뚜껑을 열고 뛰쳐나온 시궁창 냄새 같은 자여. 그대가 내뱉은 더러운 악담들을 주섬주섬 싸들고 어서 떠나거라."

　나영의 말에 강준호는 작심을 한 듯 말을 이어 나갔다. "이런 미친년이. 야 니가 나를 알아?
　범지구적 범우주적으로 고민을 하면서 세상일들을 해결하려고 풍차를 향해서 돌진을 하는 이 시대의 돈키호테 같은 나를? 이 시대의 풍운아 같은 나를? 이 오빠의 고충을 니가 아냐고? 넌 너 안에 있는 자만심부터 싹 다 몰살을 시켜야 돼. 각개 전투를 벌여서라도 쓸어 버려야 된다고. 뚜두두두......뚜두두두........뚜두두두.....쓸어 버려야 된다고. 어디서 참새 주뎅이처럼 생겨가지고. 넌 선생님이? 부모님이? 어른한테 이렇게 막 하라고 가르쳤냐? 어디서 우리 딸 민지보다 존나 조또 씨팔 못생긴 게? 몸매가 더 예쁘길 한가, 얼굴이 더 예쁘길 한가? 우리 딸보다 한참 떨어지는 게. 너 옥떨메라고 알아? 옥상에서 떨어진 메주? 너 별명 옥떨메지? 어디서 싸가지 없이 버릇 없어가지고. 넌 얼굴이 방패냐? 남자들이 니 얼굴 보면 다 도망가지? 아마 학을 떼고 도망갈 걸? 그리고 도망간 남자들 아마 찬물로 눈 씻을걸? 에이 눈 버렸네 하면서. 돈 벌어서 다 뭐하냐? 성형이라도 좀 하던가? 요새 의술 좋아진 게 다행인 줄 알아. 대가리에 든 것도 없게 생긴 게? 너 같은 애들도 확 뜯어 고치면 시집이라도 갈까 말까 하겠지만."

　강준호의 계속되는 망언에도 나영은 거울을 꺼내서 자신의 얼굴을 한번 바라보더니 입술에 립스틱도 예쁘게 새로 바르고, 파운데이션으로 얼굴도 톡톡 톡톡 두드리면서, 눈물이 흐른 눈가의 화장도 고쳤다. 열 받은 죽상으로, 생글생글 웃으며 화장도 고쳤다. 그리고는 자신의 미모에 만족한 듯, 자신의 미모에 취한 듯 빙긋이 웃었다.

　그러자 나영을 물끄러미 바라보던 강준호가 다시 말했다.
　"야 호박. 너 호박에 줄 긋는다고 수박 되냐? 넌 니가 무슨 나르키소스나 되는 줄 아냐? 자기만족의 늪 속으로 빠져들게? 그리고, 너 니방에 맨날 휴지만 쌓이지? 하긴 남자가 없으니까 휴지통에 휴지만 쌓이겠지. 자기 위로 하느라고. 그리고 여기저기 다니면서 반반한 남자 놈들한테 절 받으세요, 절 받으세요, 절 받으세요 하고 사정하고 다닌다며? 한번만 받아 달라고? 너 아주 뉴스에 났더라? 아무한테나 그렇게 꼬리치고 다닌다고? 그러니까 니가 값어치가 없는 거야. 그리고 너 아기 때 손가락 빨던 버릇 아직도 다 못 고쳤다며? 요새는 손가락 거기로 빤다며? 에이 불쌍한 것. 부모한테 재산 물려받은 거 없으면 얼굴이라도 물려받던 가. 내가 자비가 넘치니까 여기까지 한다."

선제공격을 했던 나영은 오늘 심각한 정신적 타격을 받았다. 강준호의 대반격에 심각한 정신적 타격을 받았다.

작가의 말
여기서 우리가 생각해 봐야 할 것들은 무엇인가?
나영이 정신적 타격을 입었다는 것에 대해 이것이 시사하는 바는 무엇인가?

결론을 내리자면 그것은 두 사람의 정신적 수준이, 비슷한데서 오는 현상이다.

'저 인간 참, 수준 미달이네, 진짜 저 인간 수준 차이 나네' 하면서 개무시할 수도 있는 일을 열 받았기 때문에.

양심이 도살됐다 김나영

어느 날, 양심이 도살됐다
뻔뻔한 자들에 의해서 양심이 도살됐다

하여, 내가 말하노니

다른 사람들에게 피해를 주면서도
부끄러움을 모르는 자들이여,
아가리 냄새를 풍기면서 온갖 변명의 요설들만을 내뱉는 자들이여,
손바닥으로 하늘을 가리면서 부끄러움을 모르는 자들이여,
기름칠한 철판보다도 더 지독히도 뻔뻔한 자들이여,
내가 말하노니
너희들에게서는 이미 양심이 도살됐다
하여, 난 훌쩍훌쩍 거리며 엉엉엉거리며 잉잉잉거리며
내 안의 울화병을 통곡했다.
그리고는 나는 내 영혼의 머리칼들을 산발하고 쌍욕들을 해댔다.
이런 인간 말종들, 이런 개쌍 호로 강아지들, 이런 쓰레기만도 못한 자들
그리고는 난 그들에게서 역겨움을 느꼈다.

나영은 혼잣말을 했다.
'참, 얼빠진 세상이야. 에라이, 부끄러움을 모르는 자들아. 내가 너희들의 요설을 들느니 차라리 난 내 음치 노래들을 듣는 게 낫겠다. 어리석고 같잖은 것들.'

강준호가 떠나고 난 후, 새벽 3시쯤.
덥수룩한 수염을 한, 눈빛이 게슴츠레한 산만한 50대 남자가 가벼운 등산복을 입고서 배낭을 메고 찾아왔다. 그리고는 연희와 함께 위스키를 시켜서 마시고 있었다.

연희가 얼음 통에서 얼음조각 몇 개를 꺼내서 언더락스 잔에 넣고는 위스키를 부어서 휘휘 흔들어서 건네주고는, 자신의 언더락스 잔에도 얼음조각 몇 개를 넣고는 위스키를 부어서 휘휘 돌려서 흔들다가, 남자에게 건배를 권한 후 위스키를 한 모금 마시고는 물었다.
"오빠는 뭐 하시는 분이세요?"
그러자 남자가 말했다. "나는 여행가야."
연희가 살짝 부러운 듯이 웃으며 말했다. "와, 좋으시겠어요 오빠. 세상 여기저기 다니시면서 아름다운 풍경들을 보면서, 눈에다가도 가득 담고 마음에다가도 가득 담고 영혼에다가도 담고, 또 마음에다 그림도 그리고 정말 좋으시겠어요?"
그 말에 여행가가 말했다.
"여행을 다닌다고 다 좋은 것만 보는 건 아니야. 여행을 다니다 보면 눈살이 찌푸려지는 게 한두 개가 아니야. 세상 구석구석에 플라스틱 쓰레기들이 널려있거든." 하고는 한숨을 쉬며 덧붙였다.

"뭔 놈의 소매치기들이 또 세상 곳곳에 널려 있는지, 바가지 씌우는 곳들은 왜 또 그렇게 많은지, 성폭행범들은 또 왜 그렇게 많은지."
그러자 연희는 위스키를 한 모금 마시고는 여행가에게 물었다.
"그럼 오빠 나중에 저도 시간되면 여행 가보게 어디 추천해 주실 곳 있으세요? 좋은 곳 어디 없어요?"
여행가는 잠시 생각을 하는 듯하더니, 오른쪽으로 꼬았던 다리를 다시 고쳐서 왼쪽으로 꼬고는 말했다.
"그러면 우선 인터넷에 들어가서 한번 골라봐. 어디로 갈지, 언제 갈지 한번 골라봐. 그게 제일 좋은 방법인 것 같은데."

그러자 연희가 말했다. "전 아직 세계여행을 가본 적이 없어서요."
　연희의 말에 여행가가 말했다.
"그래도 누구나 죽기 전 한 번쯤 세계여행을 꿈꿔 봐야 해. 여행은 미지의 세계를 걸으며 무섭다는 두려움의 강박감을 깨는 제일 좋은 방법이기도 하거든. 그렇다고 너무 많은 것을 준비할 필요는 없어. 처음에는 가까운 곳부터 시작을 하다가 이국적인 이성과 사랑에 빠지기도 하고, 이국적인 풍경들과 사랑에 빠지기도 하고, 붉은 노을이 진 이국의 하늘의 보면서 대자연을 보면서 가슴이 탁 트이는 느낌을 받기도 하고, 너무나 황홀하고 아름다워서 한동안 말을 잃기도 하고, 또 가끔은 여행과 현실 경계에 서서 돈 걱정을 하기도 하고 하하하......여행은 그런 거야."
　그리고는 다시 말했다. "연희씨, 메타버스 가상현실 여행 한번 해볼래? 돈 들어가는 것도 아니고 그냥 내 노트북에서 체험하면 돼."

　잠시 후 여행가는 등산 가방에서 꽤 비싼 노트북을 꺼냈다.
　연희와 여행가는 둘이 같이 가상현실 헤드셋을 쓰고서, 연희는 그 여행가가 시키는 대로 노트북을 켜고 세계여행을 검색해 보았다. 그러자 눈에 띄는 곳이 있었다. '메타버스 여행기' 라고 쓰여진 곳이었다.

　연희가 "메타버스 여행기"를 클릭하자 순간, 아바타가 되어서 양탄자를 타고 하늘을 날았다.
　이런 소리가 들려왔다. "누구나 세계 여행을 꿈꾼다. 꿈꾸지 않는 자는 꿈에 다가설 기회조차도 없다. 여행은 도전해 볼 만한 가치가 있는 것이다."

　그리고는 연희가 탄 양탄자는, 구름도 뚫고 바다도 건너고 사막도 건너고, 강을 거꾸로 거슬러 오르기도 하고 세상의 곳곳을 날아다녔다. 그 순간 연희는, 신밧드의 모험이 생각이 나기도 했고, 그리스 신화 속의 신들이 떠오르기도 했다. 무수히 등장하는 신들이며 영웅들까지 연희의 머릿속을 스치고 지나갔다.
　연희는 계속해서 감탄을 해댔다. "야아...와와, 오, 아, 와, 세상에. 세상에 미쳤다. 이럴 수가...진짜 멋지다.."하면서 계속 감탄사를 질러댔다. 연희는 무성 영화의 스크린처럼 멋진 풍경들을 바라보면서, 양탄자를 타고 하늘을 날면서 감탄사를 질러댔다.

연희가 탄 양탄자는 태양 빛에 여기저기 그림자를 만들며 날아다녔다. 트로이 전쟁이 일어났던 곳도 가보았고, 거만하고 욕심 많고 탐욕스럽고 거짓말 잘하는, 독재자의 나라도 가보았고, 질투 많고 의심 많고 경박하고 거만스러운 사람들이 사는 큰 나라들도 가보았다.

세상은 참 넓고 멋진 곳이 많았다. 연희는 무지개색의 물기둥들이 사시사철 솟아오르는, 네바다주의 블랙락 사막에 있는 간헐천도 가보았다. 그곳은 정말로 경이로운 곳이었다.

또 톰소여의 모험의 작가인 마크 트웨인이 격찬을 했던 곳, "신은 모리셔스를 보고 난 뒤 모리셔스를 본 따 천국을 설계했다" 라고 말한 모리셔스에 위치한 수중폭포도 가보았다. 그곳을 보는 순간, 연희는 입에서 탄성이 저절로 터져 나왔다.

"어머머, 어머머, 세상에 어머나, 어머나 세상에 미친 거 아니야? 미친 거 아니야? 어떻게 이렇게 아름답지?" 하고 탄성이 저절로 터져 나왔다. 수중폭포가 만들어 내는 소용돌이는 장관이었다. 두고두고 평생을 잊지 못할 장관이었다. 연희는 부지런히 아름다운 장관을 마음속에 담아 두었다.

그리고는 한참을 다시 날아서 연희는 구름으로 둘러 쌓여 있는 인간들의 발길을 거부하는, 망각의 새, 힐단새가 살고 있다는 온통 얼음들의 수직 절벽으로 이루어진 히말라야 산맥도 가보았다. 연희는 "어머머, 어머머, 세상에 어머나, 어머나, 세상에"하고 감탄사를 연발하면서 히말라야 산맥을 구경했다. 그곳은 온통 새하얀 만년설들로 가득 덮여 있었다. 망각의 새, 힐단새는 밤마다 몰아치는 눈보라 때문에 밤에 잠을 잘 수가 없어서 "내일은 꼭 집을 지어야지" 하고 다짐을 하다가도 아침만 되면 밤에 고생했던 생각들은 싹 다 잊어버리고 지내다가, 다시 밤만 되면 "에이 내일은 꼭, 집을 지어야지" 하고 다짐을 하며 산다는 새다.

연희는 혹시 힐단새를 볼 수 있을까 해서 두 바퀴나 더 돌았다. 연희는 다시 한참을 날아서 구름들 위로 머리만 쏙 내놓고 있어 마치 구름 위에 떠 있는 바위섬들처럼 보이는, 과거와 미래가 혼재된 듯한, 중국 천자산의 비경도 가보았다. 이곳은 넋을 잃을 만큼 아름다웠다. 이곳은 마치 신선들이 사는 세상만 같았다. 신선들이 붓글씨를 쓰다가 집어던진 붓들이 이곳의 산의 기둥들이 된 듯, 족히 수백 미터도 넘는 마치 붓대처럼 곧게 뻗은 길다란 산 기둥들이 즐비했다. 무릉도원이 따로 없었다.

연희는 다시 양탄자를 타고서, 이름만으로도 설레는 곳, 카리브해를 지나 드넓은 바다를 건너 하늘과 땅과 구름이 맞닿아 있는 곳, 마음이 없으면 닿을 수 없는 곳, 세상의 모든 것 들을 비춰내는 곳인 볼리비아의 소금 사막도 가보았다. 그곳의 새하얀 소금 사막은 파란 하늘과도 맞닿아 있었고 둥실둥실 떠다니는 새하얀 뭉게구름들과도 맞닿아 있었고, 세상의 그 어떤 감탄적인 말들로도 표현할 수가 없는 환상적인 곳이었다. 그곳은 어디가 하늘인지 어디가 땅인지 구분이 안갔다. 연희는 또 감탄사를 연발해댔다.
"어머나...미쳤다.....어머나......개 미쳤다....어머나.......찐짜 개 미쳤다........"하고 감탄사를 연발했다. 그곳은 마치 거대한 거울처럼 투명했으며, 세상의 무엇이든 투명하게 반사시켰으며,
 엄청난 절경의 장관들을 연출했다. 그곳의 신비로움과 설레임은 다른 곳과는 남달랐다.

연희는 세상의 이곳저곳을 양탄자를 타고서 둘러보다가, 드디어 아바타들이 머무는 메타버스의 세상 속으로 들어갔다. 양탄자를 타고서 요상한 메타버스의 아바타 나라에 여행을 갔다. 이곳은 참 묘한 곳이었다.

드넓게 이루어진 바닷가엔 해무가 잔뜩 끼어있었고, 바다 안개들이 뿌옇게 피어올랐다. 그리고 이곳은 웅성웅성 들려오는 파도의 아우성만 요란했다. 바위들은 파도 에게서 얻어맞은, 고통의 상처들을 고스란히 드러내며 절규들을 해댔다.

인형놀이

이곳은 참으로 미스터리한 세상이었다. 따뜻한 봄날이었는데도 마땅히 짝을 찾아서 분주해야할 새들은 짝짓기 철에도 침묵했다. 참으로 오싹한 침묵의 봄날이었다.

이 꽃 시절에, 이 아름다운 꽃 시절에 꽃들은 생경한 색종이 꽃들만 가득 피워냈다. 벌 나비도 힘차게 붕붕 날지 않았다. 벌 나비들은 초조해졌다. 이 꽃잎, 저 꽃잎을 만져보고, 느껴보고 냄새 맡고, 이 꽃 저 꽃의 달콤한 꿀도 쪽쪽 빨아 먹어야 하는데 그럴 수가 없어서 초조했다.

어떤 나비는 색종이 꽃의 맛이 어떤지 맛을 보았고, 또 어떤 벌은 "맛이 뭐? 이 따위야?" 하고 말하면서 설탕으로 만든 가짜 꿀들을 뱉어내 버렸다. 그리고 꽃잎들은 흩날리는데 바람은 불지 않았다. 그리고 요상하게 향기도 없었다.

꽃들은 이렇게 가짜 꽃이라도 피워서 벌, 나비들의 시선과 마음을 붙잡아 놓으려고 애를 쓰는 것만 같았다. 메타버스의 세상은 미스터리한 모순들만 가득했다. 메타버스의 세상 안에서는 시들지 않는 색종이 꽃들에 익숙해지고 있었다. 향도 없고, 맛도 없고, 달콤하지도 않고, 부드럽지도 않은 보기에만 좋은 음식들을 먹으라며 벌과 나비들은 늘 강요를 받았다.

미각, 후각, 촉각은 강요받아선 안 될, 각자가 선택할 생물들의 권리인데, 선택할 권리가 있는 온전한 자유인데 벌과 나비들은 "야, 너희들 입 다물어라" 하는 소리 없는 침묵만을 강요받았다. 그리고는 "부지런히 날아다니면서 춤춰라." 하는 의무만을 강요받았다.

연희는 드디어 양탄자에서 내려서, 아바타들이 머무는 메타버스 세상으로 첫발을 내딛으며 걸어 들어갔다. 연희가 감탄하며 말했다. "참, 신기하네, 엄청 신기해 어떻게 이렇게 신기하지? 현실에서 일어나는 일처럼 어떻게 이렇지? 없는 게 없네."

그랬다. 부동산중개업소, 아파트, 병원, 편의점, 백화점, 은행, 전기 충전소, 자동차 등 없는 게 없었다. 연희는 곤충, 새들, 온갖 동물들, 길고양이들과 눈을 마주치며 현실과 햇갈려 했다.

메타버스 세상에서도 삼포세대, 오포세대 등 꿈을 잃은 MZ세대들은 회사에서 진급하고 잘나가고 하는, 돈을 잘 버는 현실의 물욕보다는 가상 세계 메타버스에서의 행복 가치 창출을 더 중요시했다.
개인주의가 가득한 그들은 사회 전체나 가정 전체의 행복엔 관심이 없었다. 그들은 가상세계에서 개인주의로 가득 했으며, 나만 편하고 나만 행복하자는 주의가 팽배해 있었다.
그들은 게임 속에서 자신들의 아바타에 명품 옷을 입히고, 명품백을 들게 하고 명품 차를 타게 하고 그런 일들에 더 몰두해 있었으며, 현실에서보다는 메타버스 가상 세계에서 잘나갈 때 행복 도파민이 더 커지는 듯했다.

현실의 고령화 사회에서는 누가 은퇴 세대들을 더 행복하게, 더 즐겁게, 더 건강하게, 더 젊게 오래 살게 해주느냐, 그것에 따라서 회사의 가치가 달라졌지만, 이곳 메타버스 세상에서는 어느 회사가 MZ세대들의 마음을 잡느냐에 따라서 회사의 가치가 달라졌다.

메타버스 내에서도 폭행과 사기 등의 문제들이 발생했다. 사람들이 모여서 큰소리로 "야, 그만 좀 싸워, 야 내 돈 내놔, 어디서 사기를 쳐?" 하고 다툼을 벌이기도 했다. 그리고는 "너 땅 샀니?", "응 나 땅 샀어, 아파트도 샀어." 하며 자랑질도 하고 있었다.

그리고 카페도 있었고, 바도 있었다. 이곳 메타버스 세상에서는 환경세 폭탄이 주어졌다. 그렇게 석유, 플라스틱 사용자들과 생산자들에게는 세금을 더 많이 징수했다. 모든 게 전기로 이용되는 세상이었다. 자동차, 기차, 선박, 오토바이, 공장 등등은 모두 전기로만 작동이 되었다.
또 모든 상품들은 로봇들과 드론들이 배달을 했다. 편의점 매장에서는 로봇들만 근무를 했다. 가상현실 메타버스에서도 명품 상표들은 브랜드 가치를 인정을 받았다. 그리고 사람들은 안드로이드인지 사람인지 분간이 안 갔다. 농산물들도 모두 다 공장에서 생산되었다.

그렇게 해서 석유 제품들을 덜 쓰게 되니, 어느새 환경과 기후가 좋아지고 있었다. 그렇게 세상의 모든 게 짜여진 틀에 의해서 계획대로 돌아가고 있었다. 가뭄과 태풍과 물 폭탄과 강추위 등이 줄어들었다. 하지만, 이곳에서도 허영과 과시욕은 여전했다. 고급 명품 옷과 지갑들과 구두들이 몇 백 만 원씩에 팔렸고, 몇 억씩 하는 명품 차들도 수도 없이 팔렸다.

그때였다. 연희가 거리를 두리번거리며 걷고 있을 때, 갑자기 좀비처럼 생긴 괴물이 연희에게 말했다. "야, 너 처음 보는데? 몸매 좋다? 나 왜 이렇게 흥분되지? 존나 꼴리네. 너 나랑 한번 할래?"

연희가 어찌할 바를 모를 때, 그 좀비 괴물은 연희의 아바타를 꽉 끌어안더니 손으로 연희 아바타의 가슴과 엉덩이를 기습적으로 주물러대기 시작했다.

그러자 연희 아바타가 뒤로 물러서며 말했다. "제발요, 안돼요, 이러지 마세요."

연희 아바타의 비명에도 아랑곳 하지 않고, 좀비 괴물은 오히려 더 달려들었다. 그리고는 계속 따라오면서 성폭행 하려고 했다. 좀비 괴물은 연희 아바타의 엉덩이를 움켜쥐고 치마를 들쳐 올리고는 팬티를 확 찢어버렸다.

그리고는 "야, 너 가만히 있어라, 오빠가 사랑해 준다잖아. 너 존나 줘터지고 싶냐? 줘터지기 싫으면 가만있어."하면서 더 달려들었다. 급기야는 연희 아바타의 은밀한 곳에 손을 밀어 넣고는 주물러 댔다. 연희 아바타는 그렇게 여러 아바타들이 지켜보는 가운데, 성추행을 당했다. 참으로 부끄럽고 쪽팔리는 창피한 일이었다. 연희는 얼른 헤드셋을 벗으려고 했지만, 몸이 마음대로 움직여지지가 않았다.

연희 아바타는 결국 좀비 괴물에게 한참 동안 뒤치기 성폭행을 당했다. 가슴을 있는 대로 털려 가면서 키스를 당하면서 성폭행을 당했다. 연희 아바타가 아무리 악을 써대며 "안돼요, 누가 좀 도와주세요, 저 좀 도와주세요." 하고 도움을 요청하며 외쳤지만, 다른 아바타들은 연희 아바타가 성폭행을 당하는 모습을 그냥 지켜만 보고 있었다.

그리고는 사진을 찍기도 하면서 동영상을 촬영을 하기도 했다. 연희 아바타는 그렇게 좀비 괴물에게 뒤치기 성폭행을 당하고 나서야 풀려날 수 있었다.

연희 아바타는 너무 순식간에 일어난 일이라서 어찌할 줄을 모르고 있었다. 이게 무슨 일인가 싶기도 했고. 연희는 가상현실 내에서 어떻게 성희롱, 성폭행 사건이 이루어지는지 이해가 안 갔다.

그렇게 연희 아바타가 성폭행을 당하고 나서야 연희는 헤드셋을 벗을 수가 있었다. 여행가의 얼굴을 보니 여행가는 좀비 괴물과 똑같이 닮아 있었다. 이 자는 그런 자였다. 가상현실 메타버스 안으로 예쁜 여자들을 유인해서, 성폭행을 하는 그런 자였다. 메타버스 안에서 성폭행을 하는 그런 자였다. 그리고 그 쾌감으로 사정을 하는 자였다.

연희는 메타버스 안에서도 온갖 범죄들이 판을 치는 게 신기하기도 했고 걱정스럽기도 했다. 사기, 도둑, 폭행, 삥뜯는 양아치들, 성범죄자들 등이 있다는 게 정말로 기가 찼다. 아무리 가상이라 하지만 연희는 정말 기분이 더러웠다.

연희는 생각했다. '사이버 수사대가 있다는 말은 들었는데 사이버 수사대는 뭐하지?'

22화 장미의 계절

장미의 계절 장태양

거친 땅이 낳은 새빨간 장미 꽃잎들이
흐드러지게 피어나는 날의
그 오월에 사랑하지 않는 자는 목석이라 했다.
사랑하는 자가 있다면
두발이 부르트도록 달려갈 일이다.
사랑의 세레나데를 부르며
그녀에게 달려갈 일이다.

장 태양은 두 달 전 만났던 연희의 환한 얼굴이 아른거려 연희를 만나러 밤 12시쯤 유혹의 소나타를 찾았다.

"어? 오빠 어쩐 일이야?"하며 연희가 환하게 반겼다. 그러자 장 태양이 말했다.
"연희씨 보고 싶어서 왔지."
연희가 물었다. "오빠 뭐 걱정 있어? 오빠는 늘 허허 웃는 사람인데, 오늘 안 좋은 일 있었어? 왜 그래? 뭐든 나한테 다 털어놔 봐 오빠."
연희가 살갑게 웃으며 말하자 장 태양이 말했다. "연희씨, 우리 주말마다 어디로 여행도 가고, 맛 집도 찾아다니고 그래볼까?"
그러자 연희가 웃으며 살갑게 말했다. "오빠 요즘 우울하구나?"
장태양이 말했다. "아니, 꼭 그런 건 아니고 그냥 답답해서." 하고 얼버무렸다.
그러자 연희는 장태양의 속도 모른 채 말했다. "에이, 우리 오빠 안 되겠다. 얼른 여자친구가 생겨야지. 오빠 내가 예쁜 아가씨 소개시켜 줄까?"
연희가 무슨 말을 해도 화를 내지 않는, 연희가 가자면 어디든 쫓아가는, 연희의 말 한마디에 껌뻑 죽고 사는 착하고 쉬운 남자, 연희를 여신처럼 떠받드는 순둥이에 바보 같은 남자 장태양은 오늘도 고백을 못했다.

장태양이 말했다. "아냐 됐어. 연희야, 나 갈게. 바쁜 일 있어서. 다음에 또 올게."

새벽이 되자 부슬비가 부슬부슬 내렸다. 장 태양은 감기가 들었는지 몸살이 났는지, 열이 오르며 머리가 띵 하고 몸에 이상이 오자, 편의점에 가서 두통약이라도 사 먹으려고 밖으로 나갔다.

그러나 인생은 늘 마음대로 되는 게 없다는 듯, 갑자기 뒤통수가 쾅 하더니 땅이 흔들리는 것을 느끼며 장태양의 몸이 한쪽으로 기우는가 싶더니 왼쪽 발이 마비가 오고 말을 듣지 않았다. 그리고는 무릎이 꺾이더니 중심을 잃고는 넘어지며 왼쪽 얼굴을 땅바닥에 쿵하고 부딪치고는 정신을 잃었다.

장태양은 넘어지는 그 찰나의 순간에도 수많은 생각들이 뇌리를 스쳐갔다. 푸르르던 날들의 날아올랐던 꿈들, 그 신비하고도 오묘한 연희의 얼굴, 검은 복면을 하고 악당들을 혼내 주던 일들이 스쳐 지나갔다.

잠시 후, 지나가던 아주머니가 장태양을 발견하고는 "이봐요? 이봐요? 왜 그래요?" 하고 흔들어도 장태양이 깨어나질 못하자 아주머니는 얼른 휴대폰을 꺼내 119에 전화를 걸었다. 잠시 뒤 119구급대원들이 장태양을 급하게 실어갔다.

강남 세브란스병원 응급실.
"저기요? 저기요? 환자분? 환자분?" 하며 깨우는 간호사의 목소리에 정신을 차린 장태양은,
"어디가 아프세요? 어디가 어떻게 아프세요?" 하는 간호사의 말에 대답을 하려 했지만 "어 으으으, 어으으으..." 하는 말밖에 할 수가 없었다.

MRI 검사를 하고 혈액 검사를 하고 혈압을 재고 각종 검사를 마치자, 머리는 헝클어진 채 환자복을 입은 장태양은 한쪽 팔에 수액을 꽂고는 중환

자실로 들어갔다. 왼쪽 몸의 마비가 진행됐기 때문에 의사는 입원을 시켰다. 검사 결과, 고혈압에 뇌출혈 증상이 있다고 했다. 장태양은 이제 마음대로 거동도 할 수 없었고, 말도 제대로 할 수가 없었다.

 운명에 이끌려 사는 게 인생이라 하지만 너무나 가혹한 운명이 장태양을 찾아왔다. 장태양의 마비가 되어 누워있는 몸과는 다르게 장태양의 영혼은 희망을 향해 몸부림을 쳤다. "싸우라, 싸우라, 싸우라"고 몸부림을 쳤다.

 약기운에 자고 있는 장태양의 두 눈가에선 갑자기 눈물이 주르르 흐르더니 이내 양쪽 볼에 두 줄기 눈물자국이 생겼다. 그리고는 무의식 속에서 외쳐댔다.

해방구 장태양

"하나님, 하나님 계십니까?
저 높은 곳에서 지상을 내려다보시는 하나님 계십니까?
고통은 가슴을 후벼 파고, 열정은 닻을 내리고,
약해지는 마음들만 가득합니다.
영혼은 울음을 터트립니다.
내, 온 마음은 멍이 들었습니다.
이렇게 위독한 환자가 세상에 또 어디에 있습니까?
이렇게 급한 환자가 세상에 또 어디에 있습니까?
제발 나를 다시 일으켜 주세요.
내게 남은 한 줌 영혼은 이제
치유 될 수 없는 파멸적인 해방구로 걸어갑니다.
모든 것들을 포기 한 채 파멸적인 해방구로 걸어갑니다.

나는 이제 혼란스럽습니다.

계시면, 계시면 바람으로라도 적막으로라도 응답을 해주세요.

가만히만 계시지 말고 제발 비난을 퍼부으시든 위로를 해주시든 해주세요.

승화 따위는 바라지도 않습니다.

나는 소망 합니다, 다시 일어날 수 있기를

나는 소망 합니다.

장태양이 병원 신세를 지고 있은지 한달 후인 6월 중순, 바람이 비를 몰고 와 가로수들을 휘몰아치며, 연약한 가지들을 꺾어대며 세상천지가 소란스러운 밤 열한 시쯤, 정의와 나영이 신논현동 낙지집에서 연포탕을 시켜서 소주를 마시고 있다.

작은 얼굴에 수려한 눈썹과 눈매, 오똑한 콧날 반듯한 이마, 약간 도발적으로 보이지만 살짝은 싸가지 없게도 보이고 깡이 있게도 보이는 도발적인 여신 같은 나영을 바라보며 정의가 입을 열었다.

"나영씨, 오랜만 이예요."하고 정의가 나영에게 소주를 따라주며 인사를 하자, 매혹적인 붉은 장미꽃을 연상시키는 유혹의 미소를 머금은 나영이 대답을 했다.

"네 오빠두요, 그런데 오빠 표정이 그래요? 혹시 안 좋은 일 있어요?" 하고 묻는 나영의 말에, 한참을 망설이던 정의가 입을 열었다.

"저 할 말이 있어서 만나자고 했어요. 요즘 저 혼자서 근무해요, 탐정사무소요."
그러자 나영이 물었다. "네? 왜요?"
정의가 말했다. "실은 한 달 정도 전에 소장님이 쓰러지셨어요."
이 말은 듣는 순간 나영은 깜짝 놀라며, 소주대신 물을 한 컵 들이키며 얼굴이 새하얗게 되었다.

 그리고는 "왜? 왜요?"하고 더듬거리는 나영에게 정의가 말했다.
 "소장님의 집안 내력인지 뇌출혈이 와서요. 그래서 한동안은 병원신세를 져야할 듯해서요. 나영 씨나 연희 씨나 지나 씨도 알아야될 것 같아서요."하며 잘 먹지도 못하는 소주를 한 잔 따라서 단숨에 원샷을 했다.

 정의의 말을 듣는 순간, 나영은 하늘이 노래졌다. 그리고는 "어떡하죠? 어떡하죠?" 하고 말할 수밖에 없었다. 나영의 두 눈에 눈물이 주르르 흘러내렸다.
 잠시 뒤 나영이 다시 물었다. "그래서 완치는 되는 거죠?"
 그리고는 테이블 위에 있는 휴지로 눈물을 닦으며 울었다.

 정의가 다시 말했다. "그게 한참 걸릴 것 같아서요. 왼쪽 놈에 마비가 와서요. 그리고 말도 잘 못하시구요. 언제 완치가 될지 모르는 상태에요. 그래서 말인데 사실은 흑 두건은 소장님과 저였어요. 유혹의 소나타 개업식에 갔을 때 걸어드린 액자 속에 몰카들을 심어 놨었거든요. 나쁜 뜻은 아니고 혹시나 가게에 안 좋은 일 있을 때 도와드릴려구요. 여자들끼리 물장사를 하다 보면 혹시라도 해서요."

 정의의 말이 끝나자, 나영의 귓속에서 쾅쾅쾅, 펑펑펑 하고 수도 없이 많은 포탄들이 날아와서 터지는 소리가 들렸다.

 '이게 무슨 난리란 말인가?' 나영의 이마에 식은땀이 흘렀다. 입안에선 갑자기 목이 타고 입술은 말랐다. 그리고는 단내가 났다. 그리고 어떤 불행이란 놈이 슬모우 비디오의 스크린처럼 장태양을 향해서 달려가는 것을 보았다. 나영의 다리가 휘청였다. 새장을 떠나 멀리 날아가는 행운의 공작새도 보았다. 슬픔이 목구멍까지 차올랐다.

나영이 한동안 멍하게 둔기로 뒤통수를 얻어맞은 듯이 앉아 있자 그때, "나영씨, 나영씨, 나영씨" 하며 정의가 나영의 어깨를 흔들자 나영은 그제서야 제정신이 돌아왔다.

나영은 정신을 차리자 창밖을 보며 화를 냈다.
"이런 제기랄 놈의 세상, 오늘따라 뭔 놈의 비는 이렇게 퍼붓고 지랄이야? 개 같은 놈의 세상. 아작아작 씹어 먹어도 시원찮을 세상. 지친다. 지쳐." 라고 말하며 소주를 연거푸 세잔이나 들이켰다.

나영의 귀에서는 삐이익, 삐이익 하는 소리가 들리더니 귀청이 떨어져 나갈 것 같은 이명 소리가 들렸고 심장은 덜컹하고 정지 하는 듯했다.

나영은 자신의 머리를 두 손으로 움켜쥐었다가 놓고는, 비틀비틀 일어서서 힘없이 집으로 향했다. 집으로 돌아가는 길에 나영은 하늘에 대고 소리쳤다.

/ 분노 김나영

운명이여 묻노니
나의 앞에 놓인 것이 무엇인가?
장벽인가? 방해물인가? 훼방인가?
삶은 왜 내가 원하는 대로 나를 이끌지 않는가?

나의 불안전함 위에
나의 어리석음 위에 매순간 떠돌면서
쾌도난마를 휘두르는 운명이여,

대체 왜, 나의 가는 길을 통제하려 드는가?
나의 의지에 나의 용기에
쾌도난마를 휘두르는가?
운명에게 묻노니 말하라.
대체 나를 어디로 데려 가려 하는가?

어찌하여 내 삶의 안내자가 되지 못하고,
나를 해하려 드는가?
나의 꿈을 방해하려 하는가?
바라건대 운명이여,
차라리 헤라클레스가 알페이오스의
강물들을 끌어다가 흘려보내어
게이아스의 외양간을 청소 했듯이,
내게 남아있는 모든 불운들을 불행들을
깨끗하게 쓸어가 다오.

쾌도난마를 휘두르는 운명이여
쾌도난마를 휘두르는 운명이여
더는 제발 나의 분노를 시험하지 말라
제발 나의 분노를 시험하지 말라.

나영이 집으로 돌아오는 동안 연희는 집에서 꿈을 꾸고 있었다.
볕이 좋은 화창한 날에, 날개의 무늬가 화려한 작은 멋쟁이 암컷 나비 한 마리가 훨훨 너울너울 날다가 쉬다가 재주를 넘다가 가볍게 날개를 살짝살짝 튕기며 사뿐사뿐 날개 짓을 하며 놀고 있었다. 그러자 어디선가 갑자기 수컷 멋쟁이 나비가 나타났다. 그 수컷 나비는 당당하게 커다란 깃발 같은 날개를 펄럭이고 있었다.

수컷 멋쟁이 나비는 멋쟁이 암컷 나비의 예쁘고 화려한 자태에 이끌려서는, 졸졸졸 암컷 멋쟁이 나비를 쫓아다녔다. 오르락 내리락 하면서 앞서거니 뒤서거니 하면서 예쁘고 아름다운 암컷 멋쟁이 나비를 쫓아다녔다.

그렇게 둘은 산들바람을 타고 기류를 타고, 화려한 날개짓을 하며 이리저리 날며 풀밭을 지나고, 꽃밭을 지나고, 숲을 지나고, 구름에 닿을 듯이 날며 기류를 타고 작은 언덕을 넘기도 하며 본능에 따라서 날면서 아카시아 꽃에 앉아서 꿀을 빨았다. 또 배꽃에 앉아서 꿀을 빨기도 하고, 복숭아꽃에 앉아서 꿀을 빨기도 하며 행복한 나날들을 보내고 있었다.

그러다가 그만 수컷 멋쟁이 나비가 덜컥 거미줄에 걸려 버렸다. 그렇게 수컷 나비는 옴짝 달싹 못하게 되었다. 움직이면 움직일수록 거미줄은 더 수컷 멋쟁이 나비를 더 꼭꼭 더 칭칭 옭아맸다. 그러다 갑자기 수컷 나비는 사력을 다해 거미줄에 걸린 날개를 떼어내려고 몸부림을 쳐댔다. 화려한 날개를 커다란 날개를 펄럭펄럭 팔랑팔랑거리며 계속해서 몸부림을 쳐댔다.

하지만, 커다란 날개를 펄럭거릴수록, 거미줄은 수컷 멋쟁이 나비를 더 옥죄었고 거미줄은 끄떡도 없었다. 그러자 암컷 멋쟁이 나비는 수컷 멋쟁이 나비를 구하려고 있는 힘껏 날개 짓을 해보았지만 허사였다.

암컷 멋쟁이 나비는 수컷 멋쟁이 나비의 그 모습이 너무나 안타까웠다. 거미줄에 걸린 수컷 멋쟁이 나비는 굵은 눈물을 흘리고 있었다.
수컷 멋쟁이 나비는 장태양의 현신이었을까? 신령한 꿈의 예지몽이었을까?

집으로 돌아온 나영이 연희를 깨웠다.
나영의 이야기를 듣자 연희는 부랴부랴 병원으로 향했다. 초조와 불안감을 안은 채 눈물을 글썽이며 마음은 진정되지 않은 채 차를 몰고서 병원으로 향했다.
거리엔 아직도 비바람이 몰아치고 있었다. 거리엔 뿌리 뽑힌 나무하나가

뒹굴고 있었다.
 마치, 쓰러진 장태양의 모습처럼 뿌리 뽑힌 나무하나가 뒹굴고 있었다. 태풍이 휩쓸고 지나간 거리는 온통 아수라장이 되어 있었다. 도로마다 여기저기 쓰레기들이 굴러다녔다.

 새들은 날지 않았고, 여기저기 태풍이 휩쓴 상처의 상흔들이 가득했다. 거리엔 세상의 온갖 것들이 뒤엉켜 난리가 나 있었다.
 입원실 입구에 도착하자 당직 간호사가 물었다. "어떻게 오셨죠?"
 그러자 연희가 말했다. "저, 장태양 환자 보호자인데요. 잠깐만 얼굴만 보고 나올게요."
 간호사는 차트를 보면서 무언가를 적더니 입원실 호수를 알려줬다.

 연희가 입원실 문을 열고 들어가자 잘생긴 장태양은 한 달 반 사이에 움푹 꺼진 눈에 툭 튀어나온 광대뼈 그리고 핼쑥해진 모습으로 변해 있었나.

 연희는 자고 있는 장태양을 바라보며 주체할 수 없는 두 줄기 눈물을 흘렸다. 연희는 그런 장태양의 손을 붙잡고 쓰다듬으며 울었다.
 "오빠 어떡해. 조심 좀 하지, 오빠. 그리고 미안해 내가 너무 무심해서. 내가 뭐라고 여기저기 칼에 찔리고 피 흘리고 머리 터지고 그래. 왜 그랬어? 겨우 내가 뭐라고. 오빠 맘도 몰라주는 나를. 사람이 왜 그렇게 미련해."하는 동안에도 장태양은 미동도 하지않았다.

 그러자 연희는 손수건을 꺼내서 장태양의 얼굴을 닦아주며 말했다. "오늘은 그냥 오빠 얼굴만 보고 갈게. 오빠가 나를 보면 더 힘들 테니까. 며칠 후에 또 올게." 하고는 병실 문을 나섰다.
 장태양은 연희가 병실 문을 나가자 두 눈을 감고서 참고 있던 눈물을 볼 옆으로 주르륵 흘렸다. 그러자 눈가에 눈물 얼룩이 생겼다. 그렇게 목말라 하던 연희의 따뜻한 말에, 연희의 따뜻한 손길에 장태양은 눈물이 났다. 참으로 미련한 사랑이었다. 정말로 미련한 사랑이었다. 사랑한다고, 좋아한다고 고백 한번 못해 본체, 쓰러져 누워있는 장태양의 연희에 대한 사랑은 참으로 미련한 사랑이었다.
 장태양은 입술을 지긋이 다물고 속으로만 말했다.
 '연희야 사랑해, 그리고 미안해. 끝까지 지켜주지 못해서 미안해.'
 그리고는 덜컥 겁부터 났다. '연희씨 가게에 안 좋은 일 생기면 어떡하지? 연희씨한테 나쁜 일 생기면 어떡하지? 우리 착하고 순진한 연희한테 안 좋은 일 생기면 어떠하지?'
 그리고는 "내가 이러고 있을 때가 아닌데?" 하며 침대에서 일어나려고 애를 썼다.
 그러자 팔과 다리가 달달달 떨려왔다. 힘을 쓸 수가 없었다. 장태양의 연희에 대한 사랑은 이토록 미련한 사랑이었다.

 연희는 병원을 걸어 나오며 소리 내어 목청껏 울고 싶었다.
 그렇게 연희가 목이 메어 하늘을 바라보자, 아직도 하늘은 잔뜩 찌푸린 채 비를 퍼붓고 있었다. 연희는 하늘에 대고 소리쳤다.

/ 하늘이시여 최연희

하늘이시여 묻습니다. 하늘이시여 묻습니다.
왜 난 하늘에게서 조롱당한 느낌을 지울 수가 없습니까?
하늘이시여, 하늘이시여?
난 당신이 만든 슬픔 때문에,
대체 목적지가 보이질 않습니다.
어디로 가야 합니까?
어디로 가야 합니까?
어디에 머물러야 합니까?
목적지가 보이질 않습니다

하늘이시여 묻습니다.
하늘이시여 묻습니다.
난 그저 슬픔이 이끄는 대로 걸어가야만 합니까?
그저, 걸어가야만 합니까?

연희는 집으로 돌아와서도 몇날 며칠을 폭풍우 속을 헤매고 있었다. 왜 그렇게 하늘은 그 착한 사람을 가만두지 않는지, 시련을 주는지 연희는 이해가 가질 않았다.

/ 신들은 어디로 갔는가? 최연희

신들은 어디로 갔는가?
신들은 외침은 어디로 갔는가?
의로운 자는 복을 받으리라 던
정의로운 자는 영광을 얻으리라 던
의로운 자는 축복을 받으리라 던
신들은 외침은 어디로 갔는가?
신들은 외침은 어디로 갔는가?
하늘의 영광은 어디로 갔는가?

대체, 하늘은 이 한 남자를 무너트려서
어디에 쓰려고 이러십니까?
이 한 남자를 무너트려서? 수렁 속으로 빠트려서?
대체 어디에 쓰시려고 이러십니까?

일기를 쓰고 난 후 연희는 생각했다. 하늘은 왜 한 인간의 정직한 세상을 만들기 위한 의지를 철저하게 무너트리는지 이해가 가질 않았다. 연희는 운명이, 하늘이 미웠다.

주황색 불빛으로 가득한 유혹의 소나타.

밤 열시 반, 연희는 40도의 독한 위스키 한 모금을 입 안에 넣고는 천천히 굴리다가 목으로 넘겼다. 그러자 입안에서 쓴맛이 확 퍼지더니, 뜨거운 것이 목을 타고 훅 넘어갔다. 뱃속이 훅하고 뜨거워졌다.

연희가 물었다. "나영아? 물어볼 말 있는데. 난 왜 몇날 며칠을 먹먹한 감정에서 허우적거리며, 헤어 나오지 못하는 걸까? 장태양 오빠 아픈 거 그것 때문에 말이야. 이거 우정일까? 사랑일까? 감정이 정리가 안돼서. 내가 그 사람을 우정으로 좋아하는 건지, 사랑 하는 건지." 하고 주정 비슷하게 물었다.

연희의 말이 끝나자 나영이 말했다.
"연희야 혹시 장태양 오빠 만나면 설레니? 아니면 자꾸만 보고 싶니? 두근거리니?"
연희가 말했다. "아니 나영아. 그건 아닌 거 같고 그냥 편안하기만 해."
그러자 나영이 조곤조곤 말했다. "그럼 소유하고 싶어진 적은 있어? 성적 매력을 느끼거나 그렇게?" 하고 물었다.
연희가 말했다. "그건, 또 아닌 것 같은데?"
그러자 나영이 차분하게 말했다.
"그럼 우정이잖아. 나도 장태양 오빠한테 너랑 똑같은 감정이야."
그 말에 연희가 눈물을 흘리며 말했다.
"그래도 오빠가 안 됐어서……간호해 주고 싶은데……그러다가 오빠가 나한테 더 푹 빠지면 어떡해. 나는 왜 장태양 오빠한테 하필이면 사랑의 감정이 아니고 우정의 감정이냐고?"

연희가 또 말했다. "가족도 없는 오빠는 또 외로워서 어떡하지? 아무래도 내가 간호해 줄까봐. 이렇게 오빠 방치하면, 난 나 스스로의 비난에서 헤어 나오지 못할 것 같아."

그렇게 연희는 혀 풀린 소리로 끊임없이 주정인지 고민 상담인지 알 수가 없는 말을 계속해 댔다. 그러자 나영이 말했다. "에이 답답이, 대체 날 더러 어쩌라는 거냐?"

나영은 자기 자신을 이해할 수가 없었다. "연희야 니가 간병을 해주는 게 당연한 거 아니야? 사람이면 은혜를 값아야지?" 하고 말하지 않는 자신을 이해할 수가 없었다.
나영은 장태양이 걱정이 되기도 하고, 사랑의 감정이 없는 연희의 등을 떠밀 수도 없었기에 자신이 너무나 답답했다.

그리고 연희는 연희대로, 마음속에서 양심과 뻔뻔함이 서로 멱살을 잡고 싸웠다. 연희는 웬 지 장태양 오빠가 자신을 지켜주느라고 과로해서 쓰러진 것만 같은 생각이 들었다.
그리고 유혹의 소나타에서 악당들과 싸울 때, 여기저기 칼에 찔려서 피를 흘리던 모습과 쇠파이프에 머리를 맞아서 피를 흘리던 모습들이 떠올라 너무나 가슴이 아팠다. 그리고는 자신이 사람이라면 당연히 이럴 때 응당 장태양의 곁에서 장태양을 지켜줘야 하는데 왜 망설이는지 정말 이해가 안 갔다.

연희의 양심이 생각하기에는 이건 사랑의 감정을 논하기 이전에 윤리적인 문제였다. 연희의 양심이 연희에게 말했다.
"야, 최연희 넌 양심이 도살됐니? 마키아벨리의 군주론에서 말하는 것처럼 수단과 방법을 가리지 않고 자신의 이익을 위해서 살려고? 필요한 경우 난 뻔뻔함도 괜찮아하고 망설이게?
그건 부정의한 생각이야. 정의롭지도 않고, 도덕적이지도 않고, 비윤리적인 생각이라고."

하고 연희를 질타했다.
 그러자 연희의 뻔뻔함이 연희의 귀에 대고 악마의 혀처럼 속삭이며 말했다.
 "야, 최연희 니가 무슨 테레사 수녀냐? 니 양심이 말하는 건 개 소리야. 단지 사회적 보편적 관점의 시선에서 보면 그렇다는 거지, 윤리적 가치관의 관점에서 보면 그렇다는 거지. 사랑의 감정이란 건 현실의 삶이야. 평생 사랑의 감정이 없는 사람에게 헌신을 하듯 사랑 아닌 사랑을 하게? 니가 평생 그렇게 살 수 있을 거라 생각해? 분명 넌 얼마 안 가서 후회할 거야. 그건 동정이라고." 하며 유혹했다.

 그러자 연희의 양심이 말했다.
 "야 그러면? 내가 잘되기 위해선? 나만 행복해지기 위해선? 어떠한 잔혹한 행위도 괜찮은 거야?" 하며 뻔뻔함을 질타했다.
 그러자 뻔뻔함이 다시 말했다. "그러면 연희야 넌 평생 설레임 없는 사랑을 견딜 수 있어? 그건 사랑이 아니라 적선이야." 하며 비웃었다.
 술에 취한 연희는 집으로 돌아와 다시 인형들을 꺼내놓고 인형 놀이를 했다.
 "요건? 깡패 인형, 요건? 양아치 인형, 요건? 불쌍한 연희 인형, 요건? 흑기사 오빠 인형, 야잇 퍽퍽퍽, 야잇 퍽퍽퍽. 내 주먹을 받아라 깡패들아. 퍽퍽퍽"

 연희는 언제쯤 이 인형 놀이를 멈출 수 있을까?
 연희가 인형 놀이를 멈추는 날, 연희는 행복을 얻을 수 있을까?
 어린 날들의 상처들이 치유될 수 있을까?

23화 치유

선과 악 최연희

염치를 모르는, 수치를 모르는, 비도덕적인 비윤리적인
이 땅에서 무너져야 할 악은 무너지지 않고
정의롭고 정직하고 올바른 무너지지 말아야 할 선은
왜 이토록 쉽게도 무너지는가?
온갖 거짓과 허위와 위선은
아직도 고갈되지 않고 있는데.

연희는 어느 날부터인가 가슴에 커다란 구멍이 휑하니 뚫린 것처럼 허해졌고, 그 구멍으로 여름인데도 찬바람들이 드나들었다.
그리고는 그 구멍으로 장태양에 대한 궁금증들이 밀려 들어왔다. 무엇인가에 의해서 밀려 들어왔다. 그리고 마음 한쪽 구석이 푸석거리며 부스러져 내리는 것만 같았다.

연희는 일기를 쓰다 말고 잠이 들었다. 연희는 꿈속에서 노한 얼굴로 노려보는, 광자의 눈빛처럼 푸른 두 눈을 번득이는 번개를 보았다. 곧바로 번개의 눈빛의 광자가 천둥의 목소리로 물었다. "너의 양심 속에는 무엇이 사는가? 귀찮은 일에 엮이기 싫어하는 너의 진실의 의미는 무엇인가? 너는 위선자가 아닌가?"
그렇게 연희는 새까만 먹구름들 위에서 군림을 하듯 호통을 치는 천둥소리를 들었다.
그리고는 지상에 한 번도 나타나지 않았던, 알몸의 잘생긴 날개 잃은 천사가 추락을 하는 것도 보았다.

연희는 자리에서 벌떡 일어났다. 그리고 이렇게 생각했다.
'양심이 죄를 지으면 이런 꿈도 꾸어지는구나. 이런 안 좋은 꿈도 꾸는구나.'

연희는 이대로 있을 수가 없었다. 연희는 브이 라인으로 앞가슴 쪽이 살짝 파인 카라가 넓은 살구색 원피스를 입고 예쁘게 화장을 하고, 풍성하고 긴 머리카락을 뒤로 질끈 묶고는 검정색 굽 낮은 구두를 신고는 집을 나섰다.

하늘은 맑고 푸르렀다. 뜨거운 햇살은 가로수들에게 그림자를 만들게 했고, 먹구름 하나가 지나가며 그늘을 만드는 것도 보았다.

연희는 이 푸르른 날들의 일상들이 장태양에게도 미풍처럼 다가가 그의 가슴에 다시 한번 꽃 몽우리를 활짝 열고 부풀듯이 그의 꿈들도 피어났으면 좋겠다고 생각했다.

신들의 정원 최연희

신들의 정원엔 대체 무엇이 있을까?
장미꽃들도 백합꽃들도 있을까?
벚꽃들과 철쭉꽃들의 향연도 있을까?
만약 신들의 정원에도 이토록 아름다운 낙원이 있다면
슬픈 일들을 견뎌내며 상처들을 견뎌내며,
아픔들을 견뎌내며 살아가는데 나 주저함 없으리라
이 아픈 세상 눈물 나는 세상,
그저 그렇게 견디며 살다가
그리고는 어느 순간 황혼의 지점에 문득에 도착하고는
그리고는 생과 대척되는 지점에 도착하고는
그리고는 끝도 없이 지나간 일들을 회상을 하다가,
어느 날 신들이 머무는
신들의 정원에 도착하고는

그것이 인생이리라.

신들의 정원에도

신들의 정원에도

아름다운 장미꽃들과 백합꽃들의 향연이 있다면?

벚꽃들과 철쭉꽃들의 향연이 있다면?

만약 신들의 정원에도 이토록 아름다운

지상의 낙원과도 같은 정원이 있다면,

먼 훗날 신들의 정원에 머무르는 일, 나 두렵지 않으리.

연희가 예쁘게 꾸미고 화장을 하고 밖으로 나오자 매미들이 미친 듯이 소리를 내어 울었다.

푸르른 여름날의 풍경들은 마치 천상의 정원만 같았다. 세상이 온통 초록빛 세상만 같았다.

이 아름다운 세상의 모습들을 보려고 내가 이 세상에 소풍을 나왔나 싶을 만큼 세상은 싱그러웠으며, 지천으로 흐드러진 온갖 꽃들은 향기로웠다.

푸르른 나뭇가지들에서는 새들이 지저귀며 노래를 불렀다. "어머나 귀엽다, 너무 예쁘다. 어머나 세상에." 하고 연희는 병원으로 걸어가는 내내 감탄하고 또 감탄했다.

연희는 병원에 도착해 말도 제대로 못 하는 채, 거동까지 불편한 장태양을 보자 마음이 아파왔다. 정직한 세상을 위해 비장한 사명감으로 살아왔던 그가, 패기로 가득하던 그가, 세상의 악한 일들에 대한 저항을 포기하고 고통스런 체념으로 견뎌내는 그가 연희는 너무나 안쓰러웠다.

몇 달 사이에 장태양의 머리엔 새치가 가득했다. 맘고생이 얼마나 심했는지 새치로 가득했다. 오랜만에 본 장태양의 모습은 희망을 잃어버린 듯 초췌함 그 자체였다. 그렇게 잘생기고 훤칠하던 자신감 넘치던, 젊은 남자의 모습은 이미 온데간데 없었다.

연희는 장태양을 보는 순간 눈물이 왈칵 쏟아졌다. 그리고는 가슴 저 깊은 곳에서 붉은 선혈이 왈칵 토해지는 느낌을 받았다.

병원 앞의 작은 공원에서 연희가 휠체어에 앉은 장태양을 뒤에서 밀어주고 있었다. "오빠? 기분 괜찮아? 걱정마 오빠. 다 잘될 거야. 오빠는 마음이 강한 사람이잖아?" 하고 연희는 용기를 주는 말을 혼자서 했다. 아직은 장태양이 말을 제대로 할 수가 없기에 혼자서 말했다.

"오빠? 내가 재미있는 얘기 하나 해줄까? 사람은 악기와 똑같대, 자신의 마음이나 행동 여하에 따라서든 배우자나 친구나 지인의 만남 여하에 따라서든, 그 영향에 따라 아름다운 연주곡처럼 사랑받는 삶을 살 수도 있고, 위대한 사람이 될 수도 있고, 사람들이 싫어하는 잡음이나 일으키며 사는 그런 삶을 살수도 있대. 훌륭하고 위대한 사람이 될 수도 있고. 쓰레기 양아치가 될 수도 있고, 그러니까 오빠가 얼른 건강 되찾아서 나를 아름나운 사람으로 살게 해줘. 그리고 또 나영이가 위대한 소설가가 될 수 있게 오빠가 지켜주고. 리드도 해주고. 알겠지? 여자는 오빠처럼 멋진 신사를 만나면, 멋지고 품격 있고 우아하고 아름다운 삶을 살 테지만, 또 양의 탈을 쓴 늑대 같은 남자를 만나봐? 아무리 착한 여자라도 금방 악하게 변하지 않을까? 지지리 궁상으로 살게 되지 않을까? 그러니까 얼른 건강해져서 나와 나영이를 지켜줘, 오빠."

".........."

장태양은 말을 못하는 건지 안 하는 건지, 연희의 말에 아무 표현도 하지 않았다. 연희는 그런 장태양이 너무나 마음에 아려왔다.

연희가 다시 말했다. "오빠? 한 개 더 말해줄까? 들어봐. 동유럽에 장수 마을이 있대. 거기 사는 사람들은 평균 나이가 모두 다 100살이 넘게들 살았대. 어느 날, 이웃 동네에 사는 할머니가 놀러 와서 물었대. "할머니 이 마을 사람들은 왜 이렇게들 오래 살아? 오래 사는 비결 좀 알려줘 봐?" 그러자 장수 마을 할머니가 말했대. "그냥 죽지 말고 죽기 살기로 오래 살아 건강하게 오래 살아. 그게 장수 비결이야. 비결이 뭐 별거야."하고 말했대. 재밌지? 오빠 그러니까 오빠도 버려내서 나랑 100살까지 살자?"하는 연희의 계속되는 수다에 장태양은 비로소 입가에 미소가 번졌다.

그 순간, 어스름 저녁 하늘이 노을빛에 물 들어가고 있었다. 연희는 붉은 노을을 바라보며 마음 속으로 읊조렸다.

선혈 최연희

노을아, 노을아, 붉은 노을아
핏빛으로 물든 노을아
무슨 아픔, 슬픔이 그리도 많길래
붉은 선혈 울컥 토해내어
울컥울컥 토해내어 서쪽 하늘을 핏빛으로 물들이는가?

노을아, 노을아, 붉은 노을아
무슨 한 응어리 그리도 많길래
무슨 슬픔 그리도 많길래
석양의 하늘빛을 핏빛으로 물들이는가?

저녁 마실을 나온 바람은 긴 한숨 토해내며
갈대잎을 흔들며 지나가는데,
바다로의 긴 여행을 떠나는 강물조차도 유유히 흘러가는데,

넘과 나, 우리는 왜 바람과 물살로 만났는가?
바람으로 함께 만났더라면
물살로 함께 만났더라면

님과 나 손을 잡고 어디든 아름다운 여행을 하련만
우리는 왜 정녕 바람과 강물처럼 만나 사랑할 틈도 없는가?

운명에게 묻노니
정녕 운명은 자비심도 없단 말인가?
서럽구나, 너무나 서럽구나
사위어가는 님의 모습

노을아, 노을아, 핏빛으로 물든 노을아
노을아, 노을아, 붉은 선혈로 물든 노을아
내님 모습, 가슴 가득 안쓰러움만
가득하여라.

연희는 알 수가 없었다. 왜 장태양 오빠에게는 우정 이상의 감정이 들지 않는 건지?
이렇게 아리고, 아리고, 아픈데 이게 왜 사랑의 감정이 아니라 우정의 감정인 건지?
연희는 그것이 더 아파왔다. 그리고는 생각했다. '사랑 없이도 결혼해서 살 수 있을까? 아니지, 그건 연민이지 아니면 동정 이거나.' 연희는 머리에 쥐가 났다.

연희는 집으로 돌아와 또 다시 인형 놀이를 시작했다.
"요건? 깡패 인형, 요건? 양아치 인형, 요건? 불쌍한 연희 인형, 요건? 흑기사 오빠 인형,
야, 잇 퍽퍽퍽, 야잇 퍽퍽 내 주먹을 받아라, 깡패들아. 퍽퍽."
연희는 이렇게 인형 놀이를 하면서 장태양을 평생 곁에서 돌봐 주기로 결심했다.
그리고는 부지런히 장태양에게 먹일 음식들을 준비했다. 흐르는 눈물을

닦아가며.

 장태양은 얼마 전에 만났던 무명 작곡가에게 부탁해서 자신이 써놓은 가사로 만든 '강남타운'을 들으며 눈물을 흘렸다.

강남타운 작사 장태양, 작곡 감성 스토리텔러

오오오, 오오오, 오오 오오오오
오오오, 오오오, 오오 오오오오
오매불망 오매불망 기다리던
볼매볼매 볼매볼매 아가씨를

강남타운 강남타운 삐까뻔쩍 끝내주는
강남타운 강남타운 강남타운
거리에서 우연히 만났네

⬇멋지게 차려입고 야야야
향수를 뿌리고 야야야
용기를 내서 야야야
소맥한잔 따라놓고 야야야

오오오, 오오오, 오오 오오오오
오오오, 오오오, 오오 오오오오
오매불망 오매불망 기다리던
볼매볼매 볼매볼매 아가씨와

(통성명은 건너뛰고 한잔했네)
(찐하게 찐하게 한잔했네)
은하수를 쏟아부은듯 화려한 거리에서
으리으리 삐까뻔쩍 꿈을, 말해줬네

오오오, 오오오, 오오 오오오오
오오오, 오오오, 오오 오오오오
강남타운 화려한 거리에서..........

노래를 다 들은 후, 장태양은 자리에서 벌떡 일어나서 이어폰을 끼고서 강남타운 노래를 리플레이로 틀어 놓고는 재활 운동을 시작했다. 장태양은 힘을 냈다. 연희와의 추억들을 생각하며.
연희가 "오빠 얼른 건강해져서 나 지켜줘." 했던 말이 생각나서 장태양은 힘을 냈다.

장태양은 비틀 거리며 난간을 붙잡고 걸었다. 하지만, 몇 걸음도 걷지 못하고 넘어졌다가 다시 또 비틀비틀거리며 걸으며 몸부림을 쳐댔다. 마치 술에 취한 사람처럼 비틀비틀거리며 몸부림을 쳐댔다.

그리고는 장태양의 내부 안에서 카인과 아벨이 수도 없이 멱살을 붙잡고 싸웠다.
카인이 헛웃음을 치며 비웃듯이 말했다. "야? 장태양 넌 끝났어, 한숨이나 푹푹 내쉬면서 벌레처럼 기어다니면서 살아."

그러자 아벨이 말했다. "무슨 개소리야? 인생은 죽을 때까지 끝나는 게 아니야. 태양이 매일 뜨듯이 인생도 매일매일 시작되는거야."

그러자 카인이 다시 말했다. "무슨 개소리야? 넌 이미 늦었어. 너 자신의 몰골을 한번 봐봐, 걷지도 못하잖아."

아벨이 다시 말했다. "진정 그럴까? 내 본명이 장태양이야. 내 인생은 태양처럼 매일 시작 된다고!"

그때 장태양이 끼어들며 외쳤다.

슬픔이여 나를 떠나라 장태양

슬픔이여 나를 떠나라
두려움이여 나를 떠나라
나를 혼자 두고 너만 떠나라
너만 혼자 멀리 떠나라.

박살나고 깨지고 상처뿐인 나의 운명에게 말하노니?
운명아, 네가 아무리 힘든 역경을 고통을 내게 준다 해도,
나, 회피하며 도망을 치지 않으리라
슬쩍 지나치지도 않으리라
겁먹고 두려워하지도 않으리라
이깟 위기는 내게 곧 더 큰 단단함을 줄 것이며
더 큰 결기를 줄 것이니
이것이 내 인생의 종말이 아님을 말하노라.
나는 운명에게 선전 포고를 하노니,
난 이 위기의 경계를 초월해서 결국은 벅찬 감동을 맛보리니
미친 듯이 날 위기로 몰아넣은 역경들이여,
내가 곧 너의 그 회오리 속으로 뛰어들리라
내게 닥치는 이 모든 역경과 고난은,
나의 용기를 시험하는 무대일 뿐 나를 어쩌지 못하리니
슬픔이여 나를 떠나라

나를 혼자 두고 너만 떠나라
너만 혼자 멀리 떠나라.

  장태양은 운명에게 선전 포고를 하고는 끊임없이 강남타운 노래를 들으며, 죽기 살기로 재활 운동을 시작했다.
  강남타운으로 돌아가기 위해, 장태양 탐정사무소로 돌아가기 위해, 사랑하는 연희의 곁으로 돌아가기 위해.

/ 강남타운 작사 장태양, 작곡 감성 스토리텔러

오오오, 오오오, 오오 오오오오
오오오, 오오오, 오오 오오오오
오매불망 오매불망 기다리던
불매불매 불매불매 아가씨를

강남타운 강남타운 삐까뻔쩍 끝내주는
강남타운 강남타운 강남타운
거리에서 우연히 만났네

⬇멋지게 차려입고 야야야
향수를 뿌리고 야야야
용기를 내서 야야야
소맥한잔 따라놓고 야야야
오오오, 오오오, 오오 오오오오
오오오, 오오오, 오오 오오오오
오매불망 오매불망 기다리던
불매불매 불매불매 아가씨와

인형놀이

(통성명은 건너뛰고 한잔했네)
(찐하게 찐하게 한잔했네)
은하수를 쏟아부은듯 화려한 거리에서
으리으리 삐까뻔쩍 꿈을, 말해줬네

오오오, 오오오, 오오 오오오오
오오오, 오오오, 오오 오오오오
강남타운 화려한 거리에서

오오오, 오오오, 오오 오오오오
오오오, 오오오, 오오 오오오오
오매불망 오매불망 기다리던
볼매볼매 볼매볼매 아가씨를

강남타운 강남타운 삐까뻔쩍 끝내주는
강남타운 강남타운 강남타운
거리에서 우연히 만났네

⬇멋지게 차려입고 야야야
향수를 뿌리고 야야야
용기를 내서 야야야 소맥한잔 따라놓고 야야야
오오오, 오오오, 오오 오오오오
오오오, 오오오, 오오 오오오오
오매불망 오매불망 기다리던
볼매볼매 볼매볼매 아가씨와

(통성명은 건너뛰고 한잔했네)
(찐하게 찐하게 한잔했네)
은하수를 쏟아부은듯 화려한 거리에서
으리으리 삐까뻔쩍 꿈을, 말해줬네

오오오, 오오오, 오오 오오오오
오오오, 오오오, 오오 오오오오
강남타운 화려한 거리에서.

-끝.

작가 인터뷰

어떻게 아이디어를 찾고 소설로 발전시키나요.

나는 먹고 살기 위해서 낮에도 밤에도 일을 합니다. 투잡을 합니다. 소설은 틈나는 대로 썼습니다. '불량 남편'이라는 소설의 아이디어는 사적으로 친하게 알고 지내는 윤주라는 아가씨가 털어놓았던 힘들었던 가정사적인 이야기를 소설로 썼습니다.

소설을 쓰게 된 동기가 있었나요 아니면 오랜 꿈이었나요.

소설을 쓰게 된 동기는 우연한 기회에 쓰게 됐습니다. 2023년 봄, 동창들의 톡방에 한 친구가 "우리 딸이 쓴 글이야 친구들아 한번 읽어 봐봐," 하고 올린 글을 읽고는 그게 동기가 되어 "나도 소설을 써볼까?" 하는 마음에 쓰게 되었습니다. 2023년 그 이전에는 난 한 번도 소설을 써본 적 없었는데 써보니까 이상하게 잘 써졌습니다. 아마도 어린 시절부터 독서를 많이 한 영향이 아닐까 싶습니다.

작가님의 소설에 등장하는 캐릭터들은 실제 인물을 바탕으로 한 것인가요.

영찬이라는 인물은 주변에서 흔히 볼 수 있는 속썩이는 남편들의 캐릭터이기는 하지만 사실은 윤주라는 아가씨의 속썩이는 남편에게서 영감을 받아서 썼으며 나머지의 캐릭터들은 잘 알고 지내던 아가씨들의 톡톡 튀는 개성들과 상상들이 합해져서 탄생한 캐릭터들입니다.

작가님의 창작에서 반복적으로 등장하는 주제나 메시지가 있다면 그것은 무엇인가요.

한마디로 말하면 인과응보입니다. 누구나 실수를 할 수는 있지만 나쁜 짓을 반복적으로 하고 다니면 그 끝의 결과는 벌을 받아야 하고 결국 자신의 인생을 망치는 지름길이라는 걸 알려주고 싶었습니다.

소설 작업 중 가장 어려웠던 부분은 무엇이었나요? 그 어려움을 어떻게 극복하셨나요.

성적 묘사가 가장 힘들었습니다. 성이라는 욕망은 누구에게나 다 있습니다. 쇼펜하우어는 성이 곧 사랑이라고 했습니다. 부도덕한 성과 욕망은 비난받아 마땅하지만 사랑하는 사람들 간에 이루어지는 아름다운 성까지 터부시해서는 안 된다고 생각합니다.

또한 어려웠던 부분은 주인공 주다혜가 어떻게 현명하게 가정을 지켜 나갈까에 중심을 두었지만 결국은 여주인공이 어떻게 결론을 내려야 할까를 마무리를 짓지 못하고 소설을 마무리하게 되었습니다. 이혼의 아픈 경험이 있는 나는 가정을 끝까지 지켜야 할까? 이혼을 해야 할까? 에 대해서 고민이 많았고 힘들었습니다.

작가님에게 영향을 준 다른 작가나 작품이 있다면 그것은 무엇이며 어떤 점에서 영감을 받았나요.

저에게 영향을 준 작품이라면 어린 소년 시절 청소년 중학교에 다닐 때 읽었던 철강왕 앤드류 카네기의 자서전입니다. 앤드류 카네기는 많이 배우지는 못했어도 굴하지 않고 수많은 성공을 거뒀습니다. 앤드류 카네기의 어린 시절들이 나와 같은 처지였기에 어린 시절 나는 깊은 감명을 받았습니다. 그 책을 읽었던 덕분에 나는 열심히 독학을 하게 되었고 지금까지 무너지지 않고 버틸 수 있었습니다.

작가님이 생각하는 이상적인 독자는 어떤 사람인가요? 작가님의 작품을 읽을 때 얻을 수 있는 가장 큰 가치는 무엇이라고 생각하나요?

한마디로 말하면 어느 종류의 책을 읽든 교훈을 얻을 수 있어야 한다고 생각합니다. 나는 못 배운 한으로 수천 권의 책을 닥치는 대로 읽었습니다. 그 책들마다 중에서 나는 감명 깊은 단 한 단어만 건져도 책값이 아깝지 않았습니다. 책은 읽는 사람의 해석에 따라서 책의 가치는 달라집니다.

소설을 쓰면서 개인적으로 가장 애착이 가는 캐릭터나 이야기가 있다면 그것은 무엇이고 그 이유는 무엇인가요?

단연코 나는 영찬입니다. 나는 결혼 생활 내내 아내를 고생만 시켰습니다. 경우는 다르지만 그래서 나는 소설을 쓰는 내내 영찬과 내가 오버랩 되었습니다.

작가님의 창작 과정에서 특별히 중요하게 여기는 원칙이나 철학이 있나요?

철학이라고까지는 말하기 그렇고, 원칙은 책은 재미가 있어야 하고, 지루하지 않고 쉬워야 하고, 거기에다 교훈까지 있으면 금상첨화가 아닐까 생각합니다.

향후 작가님의 창작 활동 계획에 대해 알려 주실 수 있나요? 앞으로 어떤 종류의 이야기나 프로젝트를 작업하고 싶으세요.

계획은 지금 탈고하고 있는 소설과 동화를 완성하는 것이 목표입니다. 꿈은 크게 가지라고 했듯이 지금은 아니지만, 등대지기나 노인과 바다 등의 노벨 문학상 급의 주제가 떠오른다면 매진해 보고 싶습니다. 하하하...

책을 집필하게 된 계기가 궁금합니다.

나는 가끔 내 주제를 모릅니다. 내게는 나보다 25년은 어린 아름다운 이상형이 있습니다. 그냥 이상형일 뿐입니다. 그녀는 오래전부터 베스트셀러 책들만 골라서 읽었으며, 늘 조선시대 여인처럼 조신합니다. 위에서 언급했듯이, 2023년 봄 우연히 써본 소설을 그녀에게 보여주자, 그녀는 내게 입에 침이 마르도록 엄청난 칭찬을 해주었습니다. 나는 그녀의 칭찬에 미친 듯이 소설을 써댔습니다. 정확히 말하자면, 그녀의 칭찬을 듣고 싶어서 미친 듯이 소설을 썼다는 게 맞습니다. 평생 한 번도 써본 적 없는 소설을 3개월 만에 무려 4편의 장편 소설과 1편의 동화를 써댔으니 말입니다. 이건 미친 짓이고 미친 광기입니다. 나는 그녀가 내 문학의 동반자이며, 내 창작 에너지의 원천이며, 내 광기의 원천이며, 내가 계속해서 소설을 써나갈 동기이고 힘이라고 생각합니다. 그녀는 내가 시인에 등단을 했을 때도, 앨범 제작을 했을 때도, 작사 작곡을 미친 듯이 해댔을 때도, 소설을 써댈 때에도 가장 많은 칭찬을 해주었습니다.

지금까지의 삶과 책의 연관성에 대해 말씀해 주실 수 있나요?

그냥 말할 것도 없이, 나의 삶이 곧 소설이요, 노래요, 시요, 동화입니다.

작가님에게 행복이란 무엇인가요?

나는 꿈을 꿀 때 가장 행복합니다. 꿈을 잃지 않는 한 나는 행복합니다. 꿈을 꾸는 한 나는 청춘이라고 생각합니다. 누군가가 내게 겸손하라고 말했습니다. 하지만 나는 자칭 감성황제라 일컬으며 시를 씁니다. 보니엠의 작곡가 프랑크 파리안을 꿈꾸며 작사 작곡을 합니다. 나는 한 여인에게 칭찬을 받기 위해서 소설을 씁니다. 누가 보기에는 또라이 같지만, 이런 이상한 정신세계가 아마 내 행복의 발원지이며 원천이 아닐까 싶습니다.

책을 한 줄로 요약한다면 어떻게 될까요?

책은 수많은 꿈들과 희망들과 지식들과 교훈들을 품고 있는 황금알을 낳는 거위입니다.

'불량 남편' 이야기의 교훈이 있을까요?

아무리 콩깍지가 씌워지게 사랑한 부부라도 살다 보면 그 익숙함에 수시로 갈등하고 결별을 생각합니다. 하지만 아무런 대가 없이 죽는 날까지 서로를 보듬어줄 사람은 오로지 부부 뿐입니다.

독자들에게 하고 싶은 말이 있다면 무엇인가요?

다른 사람들에게 해가 되지 않는 일이라면, 자기가 좋아하는 일을 하세요. 자기가 좋아하는 일은 아무리 오래 해도 힘들지 않습니다.

작가님과 술 한잔 할 수 있나요?

일요일 저녁 시간의 소주 한두 병이라면 하하하...

인형놀이에 이은 민영기 작가의 다양한 소식을 만나 보세요.

인형놀이

욕망이 꿈틀거리는 화류계 리얼 스토리

발행일 | 2024년 4월 9일
지은이 | 민영기
펴낸이 | 마형민
기　획 | 신건희
편　집 | 임수안 김재민
펴낸곳 | (주)페스트북
주　소 | 경기도 안양시 안양판교로 20
홈페이지 | festbook.co.kr

ⓒ 민영기 2024

저작권법에 의해 보호 받는 저작물이므로 무단 전재와 무단 복제를 금합니다.
ISBN 979-11-6929-471-3 03810
값 17,000원

* (주)페스트북은 '작가중심주의'를 고수합니다. 누구나 인생의 새로운 챕터를 쓰도록 돕습니다. Creative@festbook.co.kr로 자신만의 목소리를 보내주세요.